La Luna Roja

Luis Leante

La Luna Roja

LA LUNA ROJA
D. R. © Luis Leante, 2009

De esta edición:

D. R. © Santillana Ediciones Generales, S.A. de C.V., 2008
Av. Universidad 767, Col. del Valle
México, 03100, D.F. Teléfono 5420 7530
www.alfaguara.com.mx

Primera edición: marzo de 2009

ISBN: 978-607-11-0182-2

Diseño: Proyecto de Enric Satué
© Imágenes de cubierta: Getty Images

Impreso en México

A Juana Chacón

Te has ido apagando como un eclipse lunar, encerrada en tu propio anillo de luz, como un espectro
surgido del sueño, como una terrible y cegadora luna
roja.

EMIN KEMAL
La Luna Roja

Soy el tenebroso, el viudo, el desconsolado,
el príncipe de Aquitania en la torre abolida:
mi única estrella murió y mi laúd constelado
muestra el negro sol de la melancolía.

GÉRARD DE NERVAL
El Desdichado

1.

Hacía más de once años que no veía a Emin Kemal. Y sin embargo, mientras bajaba por la rampa del Museo de la Universidad de Alicante, no podía quitarme de la cabeza su mirada de hombre derrotado. Tenía la falsa sensación de haberlo visto el día de antes. No podía imaginar que pocas horas después el escritor caería muerto sobre la alfombra de su estudio, quizás tras una breve agonía, espantado por lo que acababa de ver y oír. No, yo no podía sospechar entonces lo que iba a suceder esa misma noche, aunque no dejaba de pensar en él.

Once años antes, en 1997, Emin Kemal era ya un hombre que se había rendido a la vida sin presentar batalla. Su apartamento de la plaza de Manila parecía un barco rescatado de un naufragio. Su vivienda estaba llena de cosas inútiles que se amontonaban en las habitaciones. Los libros se desbordaban de las estanterías y quedaban apilados en el suelo de los pasillos, en los asientos, bajo su mesa de trabajo, a los pies de la cama. Hacía tiempo que el escritor apenas salía a la calle. Pasaba días enteros en pijama y caminaba de un sitio a otro de la casa arañando las alfombras con unas pantuflas mugrientas que reforzaban su imagen decrépita.

En la primavera de 1997, las visitas al apartamento del escritor turco me resultaban cada vez más costosas. Me marchaba cada día con una inexplicable amargura, con la sensación de derrota que Emin Kemal me transmitía desde hacía tiempo. Era como volver a casa después de bailar unas horas con la muerte, como gastar energías en dar esperanzas a un moribundo. Hacía meses que me había propuesto no volver a su casa, no atender a sus llamadas, borrarlo de mi vida para siempre. Pero no lo conseguía; no era capaz de romper de forma definitiva con todo lo que me unía a aquel hombre que coqueteaba con la demencia. A menudo me llamaba en mitad de la noche sin reparar en la hora. Descolgaba con la seguridad de que era él y me mantenía a la espera de que rompiera su silencio, un silencio prolongado, como de agonía, que terminaba con una frase cavernosa:

—René, amigo...

—Dígame, maestro —le contestaba con una paciencia fingida.

—¿Qué haces, amigo mío?

—Estaba durmiendo, maestro. Son las cuatro de la madrugada.

—¿Tan tarde? —preguntaba, y enseguida se olvidaba del detalle de la hora—. ¿Qué te ocurre, René? ¿Estás enfermo?

—No, maestro. Estoy bien. ¿Por qué me lo pregunta?

—Entonces, ¿por qué no vienes a visitarme? No puede ser que tengas tantas ocupaciones que te impidan pasar un rato por aquí.

—Estuve ayer en su casa, maestro. ¿Ya no lo recuerda?

Un silencio de confusión al otro lado de la línea. Una tosecita nerviosa, un amago de disculpa.

—¿Ayer?

—Sí, maestro. En realidad no hace más de diez horas que estuvimos juntos.

—¡Ay, René...! René, amigo...

—¿Qué ocurre, maestro?

—Nada, no es nada. Seguramente tienes razón. Ahora lo recuerdo. ¿Estuvimos hablando de...?

—Sí, maestro, de ella...

Siempre hablábamos de ella. No había conversación en que ella no apareciese. Siempre ella, ella... La innombrable, la perdición, la causa de su ruina y su dolor: nuestro dolor.

El Museo de la Universidad de Alicante está construido por debajo del nivel del suelo. Lo cubre un lago artificial de hormigón ligeramente elevado, como una plataforma. Visto desde el exterior, el complejo parece un refugio antiaéreo. En realidad, todo el campus está edificado en el solar de un antiguo aeródromo militar. Algunos aularios mantienen aún la disposición en cuadrículas y calles anchas que le dan un aspecto castrense algo decadente. En el centro del campus sobresale la vieja torre de control, una construcción obsoleta y anacrónica que llama la atención por el contraste con el bullicio de los estudiantes que van y vienen a su alrededor.

Aquella tarde de noviembre de 2008 llovía con una insistencia impropia de la ciudad. La entrada al campus por la gran rotonda era tan caótica como en los viejos tiempos. Después de once años, las cosas habían cambiado poco en la universidad, excepto el tamaño de los árboles. Llegué hasta allí en un automóvil que no era mío, caminaba bajo un paraguas que no me pertenecía y no paraba de preguntarme cómo me había dejado enredar para acudir a un club de lectura sobre un escritor al que llevaba años tratando de apartar de mi cabeza. La culpa, sin duda, era de Leandro Davó y de Ángela Lamarca. El primero, por haberme hecho creer que nadie sabía tanto de Emin Kemal como yo; y la segunda, por su insistencia casi maternal en que me haría bien pasar página enfrentándome con los fantasmas del pasado.

Leandro Davó era cinco o seis años menor que yo. Lo conocí en Alicante a finales de los ochenta, poco antes de la llegada de Emin Kemal a la ciudad. En aquella época él trabajaba en la Editorial Aguaclara y colaboraba con un periódico local. No lo hacía mal. Quería ser escritor, como yo, pero los caminos se estrechaban y cada vez estábamos más lejos de conseguirlo. Aunque éramos muy diferentes, entre los dos siempre hubo buen entendimiento. Por entonces ninguno de nosotros había encontrado su sitio en la vida. Su matrimonio con Paula comenzaba a hacer aguas por la rebeldía y el inconformismo de Leandro; y el mío con Berta estaba ya a punto de romperse.

Leandro Davó me llamó a finales de octubre de 2008, cuando hacía dos meses que yo había vuelto a Alicante. Reconocí enseguida su voz avasalladora.

—Eres un condenado —me dijo en un tono agresivo—. Resulta que llevas seis meses en la ciudad y yo me tengo que enterar ahora...

—Dos meses, Leandro, no exageres. Sólo llevo dos meses aquí.

—Es igual, René, es igual. Qué pronto te olvidas de los amigos.

—Después de tantos años ya no sé dónde encontrar a la gente.

—Pues se pregunta. Aquí nos conocemos todos, ya lo sabes. Precisamente hace unos días me preguntaba qué habría sido de tu vida en este tiempo, y ayer me dijo alguien «¿sabes quién ha vuelto a trabajar con Ángela?», «¿qué Ángela?», «pues Lamarca, joder, ¿qué Ángela va a ser», como si no hubiera más ángelas en el mundo. Y me dijo «René», «¿qué René? ¿René Kuhnheim?», «pues claro, joder, ¿a cuántos renés conoces tú?». Y es verdad. Lo que no entiendo es cómo eres capaz de estar en Alicante seis meses y no llamarme.

—Dos meses, Leandro, son dos meses. Y todavía estoy tratando de ubicarme. ¿Cómo has conseguido mi teléfono?

—¿Cómo crees tú que puedo conseguirlo?

—¿Ángela?

—Tú verás. ¿Se te ocurre otra forma? Llevas quince años desaparecido, compañero.

—Once, Leandro, son once.

Leandro soltó una risotada que me obligó a apartar el teléfono de la oreja.

—Es lo mismo once que quince. Yo ya perdí la cuenta hace mucho. Es tiempo suficiente para que volvamos a vernos, tomemos un café y me hagas un favor. No, no te voy a contar nada por teléfono. Y no me puedes decir que no. Me lo debes.

Leandro Davó vivía en La Colmena, un edificio espeluznante de veintidós pisos que sobresalía sobre las construcciones modestas del barrio de San Blas. Delante del coloso se abría una plaza caótica, invadida por coches mal aparcados y contenedores de basura. El apartamento estaba en la última planta y daba a las vías del tren. No se parecía en nada a la última casa de Leandro que yo conocí, cuando aún estaba casado con Paula. Me sorprendió el orden y la limpieza. En otros tiempos, Leandro vivía inmerso en el caos y en la suciedad. Ahora ni siquiera olía a tabaco.

—He cambiado, René —dijo como si me hubiera adivinado el pensamiento—. Todos hemos cambiado, creo.

—Eso parece.

El mobiliario de la casa estaba elegido con gusto y distribuido con buen criterio. Había velas sobre una mesa central, cojines en los asientos, cortinas en las ventanas y libros bien ordenados en las estanterías. La pared más grande de la sala estaba cubierta de fotografías enmarcadas; todas en blanco y negro. Me entretuve en mirarlas mientras René seguía hablando.

—Me volví a casar. ¿Lo sabías? —me dijo Leandro.

—No, no sabía nada.

—Y me volví a divorciar. Claro, eso tampoco lo podías saber.

Entre todas las fotografías, me llamó la atención una que destacaba sobre otros paisajes urbanos que podían ser de Berlín o Londres. Ésta era la imagen invernal de un jardín en un día soleado. En el centro de la imagen se abría un camino bordeado por árboles, cubierto de hojarasca, que desembocaba en una enorme escalinata. Al fondo se veía la fachada de un edificio austero y sobrecogedor, que apenas asomaba entre las ramas. Permanecí un rato absorto en las siluetas fantasmagóricas que formaban los troncos, rotas por la simetría de las escaleras del fondo. Entonces, Leandro me devolvió a la realidad.

—¿Un café?, ¿o prefieres algo más fuerte? Yo no bebo ya nada. Además, hace tiempo que no me meto aquella mierda. Estoy limpio, René.

Lo miré tratando de disimular mi sorpresa. Su explicación me parecía innecesaria, pero no quería parecer descortés. Entró en la cocina y siguió hablando desde allí.

—¿Has seguido con las traducciones? —me preguntó.

—No, eso está olvidado. Llevo más de diez años apartado de todo eso.

—¿Sin escribir? —preguntó asomando la cabeza por la puerta de la cocina.

—Sin escribir, sin traducir, sin viajar... Ya me entiendes.

—¿Y qué has hecho entonces?

—Sobrevivir, que no es poco. Pero si has hablado con Ángela te habrá puesto al tanto de esos detalles. ¿No es así?

—¿Lamarca? —dijo sonriendo—. Esa mujer te protege como a un polluelo. Ya sabes que no suele hablar mucho de los demás —entonces se puso muy serio—. Todos hemos pasado nuestras malas rachas, y por eso entiendo que te marcharas sin despedirte.

—Hace años que no he escrito ni una sola línea —le dije sin querer confesarle toda la verdad—. Dejé por el camino dos o tres novelas empezadas, una biografía, un libro de viajes... En fin, ¿qué puedo decirte? No he vuelto a traducir. Me da una pereza terrible. Además, lo pagan muy mal. Ya lo sabes.

—¿Y dónde has estado metido?

Traté de contarle alguna cosa, sin darle demasiados detalles, mientras Leandro servía el café. Al oírme, sentía que estaba hablando de la vida de otro.

—Pero no me has llamado para escuchar todo esto —le dije finalmente—. Quieres pedirme algo. ¿Verdad?

—Sí, ya te lo dije. Necesito que me hagas un pequeño favor literario. Para mí es importante —se levantó y se dirigió a la cocina; mientras se servía otro café siguió hablando—. Ahora me busco la vida como puedo. Lo del periódico lo dejé hace años; también lo de la editorial. Hago algunas cosillas en la universidad. Este año dirijo un club de lectura. ¿Sabes lo que es?

—Puedo hacerme una idea.

—Es una especie de tertulia sobre una serie de libros que propongo. La gente lee y luego opina. Básicamente es eso. Resulta muy interesante. El mes que viene comentamos *La Luna Roja* —hizo una pausa y, aunque estaba a mi espalda, podría asegurar que observaba mi reacción. No me moví ni hice gesto alguno. Luego continuó—: Nadie conoce ese libro mejor que tú.

—Bueno, el autor lo conoce mucho mejor. Creo.

—Sí, ya sé; pero él no cuenta. Ya me entiendes.

—No, no te entiendo.

—Hace años que Emin Kemal no da señales de vida. La mayoría de sus lectores está convencida de que ha muerto hace tiempo.

—Pero tú sabes bien que no es así. Incluso sigue viviendo en la misma casa.

—Sí, de acuerdo. Pero está aislado del mundo: no sale a la calle, no recibe a periodistas, no escribe, no publica, ni siquiera reedita. Vamos, como si hubiera muerto —volvió a quedarse callado y esta vez vi que me observaba—. Fuiste su traductor. Nadie conoce su obra mejor que tú.

—Eso no es verdad —protesté—. Hay muchas tesis doctorales sobre Emin Kemal. Se organizaron congresos, conferencias...

—¿Y cuánto tiempo hace de eso? Nadie se acuerda ya de un escritor turco que no publica desde hace... ¿veinte años?

—Dieciocho.

—Pues eso, dieciocho años. Después de *La Luna Roja* no se volvió a saber nada de él.

—¿Y tú crees que a alguien le puede interesar mi opinión sobre ese libro? Tú lo conoces tan bien como yo. O mejor.

Leandro agachó la cabeza, y me pareció que cerraba los ojos en un gesto de rabia o de meditación. Era imposible saberlo.

—Te seré sincero, René: este trabajo de la universidad es importante para mí. He pasado una mala racha y ahora estoy saliendo a flote. Si en el Vicerrectorado ven que lo que hago merece la pena, seguirán contando conmigo. De lo contrario... Les hablé de la posibilidad de traerte al club de lectura y se mostraron muy interesados. Aquí todavía se te recuerda por tu trabajo.

—¿Mi trabajo? ¿Qué trabajo?

—Tu libro de relatos. Hay mucha gente que reconoce tu talento.

Me sentí molesto con aquel comentario. No podía saber si Leandro era sincero o si estaba tratando de convencerme con malas artes. Hacía demasiado tiempo que no nos veíamos; quizás se había vuelto un ser mezquino. La mención de mi único libro publicado hasta entonces me hizo removerme en el asiento y apretar las mandíbulas. Tuve que contenerme para no demostrar la rabia. Me levanté y busqué el baño después de disculparme. En ese momento tenía ganas de estrangular a Leandro. Era una reacción estúpida, sin sentido. En realidad, él no era culpable de mis frustraciones.

Mientras me lavaba las manos me enfrenté a mi propia mirada en el espejo. La luz cenital acentuaba las arrugas de mi frente y proyectaba la sombra de la nariz sobre los labios. Me costó trabajo reconocer al muchacho que venía en los veranos a pasar las vacaciones a la casa del abuelo, en la playa de San Juan. Me pareció que tenía más canas que aquella misma mañana. Cerré los ojos agobiado. Me faltaban seis meses para cumplir cincuenta años y esa cifra, al verme en el espejo, cayó sobre mí como un castigo. Me mojé las muñecas para tranquilizarme. Era una de las cosas inútiles que aprendí de mi madre. Cerré los ojos y respiré profundamente.

Leandro me estaba esperando en la puerta del baño. Me miraba sin saber muy bien qué decir.

—De acuerdo —le dije después de espantar los demonios que rondaban por mi cabeza—. Iré a ese club de lectura.

Aquel 4 de noviembre de 2008, la orquesta universitaria ensayaba la *Quinta Sinfonía* de Beethoven en la sala contigua a la Biblioteca del Museo. Llegué diez minutos antes de las cinco. Leandro Davó colocaba las sillas alrededor de una enorme mesa rectangular.

—Creo que hoy van a venir todos —me dijo a modo de saludo y luego me dio la mano.

Tenía razón. A las cinco y diez todavía entraba gente que llegaba tarde.

La Biblioteca del Museo, como el resto del edificio, tenía un aspecto de búnker que resultaba claustrofóbico. Nos habíamos reunido casi treinta personas alrededor de una gran mesa. Leandro comenzó a hacer la introducción sobre Emin Kemal y *La Luna Roja*.

Yo había terminado de traducir aquel libro inclasificable en 1990, cuando el escritor decidió quedarse en Alicante. Emin Kemal tenía entonces cincuenta y cinco años, o eso pensaba yo. Su aspecto, sin embargo, era el de un anciano. Creo que no me equivoco al afirmar que en aquel momento gozaba de la máxima popularidad en un gran número de países. Su obra estaba traducida a más de treinta idiomas, y su nombre había sonado entre los candidatos al Nobel tres años antes. Por esa razón, un libro tan hermético, tan influido por un surrealismo caduco, fue una sorpresa para los críticos y, tal vez, supuso el comienzo del declive de su carrera. Otros, por el contrario, consideraban que aquel librito mezcla de novela, poesía y elementos oníricos era una obra maestra.

De repente se abrió la puerta de cristales esmerilados y entró una mujer cargada con un paraguas y un bolso enorme. Llevaba unos auriculares diminutos que se quitó cuando todos volvimos la mirada hacia ella. Entonces me pareció que yo había visto ese rostro antes, y sentí un latigazo en el pecho cuando su mirada se cruzó con la mía. Se disculpó con un gesto por el retraso. Me pareció ver a Leandro molesto por la interrupción. Yo acababa de ser presentado como el traductor de Emin Kemal, y los asistentes se volvieron de nuevo hacia mí con curiosidad. Pero no podía apartar la mirada de la mujer que acababa de entrar. Dejó el paraguas y se hizo un hueco en la mesa. Aunque no estaba frente a mí, podía observarla sin dificultad. En ese momento entendí lo que me estaba sucediendo. Aquella desconocida se parecía mucho a Tuna. No eran tanto sus rasgos como los gestos y los movimientos. Pero Tuna tendría entonces cincuenta años, y aquella mujer apenas superaba los treinta.

—¿Me recuerdas tu nombre, por favor? —dijo Leandro Davó sin poder disimular su malestar.

—Aurelia —respondió con timidez.

Era un nombre bonito, pero poco frecuente. Su acento era extranjero. Obsesionado con el parecido con Tuna, llegué a pensar que era un acento turco. El pelo era moreno y largo, en una melena que le llegaba a los hombros. Tenía la tez pálida y los rasgos muy pronunciados. Ojos claros, como los de Tuna. Sí, se parecía mucho a ella, aunque me costara precisar en qué. Su irrupción en la sala me había alterado. Hacía mucho tiempo que los recuerdos no se despertaban con tanta fuerza en mi memoria.

Tuna... ¿Qué estaría haciendo en aquel momento? Me invadió una inexplicable melancolía. Me contuve para no cerrar los ojos al rescatar su rostro del recuerdo. La última vez que la vi en Estambul ella tenía veintidós años. Sentí un hormigueo en el estómago. ¿Sería capaz de reconocerla si la viera hoy?

Alguien había sacado una carpeta sobre la mesa y desplegaba montones de documentos y fotocopias anotados y subrayados. Era un hombre joven, con barba de una semana y gafas sin montura. Leandro se dio cuenta de que mi pensamiento estaba en otro sitio.

—Hablamos del título —me dijo con discreción—. Me decía Manuel que *La Luna Roja* es una metáfora. No sé si todos estáis de acuerdo. Sigue, Manuel, disculpa.

El joven sacó dos folios entre el montón y los mostró como si allí estuviera la prueba irrefutable de su argumento.

—En realidad, el príncipe de Aquitania, protagonista del libro, es un doble de Nerval —dijo el tal Manuel—, el poeta que tanto ha influido en Emin Kemal.

Siguió hablando y expuso su teoría. Habría resultado interesante si no fuera porque todos aquellos paralelismos con la poesía francesa hacía muchos años que me aburrían. Estaba cansado de tanta teoría literaria. En realidad, la última obra del escritor turco siempre me pareció un despropósito desde la primera hasta la última línea. Pero aquel joven seguía entusiasmado con el simbolismo del protagonista.

—Leo literalmente: «El príncipe de Aquitania es un doble de Nerval, su hermano místico. Nerval se calificaba de oscuro descendiente de un legendario paladín del Périgord, un Labrunie que fue caballero del emperador Otón, cuyo escudo ostentaba tres torres de plata coronadas por tres medias lunas de plata».

No pude controlar mi carcajada. Todos se volvieron hacia mí.

—Nerval estaba como una regadera —dije con desprecio—. No se pueden tomar en serio esas estupideces, ni tampoco a los que las fomentan.

Mis palabras sonaron duras, pero en ese momento estaba satisfecho de lo que acababa de decir. Todos rompieron a hablar a la vez, mientras yo observaba con discreción a Aurelia. Arrugaba la frente y se llevaba una mano a los labios como si tratara de concentrarse. En aquel gesto también me recordaba a Tuna. En ese momento, levantó la mano para solicitar la palabra. Leandro Davó hizo callar a todos con autoridad:

—Por favor, Aurelia ha pedido la palabra.

—Lo que quiero decir es que el nombre del protagonista es importante.

Dejó caer unas cuantas afirmaciones que entonces me parecieron pretenciosas y pedantes. La dejé hablar, aunque cada frase suya me daba pie para rebatirla. De nuevo volvió a producirse un gran alboroto tras la intervención de Aurelia. El tal Manuel trataba de hacerse oír por encima de los demás. Sin duda estaba ofendido por mis comentarios. Aurelia y yo manteníamos una mirada retadora. Leandro volvió a imponer silencio y me preguntó mi opinión.

—El nombre del protagonista es una excusa —dije entonces tratando de adoptar un tono serio—. Como sabréis, imagino, Nerval efectivamente menciona al príncipe de Aquitania en uno de sus poemas, pero la referencia que hace Kemal no tiene nada que ver con el contenido de la poesía del francés. Lo que Emin Kemal trató de hacer en este libro fue un canto nostálgico a una ciudad y a un tiempo que ya eran irrecuperables para él. Todas las demás cosas que estáis diciendo carecen de sentido.

Miré a Aurelia y ahora no esperó a que Leandro le diera la palabra. Se adelantó a todos:

—Estás equivocado. Sólo dices tonterías, y disculpa que te hable así. *La Luna Roja* está escrito a partir de un desengaño amoroso de Emin Kemal. Lo escribió desengañado de la única mujer a la que quiso en su vida, y probablemente la única que lo amó.

Aquella afirmación tan contundente sonó como una sentencia. Se hizo el silencio y aproveché para decir con sarcasmo no disimulado:

—¿Una mujer? ¿Qué mujer es ésa?

—Se llamaba Orpa y era judía sefardí —me respondió con una seguridad que me hizo dudar—. Si tanto conoces al escritor, deberías saberlo.

Entonces Aurelia se levantó, pidió disculpas, cargó con el bolso, recogió el paraguas y se marchó. Su sombra se perdió al otro lado de la puerta de cristales. Miré a Leandro como si él pudiera hacer algo para detenerla, pero estaba concentrado en su papel de moderador. Tuve la tentación de levantarme y correr detrás de ella, pero enseguida me pareció ridículo. Desde ese momento, las intervenciones de los demás dejaron de interesarme.

No era mi primera noche de insomnio en las últimas semanas, aunque era la primera vez que tenía una razón para desvelarme. No lograba olvidarme de aquella misteriosa llamada de teléfono. Ángela Lamarca me había conseguido el piso y me había adelantado dinero para pagar el alquiler. Demasiado espacio para mí solo. Mis pertenencias apenas ocupaban un rincón del armario del dormitorio. Procuré llenar el vacío de los muebles del salón con periódicos atrasados, suplementos, revistas. Improvisé un pequeño estudio junto al balcón e instalé el ordenador, media docena de libros que conservaba de los últimos años y varias libretas con notas para una novela que llevaba aplazando una década. Hasta esa noche, nunca había encendido el televisor. Ni siquiera estaba seguro de que funcionara. Pero el insomnio y la desesperación me hicieron buscar algo en lo que perder el tiempo hasta caer rendido de cansancio o de aburrimiento.

Poco antes de medianoche había sonado mi teléfono. Dudé por unos segundos antes de contestar. Nunca lo hago cuando recibo una llamada con número oculto; y mucho menos a aquellas horas. Pero contesté. Una voz de mujer que hablaba en turco preguntó por mí.

—Sí, soy René Kuhnheim.

—Siento molestarlo a estas horas —me dijo—, pero creo que el señor Emin Kemal necesita su ayuda.

Había entendido del todo sus palabras, aunque tal vez no quería darme por enterado.

—Perdone, no sé de lo que me está hablando. ¿Quién es usted?

—Eso ahora no importa —respondió con nerviosismo—. Me temo que el señor Emin Kemal está en peligro. No puedo asegurarlo, pero es muy probable que...

—¿Desde dónde me está llamando? —pregunté, y enseguida me sentí ridículo por lo irrelevante de la cuestión.

—Puede que el señor Kemal necesite su ayuda —siguió diciendo como si no me hubiera oído.

—Mire, señora —le grité irritado—, no sé dónde ha conseguido mi teléfono, pero le aseguro que no puedo perder el tiempo con bromas de mal gusto.

—No es ninguna broma. Si recurro a usted es porque sé que son amigos.

—Lo fuimos. Hace mucho tiempo que no he hablado con él.

—Sí, también lo sé.

—¿Qué es lo que sabe? —le pregunté gritando de nuevo.

—Que cuando ella los abandonó, todo cambió para usted y para el señor Emin Kemal.

¿Estaba hablando de Derya? No podía creer lo que acababa de oír. Miré por el balcón. Quizás alguien, en aquel momento, se tronchaba de risa a mi costa. La mayoría de las ventanas del edificio de enfrente estaban a oscuras. Llegué a pensar por un instante que era la propia Derya la que me estaba gastando una broma de mal gusto. Su tono de voz se parecía, o eso creía yo.

Vi las primeras luces del día a través de las cortinas del dormitorio. Había decidido acostarme por aburrimiento, pero sin sueño. El tráfico en la avenida Alfonso X el Sabio empezaba a ser tan molesto como cualquier día. Lo único que a aquellas alturas podía salvarme de mi obsesión con la llamada de la noche anterior era una buena ducha y un desayuno decente. Pero, recién salido de la ducha y sin tiempo para secarme, ya estaba marcando el número de Emin Kemal en mi teléfono. Esperé pacientemente. No respondía. Imaginé su teléfono sonando sobre la mesita del recibidor. Volví a marcar cuando se cortó tras una larga espera. Poco a poco fui notando que el corazón se me aceleraba. Insistí hasta una tercera vez, pero colgué antes de oír el pitido estridente que indicaba que nadie iba a descolgar. Eran poco más de las nueve. Imposible que el maestro estuviera durmiendo aún. Nunca se quedaba en la cama después de las seis. Dormía poco y mal. Era improbable que hubiera cambiado en los últimos once años. Marqué el número de Ángela Lamarca y enseguida corté. Ella no se despertaba antes de las diez, y hasta las doce su humor solía ser perruno.

Me vestí atropelladamente y, mientras lo hacía, repasaba las frases de aquella mujer y procuraba recordar algún detalle que me diera una pista. A esas alturas ya había descartado que se tratase de Derya. Lo más desconcertante era que me había hablado en turco.

La plaza de Manila había cambiado mucho desde la última vez. El autobús de la línea 6 me dejó muy cerca de la casa de Emin Kemal, pero me entretuve tratando de ordenar mis ideas. Quizás me estaba precipitando. Pensé que lo mejor era llamar a Ángela Lamarca, aunque faltaba mucho para el mediodía. No lo hice.

Me costó trabajo reconocer aquella plaza por la que había pasado en tantas ocasiones. Las pérgolas, los bancos y las jardineras la habían transformado. La heladería a la que les gustaba acudir a Derya y a su marido en las noches de verano era lo único reconocible. Me demoré casi media hora hasta que me decidí a entrar en el portal. Todo seguía teniendo el mismo aspecto sórdido: escaleras de terrazo ennegrecido, pasamanos desgastado, la publicidad tirada por el suelo, olor a gato...

Emin Kemal vivía en la tercera planta de una finca construida en los años cincuenta. No tenía ascensor. La escalera era estrecha, y la pared estaba salpicada de humedades. Las mellas del rodapié se habían multiplicado en los últimos once años. Aún no había tocado el timbre cuando descubrí que la puerta no estaba cerrada del todo. Sin embargo, llamé antes de empujar. Esperé. No se oía ningún ruido en el interior. Volví a tocar el timbre y esperé nervioso. Parecía la escena de una novela negra, aunque estaba sucediendo de verdad. Por el resquicio de la puerta alcancé a ver el teléfono sobre la mesita del recibidor. Todo estaba igual después de tanto tiempo. Tuve un mal presentimiento y, a pesar de todo, me colé en la entradita. Olía a cerrado. Hacía mucho tiempo que no se había ventilado la casa. Avancé por el pasillo sin dejar de llamar al maestro, aunque estaba convencido de que no contestaría. Vi luz tras la puerta acristalada de su estudio.

Antes de entrar ya había visto los pies de Emin Kemal. Estaba tirado sobre la alfombra y su cara tenía el color de la cera. Era evidente que estaba muerto. Sobre el pecho tenía un libro abierto. Lo reconocí enseguida: se titulaba *El criador de canarios,* y yo era el autor. El prólogo era del maestro, y yo mismo le regalé un ejemplar cuando se publicó en 1990. La visión de mi libro sobre su pecho me impresionó tanto como el descubrimiento del cadáver. Cogí el libro y lo sostuve con las dos manos. Durante un rato no fui capaz de moverme. Me temblaba todo el cuerpo. Hice un esfuerzo para sentarme en el sillón que había junto a la mesa de trabajo. Emin Kemal tenía los ojos abiertos y su mirada parecía seguirme. Llevaba puesto el pijama y, encima, una bata. Una de sus pantuflas permanecía en el pie, pero la otra no se veía por ninguna parte. No llevaba calcetines. Tenía los brazos abiertos y separados del cuerpo, como un crucificado. Era una postura forzada, casi cinematográfica. Aunque el maestro padecía del corazón desde hacía años, en ese momento no podía quitarme de la cabeza la idea de que lo habían asesinado. Bajo las fosas nasales tenía restos de sangre. Al darme cuenta de ese detalle, sentí un ataque de pánico. Me dirigí al pasillo y corrí hacia la salida. A pesar del aturdimiento, fui capaz de entornar la puerta para dejarla como la había encontrado al llegar. Al bajar di un traspié y estuve a punto de rodar por las escaleras. Me detuve en el descansillo del segundo piso y tomé aire. Necesitaba serenarme. Mi comportamiento estaba empezando a parecerme absurdo. Una mujer subía por las escaleras tirando con mucho esfuerzo de un carrito de la compra. La reconocí enseguida. No podía recordar su nombre, pero la cara era inconfundible a pesar del paso del tiempo. Me observó de arriba abajo con desconfianza. Consiguió que me sintiera como un vendedor a domicilio. Me tranquilizó pensar que ella no se acordaba de mí.

—¿Busca a alguien? —me preguntó en un tono seco y desconfiado.

—Creo que me he equivocado de edificio —le dije.

—Si busca la casa del escritor, es en el tercero.

Me desconcertó la seguridad con que lo dijo. No parecía que me hubiera reconocido, pero daba por hecho que yo tenía alguna relación con Emin Kemal. En ese momento no podía pararme en suposiciones. Le di las gracias y volví sobre mis pasos. Era como rebobinar la escena de una película.

Sentado de nuevo en el sillón junto a la mesa de trabajo del maestro, traté de serenarme y hacer una composición de los hechos. La llamada anónima de la noche anterior me desconcertaba. Lo primero que debía hacer era dar aviso de la muerte del escritor. Seguía pensando que podrían haberlo asesinado. Empezaba a creer que alguien me estaba tendiendo una trampa para implicarme en su muerte. ¿Quién era la mujer de la llamada? De nuevo volvió la imagen de Derya a mi memoria. No la creía capaz de hacerme algo así, y menos después de tanto tiempo. Entonces pensé por primera vez en Aurelia. Tal vez fuera ella, aunque me costaba trabajo imaginar que hablara un turco perfecto. Me estaba volviendo loco. Llevaba varios minutos junto al cadáver del maestro y no era capaz de reaccionar. Tenía miedo de verme implicado en un asunto turbio. Comencé a pasear por el estudio para calmar los nervios y ordenar mis ideas. Todo seguía igual que once años antes. En lo alto de las estanterías estaban alineadas las cintas magnetofónicas como reliquias de otro tiempo. Siempre fue un misterio para mí el contenido de aquellas viejas grabaciones, pero ahora no era el momento de averiguar qué había allí. Los libros formaban torres amontonadas en el suelo, en las sillas, en un pequeño sofá que casi nunca se utilizó como asiento. No debía tocar nada, ni cambiar las cosas de sitio. Entonces me vino a la cabeza la imagen de mi libro abandonado sobre la mesa de Emin Kemal. Formaba parte de un pasado que había tratado de olvidar; pero allí estaba, con su portada azul oscuro y el título en blanco, testigo de lo que había sucedido. Lo cogí de nuevo en un acto irreflexivo y leí la dedicatoria que yo mismo había escrito años atrás:

Para Derya, desvelo de mis noches y causa de mi locura, con el ardiente deseo de un amante que la busca entre las sombras de la melancolía.

El libro se me escurrió de las manos y tuve que recogerlo del suelo. Era evidente que aquél no era el ejemplar que yo le había regalado al maestro, sino a su esposa. De nuevo el recuerdo de Derya regresaba del pasado. No sabía cómo había llegado aquel libro a Emin Kemal. Me enfurecí al saber que el escritor conocía la dedicatoria que yo le hice a su mujer. Sin duda, Derya había dejado el libro allí en su huida, años atrás. Deduje que él lo habría descubierto entre las montañas de libros y papeles. Pero ¿cuándo lo encontró Emin Kemal? El libro sobre el cadáver del escritor y la dedicatoria me comprometían. Lo cerré y me lo guardé entre el cinturón y la camisa. Aunque el maestro estaba muerto, me sentía abochornado en su presencia. Era una vergüenza irracional. Paseé la vista por toda la habitación tratando de encontrar otros vestigios que me delataran. Sobre la mesa permanecían las estilográficas bien alineadas junto a papeles garabateados con una letra ilegible. Era la letra del escritor; la conocía bien. Uno de los cajones estaba entreabierto. Mi curiosidad fue más fuerte que el sentido común. Eché un vistazo tratando de no dejar huellas. Aquel cajón siempre había permanecido cerrado con llave, pero alguien había forzado la cerradura. Un motivo más de preocupación. Yo sabía que el maestro guardaba allí su pasaporte, dinero, algunos documentos y unos diarios de tapas rojas que conservaba como un tesoro. En alguna ocasión en que Emin Kemal dejó el cajón abierto tuve la posibilidad de hojearlos, pero no lo hice. Todo parecía estar en su sitio, excepto los diarios: habían desaparecido. Aquel descubrimiento me puso más nervioso. Cogí mi teléfono y marqué el número de Ángela Lamarca. Ni siquiera miré el reloj para ver la hora. Me respondió una voz cavernosa.

—Lo siento, Ángela, no te hubiera llamado a estas horas si no fuera por una cuestión importante.

—Dime, René, ¿qué es eso tan urgente?

—Emin Kemal está muerto.

—¿Qué quieres decir con que está muerto?

—Ángela, sólo quiero decir eso, que está muerto.

—¿Cómo te has enterado?

—Lo tengo a mis pies, tieso como una mojama.

Los nervios me hacían decir estupideces. Conté mentalmente hasta ocho antes de escuchar la voz de Ángela.

—¿Dónde estás? —me dijo en un tono que parecía más una orden que una pregunta.

—En su casa. Te llamo desde su estudio. Llevo aquí poco más de un cuarto de hora y...

—¿Estás solo?

—Sí. Bueno, no... Con él, pero está muerto. Ya te lo he dicho.

—¿Lo has matado tú?

—Ángela, ¿cómo puedes pensar eso? Claro que no lo he matado. Lo encontré así, tirado sobre la alfombra.

—¿Y se puede saber por qué estás en su casa?

—Es largo de contar, Ángela. Esto empieza a parecerse a una novela policíaca... No sé qué hacer; por eso te llamo. Tendría que avisar a una ambulancia...

—¿No acabas de decir que está muerto? —preguntó con un aplomo que me dejó helado.

—No tengo ninguna duda.

—Entonces a donde tienes que llamar es al 112.

—¿Y qué les digo?

—René, hijo, pareces tonto... —enseguida me pareció que se había arrepentido de sus palabras—. No te pongas nervioso. Ve llamando al 112 y cuéntales lo que ha pasado. Yo estoy allí en quince minutos.

Me apresuré a buscar un libro al azar en las estanterías. Lo abrí y lo coloqué sobre el pecho del escritor, procurando que estuviera en la misma posición en que había encontrado mi libro de relatos. Luego marqué el número de Emergencias.

Ángela Lamarca no tardó quince minutos, sino tres cuartos de hora. Me salí al descansillo y conté segundo a segundo el tiempo hasta que escuché pasos en las escaleras. Los del 112 subieron acompañados de una patrulla de la Policía Nacional. Detrás llegaron la vecina del segundo y su hija, con un bebé de apenas unos meses. La última vez que la vi, aquella muchacha tendría unos quince años. Ahora seguía mascando chicle como entonces, pero ya no llevaba el *piercing* en la nariz. Seguía siendo muy reconocible. La chica mantuvo su mirada en la mía durante un instante más de la pura cortesía. En ese momento supe que me había reconocido.

Uno de los policías se interpuso en la escalera para evitar que el vecindario en pleno entrase en la vivienda de Emin Kemal. Conduje al Servicio de Emergencias hasta el estudio del escritor. Un médico joven se arrodilló junto al cadáver. Empecé a dar explicaciones atropelladamente y cada vez me mostraba más nervioso. El otro policía miraba a los rincones y se rascaba la barbilla.

—¿Ha tocado usted algo? —me preguntó.

—No, nada —mentí, y sin embargo aquello me tranquilizó un poco—. Todo está como lo encontré.

—¿Quién es? —siguió preguntando el policía.

—Me llamo René Kuhnheim. Soy amigo de... Bueno, conocido.

—Me refiero al difunto.

La evidencia de la pregunta me desconcertó. Lo mejor era empezar por el principio.

—Es Emin Kemal —traté de explicarme torpemente—. Bueno, era Emin Kemal.

—¿Tiene usted llave de la vivienda? —volvió a preguntar.

—No, no tengo llave.

—¿Y quién le abrió la puerta? —insistió sin reparar en mi nerviosismo—. No hay signos de que la hayan forzado.

—Estaba abierta.

El policía dejó de mirar a todas partes y clavó sus ojos en mí con insistencia. El médico se incorporó y se quitó unos guantes de látex.

—Este hombre lleva muchas horas muerto —dijo el médico—. Seguramente desde ayer tarde.

—¿Hay señales de violencia? —preguntó el policía.

—No, no parece. Yo diría que ha sido una parada cardíaca.

—Tiene un reguero de sangre seca que le sale de la nariz —apostillé para que entendieran que estaba dispuesto a colaborar.

—Sí, ya veo —dijo el médico del 112—. Eso es frecuente en un infarto.

—Y, además, la puerta estaba abierta —añadió el policía—. Voy a llamar al juzgado.

—¿Al juzgado? —pregunté como si en ese momento fuera a acusarme de asesinato.

—Sí, que nos envíen al forense y a la UDEV.

Quería preguntar si me iban a acusar de algo, pero por suerte me contuve. El médico se apartó del cadáver.

—Como quieras —dijo el médico—, pero yo creo que es parada cardíaca sin más.

—Mejor que lo decidan ellos. La puerta estaba abierta y sin forzar. Además...

Ángela Lamarca apareció por el fondo del pasillo. El segundo policía trataba de detenerla, pero no era capaz. Llenó con su cuerpo el hueco de la puerta. Estaba fatigada. Se puso las gafas y saludó al policía a la vez que le echaba un vistazo al cadáver de Emin Kemal.

—¿Qué ha pasado? —preguntó tratando de sobreponerse a su agitación.

—Está muerto, Ángela —le dije a punto de perder los nervios.

—Sí, eso ya lo sé. Pero ¿cómo ha sido?

El policía estaba molesto por la intromisión de la mujer.

—¿Quién es usted?

—Yo soy la editora de ese señor —respondió Ángela señalando el cuerpo del escritor como si estuviera vivo.

El policía se rascó la frente y se pasó la mano por los labios.

—¿La editora? Joder... Pero ¿quién es este tipo?

—Es un escritor turco —le explicó ella.

El policía cogió su radio y comenzó a lanzar consignas a la central.

—¿Ha sido un infarto? —preguntó Ángela Lamarca.

—Parece que sí —le dije.

El policía abrió los brazos haciendo una señal para que saliéramos.

—No se pueden quedar aquí. Van a venir los de la Judicial a tomar huellas y hacer fotografías.

—¿Huellas? —preguntó Ángela antes de que pudiera hacerlo yo—. Supongo que no estará sugiriendo...

—Yo no estoy sugiriendo nada, señora. A mí no me pagan por sugerir, sino por actuar —respondió el policía con acritud—. Si hay sospechas de que la muerte no es natural, hay que iniciar un proceso.

—¿Un proceso? —pregunté alarmado—. Acaba de decir el médico que es un paro cardíaco.

El policía me retó con la mirada.

—¿Eso piensa? —me dijo como si fuera una amenaza—. Si usted no ha tocado nada, entonces quizás pueda explicarme cómo ha llegado hasta ahí el libro que tiene el difunto en el pecho.

—No le entiendo —dijo Ángela a modo de protesta.

—No hace falta ser un *serlosjolm* para saber que ese libro lo ha colocado alguien ahí.

Sentí que la sangre se me concentraba en el rostro. Era imposible que aquel hombre pudiera saber que yo había cambiado el libro. Palpé mis relatos escondidos tras el cinturón y me cerré la chaqueta para que el policía no los viera.

—Es sencillo. Puede que haya sido una parada cardíaca. Puede, incluso, que el hombre tuviera el libro entre las manos en el momento de sentir el desfallecimiento. Pero nadie va a creer que cayó al suelo con los brazos en cruz y el libro se le quedó abierto así, sobre el pecho.

Ángela Lamarca me miraba intrigada por encima de la montura de sus gafas. Yo sabía lo que estaba pensando, pero estaba seguro de que no diría nada en presencia del policía.

—¿Entonces...? —preguntó Ángela ante mi silencio.

—Entonces avisaré al juez para que sea la Policía Judicial la que se haga cargo del caso.

Al salir a la escalera me crucé con la vecina del segundo piso. Estaba tratando de decirle algo al agente que le impedía el paso. Cuando me vio, me miró con rabia y arrugó los labios con una mueca ridícula de niña enfadada. Sin duda su hija le había recordado quién era yo. Le hice un gesto de desprecio y continué escaleras abajo seguido por Ángela Lamarca y por las miradas de todo el vecindario.

En noviembre de 2008, Emin Kemal ya era un completo desconocido para la mayoría de la gente. Resultaba difícil creer que años atrás su nombre había sonado entre los candidatos al Nobel de Literatura. Su muerte pasó inadvertida en el mundo de las letras, y sólo un periódico local de Alicante publicó una nota breve y una semblanza en el suplemento de cultura.

La Policía Judicial estuvo una mañana entera haciéndonos preguntas a Ángela y a mí. Quise saber lo que iba a suceder, y alguien me explicó que había que esperar a los resultados de la autopsia. Aquella palabra me puso más nervioso. Cuando le hablé a Ángela sobre la llamada a medianoche y el libro de relatos que había encontrado encima del cuerpo de Emin Kemal, se quedó tan desconcertada como yo.

—Si tú no tienes nada que ver con su muerte, no debes preocuparte —me dijo con la seguridad de siempre—. No podemos hacer otra cosa que esperar los resultados de la autopsia.

—¿Y si alguien está tratando de implicarme en este asunto?

—¿Y quién podría estar interesado en complicarte la vida de esa manera? ¿Tienes algún enemigo que yo no conozca?

—Ya no estoy seguro de nada —le confesé—. Pero no me puedo quitar a Derya de la cabeza.

—¿Derya? Vamos... ¿Después de tanto tiempo? Quizás esté muerta y no te hayas enterado. Lo que tienes que hacer ahora es olvidarte de este asunto y ponerte a trabajar —me dijo en tono maternal—. Ya estás encarrilado y no deberías pensar más que en ese nuevo libro.

Como siempre, Ángela Lamarca tenía razón. Después de tantos años en el dique seco, de nuevo le encontraba el gusto a escribir. Me había costado mucho trabajo desprenderme de todo el lastre que me impedía avanzar. Ahora las cosas eran diferentes. Y, sin embargo, la muerte de Emin Kemal me estaba conduciendo de nuevo a una angustiosa zozobra que me recordaba al pasado. Era inevitable que me afectara. Empezaba a sospechar que la llamada a mi teléfono móvil era de la mujer que conocí en la universidad, Aurelia.

El nerviosismo y la incertidumbre me llevaron a aferrarme a recuerdos que me sacaran del bache. Aparqué mi trabajo de escritor. Por las tardes me encerraba a trabajar en la revista, en la oficina de Ángela Lamarca. El trabajo se convirtió por primera vez en una distracción. Cuando Ángela me preguntaba por mi novela, le mentía. No era capaz de confesarle que estaba atascado. Temía defraudarla después de haber confiado tanto en mí. Dediqué las mañanas de otoño a dar largos paseos por la playa de San Juan. Seguramente lo que pretendía con aquellas caminatas era reencontrarme con una parte de mi vida que casi había desaparecido de la memoria. Durante mi infancia, viajaba allí todos los veranos desde Estambul para pasar una temporada en casa del abuelo Augusto y la abuela Arlette. Ahora el lugar resultaba irreconocible. Las avenidas amplias y los bloques de edificios habían acabado con el encanto de una playa y un mar que en otro tiempo fueron un trozo de naturaleza. Me hacía bien caminar bajo la luz otoñal, aunque no conseguía olvidarme de Aurelia. Cuando recordaba su cara, me venía a la cabeza el recuerdo de Tuna. Y, sin embargo, eran tan distintas. La expresión de Tuna a los veintidós años, llorando por la muerte de mi madre, era una imagen que aparecía y desaparecía de mi vida con mucha frecuencia.

A los veintidós años Tuna ya no tenía la ingenuidad y la timidez de la adolescencia. Ahora estoy convencido de que en parte yo era el responsable. La última vez que la vi fue en el verano de 1980. La muerte de mi madre la había afectado más que a mí. Tuna la visitó con frecuencia en sus últimos años, mientras yo trataba de encontrar un sitio propio lejos de Estambul. Pero no me hizo reproches; sólo se abrazó a mi cuello y lloró sin hacer ruido, apretando su pecho contra el mío. La besé en la mejilla. A pesar del daño que le había hecho, no quería apartarme de ella. Sus lágrimas mojaron mi cuello, y el recuerdo de aquella sensación tibia me acompañó durante mucho tiempo, igual que el olor de su cabello mezclado con el ácido fénico del depósito de cadáveres.

En medio de tanto desconcierto, decidí hablar con Leandro Davó. Procuré no contarle detalles sobre la muerte de Emin Kemal. Se había enterado por la prensa. Además, Ángela Lamarca me había advertido que fuera prudente para no complicar más la situación. Leandro Davó me recibió en un pequeño despacho del Vicerrectorado. La urgencia de mi llamada le despertó la curiosidad.

—¿Recuerdas a la mujer del club de lectura que hablaba con acento extranjero? —le pregunté a toda velocidad, aunque venía dispuesto a disimular mi impaciencia.

—Sí. Es imposible olvidarla, porque siempre llega tarde. Se llama...

—Aurelia, sí. ¿Qué sabes de ella?

Leandro me miró y echó la cabeza hacia atrás a la vez que entornaba los ojos.

—¿Qué sé de ella? —ahora me sonreía—. Vaya, René...

—¿Por qué te ríes?

—Por tu interés en esa mujer.

—No tengo tiempo para gilipolleces, Leandro —le dije rompiendo mi propósito de mantener la calma—. Dime si sabes algo de ella. Me debes una.

—De acuerdo. No te pongas así —me miró tratando de calcular la intensidad de mi enfado—. Se llama Aurelia.

—Eso ya lo sé, Leandro. ¿No podrías ser más explícito?

Tecleó en el ordenador sin decir nada y permaneció concentrado en la pantalla.

—Sí, Aurelia... No ha dejado su apellido. A veces pasa.

—¿Y me puedes decir algo más sobre ella, además de que es extranjera?

—No sé nada más. Lleva viniendo al club de lectura desde finales del curso pasado. Quizás sean tres o cuatro sesiones.

—¿Tienes su dirección o el teléfono?

—Claro. Aquí están... Calle Álvarez Sereix, número 8. Teléfono...

Apuntó la dirección y el teléfono en un papel adhesivo, lo arrancó y me lo ofreció con una sonrisa contenida.

—¿No vas a decirme qué te traes entre manos?

—Nada extraordinario —le respondí tratando de ser amable para no despertar sospechas sobre mi verdadero interés—. Estoy buscando a alguien que me ayude en la revista, y Lamarca me ha dado carta libre para contratar colaboradores.

—¿Y por qué Aurelia? —insistió con lógica aplastante e impertinente curiosidad.

—Porque está buena, por supuesto. ¿Te parece un argumento pobre?

Leandro trató de reírme la gracia, pero no lo hizo con naturalidad.

—Antes no eras así, René —me dijo muy serio de repente.

—Bueno, las personas cambian —me despedí y, como si se me acabara de ocurrir, le pregunté—: Por cierto, ¿tú no sabrás si esa chica habla turco?

Se quedó pensando.

—Que yo sepa, no.

—De acuerdo —dije tratando de ocultar mi enfado—. Y otra cosa... ¿No te habrá pedido mi teléfono, por casualidad?

—No, claro que no. Además, no se lo habría dado sin tu permiso.

—Pero tú sí me has dado el suyo...

Me marché del despacho con la sensación de que Leandro no había creído nada de lo que le conté. Aquella misma mañana llamé desde una cabina al número de teléfono. No quería que mi móvil quedara registrado en ninguna parte y tampoco quería llamar con número oculto.

—Librería Raíces, dígame.

Al escuchar la voz colgué rápidamente. Pensé que me había equivocado. Volví a marcar, y ahora puse más atención en los números que Leandro Davó me dio.

—Librería Raíces, dígame.

—Disculpe, yo estoy llamando al nueve, seis, cinco, veinte, setenta y siete, setenta y cinco.

—Sí —confirmó una voz masculina, impersonal—. Es la Librería Raíces, ¿qué desea?

Improvisé una excusa que seguramente aquel hombre no alcanzó a entender y volví a colgar sin hacer más preguntas. Estaba desconcertado. Sin duda, el teléfono que me dio Leandro tenía algún número erróneo, o Aurelia había dado un teléfono falso. Probablemente ni siquiera se llamara Aurelia. Pero ¿por qué tomarse tantas molestias? ¿Estaba jugando conmigo?

Recibí una citación de la Policía Judicial cuando pensaba que todo se estaba calmando. Era una carta con remite de la UDEV: Unidad de Delincuencia Especializada y Violenta. El membrete consiguió alterarme de nuevo. Llamé a Ángela. También ella había sido citada para un día antes.

Me presenté en el despacho de un inspector cercano a la jubilación, bien vestido, que tenía a su espalda la foto del Rey y una bandera de España en miniatura sobre la mesa. Me había hecho esperar más de media hora en una sala donde entraba y salía gente a cada momento. Se disculpó mientras me estrechaba la mano. Si lo que pretendía era ponerme nervioso con la espera, lo había conseguido. Ángela Lamarca se ofreció para acompañarme, pero me negué. Antes, me relató la conversación con el inspector Enrique Chacón. Él le preguntó algunas cosas sobre mí. Ángela me pidió que estuviera tranquilo y contase todo sin ocultar ningún detalle.

—¿La llamada de la noche anterior también?

—Por supuesto. Eso lo primero.

El inspector Enrique Chacón era un hombre espigado. Parecía que se fuera a desarmar en cualquier momento. Tenía la frente amplia y escondía sus ojos claros tras unas lentes bifocales pasadas de moda. Tal y como me contó Ángela Lamarca, su trato fue cordial.

—La autopsia es contundente —me dijo sin andarse con rodeos—: murió de una parada cardíaca. Setenta y tres años, obeso, con problemas cardiovasculares desde hace años, cardiopatía isquémica, operado de corazón... Baipás aortocoronario... Parece todo muy claro. Además, no hay signos de violencia en el cuerpo, etcétera, etcétera —se quitó las gafas y me miró muy fijamente con unos ojos verdes de miope—. Precisamente por eso no le he pedido que viniera con un abogado.

—¿Cómo dice?

—Lo que pretendo explicarle es que usted no está acusado de nada. No tiene por qué preocuparse.

—No estoy preocupado —mentí—. Bueno, ahora, después de lo que acaba de decirme sobre el abogado...

—La puerta estaba abierta —dijo, ajeno a mi inquietud, en un tono que no terminaba de ser ni afirmación ni pregunta—. Cuando usted llegó, la encontró así. ¿No es cierto?

—Sí, la puerta estaba entornada.

—Eso puede explicarse porque el señor Kemal olvidó cerrarla, o no lo hizo con suficiente contundencia. Nos pasa a todos, ¿no?

—Supongo.

—Usted se llama René Kuhnheim Cano —dijo sin prestar atención a mi respuesta—. Nació en 1959 en Alicante. Sin embargo, su padre es... ¿alemán?

—Sí, era alemán. Yo no tengo recuerdos de él. Se separó de mi madre cuando yo era muy pequeño.

—¿Ha vivido usted en Turquía?

—En Estambul.

—¿Cuánto tiempo?

—Me fui allí con apenas tres años.

—¿Y permaneció en Estambul hasta...?

—Hasta los dieciocho.

—Entiendo... Habla usted turco, supongo.

—Sí.

—Claro, claro, son muchos años... Además... Sí... Lo dice en el informe: usted es el traductor del difunto.

—Lo fui hace muchos años. Hace tiempo que no tenía noticias ni contacto con el escritor.

—Efectivamente. También lo dice aquí: once años —el inspector leyó el informe bisbiseando como si tuviera un misal entre las manos—. ¿Debo entender entonces que hace años que ustedes no se veían ni hablaban?

—Así es —contesté con la rotundidad del que no miente.

El inspector Chacón siguió leyendo en voz baja. Estuve a punto de preguntarle si había terminado, pero no quería que descubriera mi impaciencia. Me pareció que aquel hombre hacía su trabajo con desgana. Tenía que haberle hablado en ese momento de la llamada que recibí la noche anterior a la muerte del maestro, pero no tenía ánimos.

—Debe entender usted que cuando se produce una muerte en estas circunstancias no podemos dejar ningún cabo suelto. Es nuestro trabajo, ¿lo comprende? —yo asentí—. Necesito saber si usted tocó algo de la habitación o del cuerpo.

—No, no toqué nada. Me asusté y estuve un instante sin saber qué hacer.

—Entonces no puede aclararnos cómo llegó ese libro al pecho del difunto, supongo. Es una pieza fundamental que no encaja de ninguna manera en este rompecabezas. Las leyes de la física nos dicen que es imposible que estuviera allí, aunque el hombre lo tuviera entre las manos antes de caer.

—Cuando yo llegué, el libro estaba tal y como lo encontraron —mentí sin escrúpulos y sin sonrojarme.

—También había un cajón forzado —insistió el inspector—. Un trabajo muy burdo: apenas tuvieron que hacer palanca con algún destornillador y saltó la madera. ¿No se dio cuenta?

—No tuve tiempo de fijarme en nada. Estaba muy nervioso.

—¿Sabe si en el pasado el señor Kemal guardaba cosas de valor en casa?

—Creo que no.

El inspector Chacón se ajustó las gafas y parecía a punto de ponerse en pie para despedirme cuando una idea lo retuvo.

—Dígame... ¿Usted conocía a la esposa del señor Kemal?

Una vez más consiguió alterarme. Aquel interrogatorio estaba empezando a resultar una pesadilla. Traté de mostrar aplomo a pesar de los nervios.

—Sí, la conocí. Hace muchos años que desapareció y no he vuelto a saber nada de ella.

—¿Qué quiere decir con que desapareció?

—Abandonó a su marido.

—Entiendo —pensé que si le hablaba en ese momento de la llamada telefónica podría desviar su atención, pero el inspector no me dio tiempo a decir nada—. No es que yo pretenda inmiscuirme en su vida privada, pero alguien ha declarado que usted y la señora Kemal...

—Que yo y la señora Kemal... ¿qué? —dije con contundencia.

Estaba seguro de que Ángela Lamarca no había mencionado nada a la policía. La información debía de venir de otra parte.

—No podemos dejar cabos sueltos —me dijo el inspector con frialdad por primera vez.

Sin duda, la vecina del segundo piso había hablado sobre mí. Años atrás, cada vez que subía con Derya a su casa tenía la sensación de que alguien espiaba tras la mirilla. Nunca me gustó aquella bruja chismosa.

—Usted ha dicho hace un momento que sufrió un infarto —repliqué indignado, a punto de levantarme y salir del despacho—. ¿A qué vienen esas preguntas? Lo que quiere saber ahora es si yo me tiraba a la mujer del escritor —me sorprendí por la contundencia de mi voz—. ¿No es eso?

—En absoluto —protestó el inspector Chacón sin perder la calma—. Lo que pretendemos averiguar es por qué nos está mintiendo usted.

El uso del plural me hizo sentir como si estuviera desnudo en una rueda de reconocimiento.

—¿Está insinuando que debo buscar un abogado?

—Eso dependerá de sus respuestas.

—¿Qué es lo que quiere saber?

—Me gustaría que me explicara una cosa: ¿llamó usted desde su teléfono al 112?

—Así es.

—¿Es éste su número? —me dijo el inspector y me mostró el informe en el que aparecía mi teléfono.

—Ése es.

—Entonces, si hace años que no tenía contacto con el difunto ni había hablado con él, ¿por qué la última llamada que recibió fue precisamente la de este número? Su número.

Los nervios me estaban traicionando. Intenté contestar con aplomo, pero hacía tiempo que lo había perdido.

—Esa llamada... Yo no hablé con el señor Kemal... No cogió el teléfono. Lo llamé para anunciarle mi visita —de pronto se me encendió una pequeña luz—: Además, si lo comprueban verán que a esas horas él ya estaba muerto.

—¿Quién le ha dicho la hora de la muerte? Yo no la he mencionado.

—El médico del 112. Él dijo que probablemente había muerto el día anterior.

Había tartamudeado. Estaba muy nervioso. El inspector se daba cuenta. Ahora no me miraba con la misma cara de despistado que cuando entré en su despacho. Era el momento de contarle la llamada que recibí a medianoche, pero no tenía fuerzas para seguir con el asunto. Yo no era culpable de nada, Emin Kemal murió de un infarto. No me podían acusar de serle infiel con su mujer. Pensé que el inspector iba a insistir, pero en lugar de eso me tendió la mano y me dijo con amabilidad:

—Volveremos a vernos. Cualquier día de éstos lo llamo.

Le apreté la mano y salí del despacho como si acabara de escapar de una mazmorra.

Aurelia se había convertido en una obsesión. Cada vez tenía menos dudas de su relación con la muerte de Emin Kemal. Pero ni siquiera encontraba un cabo del que tirar para que la madeja empezara a desenredarse. Cabía la posibilidad de que Leandro Davó se hubiera equivocado al copiar su número de teléfono. Aunque podía llamarlo a la universidad y volver a pedírselo, pensé que era mejor no seguir demostrándole mi interés por la mujer. Tenía la dirección de Aurelia y sabía que era mi última oportunidad.

La calle Álvarez Sereix era estrecha y estaba pavimentada con falso adoquín. El número 8 no era un domicilio particular, sino una librería de lance: Librería Raíces. Otra burla. Ahora estaba peor que al principio. Lo más probable era que aquella mujer ni siquiera se llamara Aurelia. A pesar de mi decepción, me acerqué al escaparate sin saber muy bien lo que buscaba ya. El frontal de la librería era de madera oscura y tenía dos toldos verdes envejecidos. El edificio desentonaba por su antigüedad entre los bloques de pisos más altos y modernos. Se me ocurrió que tal vez Aurelia trabajase en aquella librería. Me aferraba a cualquier idea por inconsistente que fuera.

El espacio dentro de la librería era reducido. Desde el exterior vi libros en el suelo y sobre algunas mesas. Había un hombre con barba canosa delante de un ordenador. Hice visera con las manos en el escaparate y me sorprendió mirando dentro. No vi a nadie más. Entonces tuve una idea fugaz que al principio me pareció absurda, pero que fue convirtiéndose en la única posibilidad a la que podía aferrarme. Recordé de repente mi libro de relatos *El criador de canarios*. Entre los cuentos que lo formaban, había uno que se titulaba *El coleccionista*. Una mujer entraba en una librería de París donde se había citado con un hombre al que sólo había visto en una ocasión. Él se llamaba Céline; o eso creía la mujer. En realidad era un nombre falso. Cuando le preguntó al librero si conocía a Céline, éste buscó en las estanterías y le trajo la novela *Viaje al fin de la noche*. «Es la mejor de Céline —dijo el librero—. Además, es la única que nos queda». La mujer, divertida por la confusión, abrió el libro y lo hojeó. En una de las páginas encontró un párrafo subrayado que decía: «Hay muchas formas de estar condenado a muerte». Y en el margen venía una dirección de los suburbios de París. Precisamente allí encontró al falso Céline muerto de un disparo. Se había suicidado.

Cuando recordé aquel relato que yo había escrito, el corazón me dio un vuelco. Mi imaginación me estaba jugando una mala pasada. O tal vez la realidad se burlaba de mí. Tuve la terrible sensación de haber vivido aquello antes. Empujé la puerta sin más y saludé al entrar.

La librería estaba dividida en dos espacios y tenía una galería saliente, a modo de balcón, que le daba la vuelta haciendo las veces de falsa segunda planta. Fingí que curioseaba en las estanterías y en las montañas de libros que había sobre las mesas. A los pocos minutos empecé a pensar que todo aquello era ridículo. Estaba a punto de marcharme cuando el hombre de barba blanca y gafas de concha me miró, sonrió con un gesto cansado y me preguntó si estaba buscando un libro concreto.

—En realidad estoy buscando a Aurelia, pero me temo que me he equivocado.

—¿*Aurelia*, de Nerval? —me preguntó con la mayor naturalidad.

—No estoy seguro.

—Sí, no puede ser otra —se subió las gafas con dos dedos sobre el tabique nasal y tecleó algo en el ordenador—. Me queda un ejemplar.

El hombre salió del mostrador, rodeó la mesa central y sacó un libro de las estanterías.

—Aquí está —dijo mostrándomelo—. Hemos tenido suerte: llegó hace una semana más o menos. Si quiere echarle un vistazo...

Cogí el libro con indecisión y fingí que estaba interesado en él. Traté de que todas las ideas que me venían a la cabeza fueran encajando unas con otras. El hombre debió de notar mi azoramiento. Pasé las páginas sin detenerme a leer nada. El librero volvió a su lugar detrás del mostrador. De repente encontré un párrafo subrayado en la página 18. Aquello no podía estar sucediendo de verdad. Lo leí:

> *[...] después me estremecí al recordar una tradición bien conocida en Alemania, que dice que cada hombre tiene un doble, y que, cuando lo ve, la muerte está cerca.*

Y con lápiz salía una flecha hasta el borde inferior de la página, en donde se leía una frase manuscrita en turco:

> *Tengo los diarios. Falta uno, pero sé dónde encontrarlo. Es hora de que se conozca la verdad, pero necesito tu ayuda. No te arrepentirás si lo haces.*

Tardé unos segundos en sobreponerme a la sorpresa. Luego sentí rabia. No me gustaban los enigmas, y menos si era yo quien debía resolverlos. Al menos ahora tenía la seguridad de que la falsa Aurelia estaba detrás del asunto. Tenía un cabo del que tirar, pero no tenía fuerzas ni lucidez para hacerlo.

—Está en perfectas condiciones —dijo entonces el librero devolviéndome a la realidad.

—Está subrayado y anotado —le dije con disgusto.

El librero hizo un gesto de conformidad.

—Bueno, a veces los libros con anotaciones son más interesantes —me contestó, encogiéndose de hombros—. Y, además, le costará la cuarta parte de un ejemplar nuevo.

Saqué la cartera para pagarle.

—¿Lo compró en algún lote, o es de un particular?

Se sorprendió por mi interés. Me dio el cambio y entornó los ojos para examinarme.

—De un particular, creo.

—¿Una mujer?

—No lo sé; no puedo acordarme.

Sin duda, mi curiosidad lo amedrentó. Tal vez estaba acostumbrado a tratar con bibliófilos, pero no con un chalado que hacía preguntas absurdas. Vi mi rostro reflejado en el cristal del escaparate por dentro y me asusté al descubrir mis ojos desorbitados. Estaba empezando a perder el control.

No conseguía olvidarme del asunto; al contrario, mi obsesión fue creciendo. Llamé a Leandro Davó para hablar sobre Aurelia. No se me ocurría otra cosa. Leandro no había vuelto a saber nada de ella. Cuando le conté que la dirección y el teléfono eran falsos, se quedó callado al otro lado del teléfono antes de replicar.

—No sé qué decirte, René. Yo no la conozco más que de las sesiones del club de lectura. Pero me extraña mucho que haya dado unos datos falsos. ¿Por qué iba a hacerlo?

—Eso mismo pensé yo. No te preocupes, no es tan importante. Buscaré a otra persona para ese trabajo.

—Quizás venga para la próxima sesión —dijo en un último esfuerzo por ayudarme—. El martes 2 de diciembre comentamos *Doctor Pasavento* de Vila-Matas.

—¿Crees que irá?

—No lo sé, René. ¿Hay algún motivo para que no venga?

—Tienes razón —dije al darme cuenta de que Leandro ignoraba lo que estaba sucediendo—. Esperaré entonces al día de la tertulia.

—También tengo su e-mail, pero por lo que me cuentas seguramente será falso.

—¿Cómo? ¿Tienes su dirección de correo electrónico y no me lo dijiste?

—No me lo preguntaste.

Me contuve. En realidad, no podía culparlo de nada.

—Dámela, por favor.

Faltaban aún dos semanas para que el club de lectura volviera a reunirse. Era demasiado tiempo. Estaba convencido de que Aurelia no volvería a la universidad ese día. Le escribí un correo electrónico como quien lanza al océano un mensaje en una botella. Me consoló ver que no aparecía la notificación de «fallo en el envío». Al menos la dirección existía.

Lo que más me angustiaba era que había dejado de escribir. La muerte de Emin Kemal y todo lo que hubo a su alrededor me afectaron en mi vida diaria. Con frecuencia me levantaba de madrugada, sobresaltado por los camiones del Mercado Central. Entonces encendía el ordenador y trataba de escribir alguna línea de aquella novela en la que andaba enredado. Pero era imposible; mi cabeza estaba en otro sitio.

Seguí perdiendo las mañanas en la playa, tras los recuerdos de una infancia que había idealizado. Pensar en mis abuelos me provocaba una enorme nostalgia. Por las tardes acudía con remordimiento a la oficina y trabajaba en la revista. Lo hacía como el niño que ha faltado a clase y tiene miedo de que sus padres se enteren. La eficiente Eugenia me facilitaba siempre el trabajo y me animaba con una sonrisa cuando me veía decaído. Pasaba las tardes revisando artículos que se iban a publicar, corrigiendo pruebas, maquetando y mandando correos electrónicos. De vez en cuando aparecía Ángela Lamarca con su fiel asistente Álvaro y se informaba de cómo iba todo. Ella siempre llevaba varias cosas entre manos. Daba sus clases de Arte en la universidad, dirigía la revista, participaba en una pequeña editorial y preparaba conferencias que la llevaban a cualquier parte del mundo a exponer sus disparatadas teorías. Cuando me llamaba a su despacho, yo me mostraba esquivo. No quería que supiese que había dejado de escribir. Los remordimientos no me dejaban en paz. No solíamos hablar del pasado, ni de Emin Kemal. Cuando le conté mi visita a la Librería Raíces, se sorprendió tanto como yo. Sin embargo, a ella le divertían las coincidencias con mi relato *El coleccionista*. A mí no me hacían ninguna gracia.

Probablemente Ángela Lamarca era la persona que mejor me conocía. Ni siquiera Berta, en los años dulces de nuestro matrimonio, había logrado nunca adelantarse a mis pensamientos como lo hacía ella.

—Quizás no fuera buena idea que volvieses a la ciudad justo en este momento —me dijo al verme abatido.

—¿Qué quieres decir?

—No sé, pero yo diría que alguien se ha aprovechado de tu ingenuidad. Puede que quieran implicarte en algún asunto turbio. Es difícil saberlo. Tal vez yo tenga parte de culpa por haberte hecho venir.

Sus palabras terminaron de confundirme. Ángela fue quien insistió para que viniera a Alicante. Había tardado casi un año en decidirme, a pesar de que me telefoneaba todos los meses. La puesta en marcha de aquella revista era un proyecto que parecía pensado para mí, aseguraba. Y ahora la veía tan fría. Finalmente me hizo la pregunta tan temida.

—¿Sigues escribiendo? Quiero decir si te sientes cómodo en casa por las mañanas.

Me parecía que Ángela Lamarca ya conocía la respuesta. Nadie podía leer en mis ojos como ella.

—No, no estoy cómodo —terminé por confesarle—. Estoy atascado.

—Ya.

—¿Qué significa «ya»?

—Que lo imaginaba.

El primer día de diciembre, al llegar a la oficina, Eugenia me entregó en mano el último número de la revista y un paquete que llegó por mensajería. Pasé las páginas de la revista sobre mi mesa, prestando mucha atención a los pies de foto y a las líneas viudas. Estaba satisfecho con el trabajo. Entonces reparé en el paquete. El remite era de una empresa de limpieza de Vitoria. Me resultó tan absurdo que me enviaran algo desde allí que decidí abrirlo antes de conectar el ordenador. Era una especie de manuscrito encuadernado con canutillo. Cuando vi la portada, se me escurrió de las manos. Pasé las hojas rápidamente. Me parecía imposible que fuese lo que aparentaba. Estaba escrito en turco, con una letra pulcra y diminuta. Enseguida pensé en los microgramas de Robert Walser. Pero aquello era otra cosa: era uno de los diarios que Emin Kemal guardaba en el cajón de su escritorio. En la primera página decía «Diario 1951-1955». Respiré hondo para recuperarme del susto. Empecé a leer la primera línea con devoción y enseguida comprendí que aquello estaba escrito por un adolescente que soñaba con ser escritor algún día. No era capaz de reconocer la letra del maestro, aunque era evidente que lo había escrito él. Sin duda, con la edad su caligrafía había evolucionado hasta la que yo conocí: una letra ininteligible, propia de un hombre atormentado y fuera ya de la vida. Seguí leyendo de un tirón durante más de media hora. El teléfono sonaba y yo no lo cogía. Eugenia me miraba con preocupación; sabía que me pasaba algo, pero no se atrevía a interrumpir mi lectura. Levanté la cabeza cuando empezó a dolerme el cuello y le pregunté a Eugenia por Ángela Lamarca.

—Está en su despacho desde hace una hora —me respondió.

—¿Tiene visita?

—No, está con Álvaro.

Llamé suavemente antes de empujar la puerta.

—¿Estás ocupada? —le dije mostrándole las fotocopias que acababa de recibir—. Quiero que veas esto.

Me pidió que me sentara. Cuando Álvaro vio que se trataba de algo personal, se disculpó y salió del despacho. Le puse sobre la mesa el diario. Lo miró con interés, pero sus conocimientos del turco eran nulos.

—Es el diario de Kemal —le expliqué muy alterado—. Me ha llegado con un remite que seguramente es falso. Pero el diario parece auténtico. Nadie se tomaría tanta molestia en falsificar una cosa así.

Tardó un rato en hacer una composición de los hechos. Luego me miró sin decir nada. Ambos tratábamos de adivinarnos el pensamiento. Sonó el teléfono y Ángela siguió sin moverse. Álvaro tocó en la puerta y asomó su cabeza afeitada apenas lo justo para comprobar que estábamos en mitad de un dilema.

—¿Todo bien? —preguntó Álvaro.

Ángela Lamarca no respondió, pero su gesto fue suficiente para hacerle saber que todo iba mal. El teléfono dejó de sonar. Álvaro cerró la puerta sin hacer más preguntas. La cara de Ángela se dulcificó con un esbozo de sonrisa.

—Te pasan cosas que a la mayoría de los mortales no le suceden más que en sueños —me dijo después de suspirar.

—¿Crees que debería contarle esto a la policía? —le pregunté sin saber bien lo que estaba diciendo.

—Lo que creo es que deberías mantenerte alejado de este asunto. Al final te afectará seriamente, si no lo ha hecho ya —acariciaba la copia del diario de Kemal sin apartar su mirada de mí—. Hace días que no escribes. Se trata de algo más que un atasco. ¿No es así?

—Hace semanas que no paso de la misma página —confesé—. Desde la muerte del maestro.

—Mira, René, llevas once años en la misma página de tu vida. No quiero decir que estés desperdiciando tu talento, pero tú vales más de lo que quieres hacerte creer a ti mismo.

Sus palabras me resultaron familiares. Yo había oído aquella frase antes, pero en boca de Derya. La miré ingenuamente, con mirada desvalida. Así era como me sentía.

—Quizás debería cerrar capítulo y comenzar otro —reconocí.

—A eso me refería —buscó algo en un portafolios, luego se puso las gafas y me miró—. Voy a hacerte una propuesta. A ver qué te parece esto. Me han ofrecido un artículo para la revista, pero me parece un trabajo mediocre sobre un tema excelente. Me gustaría que lo hiciéramos nosotros.

—¿De qué se trata?

—Arte. ¿Te sientes capaz?

—No, Ángela. Ya sabes lo harto que acabé de arte y de artistas.

—Sí, lo sé, pero precisamente por eso tienes cierta ventaja. Estoy segura de que no escribirías un artículo corriente. Además, te pagaría muy bien si aceptaras.

—Cuéntame algo más —le dije antes de claudicar.

—Quiero que escribas sobre el complejo de los museos de Múnich.

—¿Múnich?

—¿Por qué no? ¿No tienes buenos recuerdos? —me preguntó sin darme margen a responder—. Te vas allí quince días, te instalas cómodamente y me lo traes todo por escrito. Te vendrá bien.

—Pero quince días es mucho tiempo. Podría hacerlo en tres o cuatro. Con eso me sobra.

—Yo te concedo quince. Soy generosa. Quizás te sirva para acabar con tu bloqueo. No hay nada mejor que poner kilómetros por medio.

—Llevo toda la vida poniendo kilómetros por medio —le dije con tristeza, luego rectifiqué—: ¿Cuándo quieres que me vaya?

Ángela fingió que miraba el calendario que tenía sobre la mesa, pero enseguida me respondió con otra pregunta.

—¿Mañana?

Era lo que suponía que iba a decir.

—Necesito más tiempo. Aún tengo que averiguar algo.

Si no la conociera, habría pensado que estaba tratando de deshacerse de mí. Levantó el teléfono y comenzó a hablar con Eugenia sobre los billetes para Múnich.

—No irá —me dijo de repente, tapando el teléfono con la mano.

—¿Quién no irá?

—Esa mujer: Aurelia o comoquiera que se llame.

—¿Adónde no irá?

—Al club de lectura. ¿Es eso lo que quieres averiguar mañana?

Me sonrojé. Una vez más me había leído el pensamiento.

Ángela Lamarca tenía razón: Aurelia no apareció. El martes por la tarde fui a la universidad con el libro de Vila-Matas bajo el brazo. Hacía un sol tímido que invitaba a quedarse fuera y pasear por el campus. Las hojas de los árboles apenas empezaban a caerse en aquel otoño tardío. No le anuncié mi visita a Leandro Davó, pero parecía que me esperaba.

—Veo que esa mujer te interesa de verdad —me dijo.

—Más de lo que te imaginas —confesé con estudiada ambigüedad—. Mañana me voy a Múnich y quería intentarlo por última vez.

Leandro dudó. Yo no sabía si estaba pensando en Aurelia o en la noticia de mi viaje. Finalmente me dijo, como si tuviera su pensamiento en otro sitio:

—¿Qué vas a hacer a Múnich?

—Un reportaje para Ángela Lamarca.

—Eso es estupendo. ¿Estarás mucho tiempo fuera?

—Un par de semanas.

Su curiosidad comenzaba a molestarme. Busqué una excusa para cambiar de conversación. La gente empezaba a llegar a la biblioteca. A la media hora comprendí que Aurelia no vendría. A pesar de que estaba convencido de que no la encontraría allí, no pude evitar la decepción. Era el momento de poner terreno por medio.

Pasé toda la noche leyendo el diario. Resultaba sobrecogedor. Aquello era una joya literaria. A veces, al leer algunas reflexiones, sentía que no era Emin Kemal quien las había escrito, sino yo mismo. Tardé más de una semana en dar el siguiente paso, pero doce días después, mientras me quitaba el cinturón en el aeropuerto de El Altet y los escáneres trataban de detectar líquidos inflamables y bombas en mi ordenador portátil, decidí que iba a escribir aquella historia que tantas cosas tenía en común con mi propia historia.

2.

Desde el último piso del edificio de la calle Goya, el cielo de Madrid al amanecer se veía como una plancha plomiza que fuera a caer sobre las terrazas y los tejados aún adormecidos de la ciudad. La bruma artificial de aquel lunes de abril se extendía por el paseo de la Castellana y planeaba sobre Recoletos hasta perderse en un horizonte infinito de ladrillo y asfalto. René Kuhnheim miraba a través de la cristalera del salón mientras las volutas del humo de su cigarrillo subían por los pliegues de las cortinas buscando el techo. Abrió la puerta del balcón y se llenó los pulmones de aire. Sentía los ojos irritados y como llenos de arena. El fresco de la mañana lo obligó a entrar en casa.

Había trabajado ocho horas seguidas, sin levantarse más que para hacer café o ir al baño. Miró el reloj que tenía sobre su mesa; apenas pasaban unos minutos de las siete. El Macintosh permanecía encendido, con su pantalla diminuta parpadeando de un modo que a René le pareció fatigoso, como si acabara de terminar una carrera de fondo. Pensó en Berta sin rencor, más bien con cierta tristeza. Si ella hubiera estado en la cama, la habría despertado para contarle que la traducción estaba ya terminada; pero aún no había regresado a casa y no tenía a nadie con quien compartir aquel momento casi místico. En su cabeza resonaban aún las frases largas, barrocamente subordinadas, los verbos y las imágenes —la mayor parte de las veces incomprensibles— del último libro de Emin Kemal. Por primera vez en los dos años que llevaba traduciendo al escritor turco, se había sentido desanimado en su trabajo.

No percibió hasta ese momento la soledad de la casa vacía. Procuró no pensar en nada que le enturbiara aquella dicha pasajera. Tenía ganas de hablar con Ángela Lamarca para contarle que había terminado la traducción de *La Luna Roja,* pero era demasiado temprano. Y entonces sonó el teléfono con un tono casi obsceno que le hizo presagiar alguna desgracia. Descolgó y contestó nervioso. Enseguida reconoció la voz de Derya y sintió una mezcla de rabia y alivio.

—¿Cómo estás, caballito? —preguntó la mujer con desparpajo.

—Derya, me has asustado. Son las siete de la mañana... —trató de protestar, pero ella lo cortó.

—No te llamo para saber la hora. Sólo te llamo para recordarte qué día es hoy.

—Recuérdamelo, entonces. ¿Qué día es hoy?

—Lunes, 16 de abril. No me digas que lo habías olvidado. Felicidades, René. Que tus treinta y un años sean tan fructíferos como lo fueron los treinta.

—Me había olvidado —mintió René.

—No te creo, caballito. Seguro que llevas toda la noche celebrándolo con tu mujercita.

—Te equivocas del todo: llevo toda la noche enredado con el libro de tu marido.

—No te creo.

—Eres muy libre de hacerlo, pero te estoy diciendo la verdad. He terminado la traducción hace menos de media hora.

René escuchó una expresión ininteligible y sonrió al imaginar la cara de satisfacción de Derya.

—Ya sabía yo, cuando me fijé en ti, que no me ibas a decepcionar.

—Tú nunca te fijaste en mí —le reprochó René—. Siempre tergiversas las cosas.

—No seas malo, caballito. ¿Cómo puedes decir eso? —y luego cambió de tema como la niña que cambia de juego—. Espero no haber despertado a tu mujercita.

—Pues no, no la has despertado. Ni siquiera ha vuelto a casa aún.

Hubo un silencio largo, casi premonitorio. Enseguida René se arrepintió de su confesión. No le gustaba airear sus miserias, y menos cuando se trataba de asuntos relacionados con Berta.

—Tengo un regalo para ti —dijo Derya como si ya hubiera olvidado la última frase de René—. Vamos a celebrar tu cumpleaños como se merece. Veamos... Son las siete y cuarto. A la hora del almuerzo estoy en Madrid. Si no recuerdo mal, a las nueve hay un tren.

—Derya, Derya... Espera... No hace falta...

—Caballito, ¿no quieres que nos veamos para celebrarlo? Esta noche estarás libre para brindar con tu mujercita o con quien te parezca.

Sus palabras tenían una fuerza persuasiva a la que René no sabía oponerse. Por un instante se olvidó del cansancio y de la noche en vela. Miró las paredes de la habitación y le parecieron las de un presidio.

—¿No quieres que vaya? —insistió Derya.

—No, no. Es decir, me gustaría, pero Alicante está muy lejos.

—¿Tú no vendrías si yo te lo pidiera? —no hubo respuesta—. Además, también tenemos que celebrar que hoy vas a publicar tu primer artículo. No se hable más, nos vemos en la cafetería del Emperador a mediodía.

Cuando colgó el teléfono, René sintió con más fuerza la soledad en el último piso de la calle Goya. Pensó en sus treinta y un años recién cumplidos; pensó en Berta, que había salido a cenar con unos amigos el domingo y aún no había regresado; pensó en Derya y en el hotel Emperador; pensó en la traducción que acababa de terminar. Era demasiado temprano para bajar al quiosco a comprar la prensa. Percibió un cosquilleo en el estómago. Por primera vez iba a publicar un artículo en un periódico nacional. La idea le producía vértigo.

Oyó la puerta de entrada. Berta acababa de llegar. Escuchó los pasos de su mujer en el pasillo, el sonido de las llaves al guardarlas en el bolso, los interruptores de la luz. Apareció en la puerta como si hubiera estado allí agazapada durante horas.

—¿Cómo va todo? —dijo en un alemán desganado.

—Bien, estoy trabajando un poco —le respondió René con la misma desgana.

—¿Y por qué te levantas tan temprano?

La miró en la distancia, sin rencor, sin interés. No quería dar explicaciones.

—¿Qué tal la cena? —preguntó René.

—Bien, pero estoy agotada. Necesito dormir. Esto está muy cargado, ¿no te parece?

René la contempló entre la nebulosa del tabaco. A pesar de su expresión de cansancio, le pareció bella. El alcohol le daba a Berta una pátina de sensualidad. Llevaba la cara limpia, sin maquillaje; los ojos, enrojecidos; el pelo, suelto y desordenado. El vestido negro y los zapatos de tacón la favorecían. Sí, estaba bella a esas horas de la mañana. René sintió la tentación pasajera de acercarse, besarla y quitarle la ropa precipitadamente. Pero no fue más que un impulso, como tantas veces.

—Me voy a dormir —dijo Berta.

—Yo saldré dentro de un rato. Tengo que hacer algunas cosas. Seguramente no vendré a almorzar a mediodía.

Podría haberse ahorrado tantas explicaciones, pensó. Su mujer se quitó los zapatos, se dio media vuelta y caminó hacia el dormitorio arrastrando los pies. Sin duda dormiría hasta primera hora de la tarde, se levantaría para tomar un café, pintaría un rato, llamaría a alguno de sus amigos y estaría colgada al teléfono hasta la noche.

Decidió darse una ducha y salir a comprar el periódico cuanto antes. Mientras se afeitaba, fue sintiendo poco a poco el cansancio de la noche de trabajo. Para olvidarse, pensó en Berta durmiendo en el centro de la cama, sin ropa. Todavía conseguía a veces estremecerse al recordar el pasado. Le vino a la cabeza el apartamento de Múnich, una vivienda pequeña y fría que no hubiera cambiado por nada en sus primeros años de matrimonio. Recordó los largos fines de semana encerrado con Berta en dos habitaciones con un baño diminuto. Nunca creyó que con el tiempo llegara a sentir tanta frialdad ante aquella mujer. La imaginó en la cama con otro hombre y no le costó ningún esfuerzo. En otro tiempo habría sido impensable.

El agua caliente lo hizo renacer. Se mantuvo bajo la ducha hasta que el vapor le impidió ver nada. Tuvo de repente la necesidad de salir de casa, de alejarse de Berta y no recrearse con sus obsesiones. Se puso su mejor camisa, una chaqueta de paño marrón oscuro y guardó los folios que tenía sobre la mesa en una cartera de piel que Derya le regaló en su anterior cumpleaños.

Compró el periódico en el quiosco con impaciencia apenas contenida. Vio por encima los artículos nacionales y se fue a la sección de cultura. Pasó las hojas hacia delante y hacia atrás. No encontró nada; su artículo sobre las pequeñas editoriales no aparecía en ninguna parte. Tiró el periódico a la papelera y guardó el libro que regalaban. Después se arrepintió, lo rescató y lo revisó de principio a fin por si estuviera en otra sección, aunque sabía que eso era improbable. Su decepción le impedía pensar con serenidad. Había trabajado más de un mes para conseguir un artículo breve pero riguroso sobre el panorama de las nuevas editoriales que surgen en la periferia; lo habían felicitado en el periódico. Trató de sonreír y lo hizo de una manera forzada, apretando los dientes. La publicación del artículo era muy importante para él. Por primera vez sus expectativas laborales eran favorables.

El mundo de las traducciones literarias no le ofrecía un futuro esperanzador. Vivía en un piso de lujo en el centro de Madrid, tenía un automóvil alemán con el que podía dar la vuelta al mundo varias veces, una moto que ocupaba una plaza de garaje entera; pero acababa de cumplir treinta y un años y sentía que siempre los demás decidían por él. Pensó con amargura en Berta, tumbada en el centro de la cama que compartían desde hacía años. Quiso verla como en los tiempos de Múnich, cuando lo deslumbró con sus ganas de vivir, con su energía contagiosa, con sus cuadros y sus proyectos de futuro. Pero el futuro lo había construido ella a su medida, y René no sabía dónde ubicarse. Desde el quiosco miró a la terraza del último piso de la calle Goya, como si Berta pudiera estar asomada contemplando su desilusión. Pensó que lo mejor era acercarse a la redacción del periódico para averiguar qué había sucedido con su artículo, pero fue incapaz de moverse. Sentía la derrota, el peso del fracaso. Durante un instante se recreó en su propia desidia. El cielo de Madrid seguía teniendo un color plomizo, casi negro, melancólico. Se apretó contra el pecho la cartera en la que había guardado la traducción del último libro de Emin Kemal. Era lo único real en ese momento. Pensó en Derya: la imaginó camino de la estación en un taxi. En poco más de cuatro horas la tendría enfrente, como si no hubiera pasado el tiempo desde la última vez que se vieron. Instintivamente levantó la mano y detuvo un taxi. Subió sin tener claro lo que quería hacer. «Al hotel Emperador —dijo—, en la Gran Vía». El taxista lo miró con desinterés a través del espejo retrovisor y se incorporó al tráfico con pereza.

El cansancio lo adormiló en el asiento trasero del taxi, mientras se esforzaba por diluir un regusto de amargura. No quería pensar en Berta ni en Derya. Se aferró a las imágenes fugaces que desfilaban tras la ventanilla del vehículo. Las luces de los semáforos le provocaban un estado hipnótico. Se dormía con los ojos abiertos. Su último pensamiento fue para Ángela Lamarca y su casa llena de libros, plantas y restos de naufragios. Seguramente ella era lo único bueno que había entrado en su vida en los últimos dos años. Recordó aquella tarde de invierno de

1988, cuando sonó el teléfono y la voz de Ángela se coló en su vida como un torrente.

Apenas medio año después de instalarse en Madrid, Berta y René seguían viviendo una empalagosa luna de miel. Su piso de Goya siempre estaba lleno de gente que entraba y salía sin dar explicaciones, amigos de Berta que venían a pasar una temporada a España, seres ocurrentes y extravagantes que vivían en una perenne celebración. Los planes que habían hecho en Múnich antes de casarse iban quedando en el camino. No era fácil abrirse paso en una nueva ciudad, pero la madre de Berta procuraba que su hija, a pesar de estar ya cerca de los treinta años, no encontrara las mismas dificultades que ella tuvo para abrirse paso en su carrera. El piso, los gastos, el automóvil, los viajes salían de la cuenta bancaria de Berta, mantenida y engordada por sus progenitores, que rivalizaban en afecto hacia su única hija. Hacían el amor casi a diario, se levantaban a mediodía, comían en buenos restaurantes, podían ir al cine a cualquier hora. Berta pintaba cuando conseguía encontrar un rato para concentrar su atención. No había vendido ningún cuadro, ni había conseguido exponer aún. A René le recordaba demasiado a Patricia, su madre. Cuando veía a su mujer con los pinceles en la mano, buscaba cualquier excusa para irse de casa. Era una sensación de angustia inconfesable. Entonces sufría arrebatos de mala conciencia y mendigaba cualquier trabajo por las redacciones de los periódicos, o pasaba una mañana subrayando las ofertas laborales. Pero los meses transcurrían y nada cambiaba. Siempre terminaba adaptándose al ritmo de Berta: a cerrar los bares de Malasaña de lunes a viernes, a empolvarse la nariz los fines de semana, a volar a París o a Ámsterdam cada mes.

—¿Y si volvemos a Múnich? —le dijo René en cierta ocasión, mientras concentraban en la cocina los restos de alcohol de la última noche de fiesta.

—¿Volver a qué? —preguntó Berta como si escuchara el lamento de un niño que se aburre en la mesa delante de su comida.

—A nada: a encontrar trabajo, a llevar otra vida, a pasar de esta mierda. ¿No te cansa esto?

Berta le sostuvo la mirada y trató de ser paciente con la pataleta de su marido.

—¿Qué mierda, René? ¿Todo esto te parece una mierda?

—Lo que quiero decir es que ya es hora de buscar un trabajo en serio. Desde que llegamos a Madrid no hemos hecho más que hablar y hablar de proyectos, pero la única cosa cierta es que seguimos viviendo del dinero de tus padres.

—Y eso es lo que te preocupa, ¿verdad? —los ojos claros de Berta se movían nerviosos—. ¿Crees que en Múnich seríamos más independientes? A veces pienso que no te das cuenta de nada. ¿Tú quieres ser escritor? Pues escribe. Tienes tiempo, tienes un lugar para hacerlo, no necesitas preocuparte de salir a ganar un sueldo todos los días. ¿Qué más necesitas?

—Quiero vivir de mi trabajo —dijo René levantando la voz y dando un golpe sobre la mesa.

Berta reaccionó como si la hubieran despertado en mitad de un sueño profundo. Dejó lo que tenía entre las manos, se apartó el cabello de los ojos y cruzó los brazos en postura retadora.

—¿Así que es eso? —dijo vocalizando cada una de las sílabas—. Ya te salió la vena de machito español. Lo que te molesta en realidad es vivir de tu mujer. Has tardado mucho en reconocerlo.

—Lo que me molesta es sentirme un inútil. Eso es lo que realmente no puedo soportar.

Aquellas discusiones terminaron por ser frecuentes. Por entonces todavía se solucionaban en la cama. Después de desatar su furia en reproches que no conducían a ninguna parte, René y Berta se buscaban en mitad de la noche, o se desnudaban el uno al otro en el sofá mientras la publicidad del televisor amortiguaba sus respiraciones exaltadas o los gemidos incontrolados. Luego todo volvía a una normalidad artificial, a la estrategia cotidiana del olvido. Hasta que una tarde de invierno sonó el teléfono y Berta lo cogió suponiendo que alguien llamaba para invitarlos a salir una noche cualquiera de un día cualquiera en el que, como siempre, no se habían preocupado por hacer planes.

—Es para ti —le dijo tendiéndole el teléfono a René con frialdad.

Él respondió sin interés, con la misma pereza de la mayoría de los actos cotidianos.

—¿Qué hay, René? ¿Cómo estás? —dijo una voz femenina con un tuteo inusual—. Soy Ángela Lamarca. Tú no me conoces, pero yo he oído hablar mucho de ti —René trató de ponerle edad y rostro a aquella voz—. Yo conocí a Patricia, tu madre, hace mucho tiempo. Antes de irse a Estambul, claro. La recuerdo muy bien, aunque yo era una niña. También conocí a tus abuelos. Bueno, es un poco largo de contar. Mi padre y tu abuelo salían juntos a pescar... En fin, es una historia complicada para hablarla por teléfono —aquella voz sin rostro había conseguido despertar la curiosidad de René—. En realidad no te llamo para decirte estas cosas, sino porque me gustaría contar contigo para un proyecto que hace tiempo que tengo en la cabeza. ¿Tienes un trabajo que te tenga ocupado ocho horas al día?

René sonrió con cierta amargura. La mujer había conseguido sacarlo de su abulia crónica.

—No, por ahora no.

—Mira, René, yo no te puedo ofrecer gran cosa. Económicamente, me refiero. Pero quiero que me escuches antes de nada y luego decidas.

—¿De qué se trata?

El silencio de Ángela le añadió interés al asunto. René permanecía expectante, mirando de reojo a Berta.

—¿Has oído hablar del escritor Emin Kemal?

Se sobresaltó. El nombre le trajo a la memoria el recuerdo de una tarde de primavera en Estambul, el mercado de los libros, Wilhelm fingiendo que leía los títulos de los lomos alineados en las estanterías, y la imagen de Tuna, sonriente y bella. El recuerdo le hizo daño, le sacudió la conciencia. Se mordió los labios y sintió como si una garra le retorciera el estómago.

—Vagamente —mintió.

—Te cuento: es un escritor turco. Ha publicado poesía, novela y obras inclasificables. Está traducido a más de treinta idiomas pero, por supuesto, no al español.

—Ya —dijo escuetamente mientras su memoria lo llevaba a un aula de la Universidad de Múnich llena de estudiantes y profesores que esperaban al escritor para oírlo recitar sus poemas.

—He comprado los derechos de traducción y me propongo editarlo. Pero, claro, necesito un traductor. Espera, espera, no digas nada. Primero quiero que me conozcas, hablar contigo y contarte el proyecto. Estas cosas no se pueden hacer por teléfono. ¿Tú puedes venir a Alicante?

—¿Alicante? —preguntó René como si hubiera escuchado un disparate.

—Sí, creo que lo conoces bien.

—No he vuelto desde que era un niño.

—Sí, lo sé, desde que murió tu abuelo. Te coges un tren por la mañana y te cuento mientras comemos junto al mar. ¿Qué te parece?

—De acuerdo, podemos vernos —respondió sin pensar.

Berta había salido del salón y volvió con el abrigo. Al parecer ya había decidido qué harían aquella tarde. Miró con impaciencia a René, cogió el bolso y comenzó a cambiarse las llaves de una mano a otra.

—¿Te parece bien mañana? —preguntó Ángela Lamarca.

—¿Mañana? —René dudó—. Me parece bien.

Cuando colgó el teléfono, Berta lo miraba con impaciencia. La sonrisa de René terminó por irritarla.

—¿Nos vamos?

—¿Adónde? —preguntó René.

—A donde sea: a tomar algo por ahí.

—¿Quieres que vayamos mañana a Alicante? Quizás consiga un trabajo.

—Estás pesado con el trabajo...

—¿Vienes o no?

—Pues no. No se me ha perdido nada en Alicante.

Ángela Lamarca tenía poco más de cuarenta años en 1988. Lucía una melena color rubio ceniza y era difícil que pasara desapercibida por su altura, su energía y su corpulencia. Aguardaba en la estación del tren junto a un hombre que también frisaba la cuarentena, barba recortada y muy cuidada, cráneo rasurado. Ángela abrazó a René rodeándolo como si quisiera aislarlo del mundo.

—Dale tu mochila a Álvaro —dijo sin mediar presentaciones—. ¿El viaje, bien?

René estaba aturdido por el ajetreo de la estación. La última vez que había estado en la ciudad tenía trece años. Caminaron dejándose llevar por el aluvión de gente que buscaba la salida. Todo le resultaba diferente a como lo recordaba: los edificios, el gran ficus, la avenida que se abría majestuosa hacia la plaza de los Luceros.

Ángela Lamarca vivía en un ático de la calle París, muy cerca de la estación. La casa tenía una gran terraza llena de plantas muy cuidadas, cubierta por un toldo. El resto estaba invadido por libros, cuadros y recuerdos de viajes. Álvaro le mostró el dormitorio a René, que apenas tuvo oportunidad de protestar ante Ángela.

—No me discutas: los hoteles son para los turistas o los forasteros. Y tú no eres ninguna de las dos cosas.

Era evidente que Ángela Lamarca estaba acostumbrada a dar órdenes sin que nadie le replicara. Hablaba lo imprescindible y no se esforzaba por rellenar los silencios con frases de cortesía vacuas.

La parte inferior de la vivienda eran dos pisos unidos y convertidos en oficinas.

—Te estarás preguntando quién diablos soy yo —dijo mientras le franqueaba la puerta de entrada a las oficinas—. Pues no te preocupes, que también a veces yo me lo pregunto.

Ángela Lamarca era un personaje inclasificable: especialista en arte, colaboraba con el Museo Arqueológico de Alicante, daba clases en la universidad, tenía junto a otros socios una editorial en la que a veces publicaba rarezas, editaba una revista de cine y había recorrido medio mundo. Con ella trabajaba media docena de personas que se movían de una mesa a otra como si estuvieran luchando contra el reloj. Hizo las presentaciones. Entraron después en su despacho y le puso sobre la mesa varios libros de Emin Kemal. Tras el asiento de Ángela había un cuadro de grandes dimensiones. René sintió un estremecimiento repentino al pasar la mirada sobre él, pero no tuvo tiempo de observarlo con atención.

—Es un gran escritor —dijo Ángela Lamarca sin que le pasara desapercibido el gesto de René al mirar el cuadro—. Tendrías que leerlo todo.

René cogió los libros y los miró por encima. Había traducciones al francés, al italiano... Eligió uno en alemán y lo abrió. Le dio vergüenza confesar ahora que lo conocía bien, que lo había leído por primera vez en su adolescencia, cuando una chica llamada Tuna se lo regaló el día en que él cumplía dieciséis años y entró con Wilhelm en aquella librería de Estambul. Recordaba incluso la voz del muecín llamando a la oración desde alguna mezquita cercana. Habían pasado casi quince años, y sin embargo el recuerdo de aquel día en el mercado de los libros no se había borrado.

Volvió a clavar los ojos en el cuadro que había detrás de Ángela Lamarca. Ella sabía que le iba a llamar la atención.

—¿Te gusta? —preguntó Ángela señalando al cuadro.

—Es inquietante. No sé si me gusta. Pero me resulta...

—¿Familiar? Eso debe de ser, porque tú viviste ahí muchos años.

Entonces a René le pareció que caía una cortina y el cuadro mostraba su auténtica imagen. Reconoció los minaretes de la mezquita al fondo, la silueta de los tejados, el hueco entre las casas por donde se podía ver el Bósforo en días claros. Fue una sacudida, como un golpe sin avisar.

—Creo que es lo mismo que veía desde mi ventana al levantarme —dijo René—. ¿Quién lo pintó?

—Lo pintó tu madre. Lo compré en una galería de Múnich hace mucho tiempo. Pero es una historia larga y tenemos tiempo por delante.

No quería preguntar; no se atrevía. Se levantó perezosamente sin apartar la mirada del cuadro.

—¿Traigo el coche? —preguntó Álvaro cuando los vio salir.

—Sí, te esperamos en la entrada —dijo Ángela y luego se dirigió a René—: Tenemos muchas cosas de las que hablar, pero lo haremos mientras comemos.

A René le llamó la atención Álvaro, con sus silencios, sus movimientos pausados y su atención a cualquier gesto de su jefa.

—¿Es tu chófer o tu secretario? —preguntó en un arranque espontáneo de familiaridad.

—¿Álvaro? En realidad es mi amante, pero no quiero que lo cuentes por ahí. No lo sabe todo el mundo.

En el Club Náutico los esperaban Tomás Gutiérrez, Leandro Davó y su esposa Paula, que trabajaban con Ángela Lamarca.

—Tomás es un viejo amigo. Somos socios en la Editorial Aguaclara —explicó Ángela—. Editamos rarezas, además de libros de decoración y gastronomía. Él también conoció a tu abuelo.

Tomás asintió con una sonrisa amortiguada por su barba canosa. Leandro apretó la mano de René y la retuvo durante unos segundos.

—Ángela nos ha contado algunas cosas sobre ti —dijo Leandro.

René arrugó el ceño.

—Es que tengo mucha imaginación —lo atajó Ángela con una carcajada.

El restaurante tenía vistas a los muelles. Algunas nubes asomaban tras la silueta del castillo. Los cables de las embarcaciones sonaban al chocar con los mástiles. De vez en cuando el viento se colaba por los tubos de aluminio y se oía un silbido estridente.

Ángela Lamarca desplegó una carpeta y comenzó a sacar folios, cuartillas y otros papeles que no sabía dónde colocar. Luego se quedó mirando a René.

—Como verás, aprovechamos cualquier momento para trabajar —se disculpó Ángela—. Tomás te va a poner al corriente de todo. En realidad él ha sido el descubridor de Kemal para nosotros.

Tomás se quitó las gafas, se presionó con dos dedos el tabique nasal y buscó la mirada de René.

—Bueno, a estas alturas no voy a descubrir ya nada —dijo con voz de barítono—. Yo leí hace un año a Kemal en francés y me pareció algo inaudito.

A finales de los ochenta, el escritor Emin Kemal había empezado a ser conocido en gran parte de Europa por las traducciones que algunos editores arriesgados hicieron de su obra. Turco, nacido en 1935, depresivo, de salud precaria, admirador de los poetas románticos franceses. Hasta los cincuenta años no comenzó a ser reconocido fuera de su país.

—Por mucho que te cuente —concluyó Tomás—, hasta que no lo leas no vas a entender lo que digo. Nosotros hemos comprado los derechos de sus primeras obras, que son casi desconocidas. El primer libro lo publicó en una imprenta artesanal.

—En la Feria de Frankfurt nos pusimos en contacto con su mujer —añadió Paula—. Y, sorprendentemente, aceptó vendernos los derechos de traducción a un precio razonable.

Durante la comida, René fue conociendo detalles del proyecto de edición. Sabía que las tarifas de la traducción literaria no le iban a dar mucho dinero, pero la idea le resultaba interesante. Cuando se levantaron de la mesa, ya había decidido aceptar el trabajo, aunque no dijo nada.

El amanecer sorprendió a René todavía despierto. Había empezado a leer el primer libro de Kemal y no consiguió conciliar el sueño. Tuvo la misma sensación que la primera vez, cuando lo leyó a los dieciséis años. Poco después de medianoche estaba leyendo ya el segundo. Luego comenzó el tercero y le pareció más interesante, una obra más madura. A pesar de la flojedad y del cansancio, se resistía a dejar la lectura. Cerró el cuarto libro poco antes del amanecer, cuando ya estaba totalmente desvelado. Berta cruzó fugazmente por sus pensamientos. No sabía cómo iba a reaccionar cuando le contara todo aquello.

Aguantó en la cama hasta las nueve, para no molestar. Encontró a Álvaro en el salón, entretenido con una revista de viajes. René se dio cuenta de que lo estaba esperando. Se saludaron.

—¿Todo bien? —preguntó Álvaro.

—Todo bien, excepto que no he conseguido pegar ojo. No puedo dejar de darle vueltas a la cabeza.

—Entiendo. Si quiere pasar a la cocina, enseguida vendrán a servirle el desayuno.

—No me hables de usted, Álvaro —le dijo René incómodo—. Además, no necesito que me preparen el desayuno. Ya me las arreglo yo.

—Son las instrucciones de doña Ángela —insistió Álvaro al tiempo que cogía el teléfono para dar el aviso.

Paula llegó enseguida, fresca, reluciente, con una sonrisa contagiosa. Empezó a sacar cacharros para preparar el desayuno.

—¿No has dormido bien? —preguntó Paula.

—Ni bien, ni mal: no he dormido. He leído los primeros libros de Kemal y...

—Y te parecen inquietantes.

—Ésa es la palabra. Se meten en tu cabeza como una campana que no para de sonar.

—Eso mismo me parece a mí.

—Dime una cosa: ¿cuál es tu trabajo con Ángela?

Paula dejó lo que tenía entre manos y se volvió a René sonriendo. Le divertía su curiosidad.

—Pues veamos. Yo soy la que trata directamente con los autores y con los editores que trabajan con nosotros. Hablo con los escritores, los llamo de vez en cuando, les digo lo buenos que son, les ofrezco mi hombro cuando no venden, los busco cuando se esconden...

—¿Y en tu trabajo también entra hacer el desayuno a los invitados? —preguntó René y enseguida se arrepintió.

—No, eso no entra en mis funciones. Eso lo hago porque quiero. Bueno, y también porque Ángela no se levanta antes del mediodía y me pidió que me hiciera cargo de ti.

—En realidad no quería decir eso —trató de justificarse René—. Lo que quería decir es que no hace falta que te molestes. No quiero ser un incordio.

—No lo eres. Lo hago con mucho gusto. Además, es una forma de causarte buena impresión para que te animes a colaborar con nosotros.

René tuvo la sensación fugaz de que aquello lo había vivido antes. Sonrió.

—En ese caso has hecho un buen trabajo, porque acabo de decidir que voy a traducir a Emin Kemal.

Paula dejó lo que tenía entre manos y se cruzó de brazos con una amplia sonrisa.

—No sabes cuánto me alegro de oírte decir eso.

Cuando se bajó del taxi, René Kuhnheim tenía la sonrisa de Paula en su retina, como si en vez de dos años hiciera apenas dos minutos que la había visto. El sol asomaba tímidamente entre las nubes de Madrid. Mantuvo la cartera sujeta con las rodillas mientras pagaba y luego se subió el cuello del chaquetón. El movimiento del taxi le había provocado una enorme modorra, pero el fresco de la mañana lo espabiló. En las ramas de los árboles de la Gran Vía comenzaba a despuntar la primavera con timidez.

René permaneció un rato parado ante la fachada del hotel Emperador. Era demasiado pronto, pero no le apetecía dar vueltas por ahí hasta mediodía. Entró y preguntó en recepción si había una reserva a nombre de Derya Kemal.

—Efectivamente —respondió la recepcionista—. Ha llamado hace menos de una hora.

Se dirigió a la cafetería. Conocía bien el hotel. Se acomodó en un sillón, vació el contenido de la cartera, desplegó los folios sobre la mesa y pidió un café doble. Se distrajo con el tráfico que se veía a través de la ventana; se escuchaba muy amortiguado el ruido de los automóviles. Sentía el corazón alterado. La noche de insomnio comenzaba a cobrarse su precio. Aunque hacía tres meses que no iba por allí, reconoció al camarero. La imagen de Derya se fue colando por los resquicios de su inconsciencia hasta adueñarse de sus pensamientos. La vio irrumpiendo de nuevo en su vida sin llamar, provocándole otra vez desconcierto. La recordó entonces sentada frente a él en aquella misma mesa. Le pareció estar escuchando ahora su voz y viendo sus gestos serenos. Era como un círculo que se cerraba y volvía a abrirse de nuevo.

René conoció a Derya en Madrid un año y medio antes. Había hablado por teléfono con Emin Kemal y su esposa en alguna ocasión. Cuando comenzó la traducción del primer libro tuvo que ponerse en contacto con el escritor turco para solucionar algunas cuestiones literarias. Fue una relación cordial en la distancia. Derya y su esposo vivían en Frankfurt desde hacía once años. La apuesta que Ángela Lamarca había hecho por Emin Kemal comenzaba a dar sus frutos. Los dos primeros libros, publicados en una editorial modesta, resultaron un descubrimiento para los críticos y los lectores. La llegada de Emin Kemal a Madrid provocó un pequeño revuelo. Su esposa había mostrado interés en pasar una temporada en España. La última intervención quirúrgica del escritor lo había sumido en una depresión. Padecía cardiopatía isquémica. En Frankfurt le practicaron dos baipases aortocoronarios para puentear las arterias obstruidas. Cuando llegó a Madrid, Ángela estaba en Bolivia y no pudo recibirlo en el aeropuerto. Le pidió a René que hiciera los honores. Desde Alicante, Paula se ocupó de todos los detalles para que su estancia le resultara cómoda en la capital.

René estaba nervioso aquella tarde. Berta había decidido pintar y no quiso acompañarlo al aeropuerto de Barajas. Llegó con una hora de adelanto. Además, el vuelo se retrasó. Aunque conocía a Emin Kemal por las fotografías de prensa, tenía una gran curiosidad por verlo en persona. Ángela Lamarca, que lo había visitado en Frankfurt en algunas ocasiones, aseguraba que era una persona cautivadora. Pero el Kemal que llegó a Madrid era un hombre derrotado y enfermo. René lo reconoció enseguida, a pesar de su rostro desmejorado y el aspecto de anciano precoz. Tenía entonces cincuenta y cuatro años, o eso pensaba René, pero parecía mayor. La diferencia de edad con su esposa se hacía más evidente por la decrepitud física del escritor: había adelgazado mucho en poco tiempo, se había quedado sin pelo, tenía la cara llena de manchas y su nariz estaba hinchada. Derya tenía entonces cuarenta y un años. Su pelo corto y rizado le daba un aspecto juvenil. El viaje no fue muy bueno. El escritor venía sin fuerzas. Estaba demacrado y tenía grandes ojeras.

La luz de Madrid espabiló un poco al escritor. Derya, sentada junto a René en el automóvil, señalaba los edificios que bordeaban la M-30 y mostraba curiosidad por todo lo que veía.

—Me han dicho que tus traducciones son magníficas —dijo entonces Derya sin ahorrar el tuteo—. Espero aprender el idioma para leerlas algún día.

René se ruborizó. La voz de Derya sonaba ronca y grave. Se volvió un instante para mirarla y ella sonrió. Trató de imaginar las circunstancias que la habían llevado a conocer a Emin Kemal y a casarse con él. Las dos personalidades no terminaban de encajar; le parecía algo artificial.

—Ya he terminado el tercer libro —le explicó René—. Ángela quiere publicarlo en dos meses.

—Lo sé, lo sé —dijo Derya entusiasmada—. Si Emin está bien, lo presentaremos en Madrid.

Emin Kemal se mantenía ajeno a la conversación. René le daba explicaciones sobre la ciudad y las costumbres del país, pero el escritor no atendía.

—¿Estás casado? —preguntó inesperadamente Derya.

—Sí..., con una alemana.

—¿Una alemana? Curioso.

Derya hablaba con un desparpajo que a René le provocaba sonrojo. La mujer siguió haciendo preguntas. La miró. Tenía un perfil bonito. Vestía pantalones tejanos y unas botas de tacón fino.

René fue contestando a cada una de sus preguntas. No estaba acostumbrado a tratar con gente que sintiera curiosidad por los demás. Mientras los esperaba en el aeropuerto, supuso que Emin y su esposa serían ese tipo de personas que sólo hablaban de ellos mismos.

—En realidad, yo conozco poco este país aunque nací en Alicante. Me fui a los tres años a Estambul y luego sólo volví en los veranos.

—Espero que tengamos tiempo para que me cuentes todo eso.

—¿Se encuentra bien, maestro? —preguntó René, preocupado por el aspecto de Emin Kemal.

—Cansado, amigo, sólo un poco cansado —respondió el escritor.

Derya se desenvolvía en el Emperador como si hubiera pasado su vida de hotel en hotel. Enseguida dio instrucciones sobre las llamadas que debían pasarle y otras cuestiones que tenían que ver con el descanso de su marido. Dedicó quince minutos a organizarlo todo.

—¿Cenarás con nosotros? —dijo Derya afirmando más que preguntando—. Nos gustaría que trajeras a tu mujer.

—Estará encantada —respondió René sin estar seguro de que fuera así.

Berta y Emin Kemal, sin embargo, congeniaron enseguida. Cuando el escritor supo que ella era pintora, se mostró interesado por su trabajo. Su apatía desapareció y se transformó en otra persona. Incluso tenía ganas de bromear. Se convirtió en el anfitrión de la cena, y Derya pasó voluntariamente a un segundo plano. Estaba encantada de ver a su marido tan animado. Los ojos le brillaban al escucharlo. Lo seguía con la mirada, pendiente de cada detalle: que no le faltara el agua, que la servilleta estuviera en su sitio, que la comida tuviera la temperatura adecuada. La cena se alargó hasta que en el restaurante sólo quedaron ellos y los camareros.

—Tenemos que seguir celebrando este encuentro —dijo Kemal haciendo un gesto a su mujer para que le ayudara a levantarse—. Vayamos a otra parte donde no nos echen.

Derya se levantó y le ayudó a incorporarse.

—Es muy tarde, y nuestros amigos sin duda estarán cansados. Tú también debes de estar muy cansado.

—Me siento como si tuviera veinte años —replicó el escritor.

Emin Kemal miró entonces a su alrededor como si acabara de darse cuenta en ese instante del lugar en que se encontraba. De repente su ánimo se vino abajo. Derya sabía bien lo que le estaba sucediendo.

—Hagamos una cosa —dijo la mujer del escritor—. Demos un paseo por esta avenida tan bonita. Te vendrá bien caminar.

—Lo que tú digas —respondió derrotado Emin Kemal.

Salieron a la Gran Vía. El escritor revivió con el aire de la noche. Se agarró del brazo de Berta y caminaron muy despacio, seguidos de cerca por René y Derya.

—El corazón de Emin no está bien, ya lo sabes: lo han operado en dos ocasiones. Pero lo peor de todo es esta tristeza que lo invade de pronto y lo saca del mundo.

—¿Es depresivo?

—No me gusta esa palabra. Yo prefiero decir que es una persona melancólica. Siempre lo fue. Ha sufrido mucho. Es muy sensible y su vida no ha sido fácil, créeme.

Cuando regresaron al hotel, Emin Kemal parecía verdaderamente cansado. Respiraba con dificultad y el color de su rostro volvía a recordar al que tenía en el aeropuerto. Derya, por el contrario, estaba pletórica.

Esa noche, René apenas pudo conciliar el sueño. Berta dormía a su lado profundamente. En el duermevela mezclaba imágenes de Derya, de Kemal, frases fugaces de conversaciones. Le habría gustado encender la luz de la mesilla, incorporarse en la cama y charlar con Berta; pero sabía que si la despertaba no se lo perdonaría. Se levantó mucho antes del amanecer, encendió el Macintosh y en menos de una hora terminó un cuento en el que llevaba trabajando desde hacía una semana. Apagó el cigarrillo y se sintió satisfecho. Recorrió la casa a oscuras y salió a la terraza para respirar aire fresco. Finalmente se duchó y se vistió como si fuera a trabajar. Pero René no tenía trabajo. Había terminado la traducción de Emin Kemal y estaba desocupado de nuevo. Pensó en Derya, y su imagen lo reconfortó. Miró la hora. Demasiado temprano para telefonear al maestro y a su esposa. Decidió coger al azar un libro de las estanterías y sentarse a leer sin prisas. Poco a poco se fue quedando dormido. Sonó el teléfono y René lo descolgó, sobresaltado, antes del segundo tono. Era Derya. Faltaban pocos minutos para las once.

—Me alegro de encontrarte en casa —dijo la mujer—. ¿Qué tal habéis dormido?

—Berta sigue en la cama. En realidad yo no he podido pegar ojo.

—A mí me pasó lo mismo. Los cambios me alteran.

Se citaron una hora más tarde. Derya quería visitar una inmobiliaria para alquilar un apartamento y le pidió a René que la acompañara. Tomaron un café en el hotel y luego salieron a la calle. Estaba entusiasmada con la ciudad. Pretendía quedarse una temporada allí hasta que Emin Kemal se recuperase de la última operación.

Derya estaba interesada por todo lo que René pudiera contarle. Hacía una pregunta y luego lo dejaba hablar, sin interrumpirlo. René le confesó la angustia que le producía vivir del dinero de los padres de Berta.

—Pero tú eres traductor. Ése es un trabajo muy interesante.

—La traducción no da ni para los gastos del ascensor —le confesó muy desanimado—. A mí me gustaría colaborar en algún periódico, hacer crítica literaria, escribir... Tengo un puñado de relatos que espero publicar algún día.

—Pero eso es fantástico...

Enseguida se arrepintió de habérselo contado. Estaba a punto de cumplir treinta años y lo único que había conseguido terminar era una novela que nadie quiso editar y unos cuantos relatos que todavía no llegaban a formar un libro. Pero Derya siguió haciendo preguntas. Luego quiso saber cosas de su infancia, de su etapa en Estambul, de su familia. René le habló de cosas que ya creía olvidadas, de sus vacaciones en Alicante, de las salidas con el abuelo a pescar, de los recuerdos lejanos de la abuela Arlette, de un paraíso que ya no existía. Derya se detuvo. Tenía la mirada de una niña traviesa a punto de cometer una fechoría. René percibió el olor de su perfume. Por primera vez, la forma en que lo miraba lo turbó. Ella no decía nada, sólo lo observaba en silencio.

—¿He dicho algo raro? —preguntó René.

—No, al contrario. Quizás sea mejor dejar que pase el tiempo.

—¿Para qué?

—Quiero conocer esa ciudad de tu infancia, aunque dices que ya no existe —comenzó a caminar y de pronto se detuvo para esperar a René, que se había quedado atrás—. También me gustaría leer ese puñado de cuentos que has escrito. ¿Me los dejarás?

René no fue capaz de responder.

El viaje a Alicante, pocas semanas después, estuvo lleno de descubrimientos para el escritor y su esposa. La luz y el color intenso del mar le arrancaron a Kemal amargas lágrimas de melancolía. Hacía más de diez años que no veía el Bósforo, y aquel azul matizado por un sol que cambiaba a lo largo del día le sirvió para mitigar su añoranza. El caos de algunas calles, el tráfico endiablado y el ambiente del mercado callejero le recordaban su ciudad. Ángela Lamarca fue una buena anfitriona, con ayuda de Paula. Les enseñaron los barrios más populares. Paula y Leandro los invitaron a su casa, en la plaza de Manila. Las calles estrechas, el bullicio y los olores consiguieron que el escritor se sintiera como en casa después de más de una década fuera. Derya entendió enseguida que aquél era el sitio ideal para el escritor. Volvió a Madrid entusiasmada, con prisas por contarle a René todo lo que había visto. Pero él ya lo sabía.

Se citaron en la cafetería del hotel Emperador. Derya quería entregarle el manuscrito del último libro de Kemal. Tenía mucho interés en conocer la opinión de René.

—Ni siquiera se ha publicado en turco —le explicó Derya—. Me gustaría que saliera de forma simultánea en varios idiomas, pero Emin no está convencido del resultado. Se ha vuelto desconfiado y tiene dudas continuamente sobre su trabajo. Quiero que lo leas y me digas qué te parece.

René lo miró y lo guardó con cuidado. Se titulaba *La Luna Roja*. Luego hablaron sobre el viaje a Alicante. Derya sacó un puñado de folios sin encuadernar y se los dio a René. Enseguida reconoció los relatos que le había dejado pocas semanas antes.

—Los he leído dos veces —dijo Derya en un tono que no reflejaba entusiasmo ni apatía.

—¿Y...?

—Son buenos —dijo entonces sonriendo—, realmente buenos.

—¿Hablas en serio?

—Por supuesto. No te quepa duda. Deberías añadir alguno más y mandarlos a una editorial.

René le cogió la mano y apretó. Fue un impulso que no quiso controlar. Se contuvo, sin embargo, en su entusiasmo. Sabía las dificultades que encontraría para publicar un libro de cuentos, pero no quería empañar aquel momento de efímera dicha. Se mordió el labio y miró a Derya sin dejar de sonreír.

Se besaron por primera vez unos minutos más tarde. René la acompañó hasta la puerta del ascensor con los dos manuscritos en su portafolios. Mientras esperaban, le dio las gracias por haber leído los cuentos. La sonrisa de Derya le pareció bonita. Se dieron dos besos para despedirse y, sin querer, se rozaron la comisura de los labios. René mantuvo su mejilla pegada a la de ella. Derya tampoco la retiró. Se rozaron los labios suavemente y ella los abrió apenas. La puerta del ascensor permanecía abierta, como si los invitara a pasar a otro mundo. Le cogió la mano y ella se dejó llevar. Tiró de Derya y entraron en el ascensor. Pulsó un botón al azar, la novena planta. Se besaron largamente, sin abrazarse, como si fuera un juego. René fue sintiendo cómo aumentaba su excitación y la de Derya. Entrelazaron sus manos y finalmente él la apretó contra su cuerpo. El ascensor se detuvo y se abrieron las puertas. Derya hizo una ligera presión con el brazo contra René y lo apartó. Respiró profundamente, lo miró, se pasó las manos por la cara y pulsó el botón de la quinta planta. René, sin atreverse a decir nada, la observaba a través del espejo. Su corazón estaba acelerado. Derya miraba hacia el frente como si delante tuviera un horizonte infinito. Sonó un timbre seco y breve, y el ascensor se detuvo por segunda vez.

—Me quedo aquí —dijo ella con la mayor naturalidad.

René quería ganar tiempo. No sabía qué decir. Quiso retenerla, pero Derya se zafó. Al salir del ascensor, sin mirarlo, le dijo:

—Llámame mañana.

Él asintió con un gesto, sin pronunciar una sola palabra.

Cuando llegó a casa, aún seguía pensando en la escena del ascensor del hotel. Estaba excitado, muy excitado. Berta no había llegado aún. Encendió el televisor para engañar la soledad y salió a la terraza. Sentía que había traspasado un límite peligroso sin que estuviera en sus planes. Entró alterado en el estudio y se sentó ante la mesa de trabajo. El sonido del televisor, que llegaba desde el salón, lo mantenía cercano a la realidad. Abrió el portafolios y sacó el manuscrito de *La Luna Roja*. Comenzó a leer, pero tenía dificultades para concentrarse. Se levantó, abrió una cerveza y volvió al estudio. Siguió leyendo. Estuvo más de dos horas luchando con aquel texto que le resultaba hermético e ininteligible. Se acostó sin sueño.

Escuchó la llave en la puerta de casa a mitad de la noche. Siguió con el oído los pasos rutinarios de Berta. La oyó cepillarse los dientes en el baño. Vio su silueta desnudándose junto a la cama. Notó su cuerpo frío que se colaba entre las sábanas. El contacto de su piel desnuda lo excitó. La abrazó por detrás y pegó su pecho a la espalda de ella. Berta lo dejó hacer. Le acarició los pezones. Se removió como una leona perezosa cuando sintió la mano de René en el pubis.

—Ahora no —dijo Berta con voz ronca—. Es muy tarde.

René retiró despacio la mano del cuerpo de Berta. Su piel era muy fina. Se preguntó cómo sería la piel de Derya. Luego trató de imaginarla en la cama, junto a Emin Kemal. Era probable que estuviera arrepentida de aquel beso en el ascensor, o furiosa de haberse dejado engatusar por un hombre diez años menor que ella.

Se despertó con la misma excitación con la que se había dormido. Berta respiraba profundamente a su lado. René sabía que no abriría los ojos hasta pasado el mediodía. Mientras se duchaba, trató de aclarar sus ideas. Luego desayunó a la vez que leía el manuscrito de Emin Kemal. No le encontraba sentido a nada: le parecía una sucesión de imágenes sin conexión donde se mezclaba sueño y realidad. Leyó la mitad del manuscrito y lo guardó en su portafolios. No tenía nada que hacer aquel día. Estaba alterado y no quería ponerse a trabajar en un nuevo relato. Dio vueltas alrededor de la mesa de trabajo sin conseguir concentrarse. Las horas pasaban despacio. Se puso las doce del mediodía como límite para llamar a Derya, pero a las once no pudo controlar más su ansiedad. Marcó el número del hotel Emperador y pidió que le pasaran con su habitación. Derya tardó en responder.

—Soy René —dijo nervioso.

—¿Qué tal, René? —su tono era el de siempre—. No has madrugado hoy, por lo que veo.

—En realidad me levanté hace horas. Estuve leyendo el manuscrito de Emin.

Hubo un silencio prolongado. Finalmente la voz de la mujer volvió a sonar al otro lado de la línea.

—¿Tienes algo que hacer esta mañana? —preguntó Derya.

—La verdad es que no.

—Entonces quiero que reserves una habitación en el hotel y que me esperes allí dentro de dos horas.

—¿En tu hotel?

—Sí. Pídela en la novena planta, y no te retrases.

René oyó un pitido intermitente y tardó en comprender que Derya había colgado el teléfono. El ambiente del estudio le resultaba asfixiante. Marcó de nuevo el número del hotel y reservó una habitación en la planta novena. Dejó una nota en el baño para Berta y salió de casa como si lo persiguieran.

La habitación era grande, con vistas a la Gran Vía. Se inscribió en recepción y subió sin equipaje. Aún faltaba una hora. Se tumbó en la cama y trató de relajarse. A la una menos cinco, llamaron a la puerta. Abrió con precaución. Era Derya. Lo saludó con dos besos y se sentó en la cama. Traía un paquete envuelto en papel de regalo. Lo puso a su lado y le pidió a René que se sentara.

—Ayer me dijiste que tu cumpleaños será dentro de unos días.

—La semana que viene —dijo René.

Derya le alcanzó el paquete y le pidió que lo abriera. Era una cartera grande de piel. René la miró sin saber qué decir.

—No quiero que vuelvas a utilizar ese portafolios mugriento que llevas a todas partes como si fuera un tesoro —dijo Derya con firmeza—. Los manuscritos de Kemal y los tuyos merecen un lugar más digno.

René le sonrió todavía nervioso. Le dio las gracias y se sentó a su lado en la cama. Suponía que era lo que ella esperaba de él, pero no estaba seguro. La besó ligeramente en los labios hasta que Derya lo apartó y se puso en pie.

—¿Follaste anoche con tu mujer? —le dijo con la misma naturalidad que si le preguntara qué había desayunado.

—No, anoche no tocaba —contestó René con una sonrisa forzada—. Y tú: ¿follaste con tu marido?

—Eso a ti no te importa —respondió sin perder la compostura.

Derya se quitó las botas y los pantalones. Luego siguió desnudándose muy despacio, sin apartar la mirada de los ojos de René.

—Has leído, entonces, el manuscrito de Emin.

—La mitad.

—¿Y qué te parece? ¿No es lo mejor que has leído de él?

Derya estaba desnuda frente a René. Tenía la piel muy blanca y los pechos pequeños y redondos, de pezones puntiagudos.

—No sabría decir... Necesito terminarlo.

—Pues termina —dijo ella.

Le cogió la mano a René y la llevó hasta la línea del pubis. René la acarició. Derya se metió en la cama y esperó pacientemente a que él se desnudara. Hubo un instante de titubeo antes de abrazarse.

—¿Qué es lo que no te ha gustado del manuscrito? —preguntó Derya mientras montaba a René a horcajadas.

—Yo no he dicho que no me gustara —protestó mientras ella comenzaba a balancearse.

—Por el tono, no me pareció que estuvieras muy entusiasmado.

René la cogió por las caderas y trató de concentrarse en lo que estaba haciendo. Derya comenzó a respirar hondo y a moverse más deprisa.

—Es un libro distinto —se justificó René—. Es sólo eso.

Derya le llevó las manos a los pechos y le mostró cómo debía acariciarlos. Él trató de besarla, pero ella lo rechazó. René intentaba contenerse, pero estaba muy excitado.

—No pares, caballito —dijo Derya—. Lo estás haciendo muy bien.

René siguió moviéndose al ritmo de Derya. Apretó los dientes tratando de retrasar el orgasmo, pero no podía. Se dejó ir. Ella lo besó y le susurró algo al oído:

—Eres un purasangre.

Permanecieron sin hablar, mirándose como si estuvieran a mucha distancia. Luego Derya dejó caer el peso de su cuerpo sobre él y escondió la cara entre el hombro y la cabeza de René. Él la rodeó con los brazos, le acarició la espalda y aspiró el olor de su cabello con fuerza.

—¿Cuándo empezarás a traducir *La Luna Roja*? —preguntó Derya después de un prolongado silencio.

—Esta noche termino de leerlo y mañana comienzo con la traducción.

—Así me gusta que hables, caballito.

Mientras ella se vestía, René se recreó contemplándola. Le parecía una mujer hermosa.

—¿Te esperan en casa? —preguntó Derya. René se encogió de hombros e hizo un gesto negativo—. Entonces quédate aquí. Voy a asegurarme de que Emin ha comido bien y enseguida vuelvo. He mandado que nos suban el almuerzo a la habitación.

Cogió el bolso y se dirigió a la puerta. Antes de abrirla se volvió y dijo:

—La habitación está pagada una semana. Para entonces Emin y yo nos iremos a Alicante y nos quedaremos un tiempo allí. Paula nos ha conseguido un apartamento, y Emin está encantado.

Cuando salió de la habitación, su voz y su presencia seguían flotando en el aire.

Derya arrojó el periódico sobre la mesa de la cafetería, y René se despertó sobresaltado. Se había quedado dormido a pesar del estrépito de la cafetera y los golpes de los platos sobre el mármol. Imposible saber cuánto tiempo llevaba durmiendo.

—¿No has descansado esta noche, caballito?

—No he dormido.

—Eso tiene fácil solución.

Derya viajaba con una pequeña maleta y un bolso. Reconoció sobre la mesa la cartera que ella misma le había regalado a René un año antes.

—¿Ésa es la traducción? —preguntó muy interesada—. Me gustaría echarle un vistazo.

Cogió a René por la mano y tiró de él. Subieron a la planta novena.

—Pensé que nunca acabarías de traducirlo —le reprochó Derya al entrar en el ascensor—. Has batido todos los récords, caballito.

—Ya te lo he explicado muchas veces —se disculpó—. No creí que resultara tan difícil.

René se sentía en aquella habitación como si fuera su casa. Se tumbó en la cama y siguió los movimientos de Derya a través del espejo.

—Te he traído un regalo que te va a gustar —dijo ella mientras se desnudaba y se metía bajo la ducha.

René esperó pacientemente. Poco a poco fue olvidándose del cansancio. Derya salió envuelta en un albornoz.

—¿Prefieres dormir ahora o más tarde? —preguntó mientras se secaba el cabello con una toalla.

—Ya no tengo sueño.

—Entonces, desnúdate.

Terminaron pronto. René se sintió torpe. Ella metió, como siempre, la cabeza entre el hombro y la cabeza de él y se dejó acariciar. De repente se incorporó como si su pensamiento estuviera en otra cosa. Se levantó y buscó la traducción de *La Luna Roja* en la cartera de René. Volvió a la cama y comenzó a pasar los folios con interés. Los dejó sobre la mesilla y dijo:

—¿No vas a preguntarme por tu regalo?

—¿Un nuevo libro de Kemal?

—Te equivocas. Un libro de René Kuhnheim. He encontrado un editor para tus relatos.

Se incorporó y cogió a Derya por la barbilla.

—¿Un editor?

—Te dije que los relatos eran buenos. No confías en mí, por lo que veo. Además, Emin los ha leído y te va a escribir un prólogo. Eso te puede ayudar.

—¿Quién lo va a publicar?

—Aguaclara. Tomás Gutiérrez los ha leído y le gustan. No entiende cómo no le hablaste antes de esos cuentos. Sin embargo...

—¿Sin embargo?

—Tienes que escribir tres o cuatro más. Él piensa lo mismo que yo.

René le puso las manos en los hombros y empezó a besarle el cuello. No podía controlar su entusiasmo. Derya fingió que le molestaba y se incorporó. Cambió de tema y comenzó a hablarle de sus planes.

—Nos vamos a Frankfurt la semana que viene. Emin está mejor. Cada día lo veo más animado. Tenemos la casa llena de gente todos los días. Ha engordado, pasea a diario y ha hecho amigos. Paula se ocupa de que no le falte nada. Creo que es buen momento para hacer una gira de promoción. Paula viene con nosotros. Volvemos a finales de mayo para la Feria del Libro de Madrid. Mientras tanto, deberías ir pensando en encauzar un poco tu vida. Ya estás viendo que no es tan difícil. Podrías venir después a Alicante a pasar una temporada.

—Berta no querrá —dijo René.

—Para entonces ya te habrás separado de ella. Estáis tocando fondo.

René trató de disimular la rabia. Sabía que Derya tenía razón, pero no le gustaba oírlo de sus labios. Quiso pagarle con la misma moneda.

—Dime una cosa: ¿dejarías a tu marido por mí?

—Mientras esté vivo y me necesite, por supuesto que no —contestó Derya sin pensarlo mucho—. Pero cuando muera, tú eres el primer candidato. A no ser que no puedas esperar y decidas matarlo.

A René le desconcertaban aquellas ocurrencias frecuentes. A veces no era capaz de distinguir cuándo hablaba en serio o cuándo bromeaba.

—Dime que vendrás a Alicante, caballito —le pidió en un tono infantil—. Al menos dime que lo pensarás.

La espera hasta finales de mayo se le hizo larga. René comenzó un relato para incluirlo en el libro de cuentos. Tuvo que empezarlo varias veces. Le costaba trabajo arrancar. *La Luna Roja* ya estaba en imprenta. Ángela Lamarca lo llamaba con frecuencia. El libro se había demorado demasiado. También estaba desconcertada después de leer la traducción. Se interesó por los cuentos de René y trató de animarlo para continuar escribiendo. Pero cada vez que se sentaba delante del ordenador, sentía la misma presión que le impedía escribir más de un par de frases. Berta vivía ajena a las tribulaciones de su marido. Dormía por las mañanas, pintaba por las tardes y salía toda la noche. Hacía tiempo que René había dejado de acompañarla.

A finales de mayo, como estaba previsto, Emin Kemal hizo escala en Madrid para presentar *La Luna Roja* en la Feria del Libro. Se instaló en el hotel Emperador, y Derya reservó una habitación en la novena planta a nombre de René Kuhnheim. Ángela vino también a Madrid. Poco a poco fue disipando sus dudas sobre el libro de Kemal. Confiaba en la fidelidad de sus lectores españoles.

Cuando por fin Derya y René pudieron verse en la habitación de la novena planta, ella le entregó cuatro folios escritos a mano en turco.

—Lo que te prometí: el prólogo para tu libro.

René la miró muy serio. Estaba tenso. Los cogió con desgana. Derya se sintió desconcertada.

—¿Qué te pasa? —preguntó sin entender el comportamiento de René—. ¿Hay algo que tengas que contarme?

—Sí... Es sobre los relatos.

Ella sonrió, le tapó los labios y le impidió seguir hablando. Parecía aliviada por la respuesta.

—No me digas nada: no has terminado de escribirlos.

—No exactamente. En realidad no he sido capaz de empezar. Aún no he escrito nada.

—Me has asustado, ¿sabes? Pensé que me ibas a decir que no querías saber nada de mí. Pero si es sólo eso no tienes que preocuparte.

—Pues estoy preocupado. Lo intento, pero no sé qué me pasa. No me siento cómodo.

—Sólo es un bloqueo —Derya lo besó—. Tú vales más de lo que crees, caballito. Ahora falta que también tú sepas lo que vales. ¿Serás bueno y me harás caso a partir de ahora? —empezó a desnudarlo. René se dejó.

—¿A qué te refieres?

—Ven a Alicante por un tiempo. A tu mujer también le vendrá bien tenerte lejos hasta que sepa lo que quiere hacer con su vida.

Al volver a casa, Berta no estaba. Encendió el ordenador y abrió un documento nuevo. Escribió una frase y la borró. Cogió un folio impreso y probó a escribirla en el reverso: «Desde el último piso del edificio de la calle Goya, el cielo de Madrid al amanecer se veía como una plancha plomiza que fuera a caer sobre las terrazas y los tejados aún adormecidos de la ciudad». Sonó el teléfono y se apresuró a responder. Era la voz de un hombre que preguntaba por Berta. No sabía dónde podía estar. Se lo dijo con desgana y colgó. Marcó el número del hotel Emperador y le pasaron con la habitación de Derya.

—De acuerdo —dijo René sin preámbulos—. Iré a pasar una temporada a Alicante.

René Kuhnheim llegó a la ciudad en junio de 1990. Derya había alquilado un apartamento para él en la calle O'Donnell. Aceptó a regañadientes, pero en realidad no quería tocar el dinero de su mujer. Comenzó a escribir desde la primera noche en que llegó a Alicante. Ella procuró no interrumpirlo. Lo llamaba cada tarde para saber cómo iba todo. Una semana después, René visitó a Emin Kemal en su casa de la plaza de Manila. Era el tercer piso de un edificio de los años cincuenta. En el apartamento reinaba el desorden: la casa estaba llena de libros y de gente que entraba y salía a cualquier hora. Kemal recibía a las visitas en su estudio y pasaba horas hablando sobre temas peregrinos. A veces caía en inesperados silencios que parecían alejarlo del mundo.

René se presentó en la casa del escritor con un cuento extenso que traía en su cartera de piel. Se lo ofreció a Derya para que le diera su opinión. Pasó la tarde hablando de libros con Emin Kemal y algunos invitados. Derya entraba de vez en cuando para servir té, recoger los vasos y ofrecer bebida. René comenzó a percibir que el gesto de la mujer era cada vez más serio. En una ocasión se cruzaron las miradas y le pareció ver rabia en sus ojos. Buscó una excusa para salir del estudio mientras los demás seguían charlando. Encontró a Derya en la cocina, concentrada en la lectura del cuento.

—¿Estás enfadada? —le preguntó René.

Derya le arrojó los folios a la cara y cayeron al suelo desordenados.

—¿Te has vuelto loco?

—¿No te gusta el cuento? —dijo René sin entender nada.

—Esto que has escrito es una mierda —le reprochó levantando la voz—. ¿Cómo se te ocurre escribir esta historia? ¿Acaso crees que por cambiar los nombres de los protagonistas no van a reconocernos? Supongo que para ti será muy divertido contar cómo te tiras a una mujer diez años mayor que tú. Pero a mí no me divierte, René. En absoluto.

Levantó las manos en un gesto de hastío y salió de la cocina. René comenzó a coger los folios y a ordenarlos sobre la mesa. Le temblaban las manos. A pesar de todo, no entendía la reacción de Derya: aquello era literatura. Volvió al estudio para despedirse y salió de la casa avergonzado. En el descansillo del segundo piso escuchó la voz de Derya que lo llamaba. La esperó.

—¿Qué te pasa, caballito? —dijo en tono conciliador, acercándose a él—. ¿Por qué haces esto?

—No pretendía ofenderte. Me pareció que era una historia con fuerza. Lo importante es que el cuento sea bueno.

—No, eso no es lo importante.

Se abrió la puerta de una de las viviendas y la vecina asomó el hocico como un hurón. Enseguida volvió a cerrar.

—Destruye ese cuento —le pidió Derya—. Y vuelve mañana. A Emin le vienen muy bien tus visitas.

René Kuhnheim regresó al día siguiente y siguió viniendo todas las tardes a charlar con el escritor y sus invitados. Algunas mañanas Derya iba a su apartamento de la calle O'Donnell y se metía con él en la cama. A mitad del verano, le dio a leer cuatro relatos nuevos. Los había escrito sin demasiado esfuerzo, a horas intempestivas, después de hablar con Berta por teléfono, después de cenar en casa de Ángela Lamarca, después de acostarse con Derya.

En agosto, René volvió a Madrid para pasar unos días con su mujer. Ya no tenían nada que decirse. Sólo había hastío y tedio en su relación. Se sentían como desconocidos uno frente al otro. A pesar de todo, René le contó sus proyectos literarios y ella fingió interés. A su vuelta a Alicante, tuvo una sensación de alivio. En septiembre, sus relatos entraron en imprenta, maquetados por Leandro Davó. El día en que llegaron los libros al almacén de la editorial y René tocó el primer ejemplar fue algo místico. Lo abrió, olió la tinta, lo miró desde todos los ángulos. Esperó a llegar a casa para escribir dos dedicatorias: una para Kemal y otra para Derya. Aquella mañana se presentó en casa del escritor con los dos libros. Derya estaba sola. Le puso el libro entre las manos, abierto por la dedicatoria: «Para Derya, desvelo de mis noches y causa de mi locura, con el ardiente deseo de un amante que la busca entre las sombras de la melancolía». Ella estaba entusiasmada. Lo atrajo hacia sí y se dejó abrazar. René comenzó a desnudarla hasta que ella lo detuvo.

—Aquí no. Emin puede venir en cualquier momento.

Sonó la puerta de la entrada. El escritor saludó desde el pasillo, mientras dejaba la gorra y el bastón en el recibidor.

—Tenemos que celebrarlo —susurró René.

—Esta noche te haré una visita.

Aquella misma noche, tumbados en la cama de René, desnudos, Derya dijo algo que sonó como una detonación que rompía el silencio:

—¿Te atreverías a matar a Emin?

—No, claro que no. ¿Cómo se te ocurre pensar algo así? —la tenía con el brazo rodeando su cuello y apenas pudo volver la cabeza para mirarla—. ¿Por qué iba a hacer una cosa semejante?

—Emin está enfermo. En realidad lo está desde hace años —miró a René y estudió su reacción—. Tú no lo conoces como yo. Morirá cualquier día, sin avisar. Será terrible. A veces pienso que lo mejor para él sería ayudarlo a morir.

—No hablas en serio.

—Hablo muy en serio. Si tú quisieras, todas las noches podrían ser como ésta. Yo puedo ayudarte en tu carrera. Conozco a mucha gente. Emin está más cerca de la muerte que de la vida. La locura y los remordimientos son una forma terrible de morir. Y a veces muy lenta.

René se incorporó como si acabaran de abrir las puertas del infierno y lo invitaran a echar una ojeada. Se sentó en el borde de la cama.

—No puedo creer lo que estás diciendo —protestó René después de un largo silencio.

Entró en el cuarto de baño, se echó agua en la cara y se miró en el espejo durante un largo rato. ¿Matar a Kemal? Le parecía un disparate. Al salir del baño, Derya se estaba vistiendo.

—¿Te vas?

—Sí, Emin me necesita.

—Dijiste que Paula estaba con él.

Se marchó dejando un vacío tras su despedida silenciosa. René pensó que lo mejor era que pasara el tiempo. Necesitaba liberarse de aquellos lazos que cada vez eran más poderosos.

Poco antes de Navidad telefoneó a Derya para contarle que pensaba estar unos días con Berta en Madrid. Ella se indignó. Lo llamó inmaduro y le hizo reproches que René no alcanzaba a entender. Hablaba como una amante despechada. Fue dura con él. Era la primera vez que Derya perdía el control. Aquello lo hizo reflexionar. Necesitaba poner distancia por medio durante un tiempo. Además, Berta merecía una explicación sobre lo que estaba pasando.

Su regreso a Madrid fue descorazonador. Berta le resultaba ya una desconocida.

—Has venido a pedirme el divorcio. ¿No es así? —le preguntó en cuanto René se instaló en casa.

—En cualquier caso eso es algo que tendremos que pensar. He venido a hablar.

Pero estuvieron algunos días sin hablar de su futuro. Por un momento él tuvo la vaga ilusión de que las cosas podían ser como al principio. Recorrieron juntos las librerías de Madrid. René estaba orgulloso de su libro, hasta que descubrió que la gente arrancaba el prólogo de Emin Kemal y dejaba el libro en las estanterías.

Telefoneó en varias ocasiones a Derya, pero no consiguió encontrarla en casa. Emin Kemal aprovechaba aquellas llamadas para desahogar sus penas con él. Parecía preocupado y decaído. René se interesó por sus problemas, pero el maestro parecía un niño enfurruñado.

—No sé qué hacer, René, amigo —le confesó finalmente—. Me gustaría que estuvieras aquí para hablar de hombre a hombre. ¿Cuándo vuelves?

—¿Qué pasa, maestro? ¿Qué es lo que le preocupa?

Emin Kemal guardó silencio durante unos segundos que se hicieron interminables.

—Creo que Derya tiene un amante.

René agradeció no tener delante al escritor. Le ardían la cara y las orejas. Las manos empezaron a sudarle. Temía, incluso, que su voz lo delatara.

—Eso es imposible —le dijo con la voz entrecortada—. ¿Cómo puede pensar eso? Jamás conocí a una persona tan enamorada como ella.

—No te confundas, amigo —insistió Kemal—. Lo que tú llamas amor no es más que cariño.

—Eso son figuraciones suyas —dijo René.

Unos días después sonó el teléfono y escuchó la voz de Ángela Lamarca con una seriedad que lo estremeció:

—Supongo que todavía no te has enterado —dijo con tono afectado—. Te llamo porque quiero que lo sepas antes de volver.

—No sé nada, Ángela. ¿Qué pasa?

—Emin Kemal ha perdido la cabeza. Sorprendió a Derya con otra mujer en la cama y le dio una paliza. Luego destrozó la habitación. Ella está en el hospital. O mejor dicho, estaba. Me han llamado para contarme que ha desaparecido.

—¿Y quién es esa mujer que estaba con ella?

René se apresuró a preparar la maleta. Estaba alterado, confuso. De repente se detuvo y se sujetó la cabeza con las dos manos, como si tuviera miedo de que se le cayera de su sitio. Berta entró alarmada por los ruidos de los armarios y de los cajones.

—¿Qué te pasa?

—Me tengo que ir, Berta. Tengo que volver a Alicante.

—¿Así, de repente?

—Emin Kemal le ha dado una paliza a Derya. La encontró en la cama con una mujer y enloqueció.

—¿Con una mujer?

—Sí, con Paula: la esposa de Leandro Davó.

—No sé de quién me hablas.

Toda aquella historia le resultaba ajena. René cerró su bolsa y se puso el chaquetón.

—Si te vas ahora, no quiero que vuelvas más —dijo Berta. René tenía su pensamiento en otro lugar—. ¿Me has oído? —insistió.

—Perfectamente.

Mientras esperaba el autobús para ir a la plaza de Manila, recordó a su madre. De pronto vio la silueta a contraluz frente a la ventana de su casa de Estambul. Lo asaltó una inmensa amargura, un remordimiento mezclado de nostalgia, una pena muy honda. Cuando se sentó en la última fila del vehículo, se cubrió la cara con las manos. Tenía ganas de llorar, pero no podía. Miró por la ventanilla las caras de la gente que caminaba por la acera. Sintió una vez más la sensación de desarraigo que lo había acompañado toda su vida. Levantó la vista hacia lo alto de los edificios y creyó ver los minaretes de una mezquita, escuchar la llamada a la oración y los pasos de su madre caminando con los pies desnudos sobre la tarima vieja del pasillo.

3.

Murat Kemal murió de repente, como siempre había dicho que deseaba morir. Una mañana se levantó, se puso las pantuflas, se calentó en el brasero, se aseó y cuando se miraba en el espejo cayó fulminado por un fuerte dolor de cabeza que le produjo la muerte. Su hijo de dieciséis años lo encontró en el suelo media hora después. Murat tenía las gafas puestas, a pesar de la caída, y sostenía un peine mellado en la mano izquierda. Cuando descubrió el cadáver de su padre, Emin Kemal se quedó paralizado, incapaz de reaccionar ante el pasmo que le produjo la visión de la muerte. A su regreso del mercado, su madre lo encontró en cuclillas junto al cuerpo sin vida de su esposo Murat. Dos días después, al regreso del cementerio, Emin Kemal comenzó a sufrir terribles dolores de cabeza que lo acompañarían durante el resto de su vida.

La señora Kemal tenía treinta y dos años cuando enviudó de Murat. Se había casado a los quince con un hombre al que quiso, pero que tenía treinta años más que ella. Se conocieron en Ankara, donde su padre y su futuro esposo eran funcionarios del Gobierno. Murat era educado, culto y la trataba como jamás lo había hecho nadie. Desde el momento en que fueron presentados, supo que aquel hombre iba a ser importante en su vida. Su noviazgo apenas duró medio año. Se casaron un mes de agosto, y la boda resultó la ceremonia más bella que Aysel había visto nunca. Vinieron parientes de lugares remotos, y durante una semana la casa estuvo llena de gente que entraba y salía. Cuando finalmente los recién casados se quedaron a solas, Aysel supo ya que ése era el hombre de su vida.

Antes de cumplirse el primer aniversario de la boda nació Emin, en el mes de junio de 1935.

Murat Kemal era un hombre instruido y buen conversador. Leía la prensa a diario, era aficionado a la poesía, había estudiado francés, tenía nociones de contabilidad y una caligrafía pulcra y elegante. Vivían en una pequeña casita en una zona residencial de Ankara. Murat soñaba con viajar a Francia con su familia y pasear por los Campos Elíseos, o surcar el Sena en un día de cielo gris. Por las noches, con la complicidad del silencio del hogar, escribía mediocres poemas sobre lugares que no conocía. Reflejaba sus experiencias en un diario que guardaba como un tesoro. Pero las experiencias de Murat Kemal no daban para mucha literatura. Su vida transcurría entre el trabajo y su casa. Los días de fiesta, si hacía buen tiempo, iba con la familia a un descampado en las afueras de la capital y allí se mezclaban con otras familias que llevaban una vida parecida a la suya. A los diez años, Emin era un Murat en pequeño.

Poco después de cumplir dieciséis, Emin escuchó en boca de su padre una noticia que iba a determinar su vida: Murat había sido trasladado a Estambul. Para el muchacho, Estambul no era más que un punto geográfico, el escenario de relatos que había escuchado en el colegio desde muy pequeño. Recién llegado a la ciudad, Estambul le pareció sobre todo un lugar viejo y sucio. Tardó en acostumbrarse a su nueva casa, al nuevo colegio, al barrio, a los ruidos, a los olores, a la presencia constante del Bósforo, a los puentes. El caos de la ciudad lo sobrecogía tanto como la visión de las gaviotas, de los perros callejeros o de los transbordadores tosiendo un humo negro que se impregnaba en las fachadas de los edificios y en la ropa tendida. Por lo demás, la vida de la familia no sufrió más cambios, hasta una mañana de 1951 en que Emin encontró a su padre en el suelo del aseo, delante del lavabo, sosteniendo en la mano izquierda un peine al que le faltaba la mitad de las púas, y vio su rostro congestionado tras la montura de las gafas, y supo que estaba muerto. Muerto. Nunca antes había visto a un hombre muerto. Y se quedó en cuclillas al lado del cadáver de su padre, sin reaccionar, sin derramar una sola lágrima. Hasta que Aysel, a la vuelta del mercado, lo encontró así y le preguntó qué le sucedía, y empezó a gritar y a pedir auxilio al vecindario cuando comprendió lo que había pasado.

A pesar del dolor por la muerte de su marido, nada se podía comparar con la tristeza que le producía ver a su hijo callado y sin derramar una lágrima. A la vuelta del cementerio, Emin comenzó a sentir un terrible dolor de cabeza. Se encerró en su habitación y estuvo tumbado en la cama, mirando al techo, durante varios días. Aysel no encontraba fuerzas para animarlo sin romper a llorar. Los dos se habían quedado solos, desamparados en una ciudad que les resultaba hostil, sin amigos, sin futuro.

Se trasladaron a una vivienda más modesta, en el barrio de Eminönü, entre el mercado de las especias y los muelles. Vivían en el último piso, en una casa pequeña y vieja que se abría a los tejados y a los minaretes de las mezquitas. Tenía una terraza en la que Aysel trató de mantener vivas sin éxito las plantas. A los seis meses de la muerte de Murat, un médico le diagnosticó neurastenia a su hijo. Los dolores de cabeza eran cada vez más frecuentes, le dolía todo el cuerpo y padecía mareos que lo dejaban postrado durante días. Se volvió un chico irritable y nervioso. Aysel sufría al ver la situación en que se encontraba su hijo.

Emin Kemal fue un adolescente triste y débil. Su salud quebradiza lo obligó a abandonar los estudios. No consiguió ser el abogado que su padre deseaba antes de morir. Se volvió un joven callado, melancólico. Cualquier esfuerzo le provocaba agotamiento. Empezó a convivir con el insomnio, un mal que lo acompañaría toda su vida. Leía a los poetas franceses sin conocer el idioma, soñaba despierto con las calles de París que nunca había visto, releía los diarios y los versos de su padre. Soñaba que era un niño y vivía aún en Ankara. En mitad de la noche se sobresaltaba por la sirena de algún transbordador y se apretaba contra el colchón como si le diera miedo asomarse a la vida.

Aysel luchó por los dos para salir adelante. Después de enviudar, su situación económica era penosa. No quiso regresar a Ankara porque suponía reconocer su propia derrota. Trabajó para mantener a su hijo. Ella necesitaba poco para vivir. Rescató sus conocimientos de costurera y comenzó a coser en casa. Al principio, para los vecinos. Luego le llegaron encargos de otros puntos de la ciudad, de modistas que no daban abasto con su trabajo. La vivienda de Eminönü se transformó en un modesto taller.

Emin Kemal se convirtió en la sombra de su madre. Sólo salía de casa cuando ella lo hacía. Se sentaba a su lado mientras cosía, y pasaba horas sin apartar la mirada de las manos de Aysel. A veces se quedaba dormido y, entonces, su madre dejaba la máquina y cosía a mano para no despertarlo. Por la noche lo oía dar vueltas en la cama, desvelado. Escuchaba sus pasos sobre el suelo de madera, lo imaginaba mirando por la ventana a la hora justa del amanecer.

A los dos años ocurrió algo que le devolvió la esperanza a la viuda de Kemal. Una mañana, mientras trabajaba en la costura, su hijo cogió la libreta en la que ella llevaba las cuentas, las medidas y otros asuntos domésticos, y comenzó a leerla como si fuera un libro. Era un cuaderno corriente, de tapas rojas, que había pertenecido a su padre, pero que nunca llegó a usar. Emin cogió un lápiz y escribió algo con letra diminuta.

—¿Qué escribes ahí, hijo?

—No lo sé —respondió Emin sin levantar la cabeza.

Ella fingió que volvía a la costura, pero en realidad estaba siguiendo los movimientos de su hijo con el rabillo del ojo. Era la primera vez en dos años que Emin hacía algo que se saliera de su rutina. Lo dejó escribir, hasta que soltó el lápiz y cerró la libreta roja. Luego se levantó y salió del cuarto con naturalidad. A su madre le pareció que sonreía, pero fue un espejismo. Observó el cuaderno y lo cogió con recelo. Tenía la sensación de estar invadiendo la intimidad de la persona más importante de su vida. Leyó:

Mi padre falleció ayer. Lo encontré muerto en el baño, con sus gafas puestas y un peine en la mano. Hacía apenas tres meses que habíamos venido a vivir a Estambul. Mi madre y yo nos quedaremos aquí para siempre...

No pudo seguir leyendo porque escuchó crujir el suelo del pasillo y supo que su hijo estaba de vuelta. Trató de disimular y ahogó las lágrimas en sus pupilas. Emin se sentó de nuevo y volvió a coger el cuaderno rojo. Siguió escribiendo compulsivamente, sin levantar la vista del papel. A veces daba la sensación de que lloraba; otras, parecía sonreír. Aysel fingió que estaba cosiendo. Emin se detuvo y cerró el cuaderno.

—Quiero aprender francés —dijo de repente el chico con la mayor naturalidad.

—¿Como tu padre? —preguntó Aysel sin mirarlo a la cara.

—Sí. Quiero aprenderlo para leer sus libros. Dentro de unos años viajaremos a París.

—Es una buena idea —Aysel levantó la mirada y clavó sus ojos en Emin—. ¿Te gustaría seguir estudiando?

—No. Ya es tarde.

—A tu padre le habría gustado —insistió Aysel, entristecida, fingiendo una sonrisa.

—Lo que tengo que hacer es encontrar un trabajo.

—Pero, hijo, el médico nos ha dicho...

—El médico no sabe lo que me conviene. Yo sí. Buscaré un trabajo. Tú no puedes quedarte ciega, ni coser el resto de tu vida.

Aysel no se atrevió a contradecirlo. El cambio de actitud de su hijo la desconcertó, pero a la vez le dio esperanzas. Le apartó el cabello de la cara a Emin y le acarició la frente como si fuera un niño pequeño.

—Quiero que te quedes con ese cuaderno —dijo Aysel—. Te será más útil que a mí.

A los dieciocho años, Emin Kemal comenzó a salir del pozo en el que se había hundido tras la muerte de su padre. Se acostumbró a convivir con los dolores de cabeza y con el insomnio. Empezó a escribir con frecuencia en su cuaderno de tapas rojas y salió a la calle en busca de trabajo.

El puente Gálata era el límite de su mundo, una frontera imaginaria. Se acercaba hasta el muelle de Eminönü y se mantenía a cierta distancia del agua, sin atreverse siquiera a tocar la barandilla. Descubrió que la luz del sol le provocaba inseguridad, igual que las multitudes. Salía de casa cuando el sol de invierno comenzaba a declinar tras la silueta de los tejados. Siempre con miedo, como si fueran a atropellarlo o le pudiera caer un objeto desde las ventanas. El callejón en cuesta donde estaba su casa era el único territorio de la ciudad en donde realmente se sentía seguro. Con frecuencia pasaba horas sentado en el bordillo de la acera, entretenido en la contemplación de los tendederos de ropa, en los gatos que saltaban de un balcón a otro, o escuchando el griterío de los niños que llegaba desde el interior de las viviendas.

Cuando la luz rompía su intensidad, caminaba hasta el puente Gálata sin separarse de las fachadas de las casas. El color grisáceo del mar al atardecer le producía miedo y al mismo tiempo lo atraía. No le gustaba el olor de las algas ni del pescado asado de los vendedores ambulantes. El bullicio de la gente que volvía del trabajo lo asustaba, pero a la vez le provocaba curiosidad. De regreso a casa, se sentaba en la puerta y esperaba a que su corazón se fuera calmando. Siempre seguía el mismo trayecto, se detenía en las mismas esquinas, contemplaba los mismos edificios, permanecía sentado el mismo tiempo en el portal de casa antes de subir con su madre. Se esforzaba en descubrir el encanto de la ciudad, y en vez de eso fue odiándola cada día un poco más. Todo lo que encontraba a su alrededor le resultaba hostil.

Una noche, al regresar a casa, oyó la voz de un hombre que hablaba con su madre. Aquella presencia inesperada lo alteró. Entró en la cocina, desconfiado, como si esperase encontrar a un ladrón. Sin embargo, era el vecino del primer piso, un judío viudo que vivía modestamente con su hijo soltero. Emin se había cruzado con él muchas veces en la escalera, pero jamás habían intercambiado más frases que las de pura cortesía. Yeter Djaen era un anciano bonachón y sonriente que se paseaba por el barrio con un gorro de lana que le ocultaba la calvicie y un bastón rústico con el que ahuyentaba a los perros callejeros. Cuando vio a Emin en el umbral, lo saludó con familiaridad, sin dejar de sonreír. Aysel parecía muy contenta.

—Mira, Emin —le dijo su madre—, el señor Yeter va a enseñarte francés. Y lo hará encantado, ¿verdad?

—Será un placer —dijo Yeter Djaen a la vez que observaba la reacción del joven.

Emin no terminaba de entender lo que estaba oyendo. Todavía llevaba en la cabeza el bullicio y el ajetreo de las calles. Entornó los ojos y trató de concentrarse a pesar del dolor de cabeza.

—El señor Yeter fue maestro hace años —le explicó su madre—. Le he hablado de ti, y sabe el interés que tienes por aprender. Se ha ofrecido a darte clases en su casa.

Emin Kemal no manifestaba entusiasmo ni desagrado. Miró la ropa de aquel hombre que se parecía más a un campesino que a los maestros que él había tenido.

—¿Y cómo le vamos a pagar, madre?

—No tienes que preocuparte por eso. Con lo que gano cosiendo será suficiente.

Pero Emin sabía que no era cierto. Se olvidó del dolor de cabeza, se olvidó del miedo que le provocaba aquella novedad en su vida, y dijo:

—Trabajaré, madre. A partir de mañana, buscaré una ocupación de provecho.

Y, a pesar de las protestas de Aysel, el joven salió a las calles y consiguió un trabajo. Sin saber muy bien cómo empezar, se acercó a un vendedor ambulante y le dijo:

—Me gustaría trabajar para usted.

El hombre lo examinó, le preguntó la edad y luego le preguntó:

—¿Has trabajado alguna vez en esto?

—Nunca. Ni en esto ni en nada, pero necesito el dinero.

Desde aquel día, Emin Kemal se convirtió en vendedor ambulante, y aquel hombre que arrastraba su carrito desde el amanecer hasta la puesta del sol fue su patrón. Cuando el día comenzaba a declinar, Emin salía de casa con un gorro de lana y un delantal limpio. Agarraba el carrito de su patrón y lo empujaba por las amplias aceras del muelle de Eminönü hasta pasada la medianoche. Luego volvía a casa muy cansado, abría los libros de su padre y trataba de poner en práctica lo que el señor Yeter le había enseñado por la mañana.

Yeter Djaen tenía más de ochenta años, una gran lucidez y una memoria envidiable. Entre su hijo Basak y él llevaban la casa adelante sin la ayuda de nadie. El señor Yeter había sido maestro hasta que su hijo comenzó a ganar dinero y pudo retirarse. Luego se dedicó a fumar en pipa, alimentar a sus gatos, tomar té, pasear por el vecindario y leer el Talmud. Padre e hijo formaban una pareja peculiar a ojos de los vecinos: el primero parecía sacado de un viejo grabado de la época otomana; el segundo era un modelo de hombre adaptado a las costumbres occidentales. El señor Yeter fue padre después de cumplir los sesenta años. Era su segundo matrimonio, y su esposa resultó ser una mujer débil y enfermiza que murió cuando su único hijo todavía era un niño. Pero Basak Djaen creció y fue un joven avispado, como su padre, y aprendió pronto a sobrevivir.

Emin Kemal bajaba a la casa del señor Yeter todas las mañanas y pasaba allí varias horas hasta que lo llamaba su madre. El maestro apartaba los libros de su escritorio, los platos y vasos sucios, encendía su narguile, se tumbaba en un catre y comenzaba a fumar mientras su alumno recitaba los tiempos verbales franceses o leía los versos de Baudelaire sin entender lo que estaba diciendo. Al atardecer, Emin se colocaba su gorro de lana y bajaba perezosamente al embarcadero para relevar a su patrón. Empujaba el carrito y buscaba con desgana los lugares concurridos: el punto de atraque de los transbordadores, la entrada al puente Gálata, la estación del tren. En el carrito transportaba roscas, tortas de oblea, albóndigas, pipas y agua. A veces anunciaba en voz alta su mercancía y él mismo se asustaba al oírse.

—Tienes que pasar al otro lado del puente, muchacho —le decía una y otra vez su patrón—. Allí es donde están los negocios y la gente con dinero.

Emin era incapaz de reconocer que le daba miedo cruzar sobre las oscuras aguas del Cuerno de Oro en las noches de invierno. Tampoco se atrevía a decirle a su patrón que le asustaban las aglomeraciones, que tenía miedo de lo desconocido. Hasta que por fin el ruido y los escasos transeúntes que circulaban por el muelle en las noches de lluvia lo obligaron a cruzar el puente y adentrarse en una parte de la ciudad que le provocaba pavor. Y lo que descubrió allí le fascinó y le dio miedo en igual medida. Como si se tratara de otra ciudad, la luz nocturna de las calles, el ajetreo de las gentes, el bullicio de los comercios y el ruido metálico del tranvía lo sumieron en una enorme confusión. A la salida del trabajo, la avenida İstiklal era un hervidero de hombres que dejaban las oficinas o rondaban las embajadas hambrientos y cansados. Los chóferes de Taksim, las sirvientas, los policías compraban las roscas de Emin y contribuían para que volviera a casa antes de la medianoche.

Desde la calle observaba, parapetado tras el carro, el interior de los cafés y de los restaurantes, y aguardaba a que se abrieran las puertas para sentir durante unos segundos el calor que escupían los locales. Hasta que en una de aquellas ocasiones se abrió la puerta de un café y apareció Basak, el hijo del señor Yeter, acompañado de dos jóvenes. Basak Djaen tenía poco más de veinte años y vestía siempre traje y corbata impecables, aunque no tenía repuesto. El joven no se parecía a su padre. Su tez era más blanca y sus modales más refinados. Desde que Emin supo que trabajaba en un periódico, comenzó a profesarle una gran admiración.

Se abrió la puerta y Basak lo miró sorprendido de encontrarlo tan lejos de casa. Emin agachó la cabeza abochornado por que su vecino lo viera vestido de aquella guisa y tirando de un carrito. Sintió vergüenza del delantal y de su gorro de lana. Pero Basak le sonreía y le tendió la mano generosamente. Lo llamó por su nombre y lo presentó a sus dos acompañantes.

—Emin es mi vecino y está aprendiendo francés con mi padre.

El chico se apresuró a quitarse el guante y responder al saludo con un apretón de manos. Le compraron las últimas roscas que le quedaban.

—Gracias, señor —le dijo a Basak cuando se despedía.

Basak le puso la mano en el hombro, le acercó la boca al oído y le dijo en voz muy baja:

—No me llames señor, te lo ruego. Yo no soy un señor, sólo soy el hijo de tu maestro de francés.

La vida monótona y gris de Emin Kemal empezó a sufrir cambios no mucho tiempo después, una mañana en que el señor Yeter amaneció enfermo y no pudo dar su clase de francés. Cuando Emin bajó a su casa, se encontró al hijo del maestro muy apurado, vestido con el traje pero descalzo y sin corbata.

—Mi padre está enfermo —le explicó Basak—. Hoy no podrá darte clases.

Emin se quedó clavado en la entrada, como si hubiera ocurrido una catástrofe. Basak no se atrevió a cerrar sin más, a pesar de la prisa que tenía.

—¿Qué le ocurre? —preguntó al cabo Emin.

—No lo sé... Ha pasado la noche con fuertes dolores de estómago y está tan débil que apenas puede levantarse.

Antes de irse, Emin alcanzó a decir:

—Volveré mañana por si me necesita.

Después, el joven sintió que su vida se quedaba vacía. Se detuvo en mitad de la escalera y pensó desolado que no tenía nada que hacer. Lo invadió un vértigo atroz. Por las ventanas se colaba un sol triste de invierno que lo desalentaba. Cuando entró en casa, su madre estaba terminando de vestirse y guardaba con prisas algunas cosas en su bolso. Aysel miró a su hijo y se asustó al ver su cara de desamparo.

—¿Qué pasa, Emin? ¿Estás enfermo?

Le puso la mano en la frente dando por seguro que el muchacho estaría ardiendo de fiebre. Pero Emin se la retiró sin mirar a su madre a los ojos.

—El que está enfermo es el señor Yeter. Dice su hijo que apenas puede levantarse.

Aysel se olvidó de las prisas y se centró en su hijo. A veces no recordaba que dos años antes el futuro de Emin la angustiaba. Lo miró conmovida por el rostro de sufrimiento del chico.

—¿Y por eso estás así?

—Podría morir, ¿no es verdad?

Aysel le cogió una mano y con la otra trató de arreglarle el cabello. Luego le compuso el cuello de la camisa.

—Por supuesto. Morirá como todos, aunque podría vivir más que tú y yo. Eso nunca se sabe.

—Sí, pero es muy mayor.

Aysel no estaba dispuesta a enzarzarse en una conversación trascendente con su hijo sobre la vida y la muerte. Se propuso hacer lo que tenía previsto, sin olvidarse de él.

—Me gustaría que me acompañaras esta mañana. Tengo que comprar unas cosas y necesito tu ayuda para traerlas.

La primera vez que Emin Kemal se estremeció por la mirada y el tacto de una mujer fue en aquel invierno de 1954. Él había cumplido diecinueve años y ella apenas tenía veinte. Trabajaba en una tienda de paños y telas en el barrio de Beyoğlu. El establecimiento estaba en una calle llena de comercios pequeños, entre las avenidas de İstiklal y Tarlabaşi. Era una zona que Emin conocía bien, porque pasaba con frecuencia ante los escaparates en sus largos periplos arrastrando el carrito con la mercancía durante las duras anochecidas de invierno. La tienda era antigua y en su interior el tiempo se había detenido treinta años atrás. Un mostrador corrido en forma de L separaba a la dependienta de las clientas. Los techos eran muy altos y las telas se amontonaban en las estanterías enrolladas con mucho esmero. En el otro extremo, una galería superior cerrada por cristales ensamblados en pequeños marcos de madera dejaba ver una oficina vacía.

La chica se desenvolvía con seguridad tras el mostrador, pero su mirada era huidiza y reflejaba timidez. Emin Kemal no le prestó atención a la dependienta hasta que sus miradas se cruzaron y las apartaron enseguida temerosos de mantenerlas más tiempo del imprescindible. En el rincón del mostrador, una clienta aburrida jugueteaba con unos alfileres y una tela de raso. Salió de la trastienda una mujer que saludó a Aysel con voz impostada, como si hubiera repetido durante años las mismas frases de cortesía y no necesitara esperar para conocer la contestación. Parecía la dueña del establecimiento.

—Yo la atiendo —dijo la dependienta más joven.

Se apartaron a un extremo del mostrador y Aysel comenzó a pedir cosas de una larga lista que sacó del bolso. La dependienta fue desplegando la mercancía sobre la vitrina del mostrador. Emin se entretenía contemplando los dibujos de las baldosas. El suelo parecía más antiguo incluso que el resto de la tienda, con rombos negros y grises que cambiaban de forma según la perspectiva desde la que se contemplaban. Procuró no mirar a la dependienta a los ojos, pero cada vez que levantaba la cabeza se cruzaba con ellos. Su madre y ella hablaban con familiaridad, como si se conocieran hacía tiempo. Utilizaban un lenguaje de modistas que Emin desconocía. La otra clienta, aburrida, intervenía de vez en cuando y, de repente, preguntó:

—¿Es su hijo?

Emin levantó la cabeza por cortesía y se vio reflejado en la cristalera de una vitrina. Por un instante le pareció que quien estaba clavado en el centro de la tienda, entretenido con las baldosas como un niño, no era él. Enseguida oyó a su madre.

—Sí, es mi hijo.

Emin no pudo reprimirse y miró a la muchacha. Ella no apartó la vista. No era guapa, pero su rostro le pareció sereno y lleno de encanto. Llevaba el pelo recogido en un moño que dejaba ver unos pendientes de plata. El brillo de los aros contrastaba con el negro intenso de su cabello. Tenía cara de niña. Su boca era pequeña. Vestía de azul marino hasta donde el mostrador le permitía ver. Ella le sonrió con timidez. Luego Emin no volvió a mirarla hasta que se despidieron. El chico pronunció un adiós que apenas se oyó en la tienda y salió delante de su madre. En la calle, antes de llegar a la esquina, Aysel se dio cuenta de que se había dejado el bolso y le pidió a su hijo que volviera a recogerlo. Emin entró en el establecimiento con el corazón encogido, avergonzado y con miedo. La chica lo miró con naturalidad. Sonreía.

—Mi madre se dejó el bolso.

Ella lo buscó entre las telas que estaba enrollando para guardar y se lo alcanzó. En ese momento le dijo:

—Me llamo Orpa.

No sabía qué hacer, le alargó la mano a la muchacha y ella se la apretó. Se sintieron ridículos, observados desde el extremo del mostrador.

—Yo soy Emin.

Nunca le había dado la mano a una mujer, excepto a su madre. Se marchó nervioso y al salir dio un traspié. El olor de la chica se había quedado en su mano. Hizo el trayecto hasta casa sin apartar su mano de la nariz. Pasó toda la tarde en la cama, desconcertado. Se levantó poco antes del anochecer, sin ganas de salir a la calle. Se puso el gorro de lana y le dijo a su madre que se iba a trabajar. Aysel creía que su hijo estaba afectado por la enfermedad del señor Yeter. No podía imaginar el origen de sus tribulaciones. Esa noche recorrió las calles de la ciudad mientras Orpa seguía dando vueltas en su pensamiento. Se dirigió a la tienda de telas sin saber muy bien lo que hacía. No era él quien controlaba sus actos. Permaneció durante horas junto al escaparate. Miraba hacia el interior tratando de ver algo entre las sombras que le recordara la presencia de Orpa. Dentro estaba todo oscuro, pero de vez en cuando creía distinguir un objeto, una silla, la sombra de las telas formando una pared tras el mostrador. Estuvo clavado frente al escaparate hasta medianoche.

Se levantó muy temprano, derrotado de nuevo por el fantasma del insomnio. Bajó dando saltos por las escaleras hasta la casa del señor Yeter. Conocía las costumbres del maestro. Sabía que se despertaba siempre a las cinco y que las horas antes del amanecer le resultaban terribles. Basak se preparaba para marchar al trabajo.

—Mi padre sigue igual —le dijo en la puerta—. Está muy débil y no consiente que llame a un médico.

—¿Por qué?

—Es un viejo cabezota. Dice que, si Dios quiere que muera, ningún médico va a tener más poder que Dios.

—¿Puedo verlo? Me gustaría hacerle compañía hasta que tú vuelvas del periódico.

Basak Djaen dudó. Su mirada iba de un sitio a otro sin fijarse en ningún punto.

—De acuerdo —le dijo finalmente—. Me quedo más tranquilo si está acompañado.

Encontró al señor Yeter postrado en su catre, muy pálido y con enormes ojeras. Cuando vio entrar a Emin, arrugó el ceño.

—Hoy no puedo enseñarte nada, muchacho. Vuelve otro día.

—No he venido a clase, señor. Sólo quiero hacerle compañía. Es mejor que haya alguien cerca, por si muere.

El anciano miró a su alumno y tardó un rato en reaccionar.

—Creo que no voy a morir todavía —dijo contrariado.

Emin se sentó en la alfombra y se cruzó de piernas. Realmente le apenaba la situación de su maestro. Le dolía no poder ayudarlo. El señor Yeter le pidió un poco de agua y se incorporó. Se miraron en silencio, como tratando de leer los pensamientos en la mirada del otro.

—¿Qué es lo que te preocupa tanto? —preguntó finalmente el anciano con voz debilitada.

—Sólo pensaba... Usted se ha casado más de una vez. ¿No es así?

—Dos veces, sí.

—Entonces debe de saber bien lo que es el amor.

El señor Yeter levantó la cabeza y se mesó su barba rala. Luego se acomodó en los almohadones y miró al techo tratando de concentrarse. Suspiró y clavó sus ojos en el muchacho.

—El amor... —dijo el anciano—. Creo que sé lo que es. O lo supe hace años.

—Entonces, quizás podría contarme cómo puede saber alguien si está enamorado o no lo está.

El maestro forzó una sonrisa que apenas se dibujó en su rostro enfermo. Observó detenidamente a su alumno y trató de ir más allá de lo que veía. Entornó los ojos en un gesto que podía ser de curiosidad o de dolor.

—¿Cómo se llama?

Emin se sintió desnudo al oír aquella pregunta. Estaba avergonzado y respondió con torpeza:

—Se llama Orpa.

El señor Yeter se apretó el lóbulo de la oreja y abrió mucho los ojos al oír aquel nombre.

—Orpa Asa —dijo el maestro con una afirmación que parecía una pregunta.

—No lo sé.

Emin le describió a la muchacha. No podía creer que el anciano la conociera.

—Es Orpa Asa —concluyó el señor Yeter, y sentenció—: El universo es grande y pequeño a la vez. Con ese nombre no puede ser otra niña.

—¿Niña? No es ninguna niña.

—Para mí, sí. Su hermano y ella aprendieron a leer en mi escuela. Era una niña muy despierta. Su nombre significa «la que da la espalda». Aléjate de ella si no quieres hacer sufrir a tu madre.

Emin Kemal trataba de asimilar todo lo que le contaba el maestro. Estaba abrumado.

—¿Por qué? Mi madre no puede ver con malos ojos que yo hable con una mujer.

—Es judía. Eso es fácil de entender. A tu madre no le va a gustar. Si no quieres hacerla sufrir, olvídate de ella. O, al menos, no te enamores.

—¿Y cómo puedo saber si estoy enamorado? —preguntó confuso Emin.

El maestro estaba tan perdido y desorientado como él.

—Hijo, esa pregunta es la más compleja que me han hecho en mi vida. Me gustaría ayudarte, pero me siento incapaz. Mientras tanto, lo mejor será que leas a los poetas que sintieron algo parecido antes que tú —dijo el anciano mientras se incorporaba.

Se apoyó en el hombro de su alumno y arrastró los pies hasta una mesa llena de libros. Escarbó con manos temblorosas y sacó uno. Se lo puso a Emin en las manos y se apoyó en el respaldo de una silla antes de volver a su catre.

—Es importante que leas lo que dicen los poetas sobre el amor. Ellos saben más que yo de este asunto.

El muchacho le echó un vistazo al libro mientras ayudaba a su maestro a sentarse. El autor era Nerval. Nunca había oído hablar de él.

Cuando Emin Kemal volvió a su casa, se refugió en su cuarto y abrió el libro como si trajera un tesoro. Comenzó a leer sin entender apenas nada. Las palabras, a pesar de todo, sonaban hermosas y sugerentes. Pensó que tal vez la poesía era eso: palabras bellas, unidas al azar, que no significan nada. Oyó a su madre que lo llamaba mientras él se sentía muy lejos de aquel lugar. Siguió leyendo de manera compulsiva, con mucha dificultad. Quería saber lo que había dejado escrito el poeta francés. A través de la ventana veía un patio húmedo y frío al que casi nunca llegaba el sol, ropa tendida, paredes ennegrecidas por la carbonilla de las gabarras que transportaban carbón. Entre las fachadas asomaba un trozo de mar, y al final de las casas parecía surgir otra ciudad. Ahora no sintió la tristeza de otras veces. Imaginó qué vería Nerval por la ventana cuando escribía los versos que él tenía ahora entre las manos. Se sentó en la cama, abrió su diario de tapas rojas y comenzó a copiar, sin entenderlas, algunas de las frases en francés. Lo hizo con una caligrafía pulcra y diminuta, sin dejar márgenes, en líneas apretadas. Al terminar experimentó una mezcla de paz y satisfacción. Entró sonriendo en el taller de su madre.

—Voy a dejar el trabajo —le dijo con naturalidad.

Aysel estaba acostumbrada a las reacciones inesperadas de su hijo.

—¿Has encontrado otro trabajo?

—No estoy seguro. Quiero ser escritor.

Aquélla fue la última noche en que Emin Kemal paseó su carrito por las calles de la ciudad. Al día siguiente, muy temprano, se escuchó por el patio la voz desgarrada de Basak. Enseguida corrió la noticia de que el señor Yeter había muerto. Cuando lo oyó, Emin se quedó paralizado. Las vecinas acudieron a la casa del anciano y se apresuraron a amortajarlo sin que su hijo se lo pidiera. Era un rito que habían aprendido desde niñas. Aysel trató de que su hijo se quedara en casa, pero no lo consiguió. Basak lloraba sin consuelo. Estaba aturdido y no era capaz de hablar. Los hombres hacían sitio, apartando los muebles. A Emin Kemal le impresionó el rostro del señor Yeter. Lo encontró más viejo y arrugado que el día de antes. Apenas entraba luz por la ventana que daba al patio. Fuera, estaban tendidos los pantalones y la ropa del maestro desde hacía días. Caía sobre la ropa una llovizna ligera. El muchacho estuvo hojeando los libros que seguían desordenados sobre la mesa del difunto. Recorrió con la mirada los objetos que parecían sin vida: un encendedor muy antiguo, la montura de unas gafas sin cristales, papeles, carpetas y muchos libros apilados. Acarició el lomo de algunos, hasta que alguien le pidió que saliera de la habitación.

Pasó el resto de la mañana junto al hijo del difunto. La noticia se extendió entre los judíos del vecindario, y la casa se llenó de gente. El señor Yeter y Basak no tenían familia en Estambul. Emin Kemal contemplaba las caras de todos como si observara un cuadro. El comportamiento y las voces amortiguadas de la gente le parecían irreales.

Después del entierro del señor Yeter, se encerró en su cuarto y estuvo mirando por la ventana y releyendo a Nerval durante dos días. Copiaba los versos en su libreta de tapas rojas, memorizaba algunas frases sin entenderlas y contemplaba los tejados de Eminönü como si fueran los de otra ciudad. Luchó contra la sensación de vacío y trató de describirla en la libreta. Aysel estaba de nuevo preocupada por la conducta de su hijo. Quiso devolverlo a la realidad, pero el chico se mostraba cada vez más ausente, inmerso en un mundo en el que ella no conseguía entrar. Se esforzó por hacerlo salir de casa. Se inventó excusas para que la acompañara a cualquier asunto. Y, cuando lo mandó a la tienda de paños de Beyoğlu a cambiar algo, asistió sorprendida a la resurrección de su hijo.

El día en que Emin Kemal entró por segunda vez en la tienda de Orpa se sentía un hombre distinto. Pero las cosas no salieron como él pensaba. En el establecimiento había media docena de mujeres que aguardaban su turno. Al ver al joven, se quedaron en silencio y lo examinaron de arriba abajo sin disimulo. Orpa fue la única que siguió con lo que tenía entre manos como si no se hubiera percatado de su presencia. Emin se había puesto uno de los trajes de su padre, le había dado lustre a los zapatos y llevaba una corbata con el nudo mal hecho. Aguardó con paciencia a que las mujeres terminaran, pero el establecimiento no se quedaba vacío. Cada vez entraban más modistillas. Finalmente lo atendió la dueña. En un instante en que Orpa estuvo cerca de él, Emin le susurró:

—Me gustaría hablar con usted en privado.

La muchacha no lo miró; ni siquiera dio muestras de haberlo oído. Emin salió de la tienda cabizbajo, con la sensación de haberse comportado como un estúpido. Estaba verdaderamente avergonzado y hablaba en voz alta para darse ánimos. Al llegar a İstiklal, el viento le golpeó la cara con fuerza. Los transeúntes, espoleados por el frío, caminaban deprisa, sin detenerse en los escaparates. Apretó el paso calle abajo siguiendo las vías del tranvía, hasta que oyó su nombre. Se volvió. Era Orpa. La muchacha venía luchando contra el viento.

—Disculpe —dijo al llegar a la altura de Emin—. La dueña es muy estricta y no me permite familiaridades con los clientes; especialmente con los sastres.

—Yo no soy sastre —replicó Emin.

—Pero ella no lo sabe —dijo divertida por la ocurrencia del chico.

Orpa tiró de Emin y se colocaron bajo la marquesina del cine Atlas, que amortiguaba la fuerza del viento. Emin había enmudecido.

—Me dijiste que deseabas hablar conmigo en privado —dijo Orpa tuteándolo.

Emin buscó algo en el bolsillo de su americana y sacó una cuartilla doblada.

—Quería darte esto, si me lo permites.

El viento le arrancó el papel de la mano y Emin corrió tras él hasta atraparlo en el aire. Regresó sofocado junto a la muchacha. Orpa lo desdobló y comenzó a leerlo. Eran unos versos que había conseguido traducir torpemente del francés. Miró a Emin.

—¿Son tuyos?

—Los he escrito para ti.

—¿Eres poeta?

—Sí —respondió Emin sin dudar—. Tengo muchos más. Si te gustan, puedo traértelos.

Orpa dobló la cuartilla y la sostuvo con las dos manos.

—Son muy bonitos. Me gustaría leer tus versos. Ahora tengo que irme.

—¿Entonces...? —preguntó Emin apenas reteniéndola por el brazo.

—La semana que viene —le dijo—. Ven el mismo día y a esta misma hora. Tráemelos entonces.

Emin la vio alejarse envuelta en un remolino de papeles y hojas que levantaba el viento. Permaneció un instante ante la puerta del cine y trató de guardar en su memoria la última imagen de la chica.

A partir de aquella mañana, su comportamiento cambió; pero Aysel no podía sospechar lo que le estaba sucediendo a su hijo. Emin comenzó a preocuparse por su imagen. Rescató los trajes y las camisas de su difunto padre. Se interesó por su diario y sus papeles, olvidados en un cajón desde su muerte. Leyó con dificultad a Victor Hugo y a Verlaine, que permanecían mudos en las estanterías de Murat Kemal. Por las noches bajaba a la casa de Basak y le hacía compañía en su desamparo de huérfano. Se sentaba a su lado, junto al brasero, y respetaba su silencio. A veces le traía la cena que su madre había preparado. Mostraba interés por su trabajo en el periódico cuando Basak estaba hablador. Quería saber cosas de su mundo.

Durante el resto del día, Emin se quedaba en casa, encerrado en su cuarto, y leía los libros del señor Yeter que Basak le prestaba. Copiaba fragmentos de sus lecturas en el diario o en hojas sueltas que iba archivando. Terminaba los libros con rapidez. Entonces se los devolvía a su vecino y tomaba otros prestados.

Acudió a su cita con Orpa una semana después. Llegó a la puerta del cine Atlas con una hora de antelación. Compró un paquete de tabaco e hizo un esfuerzo por fumar su primer cigarrillo mientras se veía reflejado en el escaparate de una pastelería. La gente caminaba por la avenida sin prestarle atención, pero Emin estaba convencido de que todo el mundo lo estaba observando. Llegó la hora y Orpa no aparecía. Esperó pacientemente. Encendió un cigarrillo tras otro hasta que el sabor del tabaco le resultó insoportable. El tiempo pasaba y Orpa no aparecía. Los ojos le lloraban de mirar con tanta fijeza a la esquina por donde imaginaba que debía venir la chica. Esperó durante una hora ante la puerta del cine. Los pies se le quedaron helados. No se atrevía a acercarse a la tienda por si Orpa llegaba por otro camino. Cuando se convenció finalmente de que ya no vendría, le dio una patada a la pared y comenzó a caminar sin saber adónde ir. Hablaba en voz alta, hasta que se dio cuenta de que la gente se apartaba de él. Volvió a casa muy tarde. Se encerró en su cuarto y abrió los libros de su padre. Empezó a escribir en su diario. Quiso contar lo que le había sucedido, y lo mezclaba con frases que no eran suyas, a veces versos en francés. Durante semanas, Emin estuvo atormentado con el recuerdo de Orpa, hasta que Anmet Hisar entró en su vida y las cosas comenzaron a cambiar.

A finales de 1954, a punto de cumplir veinte años, Emin Kemal comenzó a trabajar como ayudante de fotógrafo. El señor Anmet hacía fotos para la policía, para la prensa, reportajes familiares, celebraciones. Vendía cámaras fotográficas, las reparaba y hacía retratos de estudio. Empezó a aprender el oficio cuando era un niño. Se casó a la edad de Emin y enviudó poco después de cumplir los cuarenta. Hacía más de diez años que vivía solo, dedicado a su trabajo y a sus aficiones. El señor Anmet coleccionaba de todo: fotografías de actrices, calendarios, invitaciones de boda, relojes, sombreros, bastones, llaves viejas, libros en turco antiguo, monturas de gafas, botellas. Su casa parecía un museo.

Anmet Hisar era vecino del barrio. Siempre estaba sonriendo. Emin lo había visto en muchas ocasiones bajar por el callejón de casa, pero no sabía nada de él. Una noche en que regresaba de visitar a Basak, se encontró al fotógrafo tomando un té en compañía de Aysel. Su madre había sacado la mejor vajilla y había puesto un mantel que Emin nunca vio antes. El chico se quedó en la puerta, sorprendido por la presencia de un extraño. No se atrevió a entrar. Respondió con frialdad al saludo del hombre. Su madre le explicó quién era.

—El señor Anmet ha venido a traernos unas fotografías —le explicó Aysel nerviosa—. Ha sido muy amable al molestarse.

—¿Unas fotografías? —preguntó el chico.

El hombre se frotó las manos, abrió un sobre y las desplegó encima del mantel nuevo. Eran fotos de Aysel. Su hijo se acercó y las miró sin hacer ningún gesto.

—¿Te gustaría que te las hiciera también a ti? —preguntó el señor Anmet.

Emin se encogió de hombros. Aysel se sentía violenta por la situación. El fotógrafo hablaba, pero el chico no le prestaba atención.

—El señor Anmet ha venido también para hablar contigo —dijo entonces la mujer para tratar de romper la tensión—. Quiere proponerte algo.

—Necesito un ayudante —dijo el fotógrafo—. Yo no puedo con tanto trabajo. Y no es fácil encontrar a una persona responsable y de confianza.

—Le he dicho al señor Anmet que eres un chico formal.

Guardaron silencio los tres, un silencio tenso, desagradable. Emin se acercó a la mesa y terminó de extender todas las fotografías. Aysel y Anmet no apartaban la mirada del joven. Parecían dos adolescentes nerviosos.

—Son muy bonitas —dijo finalmente Emin—. Estás muy guapa en estas fotos.

Aysel entró en la cocina y volvió con más té. Sirvió un vaso y se lo ofreció a su hijo.

—¿Qué respondes entonces? —preguntó el señor Anmet.

—Necesito ese trabajo.

Cuando Emin empezó a trabajar en la tienda del señor Anmet, tuvo la sensación de que se había estado perdiendo muchas cosas interesantes de la vida en los últimos años. Anmet Hisar era un hombre respetado y querido en el barrio, una persona popular que se relacionaba con todos. A su estudio acudía gente que pasaba horas hablando con el fotógrafo mientras Emin limpiaba los objetivos, cargaba las cámaras o viajaba a lugares remotos al contemplar las fotografías que el señor Anmet coleccionaba.

Por la noche, el chico escribía en su diario y emborronaba cuartillas cuando el ladrido de los perros callejeros o las sirenas de los barcos tomaban el relevo a los ruidos de la ciudad. Pensaba en Orpa y pasaba de la dicha a la desesperación. Otras veces ocurría lo contrario. Escribía sobre ella para sentirla más cerca. Se arrepentía de no haber vuelto a la tienda para contarle lo que sentía, pero consideraba que ya era tarde. La recordaba sin rencor. Su imagen, sin embargo, se fue apagando a lo largo de la primavera y el verano.

Poco a poco, el señor Anmet se coló en la vida de Emin y de su madre. Era paciente y generoso con el chico. Siempre sonreía. Enseguida empezó a dejar a Emin al frente de su negocio. Cargaba el equipo en su automóvil y salía a trabajar durante todo el día. Era un coche grande y destartalado que con frecuencia metía en el callejón trasero de casa y lo dejaba atravesado. El muchacho se dio cuenta de que cuando su madre oía el motor del vehículo salía a la ventana y esperaba hasta que el señor Anmet se marchaba.

A principios del verano, el fotógrafo invitó a los Kemal a pasar un día de fiesta al aire libre. Aysel aceptó entusiasmada. Preparó comida, se puso su mejor vestido, un pañuelo en la cabeza y llenó el maletero del coche con todo lo que había cocinado. Fueron a las murallas de la ciudad. Hacía muchos años que Aysel no salía a celebrar un día de fiesta. Emin aceptó la cámara que le ofreció el señor Anmet y pasó la mañana haciendo fotografías. Aysel estaba entusiasmada al ver a su hijo con ilusión por algo. Aquellas salidas se convirtieron en algo frecuente. Cuando Emin vio sus fotografías impresas en papel, decidió que deseaba aprender aquel oficio. El chico encontraba algo sobrenatural en la captación de las imágenes, en que las formas de los cuerpos sobrevivieran a su propia existencia. Anmet Hisar se sintió muy satisfecho cuando lo supo.

El ambiente político en Estambul en el verano de 1955 estaba enrarecido. En algunos medios de comunicación se leían y se escuchaban proclamas incendiarias de quienes añoraban las glorias del pasado. Las minorías religiosas estaban en el punto de mira de aquellos que achacaban sus males a los demás. Había un ambiente hostil contra los rumíes y los armenios. A comienzos de septiembre la situación era preocupante para algunas comunidades que vivían hacía siglos en la ciudad. El 6 de septiembre estalló una revuelta encabezada por grupos incontrolados que asaltaron los negocios de los rumíes. Un día antes, se dio a conocer la falsa noticia de que unos cristianos de origen griego habían puesto una bomba en la casa donde nació Atatürk, en Salónica. Y la mecha de aquel bulo prendió con fuerza.

Los vecinos de Eminönü que llegaban de la parte alta de la ciudad contaban que en la plaza de Taksim se estaba concentrando una muchedumbre encolerizada que gritaba consignas contra los rumíes, descendientes de los cristianos de Bizancio. La noticia se extendía ya por toda la ciudad. Alguien contó en la tienda del señor Anmet que estaban atacando los comercios rumíes en Beyoğlu. El fotógrafo escuchó preocupado aquella noticia. Encendió la radio: todas las emisoras hablaban de lo mismo. Aysel llegó enseguida asustada.

—Están quemando iglesias —dijo con el rostro descompuesto.

El señor Anmet estaba muy serio. Le hizo un gesto para que le dejara escuchar la radio. En la calle, la gente hablaba de lo mismo. El único que parecía ajeno a todo era Emin. Miraba a su madre, luego al señor Anmet y trataba de entender la gravedad de los acontecimientos.

—Vete a casa —le dijo Aysel al fotógrafo.

—Es lo que estaba pensando —respondió el señor Anmet—. Esto es una locura.

Sonó el teléfono y los tres se sobresaltaron. Siguió sonando hasta que Aysel dijo:

—¿No lo vas a coger?

El fotógrafo descolgó el teléfono con desconfianza. Escuchó un largo monólogo y cerró los ojos mientras trataba de hacerse una idea de lo que le esperaba. De vez en cuando, respondía con monosílabos o asentía. En la calle aumentaba el alboroto de la gente. Cuando colgó el teléfono estaba pálido.

—Tengo que ir a Beyoğlu —dijo escuetamente.

—¿Ahora? —preguntó Aysel—. ¿Quién llamaba?

—De una revista. Tienen a todos los fotógrafos en la calle y no hay gente suficiente para cubrir la noticia. No puedo negarme.

El señor Anmet hablaba, pero no se movía del sitio. Aysel estaba desconcertada.

—Yo iré —dijo de repente Emin—. Déjeme su cámara y le traeré todas las fotos que necesite.

—Ni hablar —replicó el señor Anmet—. Este trabajo no es para ti.

Emin lo miró muy serio, casi desafiante.

—Usted me dijo que le gustaban mis fotografías. ¿Me mintió entonces?

—No, no te mentí —se defendió.

—Es peligroso, hijo —dijo Aysel—. Eso es lo que quiere decir.

Emin buscó la cámara en un armario y se la mostró a los dos.

—Puedo hacerlo. No me pasará nada.

Aysel estaba asustada. No sabía qué hacer.

—No se lo permitas, Anmet —suplicó; pero, antes de terminar, Emin ya tenía en la mano una bolsa con carretes y objetivos.

El señor Anmet se cruzó en la puerta para impedirle la salida a su empleado. Emin no parecía el chico indeciso y débil de siempre. Su mirada tenía un brillo extraño.

—No tenéis que preocuparos por mí —dijo el muchacho—. No va a pasarme nada. Sé lo que tengo que hacer.

—Iré contigo —dijo entonces el señor Anmet al ver que todo estaba perdido.

—¿Y dejará a mi madre con una preocupación más?

—No, por supuesto que no —respondió el fotógrafo sin apartar la mirada de Aysel.

La situación en la ciudad era de caos y desconcierto. Era la primera vez que Emin veía el puente Gálata sin las cañas de pescar colgadas de la barandilla como antenas que formaban su inconfundible silueta. Los conductores hacían sonar las bocinas con furia y, de vez en cuando, pasaba algún automóvil lleno de muchachos que ondeaban banderas de Turquía. La gente caminaba deprisa o corría sin saber muy bien adónde. El muelle de Eminönü estaba abarrotado de pasajeros a la espera de un transbordador que no llegaba. Emin se cruzó con mujeres que volvían del mercado con las capazas vacías.

Se dio cuenta de la dimensión de los acontecimientos cuando llegó al primer tramo de la cuesta que conducía a Beyoğlu. La mayoría de los comercios del barrio eran de los rumíes. Una masa enloquecida había saqueado tiendas, barberías, automóviles. Sobre los adoquines quedaban los restos del asalto. Las calles estaban casi vacías y, de repente, se escuchaban gritos a lo lejos y aparecía una multitud con palos, hierros, martillos o cualquier objeto que sirviera para golpear. Los vecinos asomaban la cabeza por los balcones con mucha precaución y, al oír el griterío, se encerraban en sus casas.

Emin comenzó a fotografiar todo lo que veía. No tenía miedo. Cuando se acercaban grupos de hombres exaltados, ocultaba la cámara en la bolsa y se alejaba sin correr para no llamar la atención. Llegó hasta la plaza de Taksim y el panorama que encontró no era diferente. La gente corría en medio de la confusión, y algunos lanzaban piedras contra los coches. Los grandes ventanales de los hoteles estaban rotos. Se escuchaban gritos contra los rumíes. Emin adaptó su paso al de la gente y trató de mantener la serenidad. En una esquina vio cómo apaleaban a un hombre que se esforzaba por proteger su cabeza. Tenía tanta sangre en el rostro que no se podía saber si era joven o anciano. Emin clavó la rodilla en tierra y disparó con su máquina. Le temblaba el pulso y su corazón estaba descontrolado. A veces se oía por encima de los gritos el estallido de los cristales de un escaparate, y la multitud se lanzaba contra el establecimiento y entraba con cajas vacías para saquearlo. Lo que no podían transportar lo abandonaban en mitad de la calle tras pisotearlo. El viento levantaba papeles abandonados en la huida. Emin tuvo que sentarse en el suelo porque las piernas le flaqueaban. Siguió haciendo fotografías apoyado contra la pared. Por un instante la calle se quedó desierta y una enorme desolación se apoderó del joven. Le resultaba difícil entender lo que estaba sucediendo. Levantaba la cabeza y veía la cara de algún niño asomado al balcón. Una columna de humo negro se alzaba sobre los tejados. Dos hombres pasaron corriendo frente a Emin y le hicieron gestos para que los siguiera. Pero él no podía moverse. Se oían gritos a lo lejos.

Pensó entonces en Orpa. La tienda en la que trabajaba estaba a quince minutos de allí. Hizo una fotografía más y se puso en pie. Corrió luego buscando una calle estrecha para evitar a un grupo que se acercaba gritando consignas nacionalistas desde el otro extremo de la avenida. De vez en cuando necesitaba detenerse ante las imágenes que descubría a la vuelta de cada esquina: maniquíes decapitados, máquinas registradoras destrozadas, papeles, archivadores, juguetes, zapatos, vestidos rotos, cortinas desgarradas que permanecían enganchadas aún en los rieles. Todo estaba tirado en mitad de la calle. Los pocos coches que se veían estaban volcados o quemados. La gasolina corría calle abajo en un reguero maloliente que terminaba en alguna boca de alcantarilla. Los toldos de los comercios se habían convertido en jirones colgados del armazón de hierro, como si acabara de pasar un vendaval.

Llegó a la tienda de Orpa con la respiración entrecortada. El escaparate estaba roto, pero aún no habían entrado a robar. Lo fotografió. Escuchó gritos en el extremo de la calle y vio a un grupo dirigido por un anciano que sostenía una bandera turca. Emin levantó su cámara y comenzó a captar las imágenes. Desde la distancia, el anciano lo increpó y sus seguidores arrojaron contra Emin objetos que había en el suelo. El muchacho recibió un golpe en el cuello y comprendió el peligro que corría. Pudo ver a algunos niños que corrían hacia él y le gritaban. Recordó al hombre al que acababan de apalear no muy lejos de allí. Huyó asustado. Sujetaba la cámara con las dos manos y no sabía bien dónde esconderse. Corría más deprisa que sus perseguidores, pero al doblar una esquina resbaló y cayó de rodillas. Gritó por el dolor. Cuando se puso en pie, sintió un pinchazo seco en la ingle. Siguió corriendo, pero cojeaba. Terminó caminando deprisa. Oía los gritos a su espalda. No tardó mucho en ver sus caras. Lo insultaban y lo amenazaban para que se detuviera. Recibió un golpe seco en la cabeza, y un líquido caliente le escurrió por el cráneo hasta el cuello. Emin entró en el único portal que estaba abierto y se agazapó en el hueco de la escalera. A pesar del acaloramiento, sintió el frío y la humedad de las paredes. Olía a orín de gato. No podía controlar el temblor. Buscó alguna imagen que lo reconfortara; pensó en su madre y en el señor Anmet. Aquello le ayudó a superar su angustia. Trató de imaginar lo que estarían haciendo en ese momento. Luego pensó en su padre, pero sus rasgos se confundían con los de Anmet Hisar. Vio a su madre y al fotógrafo sentados en la hierba junto a las murallas en un día de fiesta. Resultaba tan real que llegó a creer que estaba sucediendo de verdad. Ya no sentía ni la humedad ni el frío del portal. El dolor de cabeza desapareció. Oía voces en la calle, pero no sabía si eran sus perseguidores. No tenía miedo. Se quedó dormido y soñó que su madre y el señor Anmet se casaban y a la ceremonia acudía todo el barrio. Vio a su padre detrás de la novia, deseándole felicidad en su nueva vida. Luego, Murat Kemal le daba la mano a Anmet y le deseaba suerte. Emin miraba a uno y otro, y se sentía feliz. El señor Yeter le decía «no es bueno que una mujer viva sola», y él asentía convencido de que el maestro tenía razón.

Lo despertó la humedad de la pared contra la que se había quedado dormido y un terrible dolor de cabeza. Estaba tiritando. Respiró profundamente y su nariz se saturó con el olor a gato. Se oían voces en la calle, pero no podía saber si eran las de sus perseguidores. El miedo lo mantenía paralizado. Al tocarse la nuca se dio cuenta de que aún sangraba. Tenía manchada la ropa, y la sangre le escurría por el cuello hasta la espalda. Le faltaban fuerzas para levantarse. Estaba mareado. No se atrevía a volver a la calle. Llegó hasta el pasamanos y empezó a subir las escaleras. Se detuvo en el primer rellano. No se oía ningún ruido en el edificio. Continuó subiendo hasta el tercer piso y tropezó con una puerta cerrada. Descorrió el pestillo y salió a una terraza donde había ropa tendida. Entonces vio con claridad su propia sangre y cerró los ojos. Se apoyó en la pared para sobreponerse al mareo. No sabía qué hacer, pero le daba pánico salir de nuevo a la calle. Se asomó por la barandilla de la terraza y vio a un grupo de mujeres que escarbaba entre las cosas abandonadas en el suelo por los asaltantes. Sin pensarlo, se pasó a la terraza contigua, y luego a la siguiente. Vio una ventana entreabierta y la empujó. Daba a una escalera mal iluminada que olía a comida. Entró con mucho trabajo. El dolor de cabeza era cada vez mayor. Llamó a la puerta del último piso, pero nadie le abrió. Llamó de nuevo. Le pareció oír voces dentro de la vivienda. Tal vez fueran rumíes que estaban tan asustados como él. Bajó las escaleras y respiró hondo al llegar al portal. Sin pensarlo, salió a la calle y comenzó a caminar con paso decidido, dispuesto a no mirar atrás. La bolsa y la cámara fotográfica eran un lastre. La gente que se cruzaba con él se sentía espantada por la visión de la sangre. Un grupo de niños, al verlo, comenzó a tirarle piedras. Lo confundieron con algún cristiano que había escapado de un linchamiento. Emin se detuvo, les hizo frente y los chiquillos salieron corriendo. De vez en cuando se volvían y le lanzaban objetos desde muy lejos.

Al volver una esquina, Emin Kemal se quedó paralizado. Por un momento creyó ver a Orpa al final de la calle, cruzando deprisa de una acera a otra. La llamó a gritos, pero estaba demasiado lejos. La gente entraba en los comercios asaltados para comprobar si quedaba algo de valor que llevarse. Emin volvió a llamar a Orpa y caminó a buen paso en aquella dirección. Un dolor fuerte en la rodilla le impedía correr. La joven se metió por uno de los callejones. Cuando Emin llegó a la esquina, ya había desaparecido. Creyó ver a una mujer a lo lejos y se dirigió hacia allí. Entró en un laberinto de calles iguales. De repente, al llegar a una callejuela estrecha y oscura, vio una sombra fugaz que entraba corriendo en un portal. Se acercó renqueando hasta allí y empujó la puerta.

—¡Orpa! —gritó desesperado, y el eco le devolvió su voz.

Se palpó la cabeza y retiró la mano llena de sangre. Se coló en el portal y cerró la puerta tratando de no hacer ruido. El silencio y la oscuridad lo reconfortaron. Llamó de nuevo a la joven. Entonces escuchó un portazo en el piso superior.

Subió los peldaños muy despacio, apoyándose en la pared, y por donde pasaba iba dejando un rastro de sangre en el yeso. Se detuvo en el primer descansillo. Había dos puertas, una frente a la otra. Aguzó el oído pero no escuchó nada. Llamó a Orpa casi en un susurro. De repente se abrió una puerta y apareció un hombre joven que sujetaba un cuchillo con fuerza. Emin Kemal, en un acto reflejo, se echó las manos a la cabeza para protegerse. Se encendió la luz y los dos se vieron las caras. También aquel extraño estaba asustado.

—¿Qué quieres? —dijo el desconocido en un tono de amenaza que resultaba poco convincente.

Levantó el cuchillo en un amago de lanzarse contra Emin, y el muchacho se encogió hasta quedar casi de rodillas. A pesar de todo, el otro seguía asustado.

—No me hagas daño —suplicó indefenso—. No soy un ladrón. Estoy herido.

Miró las ropas ensangrentadas de Emin y comprendió la gravedad de las heridas.

—¿Eres cristiano?

—No, no lo soy —respondió Emin—. Ni tengo nada que ver con esta locura. Soy fotógrafo. Me sorprendieron con mi cámara y quisieron darme un escarmiento.

—No te creo. Sal corriendo ahora si no quieres que yo mismo te dé un escarmiento.

Emin tenía una rodilla en el suelo y se aferraba a la bolsa en que guardaba la cámara. Se arrastró hasta el primer peldaño.

—No soy uno de ellos —dijo en tono de súplica—. Venía detrás de una mujer que se metió en esta casa.

—¿Una mujer? —preguntó inesperadamente el vecino.

Emin estaba a punto de correr escaleras abajo cuando se atrevió a decir:

—Se llama Orpa. Es una amiga. No te miento.

Comenzó a bajar las escaleras sin dar la espalda al otro hombre. Ahora aquel desconocido lo miraba confuso. Se abrió la puerta detrás de él y apareció Orpa.

—No salgas —le dijo el hombre—. Está mintiendo.

Orpa no le hizo caso. Se acercó hasta el pasamanos y escrutó el rostro del muchacho.

—Soy Emin, el hijo de Aysel, la modista.

—No puede ser. ¿Qué te han hecho?

—¿Lo conoces?

—Sí, lo conozco. Claro que lo conozco —dijo Orpa sin sobreponerse aún de la sorpresa—. Es el chico del que te hablé: el poeta.

Soltó el cuchillo y fue bajando los peldaños hasta llegar a la altura de Emin. Ahora, en vez de miedo, en los ojos del muchacho había desolación.

—¿Qué te han hecho?

—Ya te lo he dicho. Estaba haciendo fotografías y decidieron darme un escarmiento. Me habrían matado si hubieran podido.

—No te quepa duda.

Se llamaba Ismet Asa y tenía cinco años más que Emin. A pesar de ser hermano de Orpa, no tenía ningún parecido con la muchacha. Vivían en una casa de techos altos y suelo de madera que crujía a cada paso. Un pasillo largo, en forma de T, los condujo hasta la habitación principal. Ismet sujetaba a Emin del brazo por miedo a que pudiera caerse. Orpa no apartaba las manos de la boca. Estaba muy asustada. Emin iba relatando los pormenores de lo que le había sucedido aquella mañana, hasta que la fatiga le impidió seguir hablando.

—Mi hermana me contó que eres poeta —dijo Ismet—. Pero de la fotografía no sabíamos nada.

Emin Kemal miró a Orpa y luego a su hermano. Ella se ruborizó. Emin se sentó. Le dolía todo el cuerpo. Entre Ismet y Orpa le lavaron la herida y se la desinfectaron. El golpe en la cabeza había sido fuerte. Orpa le cortó el pelo y después le trajo ropa de su hermano. La muchacha esperó el momento en que se quedó a solas con él para hablarle con más familiaridad.

—No pude acudir a la puerta del cine —le confesó desolada y con voz temblorosa—. Lo sentí mucho. Volví al día siguiente, y una semana después a la misma hora. No sabía cómo avisarte.

—Por medio de mi madre.

—Eso no es posible para mí.

—Te llevé más poemas, como me dijiste.

Desde la calle se escuchaban con frecuencia gritos y el ruido de cristales rotos.

—Es terrible —dijo Orpa—. Nos hemos vuelto todos locos.

Emin se sintió reconfortado por el té que le ofreció la chica. Poco a poco fue sintiendo el peso de los párpados hasta que el sueño lo venció.

Cuando Emin abrió los ojos, estaba anocheciendo. La luz apenas se colaba desde lo alto de los tejados hasta la callejuela estrecha, y la habitación estaba en penumbra. Se despertó por el dolor de cabeza. Se tocó el vendaje que le había puesto Orpa y se sintió bien a pesar de todo. Salió al pasillo casi a oscuras. No se oían ruidos. Era una casa vieja. Las puertas tenían cristales esmerilados y se guió por la luz eléctrica que llegaba desde una de las habitaciones. Prestó atención y reconoció la voz de Ismet, y enseguida la de Orpa. Tardó un rato en darse cuenta de que hablaban el ladino, como el señor Yeter y su hijo. Después de una larga indecisión, empujó la puerta. Los dos hermanos estaban sentados alrededor de una mesa, cerca de un aparato de radio. En un sillón, junto a la ventana, un anciano permanecía inmóvil en un balancín, con la mirada oculta tras unas gafas oscuras. Cuando abrió la puerta, Ismet y su hermana se sobresaltaron. El anciano no se movió.

—Me voy —dijo Emin—. Ya estoy mejor.

—No puedes —replicó Orpa—. Se está haciendo de noche y las calles son inseguras.

—Mi madre debe de estar muy preocupada —insistió el chico—. Pensará que me ha ocurrido algo.

Los dos hermanos se miraron. El anciano no se había movido. Entonces, alargó una mano para coger un vaso de agua y volvió a la misma postura.

—Mi hermana tiene razón —dijo Ismet—. Las calles son peligrosas.

Sus palabras no sirvieron de nada. Se despidió apresuradamente después de agradecerles lo que habían hecho por él.

No se veía gente en la calle, ni luz en los balcones. El aspecto del barrio era estremecedor. Resultaba difícil caminar entre la basura y los objetos desperdigados por el suelo. Algunos coches incendiados seguían despidiendo humo cuando llegó a la avenida İstiklal. Caminaba sobre vidrios rotos que crujían a su paso. Llegó hasta el puente Gálata sin cruzarse apenas con nadie. También el muelle de Eminönü estaba desierto aquella noche.

Al abrir la puerta de casa lo esperaba el señor Anmet muy asustado. Apenas tuvo tiempo de pronunciar un agradecimiento a Dios antes de abrazar al muchacho. Emin sintió la presión en su cuerpo magullado y dejó escapar un grito de dolor. Anmet Hisar retrocedió asustado. Al oír las voces, acudió Basak.

—¿Qué hacéis aquí? —fue lo único que atinó a decir Emin.

—Pensábamos que estarías herido... O muerto. ¿Qué sé yo? —dijo el señor Anmet.

—Tu madre está muy preocupada —añadió Basak—. Entra a verla.

—Tengo las fotografías —explicó orgulloso el chico—. No fue fácil.

El fotógrafo se echó las manos a la cabeza al oírlo.

—Maldigo esas fotografías y maldigo el momento en que te di permiso para hacerlas. Debí de volverme loco para permitírtelo.

Aysel estaba postrada en un sillón, acompañada de dos vecinas. Una radio sonaba de fondo. Dio un grito al ver a su hijo y corrió a besarlo y abrazarlo hasta que el chico se quejó del dolor. Entonces ella comenzó a llorar.

—Estoy bien, madre.

—¿Y ese vendaje? Pensé que estabas muerto.

—Fue un accidente, madre. No es grave.

Aysel lloraba mientras su hijo les contaba a Basak y al fotógrafo cómo había conseguido hacer las fotografías. Estaba satisfecho.

Aquella noche Emin Kemal se encerró en su cuarto y comenzó a escribir compulsivamente en su diario de tapas rojas. Estaba cansado, pero no tenía sueño. En su cabeza se mezclaban las imágenes de los saqueos con las de Orpa y su hermano. Veía las calles abandonadas como si estuviera caminando aún por ellas. Escribía sin pararse a pensar. A veces el dolor de cabeza lo obligaba a detenerse. Cayó rendido en la cama cuando quedaban pocas horas para el amanecer, y enseguida comenzó a soñar con todo lo que había escrito.

Cuando se hizo de día, una vecina se acercó a su cama y llamó alarmada a Aysel; su hijo ardía de fiebre. Emin Kemal abrió los ojos y no sabía dónde estaba. Tenía mucho frío, aunque la cama estaba empapada de sudor. Seguía oyéndose una radio al fondo. El señor Anmet trajo un médico a casa. Había revelado las fotografías que Emin hizo el día anterior. A pesar del disgusto, se pasó parte de la noche trabajando en su laboratorio. Esperó a que Aysel saliera para enseñárselas al chico a escondidas.

—Son extraordinarias —dijo eufórico el fotógrafo—. No quiero que tu madre me oiga, pero estoy orgulloso de tu valor. Quiero que lo sepas.

Emin Kemal se ruborizó y a la vez se sintió feliz. El médico le miró la herida y dio su diagnóstico. No era grave. Sin embargo, a Emin le dolían todos los músculos y la fiebre era alta. Le aconsejó reposo. Cuando se quedó a solas con el señor Anmet, el chico se incorporó y le entregó su libreta roja.

—Aquí he escrito todo lo que vi —le dijo Emin—. Las fotografías son imágenes que no llegan a todos los rincones como las palabras.

El fotógrafo la ocultó en su chaqueta cuando entró Aysel. Le hizo un gesto al chico y salió de la habitación. Durante todo el día la modista no se apartó de su hijo. Los saqueos continuaron hasta entrada la noche del segundo día. Las noticias de la radio eran confusas y en ocasiones censuradas. Unas veces hablaban del incendio de iglesias, de dos muchachas violadas, de linchamientos; pero luego trataban de dar la falsa sensación de normalidad. Los barrios rumíes de Ortaköy, Samata y Fener se habían convertido también en campos de batalla. Muchas familias de origen griego abandonaban sus casas y huían de la ciudad.

Basak y el señor Anmet acudieron a la casa de la modista todas las noches para visitar a Emin. Se sentaban a su lado, junto a la cama, y hablaban de cosas intrascendentes. Aysel les había pedido que no le recordaran a su hijo nada de lo sucedido. Temía que los dolores de cabeza, la irritabilidad, el cansancio y otros síntomas que le resultaban conocidos vinieran de la neurastenia que le diagnosticaron a los dieciséis años. Por eso el fotógrafo trató de mostrarse amable con el muchacho y contarle cosas que lo distrajeran. Y eso hizo durante la primera semana. Después no pudo contenerse más. Una mañana en que sabía que Aysel no estaba en casa, cerró el estudio y aprovechó para hablar a escondidas con Emin. El chico se encontraba mejor, pero los cuidados excesivos de su madre lo estaban convirtiendo en un inválido.

—Tienes que salir de casa, Emin —le dijo el señor Anmet—. Y no lo digo porque pretenda que vuelvas al trabajo, que también es cierto, sino porque te vendrá bien distraerte por ahí.

—Sí, lo sé, pero mi madre se echa a temblar cada vez que le digo que voy a salir. Además, estos dolores de cabeza me están volviendo loco. No puedo descansar ni de día ni de noche.

El señor Anmet se sentó y le hizo un gesto al chico para que se acercara. Jugueteaba nervioso con su pipa apagada entre los dedos.

—Pero yo he venido por otra cosa, como podrás imaginar.

Emin abrió mucho los ojos. No podía imaginar nada. Entonces una idea pasó fugaz por su cabeza.

—Ha venido a hablarme de mi madre, ¿no es así?

El señor Anmet dejó la pipa sobre la mesa y comenzó a tamborilear con los dedos. Se sentía violento.

—En realidad quería hablarte de las fotografías que hiciste en Beyoğlu.

—No les han gustado. ¿Es eso?

—Por supuesto que les han gustado. Ya te dije que eran muy buenas. Las han pagado muy bien. Y ese dinero es tuyo.

—No lo quiero.

—No lo voy a discutir. Es tuyo. Pero he hecho algo sin consultarte y quiero que lo sepas. Les entregué junto con las fotografías el texto que me diste a leer al día siguiente.

—¿Por qué ha hecho eso?

—Porque llevo muchos años metido en este negocio y he aprendido a saber cuándo una cosa merece la pena y cuándo es basura. Basak se ha molestado en mecanografiarlo y yo mismo lo entregué en la revista. Están entusiasmados, Emin. Tienes madera de escritor. Lo van a publicar. El director de *Hayat* quiere conocerte. Le he dicho que estás enfermo, pero que en cuanto te recuperes...

Emin miraba al señor Anmet muy serio. Parecía que no había terminado de entender lo que le contaba. El fotógrafo le dejó el diario sobre la mesa y el chico lo cogió.

—Tengo muchas más cosas —le dijo Emin.

—Lo sé. No he podido evitar leer algunas. No sé dónde has aprendido a escribir así, pero eso te puede abrir muchos caminos.

—No le entiendo.

—Sí, muchacho. Tú no eres como los demás. No has nacido para arrastrar un carro de roscas el resto de tu vida, ni tampoco para estar detrás de un mostrador. Tú no eres capaz de sobrevivir por ti mismo. Sin embargo, tienes un don que no todo el mundo posee. Y debes aprovecharlo.

Emin Kemal miraba con fijeza a los ojos del señor Anmet y procuraba captar todo el sentido de sus palabras. Le gustaba que fuera franco con él, pero al mismo tiempo su sinceridad lo desconcertaba. El fotógrafo encendió su pipa.

—Si Dios te ha dado un don, debes aprovecharlo —insistió.

Estuvieron en silencio un rato largo, con la mirada perdida en las volutas del humo del tabaco. Emin se sumía poco a poco en sus pensamientos. De repente, el fotógrafo dijo:

—También quería hablarte de otra cuestión importante. Al menos, para mí —Emin volvió a la realidad y clavó de nuevo sus ojos en el señor Anmet—. Se trata de tu madre.

—¿Qué le pasa a mi madre?

—Nada. Ella está bien. Pero quiero hablar contigo de hombre a hombre antes de que ella te lo cuente.

—¿Contarme qué?

El fotógrafo comprendió que estaba preocupando al chico. Volvió a tamborilear con los dedos sobre la mesa.

—Me gustaría casarme con tu madre —dijo deprisa, y luego se quedó callado un instante—. La quiero como yo pienso que un hombre debe querer a una mujer, y creo que la puedo hacer feliz —volvió a detenerse—. Y me parece que también ella me quiere.

—¿No se lo ha preguntado?

—Por supuesto que lo he hecho. Pero ella nunca aceptará casarse si eso puede molestarte, o si cree que vas a sentirte mal.

Emin se puso en pie y paseó por la habitación. Se detuvo.

—Mi madre tiene derecho a hacer su vida. Ya es hora de que ella y yo tomemos nuestras propias decisiones.

Después el chico se sentó y cerró los ojos obligado por el dolor de cabeza, que en algunos momentos le resultaba insoportable.

4.

No estaba seguro de que la muerte de un poeta turco lejos de su país fuese un buen comienzo para contar la historia que me había propuesto. Mientras el avión despegaba del aeropuerto de El Altet, yo pensaba en ese arranque de novela que no terminaba de gustarme. Además, la insinuación de que hubiese algo turbio detrás de su muerte le daba al relato un tinte policíaco que no me convencía. Pretendía huir del efectismo literario, pero las cosas habían sucedido así y no me resultaba fácil contarlas de otra manera. La copia del diario de Emin Kemal dormía en mi equipaje a la espera de que yo indagara en la compleja personalidad del escritor.

El avión aterrizó en el aeropuerto de Múnich el domingo 14 de diciembre a primera hora de la tarde. Aunque la pista estaba limpia, se veían las montañas de nieve que habían retirado las máquinas. Un sol tímido asomaba y se escondía tras las nubes que empujaba el viento. La sensación del paso del tiempo subía y bajaba dentro de mí como por una montaña rusa. Volvía a la ciudad después de veinticinco años. Demasiado tiempo para enfrentarme de pronto a todos los recuerdos. Y el más doloroso, sin duda, era el de Wilhelm. Desde el momento en que decidí aceptar aquel viaje, sabía que el pasado me iba a doler. Intenté distraerme y pensar que en un día como aquél, a los dieciséis años, gané mi primer premio literario por un cuento que presenté en el Alman Lisesi. Mientras el avión se deslizaba por la pista camino de la terminal del aeropuerto, yo volvía a levantar el vuelo y tocaba con las yemas de la memoria la ciudad de la que nunca terminé de marcharme, Estambul. El traqueteo del avión al perder velocidad sobre la pista me empezó a provocar sueño. Cerré los ojos y dormí unos segundos, suficientes para revivir aquel día de diciembre en el gran salón del Alman Lisesi. Me despertó la voz del capitán dando la orden para abrir la puerta de la cabina.

El taxi atravesó una ciudad tranquila y apagada en una tarde de domingo, mientras yo me hundía en el asiento y sujetaba mi mochila como si tuviese miedo de que se esfumase el proyecto literario que guardaba allí. Me había costado mucho trabajo enfrentarme al diario de Emin Kemal, y cuando lo hice me sentí como un intruso que se colaba en un mundo que no le pertenecía, en un cuarto oscuro al que llegaban de vez en cuando, a través de grietas imperceptibles, haces de luz que irrumpían obscenamente. Y siempre Derya, la sospecha de que Derya acechaba detrás de cada página, de cada frase, aunque su nombre no apareciera allí.

El hotel Savoy era pequeño y tranquilo, precisamente lo que yo necesitaba. La Amalienstrasse no era una calle desconocida para mí. Todo el barrio de Schwabing había sido como mi casa en otro tiempo. Ahora volvía a ver los edificios, los cafés, los anuncios de los comercios y me sentía como un extraño en un lugar donde en realidad nunca dejé de serlo. Pero el cansancio pudo más que los sentimientos y enseguida sucumbí a la comodidad de la habitación y de la cama que me estaba esperando. Me dolía el cuerpo y tenía escalofríos. Me encerré en el hotel y desplegué mis escasas pertenencias por la mesa y los armarios, tratando de combatir el terrible vacío de un lugar que me resultaba ajeno. Cuando abrí el diario de Emin Kemal, aún no me había dado cuenta de que tenía fiebre. Era la cuarta vez que comenzaba a leerlo sin conocer bien la verdadera dimensión de lo que tenía entre las manos. Pero en Múnich, por primera vez, creí entender algo sobre la personalidad del maestro. Tal vez la fiebre me ayudara a meterme un poco en su piel. Y, a pesar de todo, cuando avanzaba en la lectura de aquellas páginas fotocopiadas, me daba cuenta de que el hombre que había detrás de aquellas frases, con frecuencia confusas y carentes de sentido, era un extraño para mí.

La letra de Emin Kemal en la adolescencia era pequeña y redonda. No se parecía en nada a la letra de sus últimos años, casi ilegible por los temblores. En las primeras páginas aparecían anotaciones que yo no conseguía entender. Eran cifras que unas veces parecían medidas y otras eran cantidades de dinero; sumas, restas. Entre las líneas aparecían nombres de prendas, o partes de un vestido o un traje. Podían leerse anotaciones de fechas, cantidades cobradas, cantidades debidas. Luego aparecía un catálogo de cortinas, cojines, una alfombra y el dinero que había costado todo. Pero a continuación la letra cambiaba y el cuaderno se convertía en otra cosa. Leí una vez más aquel párrafo escrito en tinta azul y letra diminuta, que me sacudía como el sonido de un rayo cuando uno cree que la tormenta está ya muy lejos.

> *Mi padre falleció ayer. Lo encontré muerto en el baño, con sus gafas puestas y un peine en la mano. Hacía apenas tres meses que habíamos venido a vivir a Estambul. Mi madre y yo nos quedaremos aquí para siempre, varados en esta casa que no es nuestra casa, en una ciudad que no es nuestra ciudad, viviendo unas vidas que no son nuestras vidas.*

Si realmente aquello pertenecía a Emin Kemal, estaba escrito por un chico adolescente. Seguí leyendo sin ser consciente aún de que la fiebre me estaba debilitando. De vez en cuando cerraba los ojos y recordaba la cara del maestro años atrás. Luego lo veía muerto sobre la alfombra de su estudio, con mi libro de cuentos sobre el pecho y los ojos muy abiertos, como vigilándome. Leí con esfuerzo las páginas del diario. Con frecuencia aparecían frases inconexas, versos sueltos que no tenían sentido. Cambiaba la tinta y crecía o menguaba el tamaño de la letra dependiendo del día. Luego encontraba textos en francés, fragmentos copiados de alguna parte, sin conexión con lo demás. Traté de tomar notas, pero el cansancio me desanimaba. Me dormí con el diario entre las manos, y la realidad y el sueño se mezclaron. Derya surgía ahora en mitad de mi vigilia, irrumpiendo como un espectro. Soñé con Emin Kemal, pero su rostro era el de Derya, siempre ella, a pesar de los años que habían transcurrido. Me desperté de madrugada y me metí en la ducha para espantar los malos sueños. Respiraba fatigado y apenas podía encontrar un poco de coherencia en aquella desagradable pesadilla. Con los ojos abiertos, debajo de la ducha, seguí viendo la cara de Emin Kemal, y a veces me aparecía la imagen de Wilhelm. Desde que puse el pie en Múnich traté de no pensar en él. Ahora, bajo el agua, el recuerdo de mi padre me dolía. Nunca me había dolido tanto.

Me volví a quedar dormido. Cuando desperté, los fantasmas se habían confundido con las sombras de la habitación. Abrí la ventana a pesar del frío. Tenía mucho trabajo por delante, pero primero debía encontrarme bien conmigo. Llamé para anular la cita de aquella mañana en el Ayuntamiento. Antes debía acudir a otra cita que llevaba años retrasando. Era más bien una deuda, o una herida que cauterizar. Ni siquiera sabía si Wilhelm Nachtwey estaba vivo, pero mi obligación era averiguarlo. Hacía mucho que no le guardaba rencor y ahora tenía la oportunidad de demostrárselo, si era capaz de dar con él.

Cuvilliesstrasse seguía siendo la calle tranquila que yo conocí a mitad de los años sesenta. Recordaba bien aquel lugar después de tanto tiempo. La casa no había cambiado apenas. El pequeño jardín de la entrada estaba helado. En el centro seguía la misma escultura de bronce que vi por primera vez cuando Wilhelm me llevó a la casa de su hermano

Karl. El cartel de la galería de arte no estaba, pero en la pared aún quedaba el cerco donde estuvo tantos años. Llamé varias veces. No sabía qué iba a decirle si me abría la puerta, ni qué reacción tendría él al preguntarle por su hermano Wilhelm. La relación entre ellos nunca fue buena. Pero no se me ocurría otra forma de dar con él. Ya estaba a punto de volverme y salir del jardín cuando me pareció oír el crujido de las escaleras de madera. Una voz de mujer me pedía paciencia. La reconocí: era Hannah. Abrió y me miró sin poner mucho interés. Era poco probable que me reconociera. Sin embargo, yo habría sabido que era ella en cualquier parte donde la hubiera visto; a pesar del cabello blanco, a pesar de las arrugas, a pesar de su aspecto derrotado. Dejó la puerta entreabierta mientras me preguntaba qué quería. No parecía dispuesta a perder mucho tiempo conmigo.

—Soy René Kuhnheim —le dije.

Hannah me escuchó sin sorprenderse, aunque sus pupilas se movían muy deprisa, como si tratara de encontrar en alguna parte de su memoria una conexión entre aquel nombre que le resultaba conocido y un rostro neutro que no le decía nada.

—¿Qué quiere? —me preguntó.

—Estoy buscando a Wilhelm. No conozco otro sitio donde preguntar por él. Tampoco sé si está vivo.

Sentí el estremecimiento de la mujer. Sus ojos verdes se hicieron más grandes en un intento desesperado por averiguar quién era yo. Abrió un poco más la puerta y avanzó un paso.

—Wilhelm no vive aquí.

—Lo sé.

—¿Quién es usted?

—Soy su hijo. O al menos lo fui durante la mitad de mi vida.

Cerró entonces los ojos y se llevó una mano temblorosa a los labios.

—No puede ser. Usted no puede ser...

—Lo soy. Y usted es Hannah Meysel. La última vez que hablamos por teléfono me pidió que no volviera a llamar a su casa. Si estoy aquí es porque usted es la única persona que me puede dar noticias sobre él. Sólo quiero saber si vive o ha muerto.

Hannah Meysel lloraba. Eran unas lágrimas casi imperceptibles que se le escapaban del lagrimal y se quedaban a mitad de sus mejillas. Abrió la puerta y me hizo un gesto para que entrase. Le temblaban las manos, y su voz sonó rota cuando consiguió sobreponerse y hablar.

La antigua galería de arte de Karl Nachtwey ocupaba la primera planta de su casa de Cuvilliesstrasse. Los dos pisos superiores eran la vivienda familiar. Yo sólo había estado allí en una ocasión, pero el recuerdo de los cuadros en las paredes, los movimientos pausados de la esposa de Karl y los espacios de aquella casa se quedaron en mi memoria para siempre. La última vez que telefoneé desde España, Karl no quiso darme información sobre el paradero de su hermano mayor. Fue una conversación tensa, muy desagradable. Después se puso al teléfono Hannah y me pidió que no volviera a llamar. Yo sabía que lo estaba haciendo para proteger a su marido. Con el tiempo terminé por aferrarme al recuerdo de aquella última llamada para justificar mi alejamiento definitivo de Wilhelm. Ni él ni yo nos esforzamos en retomar nuestra relación cuando ya Berta se había esfumado de mi vida. No quedó rencor, sino olvido y una amarga sensación de haber sido tremendamente injusto con él.

Hannah me condujo hasta el primer piso con mucha dificultad. Se lamentó de sus achaques mientras se agarraba a la barandilla.

—Me operaron de una cadera hace menos de un año y no termino de estar bien —me dijo en una especie de disculpa que parecía más bien destinada a ella misma.

Me invitó a sentarme y me ofreció una infusión. Le pedí que se sentara. Estaba sufriendo al verla moverse con tanto trabajo. Cuando finalmente me hizo caso, me miró con melancolía y no pudo reprimir un suspiro.

—La primera vez que viniste a esta casa eras un chico de dieciséis años.

—Diecisiete —la corregí—. Y ahora voy a cumplir cincuenta.

Se llevó las manos a la cara en un gesto teatral que, en aquellas circunstancias, no lo parecía. De repente su mirada se perdió por la ventana que daba a un jardín helado.

—Karl murió hace tres años —dijo sin mirarme.

—Lo siento, no lo sabía.

—No podías saberlo. Además, no se portó bien contigo.

—No diga eso. Él no tenía la culpa de nada.

—Tampoco tú.

Hannah Meysel seguía siendo una mujer elegante y atractiva, a pesar de que rondaba los setenta años. Cuando la conocí en 1976 y supe su historia, me sentí conmovido. Detrás de su sonrisa siempre había un poso de amargura. A veces sus gestos y su comportamiento se parecían inexplicablemente a los de Wilhelm.

—No, tú no tuviste la culpa de nada —dijo trayendo de nuevo su mente del jardín—. A veces ocurre que tenemos que pagar las deudas de otros. Es terrible, pero ocurre.

De repente pareció darse cuenta de la trascendencia de sus palabras y forzó una sonrisa, que una vez más resultó amarga. Me examinó de arriba abajo como si me viera en ese momento por primera vez.

—He venido para saber algo de Wilhelm —le dije—. Quizás sea demasiado tarde, pero tenía que hacerlo.

—¿Por qué demasiado tarde?

—Hace años que no sé nada de él. Le debo demasiadas explicaciones y ni siquiera sé si está vivo.

—Está vivo. Los hipocondríacos siempre son los últimos en morir. Puedes darle todas las explicaciones que quieras. Pero no creo que él esté esperándolas. Tampoco creo que espere ya nada.

A Wilhelm nunca le gustó Berta. Ésa fue la razón de que empezáramos a distanciarnos. Tiempo después, tras la muerte de mi madre, conocí su preferencia por Tuna. Berta significaba la ruptura con un pasado que me oprimía, pero Wilhelm no se daba cuenta. «Vas a cometer un error —me dijo—. Esa mujer no tiene nada en común contigo. Simplemente te has dejado deslumbrar». Era la primera vez que se entrometía en mi vida. Tal vez por eso me dolió tanto, porque no estaba acostumbrado a que se comportara como el resto de los padres que yo conocía. Y con mi comportamiento y mi desprecio le quise demostrar que en realidad él no era mi padre. Después me sentí traicionado cuando supe que fue Wilhelm quien le contó a Tuna mi relación con Berta. Fui muy duro con él; ahora lo sé como lo supe entonces, aunque no quise reconocerlo durante mucho tiempo. «No tienes ningún derecho a meterte en mi vida —le contesté—. Ni siquiera aunque fueras mi padre lo tendrías. Pero no lo eres». Agachó la cabeza, humillado, se quitó las gafas y me dijo mientras las limpiaba: «Espero que esta lección me sea útil para el futuro». Y lo dijo con calma, con tanta serenidad que consiguió enfurecerme más. Hubiera preferido que montara en cólera y que me reprochara que yo era un hijo malcriado y un desagradecido. Pero no lo hizo. Él no era así, aunque a veces yo necesitaba que lo fuera.

Se lo debía todo a Wilhelm, absolutamente todo. En los últimos años, hasta que nuestra relación se deterioró, él había sido mi padre y mi madre. Luego las cosas se torcieron. Tardé mucho en reconocer mi culpa, y cuando lo hice ya era demasiado tarde. Después de que Berta y yo nos instaláramos en Madrid, mantuve correspondencia con Wilhelm durante un tiempo. Eran cartas formales, a veces afectivas, que trataban de parecerse a las que se escriben un padre y un hijo. Los dos sabíamos que no nos entendíamos, que se había producido una fractura en nuestra relación. Sus cartas me llegaban con periodicidad matemática. Era yo quien se retrasaba en responder. Lo telefoneaba una vez al año. Wilhelm siempre me llamaba en el aniversario de la muerte de mi madre. Fue un gesto que nunca supe agradecerle. Y, cuando lo intenté, ya era tarde. Las cartas dejaron de llegar. El hotel donde vivía había cerrado y Wilhelm no dejó sus nuevas señas. Llamé a su hermano Karl y tropecé con el muro del resentimiento. Comprendí entonces que la relación que yo tenía con mi padre era muy parecida a la que él mantenía con su hermano. Un resentimiento enquistado, un dolor por cosas que no podían cambiarse ya, un abismo insalvable. Después, decidí esconderme de la vida y lo hice sin despedirme de Wilhelm. Durante muchos años el mundo y yo nos dimos la espalda. Fueron tiempos duros, de olvido, de desgana, de ruptura con el pasado. Si en alguna ocasión pensaba en Wilhelm lo hacía con tristeza, a veces con nostalgia, o una mezcla de las dos cosas que se parecía mucho a la melancolía.

Hannah Meysel escribió en una libreta la dirección de una residencia de ancianos y el teléfono. Después arrancó la página y me la dio.

—Hace diez años que está aquí —me explicó—. No quería morir solo en una habitación de hotel. Cuando mi marido falleció, hacía mucho tiempo que habían dejado de hablarse. Los últimos años fueron muy duros.

Lo dijo sin amargura, mirándome a los ojos, tal vez diciéndoselo a sí misma.

—Sí, me lo imagino.

—No, no te lo imaginas —me contestó con severidad—. Nadie se lo puede imaginar. Esos dos hombres terminaron por convertir mi vida en un infierno. Y ahora sólo me quedan los recuerdos.

Yo entendía bien lo que Hannah estaba diciendo. Sabía de lo que hablaba. Podía hacerme una idea del infierno que había sido su vida. No supe qué contestarle. Me hubiera gustado abrazarla, pero en ese momento no supe reaccionar. De nuevo su gesto se había dulcificado y sus ojos claros brillaban tras una bonita sonrisa. Le tendí la mano, ella la cogió y la sostuvo unos segundos con sus dedos nudosos como los sarmientos de una vid.

—Las visitas son por las tardes —me dijo antes de despedirse.

Cuando salí de la antigua galería de arte, la fiebre me hacía tiritar. Bajé caminando hasta el centro por Prinzregentenstrasse y llegué al hotel Savoy bordeando el Jardín Inglés. A veces, tenía la falsa sensación de reconocer alguna cara entre la gente. Compré chocolate en una pastelería a la que iba con frecuencia a los veinte años. Al llegar al hotel, tenía una llamada perdida de Ángela Lamarca. Enseguida marqué su número. Quería saber cómo me encontraba.

—Reencontrándome con mi pasado —le dije—, como siempre.

—Te noto un pelín irónico —me contestó.

—No, ni siquiera melancólico. Creo que tengo fiebre. Eso es todo.

Le dije que ya había comenzado a trabajar en el artículo sobre los museos. Le expliqué que me había entrevistado con la jefa de prensa del Kunstareal. Era mentira, claro.

Encendí el ordenador para distraerme y dejar de pensar durante un rato en las palabras de Hannah Meysel. Consulté el correo electrónico por aburrimiento, porque no tenía ni el cuerpo ni el ánimo para poner en orden el material del reportaje de los museos. Y, de pronto, el nombre de Aurelia apareció en la pantalla. Tuve que sostener el portátil para que no se me cayera de las piernas. Me incorporé en la cama y leí con cuidado aquel correo con la firma de Aurelia. Estaba escrito en turco, y la mayoría de los caracteres se descomponían en la pantalla en símbolos incomprensibles. Busqué torpemente la manera de adaptar aquel texto a su formato original. Me temblaba el pulso, y la fiebre no me permitía pensar deprisa. Ya me había olvidado del correo que le mandé días atrás. Pero ahora tenía una respuesta de aquella impostora y no era capaz de leerla. Por fin conseguí adaptar al turco el alfabeto de mi ordenador, y el mensaje de Aurelia apareció claro en la pantalla.

Te equivocas, no soy una farsante ni una asesina. Sabes que yo no lo maté. Mi único delito, en todo caso, es haber jugado contigo en la librería. Pero ¿acaso los escritores no jugáis también con los lectores? Ella nunca contará la verdad. De los que podrían contarla, uno está muerto y el otro no está ni vivo ni muerto. Sólo quedas tú. Espero que los diarios te ayuden a conocer lo que ocurrió realmente. Serás el único que sabe y puede contarlo.

Aurelia

Tuve que leerlo varias veces. No estaba seguro de lo que aquella mujer quería decir. Temía que la fiebre me hiciera delirar. Escribía bien en turco. Sin duda era su idioma. ¿A qué estaba jugando conmigo? Su correo parecía un acertijo. Además, había documentos adjuntos al texto. Los abrí, y en la pantalla apareció un número considerable de páginas escaneadas. Enseguida entendí de lo que se trataba: era el segundo de los diarios de Emin Kemal. La letra era la misma, y en el encabezado se leía «Diario 1955-1964». A pesar del agotamiento, comencé a leer. Por primera vez, las entradas en el diario tenían sentido. Aquello parecía un reportaje periodístico. Hablaba de algo que yo conocía vagamente: las revueltas contra los cristianos ortodoxos de Estambul. Leí hasta que el cansancio me impidió seguir. El nombre de Orpa volvía a aparecer en el diario. No era un nombre turco. La fiebre me sumió en un sueño inquietante. Volví a tener pesadillas. Estuve en la cama dieciocho horas sin entender por qué me costaba tanto trabajo moverme.

Edwina Wolff tenía una mirada penetrante que me impedía sentirme cómodo en su presencia. No podía considerarla una mujer guapa, pero hablaba y se movía con distinción. Trabajaba en el gabinete de prensa del Ayuntamiento de Múnich. Su despacho era una habitación acristalada que daba a una plaza peatonal muy concurrida. Parecía bien informada sobre el trabajo que me proponía realizar, pero no mostraba ningún entusiasmo en mi proyecto. Me informó sobre un montón de vaguedades que yo conocía acerca de los museos de la ciudad. Me limité a escucharla y a asentir educadamente. En realidad sabía que no me iba a servir de mucha ayuda, pero no debía saltarme los trámites. Tomamos algunas decisiones sobre las fotografías que iba a necesitar y las personas con las que me entrevistaría. Entonces irrumpió en el despacho un hombre bien vestido, traje elegante y corbata a rayas oblicuas. Después de abrir la puerta, una vez dentro, la golpeó con los nudillos en un gesto poco elegante. Edwina Wolff cambió por primera vez la severidad de sus gestos y los dulcificó con una sonrisa.

—Vaya, esto sí que es una sorpresa —dijo aquel tipo calvo con un acento bávaro muy marcado—. Una auténtica sorpresa. Acabo de ver tu nombre en la agenda del día y no me lo podía creer: René Kuhnheim.

Hasta que pronunció mi nombre, pensé que con quien hablaba era con Edwina. Pero se estaba dirigiendo a mí. Lo miré, miré a la mujer. Me puse en pie, incómodo por la situación. No era probable que me estuviera confundiendo con otra persona que se llamara como yo, pero existía esa posibilidad. Me dejé apretar la mano y al mirarlo a los ojos descubrí algo familiar en aquella mirada.

—René, René, parece mentira —siguió diciendo aquel tipo que parecía un maniquí.

—Lo siento, pero no puedo acordarme de ti —le confesé avergonzado.

—Heinrich.

—¿Heinrich Bauer?

—Aunque no lo parezca.

—Has cambiado mucho.

—Tú sin embargo estás igual —mintió, sin duda.

Me hizo un gesto para que volviera a sentarme y se apoyó en la mesa, dando ligeramente la espalda a Edwina.

—Este tipo —dijo Heinrich dirigiéndose a ella sin mirarla—, aquí donde lo ves, me quitó a la tía más buena de Múnich hace veinte años.

—Treinta —le corregí.

—¿Treinta? Cómo pasa el tiempo.

—Además, no te la quité —protesté molesto—. Fue ella quien eligió.

—Era sólo una manera de hablar.

Edwina asistía atenta a la conversación, llevando la mirada de uno a otro como si fuera un partido de tenis.

—Siento haberos interrumpido —dijo Heinrich Bauer—. Sólo quería asegurarme de que eras tú el que estaba interesado en nuestros museos.

A pesar de los años, Heinrich seguía teniendo ese aire de superioridad que tanto me molestaba en otro tiempo. Me resultaba difícil de explicar, pero siempre había sido así; seguramente desde que lo encontré follando en la caseta de un jardín con una estudiante de Bellas Artes que luego sería mi mujer.

—Espero que Edwina te resulte útil en tu trabajo. Es la mejor —me dijo guiñándome un ojo.

Me pareció que la mujer se ruborizaba, pero al fijarme me di cuenta de que apenas se había alterado por el comentario. En realidad era yo quien se sentía incómodo.

—¿Estarás mucho tiempo por aquí? —preguntó Heinrich antes de cerrar la puerta.

—Un par de semanas. Quizás menos.

—¿Dos semanas para hacer un reportaje?

Lo pensé antes de contestar. De nuevo sentía que Heinrich metía sus narices en mi plato.

—Bueno, he venido también por otras cuestiones —le mentí.

—Pues entonces tenemos que comer juntos un día.

—Claro —le respondí tratando de no demostrarle mi pereza.

Edwina Wolff se ofreció a acompañarme en un coche con chófer al Museo Lenbachhaus, donde iba a comenzar mi trabajo. Me pareció que su comportamiento había cambiado. No llegó a sonreír en ningún momento, pero la sensación que tuve era de menos frialdad. En dos ocasiones me explicó las obras que se estaban haciendo en el trayecto por el que pasábamos. Fingí interés en sus comentarios. Me esperaba una mañana dura de trabajo, y mis pensamientos estaban en otro sitio.

—Lo llamaré mañana para ver si todo ha ido bien —me dijo tendiéndome la mano con estudiada formalidad—. Y si necesita algo no dude en llamarme —y señaló al director del museo.

Aquella mañana me costó un gran esfuerzo concentrarme en el trabajo que estaba haciendo. Al volver al hotel intenté en vano escribir a Aurelia. Llevaba horas pensando lo que le iba a decir. Ignoraba si era una impostora que se burlaba de mí o una loca. Decidí después hacer algo que no podía retrasar más: visitar a Wilhelm. Fui en tranvía hasta la dirección que me dio Hannah. Durante un rato dudé entre llamar por teléfono para anunciar mi visita o presentarme con naturalidad, como si el tiempo no hubiera pasado y nuestra relación fuese la normal entre un padre y un hijo. Lo encontré en una galería en donde los sillones se alineaban frente a una enorme cristalera como girasoles orientados hacia el sol. Pero el sol se resistía a salir. Cuando Wilhelm me vio, no demostró sorpresa; supuse por su mirada que me estaba esperando. Sin duda Hannah le había contado mi visita.

—No me mires así —me dijo con su sequedad característica—. Parece que estés viendo a un muerto.

Le tendí la mano, y él la agarró y la retuvo. Jamás nos habíamos besado; ni siquiera cuando yo tenía siete u ocho años. Siempre existió una especie de pudor en demostrar nuestros sentimientos.

—¿Sabes? —me dijo—. A pesar del tiempo que ha pasado, hay días en que echo de menos el canto del almuédano llamando a la oración. Nunca pensé que podría añorar cosas como ésa.

—Y sin embargo, cuando vivíamos en Estambul, siempre decías que aquello era un vestigio del pasado que retrasaba el progreso.

—Sí, eso mismo decía.

Wilhelm hizo un gran esfuerzo para levantarse. Rechazó mi ayuda. Apoyado en un bastón, caminó a mi lado hasta una sala grande. Enormes butacas se alineaban delante de un televisor, y detrás aparecían mesas de juego cubiertas con tapetes verdes. Nos sentamos en una de aquellas mesas.

—Pensaba que te sorprenderías al verme —le confesé.

—Sí, estoy sorprendido. Pero la verdad es que te estaba esperando. Ayer me sentí muy decepcionado; creí que vendrías —me miró por encima de las gafas, pequeñas y redondas como en otros tiempos, tratando de percibir alguna reacción en mí—. Hannah me dijo que habías estado en casa. En su casa, quiero decir.

—Hannah.

—Sí, pero no le digas que te lo he contado.

—No se lo diré.

—Ella viene a verme con frecuencia. A pesar de todo lo que ha sufrido por mi culpa, no me guarda rencor.

—Me contó que Karl había muerto.

—Sí. Morirse fue su manera de llamar la atención.

—No hables así de tu hermano.

Wilhelm agachó la cabeza. Me pareció, incluso, que estaba avergonzado por lo que acababa de decir; pero no era más que un gesto de cansancio.

La relación entre los dos hermanos estuvo envenenada desde que eran jóvenes. Seguramente desde que Wilhelm decidió abandonarlo todo, dejar su puesto en la Universidad de Múnich y huir a Estambul. Y Hannah, sin ser culpable de otra cosa que de amar, se quedó en medio y no supo o no quiso quitarse de allí. Aquel triángulo había marcado la vida de mi padre, no me cabía duda.

Hasta que vine a estudiar a Múnich, yo creía que las dos únicas personas en la vida de Wilhelm Nachtwey éramos mi madre y yo. Tardé tiempo en aceptar que él tenía un pasado que lo atormentaba, y que su sufrimiento lo había convertido en un hombre dolido, solitario, incapaz de mostrar afecto.

Mientras lo oía hablar sobre su rutina en la residencia, aquel hombre de ochenta años me resultaba un extraño. De repente se quedó en silencio y aproveché para decirle:

—Me divorcié hace muchos años —me miró sin demostrar sorpresa. Hizo un ligero gesto afirmativo con la cabeza y dejó la vista clavada en el tapete verde—. Me temo que tenías razón respecto a mi relación con Berta, pero cada uno debe encontrar su propio camino.

—Así es.

—Y el mío era un callejón sin salida.

Quería contarle algunas cosas sobre mis últimos años con Berta, pero no me parecía que Wilhelm tuviera interés en conocerlas. Pretendía desahogarme, o disculparme, no estaba seguro. Debió de adivinar algo, porque enseguida trató de salvarme de aquel trance.

—¿Qué fue de aquella chica? —me preguntó de repente sin dejar de mirarme—. Sí, ya sabes a quién me refiero.

Yo sabía bien a quién se refería, pero traté de fingir.

—¿Tuna?

—Tuna, eso es. A veces me acuerdo de ella y me pregunto qué habrá sido de su vida.

Me costaba trabajo hurgar en mi memoria. Había dedicado demasiado tiempo y esfuerzo a echar el cerrojo a esa parte del pasado.

—No he vuelto a saber nada de ella —le confesé—. Quizás si te hubiera escuchado antes, ahora las cosas serían de otra manera.

Wilhelm dio un golpe en la mesa con la palma de la mano.

—No quiero que vuelvas a decir eso. Ni que lo pienses. Las cosas son como son. Fíjate en mí. ¿Te parezco un buen ejemplo para ti?

Al volver al hotel sentí una mezcla de paz y de cansancio. Lo hice a pie, a través de un barrio que conocía bien. Pasé por delante de la antigua casa donde Berta vivía con su madre. Parecía un palacio de tres plantas rodeado por un jardín que ahora estaba mucho más cuidado que en otros tiempos. Sin duda, había cambiado de dueño. La madre de Berta era una mujer peculiar que me recordaba mucho a la mía. Y, mientras estaba distraído mirando el jardín y la fachada principal, se coló en mi pensamiento el rostro de Tuna, bella, serena, con su sonrisa tímida. Me sentí bien. Caminé por la acera siguiendo los raíles del tranvía como si fueran mis propias huellas.

Antes de meterme en la ducha le escribí un correo a Aurelia. Pensé mucho lo que iba a decirle. Me parecía un juego estúpido el que se traía entre manos y quería que lo supiera. Me dormí leyendo el segundo diario de Kemal. Me seguía costando trabajo reconocer en sus reflexiones al hombre que yo conocí. La fiebre me hizo pasar una mala noche; las palabras y la imagen del escritor acechaban como sombras en mitad del sueño.

Después de desayunar llamé a Ángela Lamarca y en el momento en que marqué el número me di cuenta de que era demasiado temprano para ella. Cogió el teléfono el fiel Álvaro y habló en susurros. Me dijo que Ángela dormía aún. Me disculpé. Sonreí al imaginarla a su lado en la cama, refunfuñando mientras se daba la vuelta y seguía durmiendo. Le pedí a Álvaro que no le dijera que había llamado. Y en ese instante apareció en la pantalla de mi ordenador un nuevo correo electrónico de Aurelia. Me empezaba a cansar aquel juego. Recordé a Emin Kemal muerto sobre la alfombra de su estudio y empecé a pensar que aquella mujer podría ser una loca peligrosa.

Si no miras a una mujer a los ojos cuando te habla, nunca sabrás si te está diciendo la verdad. También tú has sido una víctima del engaño. Espero que sigas leyendo y que la venda caiga de tus ojos. Yo te ayudaré. Si realmente eres un escritor, no deberías dejar escapar una historia como ésta.

Aurelia

Le di un puñetazo con rabia a la almohada y apagué el ordenador. Tenía demasiadas cosas en la cabeza como para ponerme a resolver acertijos. ¿Por qué sabía tanto de mí aquella mujer? Me sentía molesto. Cogí todo el material y salí desconcertado del hotel. Aquella mañana me tocaba trabajar en la Gliptoteca, mi rincón favorito de Múnich. Al subir las escaleras del pórtico, recibí una llamada de Ángela Lamarca. Quería saber cómo iba todo. En contra de lo que me había propuesto, lo primero que le conté fueron los correos de Aurelia.

—No entres en ese juego —me previno—. Además, me parece peligroso y sólo vas a conseguir que te duela la cabeza. Yo en tu lugar no le volvería a escribir. No sé si Derya está detrás de todo esto, pero no me extrañaría. Esa mujer no tiene escrúpulos.

Ángela llevaba razón. Si Derya tenía algo que ver con aquel asunto, sin duda se trataba de algo turbio. Debía aprovechar la distancia para olvidarme de todo.

—¿Has visto a tu padre? —me preguntó suavizando la severidad de su tono de voz.

Le conté mi visita del día anterior.

—Ésas son las noticias que me gusta oír. Lo demás es basurilla. Céntrate en tu trabajo.

—Mi trabajo es como mandar a coser un roto en una sastrería de alta costura —le dije en un arranque de soberbia—. Si no lo termino en tres días, es porque me dijiste que me tomara mi tiempo.

—Y quiero que te lo tomes. Te vendrá muy bien ese cambio de aires. Y, si te aburres, puedes salir por las noches —dijo con su tono socarrón—. La primera copa va por cuenta de la revista.

Pasé dos horas felices entre la *Medusa Rondanini* y el *Fauno Barberini* en su postura indecentemente bella. Recibí una llamada de Edwina Wolff para invitarme a almorzar con Heinrich. Acepté sin tiempo a reaccionar. Quizás no era justo que yo mantuviera mis prejuicios contra él después de tantos años. La gente cambia, pensé para consolarme. Quedamos en un pequeño bar italiano cerca de la Türkenstrasse. Hacía un hermoso día de invierno, con un cielo azul casi despejado que invitaba a caminar sin prisa por la calle. Edwina y Heinrich llegaron juntos, casi al mismo tiempo que yo. Cuando me telefoneó no había entendido que ella comería con nosotros. Me pareció mejor así. No me apetecía hablar del pasado con Heinrich, aunque enseguida comprobé que de lo que realmente quería hablar él era del pasado. Mientras el camarero tomaba nota, Heinrich comenzó a describir la vida estudiantil de los años setenta en Múnich como si quisiera ilustrar a Edwina, bastante más joven que nosotros. El camarero nos miraba detrás de un bigote de erizo y trataba de entender lo que queríamos tomar mientras Heinrich no paraba de hablar.

—Vaya, vaya, René *el Turco*. ¿Tú no sabías que a René lo llamaban el Turco en la Escuela de Periodismo?

—hizo una pregunta retórica dirigida a Edwina—. Así es. Por entonces, ver a un turco en la universidad no era algo normal.

—Pero usted no es turco —me dijo Edwina.

—No, no lo soy. Pero viví en Estambul catorce años.

—Sí, sí —insistió Heinrich—. Tú ya sabes cómo son estas cosas. Un chico guapo..., que viene de Estambul..., que viste como un turco y habla como ellos... ¿Sabes lo que decían de él? —preguntó dirigiéndose a Edwina—. Que la tenía más grande que los otros porque era turco.

Al oír aquello me atraganté. No pareció que Edwina hubiera entendido el comentario de Heinrich.

—¿Cómo que la tenía más grande? —preguntó ingenuamente la mujer.

—La polla. Que tenía la polla más grande que los demás. ¿No es eso lo que decían de los turcos?

Edwina Wolff sonrió ligeramente, sin mostrar apuro. Yo, por el contrario, me había alterado.

—¿Quién decía eso? —protesté.

—Las mujeres, René, las mujeres. ¿Quién podía decirlo, si no?

Edwina se percató enseguida de mi incomodidad y condujo la conversación a otro terreno. A partir de entonces fue ella quien llevó la iniciativa hablando de cuestiones relacionadas con el trabajo que yo estaba haciendo. De vez en cuando, Heinrich matizaba las palabras de Edwina. Cuando ella se disculpó para ir al baño, Heinrich me miró fijamente y me dijo:

—¿Qué te parece Edwina?

—Me parece una mujer inteligente y muy eficaz en su trabajo —le respondí sin mostrar entusiasmo.

—No me refiero a eso. Te pregunto qué te parece como mujer.

Estaba temiéndome una encerrona. A esas alturas de la comida ya había constatado que Heinrich seguía siendo el mismo imbécil de siempre. Pero pensé que hasta que no terminara mi trabajo sería mejor no decírselo.

—Es una mujer atractiva. ¿O lo que quieres saber es si me gustaría follármela?

Heinrich no se alteró. Apuró el vino de la copa y se apartó ligeramente la corbata.

—Sí, eso ya puedo imaginarlo —me dijo mirando la tarta de chocolate que me traía el camarero—. Te debo un favor, Turco. Seguramente te habrá extrañado esta comida.

—No, ¿por qué? Dos viejos compañeros se encuentran y tienen ganas de hablar del pasado.

—Déjate de tonterías. Lo que necesitaba era una excusa para quedarme después con Edwina. Múnich no es tan grande como parece, y aquí no es fácil salirse del camino recto sin que todos se enteren.

—Estás enrollado con esa mujer. ¿Es eso?

—Estoy en ello, para entendernos.

—Ah, estupendo. Por mí no tienes que preocuparte. No se lo voy a contar a tu mujer —dije tratando de mostrarme lo más sarcástico posible—. Porque supongo que estarás casado. De lo contrario, tanto secreto no tendría sentido. Tú no eras tan puritano.

—Sí, Turco, estoy casado —dijo ajustándose el nudo de la corbata—. Es la mejor forma de sentirse libre, aunque muchos piensan lo contrario. Y hablando de matrimonio, aquí fue muy sonado tu divorcio con Berta. Cuando regresó a Múnich no era ni sombra de la mujer que se fue contigo a Madrid.

—¿A qué te refieres?

—Tú lo sabes igual que yo. Aquella mujer era antes una explosión en todos los sentidos. Nunca conocí a nadie con más ganas de vivir que ella.

—¿Tú crees?

—No sólo lo creo yo. Todos los que estuvimos con ella antes de que te conociera piensan lo mismo. Se marchitó después por alguna razón. Aquí volvió muy deteriorada. Hasta que conoció a ese tipo y se marchó a Berlín.

Heinrich me estaba sacando de mis casillas. Siempre tuvo facilidad para hacerlo. Lo que más deseaba en ese momento era que volviera Edwina del baño y nos fuéramos de allí.

—No sé nada de esa historia —le contesté con acritud—. La cosa no funcionó y no hay más que hablar.

—Eso no es lo que ella iba contando por ahí.

—¿Y qué mierda iba contando ella por ahí?

—No tienes que ponerte así conmigo. A fin de cuentas yo sólo repito lo que Berta contaba en todas partes. Decía que te habías vuelto un amargado por tu fracaso profesional; que no valías ni como periodista ni como escritor.

—¿Eso decía?

—Sí. Contó que te habías liado con una turca mayor que tú porque ella podía ayudarte en tu carrera literaria.

—¿Una turca?

—Sí, la mujer de un escritor, o algo así. Tampoco le presté mucha atención a la historia, la verdad —Heinrich hizo una pausa y estudió mi reacción—. Fue Berta la que nos contaba en la universidad que la tenías más grande que los demás. Tú no lo sabes, supongo, pero cuando empezó a salir contigo todavía estuvimos unos meses enredados hasta que la cosa se enfrió.

Fue un acto irreflexivo. Nunca había hecho nada parecido hasta ese momento. Antes de pensar en lo que estaba oyendo, me levanté, le di un puñetazo con rabia en la nariz y Heinrich cayó al suelo de espaldas. Sentí el crujido de su tabique nasal al contacto con mis nudillos. Luego abrí y cerré la mano con un dolor terrible. Edwina volvía en ese momento del baño, y la sangre salpicó su vestido impoluto. Me miró horrorizada, luego miró a Heinrich y después rompió a llorar. A nuestro alrededor, la gente miraba pero nadie decía nada. El camarero italiano asomaba los ojillos sobre la montura de sus gafas redondas.

—Lo que más siento es dejarme la tarta de chocolate sin probarla, imbécil —le dije.

Y, antes de coger mi chaquetón, todavía hice un esfuerzo para agarrar una cucharilla y echarme a la boca un buen trozo de tarta.

En el hotel pedí una bolsa de hielo y tuve la mano inmovilizada durante casi una hora. Finalmente acudí al servicio de urgencias, donde me hicieron una radiografía y me pusieron un vendaje aparatoso. Lo que me faltaba, pensé.

Quería alejarme de mi pasado, y en vez de eso me fui caminando despacio hasta la residencia de Wilhelm. Me recibió de buen humor. Estaba en el mismo lugar en que lo encontré el día anterior, con un libro entre las manos.

—Casi no puedo leer —me dijo resignado—. Es el peor castigo de la vejez; lo demás es llevadero, porque el final lo conocemos de antemano. Pero los libros...

Cuando vio el vendaje en mi mano, tuve que contarle mi incidente con Heinrich. Me miró con una sonrisa imprecisa que yo conocía muy bien. Me cogió el brazo y trató de apretar. Apenas tenía fuerza.

—René, René... A pesar de los años siempre hay algo que nos mantiene unidos al pasado. No pienses en ese cretino. Ahora sólo deberías preocuparte por tu mano.

Terminamos hablando de Tuna. Me sorprendió que Wilhelm, entre tanto dolor, guardara en su memoria ese recuerdo dulce. Cuando se conocieron, no me pareció que le prestara mucha atención a la chica. Y, sin embargo, yo estaba equivocado. Hacía tiempo que Tuna se confundía entre lo real y lo irreal en mi memoria. Al principio de mi relación con Berta, me resultaba difícil no comparar a las dos mujeres. Entonces sentía un gran desprecio por mí al hacerlo. Después se fue convirtiendo en una costumbre que asumí. No era algo que pudiera evitar. A Wilhelm le costaba a veces recordar su nombre, pero luego daba detalles precisos sobre ella que yo había olvidado. Cuando me despedí de él hasta el día siguiente, Wilhelm estaba muy cansado.

Retomé mi trabajo sin entusiasmo. No tuve noticias de Edwina ni de Heinrich. No estaba arrepentido de mi actitud en el restaurante, pero no quería encontrarme con ellos. Las entrevistas en dos museos, aquella mañana, fueron fatigosas. Casi podía adivinar las respuestas antes de oírlas. No encontraba la motivación necesaria para hacer aquel trabajo. Antes de salir por la tarde hacia la residencia de Wilhelm, recibí una llamada en mi teléfono con número oculto. Decidí no contestar.

Los atardeceres en la residencia de ancianos iban a convertirse en un remanso de paz durante mi breve estancia en Múnich. A veces, Wilhelm y yo pasábamos largos ratos en silencio, observando la nieve en el jardín o escuchando los grajos que se posaban en el tejado. Era un sonido que había olvidado y que, como tantas cosas, estaba recuperando en aquellos días.

Al entrar en la habitación del hotel, de vuelta de la residencia, apareció de nuevo una llamada con número oculto en mi teléfono. Lo cogí de mala gana. Nunca me gustó la gente que esconde su identidad. Y de repente escuché una voz que dijo en turco:

—Soy Aurelia.

El teléfono se me escurrió de los dedos y lo cogí en el aire. Temí que la conexión se hubiera cortado. Necesitaba ganar tiempo para pensar.

—¿Qué Aurelia?

—Nos vimos en la Universidad de Alicante y hemos intercambiado algún e-mail —dijo con fingida ingenuidad—. Yo soy esa Aurelia.

—Aurelia, por supuesto —dije en un tono teatral—. Pero tú conoces mi nombre, y yo tengo que llamarte por ese... ¿seudónimo?

—Es mi nombre. No tengo ningún motivo para mentirte.

—Mentirme... Jugar conmigo... Burlarte... Llámalo como quieras. ¿O no fuiste tú quien colocó mi libro sobre el cuerpo de Emin Kemal? —no sabía muy bien cómo demostrarle mi irritación sin parecer un estúpido—. ¿Querías implicarme en su muerte, o sólo era un juego?

—Estás equivocado —me dijo sin perder la calma—. Si puse ese libro ahí fue por rabia.

—¿Rabia?

—Sí, rabia hacia ti —por un instante su voz sonó sin convicción—. En el fondo tú eres una marioneta, como la mayoría de los que se han metido en esta historia. Nunca has sabido dónde te encuentras realmente, y no te culpo. Pero por eso deberías ser más humilde. Sí, es verdad, yo puse el libro ahí para que te implicaran en su muerte. Era como una pequeña venganza que me salía al paso.

—¿Pequeña venganza dices?

—Piénsalo bien. Aunque estás ciego, no eres estúpido. Si hubiera querido hacerte daño de verdad, ¿crees que te habría llamado por teléfono para avisarte de la muerte de ese tipo?

—Si lo mataste tú, es una buena forma de desviar la atención.

—Sabes que no lo maté. La autopsia lo decía bien claro.

¿Cómo podía aquella mujer conocer el resultado de la autopsia de Emin Kemal? No conseguía librarme de la sensación de que estaba jugando conmigo.

—¿Y los diarios? Los robaste tú, por supuesto.

—No lo tenía planeado, pero se presentó la oportunidad y no la dejé escapar.

Estás loca de remate, estuve a punto de decir, pero me contuve.

Las palabras de la mujer no sonaban como las de una loca. No conseguía llegar al fondo de aquella cuestión. Me daba miedo seguir su juego, y al mismo tiempo no podía evitar una gran curiosidad.

—¿Y por qué me los mandas precisamente a mí? —le dije al cabo de unos segundos.

—Cuando conozcas la verdad, lo entenderás.

—¿Qué demonios quieres de mí? —le pregunté en un arrebato.

Ella guardó silencio. Por un momento pensé que había cortado. Por fin dijo:

—Quiero que lo cuentes todo. Quiero que se sepa la verdad y que cada uno reciba su premio o su castigo.

—¿Es otro acertijo?

—No, no lo es. Tú eres escritor. Los que te conocen dicen que eres bueno, aunque no has sabido aprovechar tu talento —acababa de darme donde más me dolía—. Te he elegido a ti para que lo cuentes. Tú formas parte de la historia. Eres el mejor candidato para escribirlo.

Las ideas se me escurrían como el agua entre las manos. No quería pensar en nada sobrenatural, pero aquella mujer parecía ser la dueña de mis pensamientos. Sentía que podía leerlos. Tuve que contenerme para que no se diera cuenta del interés que había despertado en mí.

—Ya estoy escribiendo esa historia —le confesé, aunque tenía la sensación de que ella lo sabía ya, y enseguida me arrepentí.

—Sí, eso suponía. De lo contrario no estaría perdiendo el tiempo contigo. Me alegro de saber que no me equivoqué al juzgarte. No te arrepentirás —hizo una pausa y me pareció escuchar una respiración fatigosa—. Si me muestras lo que estás haciendo, yo te ayudaré a terminarla.

—¿Ayudarme? ¿Cómo podrías ayudarme tú?

—Sólo encontré dos diarios. El tercero no estaba allí. Ella se lo llevó para ocultar su crimen.

—¿Ella? ¿De quién hablas?

—Derya. No podía ser otra.

Sabía que su nombre saldría antes o después. Su sombra me perseguía desde hacía años. Ángela Lamarca tenía razón.

—Así que es eso. Debí adivinarlo. ¿Y por qué no me llama ella? ¿De qué tiene miedo?

—Te estás equivocando otra vez. No tengo nada que ver con esa mujer. A ti te engañó, pero a mí no —me dijo con firmeza—. Puedo decirte dónde encontrar ese diario. Pero tendrías que ir a buscarlo tú. Yo no puedo, por ahora. Cuando lo leas, entenderás por qué tanto interés y tantas precauciones.

—De acuerdo, dime dónde puedo encontrarlo y lo leeré.

—En Estambul.

Solté una carcajada que debió de sonar como una interferencia en su teléfono. Supuse que se ofendería y cortaría la conversación, pero no fue así.

—Siento que te tomes esto como una burla.

—¿Y no lo es?

—¿Te parece una burla lo que has leído hasta ahora? —la mujer tenía razón y con mi silencio se lo hice saber—. Si tú me muestras lo que has escrito, te diré cómo conseguir ese tercer diario.

—¿Y qué te hace suponer que iba a darle a leer algo mío a una desconocida?

—Mándame lo que hayas escrito, y cuando compruebe que me dices la verdad te diré el modo de conocer el final.

—¿Y si no lo hago?

—Entonces buscaré a alguien que lo escriba en tu lugar y que no deje escapar una historia como ésta. Ya empiezo a pensar que me equivoqué al elegirte.

Aquella noche apenas dormí. Y no fue por el insomnio, ni por la ausencia de cansancio. Revisé todas las notas que había redactado en España, el esquema sobre lo que quería escribir. En realidad no tenía nada. Pero delante de mis narices había una historia y yo era un contador de historias que había decidido escribirla. Traté de hacerlo sin obsesionarme con Aurelia. Ahora el comienzo con la muerte de Emin Kemal no me parecía tan malo. La Biblioteca del Museo de la Universidad de Alicante era un buen escenario para arrancar el relato. Demasiado novelesco, quizás; pero yo sabía que era real. No necesitaba inventarme nada. Ahí estaban mi vida y la de Emin Kemal. El único personaje que parecía pura ficción era Aurelia. Me senté en la cama cuando apenas faltaba una hora para el amanecer, y poco a poco me dejé caer hacia atrás. No sé cuándo cerré los ojos, pero los abrí con las primeras luces del día. Eran las siete. Me senté de nuevo delante del ordenador y seguí escribiendo de forma compulsiva. No corregía, no revisaba lo que salía en la pantalla. Sabía que todo aquello era un material en bruto que luego iba a reescribir una y otra vez hasta contarlo como yo quería. A las ocho me duché y bajé a desayunar. Incomprensiblemente no sentía cansancio, sino una gran excitación. Hacía años que no escribía con tantas ganas. Me costaba trabajo reconocerme, y eso me daba más seguridad.

Camino del Museo Nacional Bávaro empecé a pensar en Heinrich Bauer. El muy estúpido estaría retorciéndose de dolor, no tanto por su tabique nasal como por no poder rompérmelo a mí. En el fondo era un cobarde, y yo sabía que no iba a hacer nada en mi contra. No pude evitar sentir lástima por Edwina Wolff. No me apetecía volver a verla y darle explicaciones. Imaginaba que tampoco ella tendría muchas ganas de verme. Lo que realmente deseaba era terminar cuanto antes aquel reportaje, que empezaba a resultarme fastidioso, y seguir escribiendo. Ahora, más que al principio, pensaba que tres días eran suficientes para hacer un trabajo digno para la revista. Trabajé duro aquella mañana, sin que la noche en vela me pasara factura. Realicé en pocas horas el trabajo de dos días. Cuando volví al hotel, estaba convencido de que con tiempo para ordenar aquel material no necesitaría hacer más visitas a ningún museo. Apareció el teléfono de Edwina en la pantalla de mi móvil y no lo cogí. En recepción dejé el aviso de que si me llamaba alguien dijeran que ya me había ido del hotel. No quería saber nada más del asunto. Después me llamó Ángela Lamarca. Me dolía mentirle, pero ya había decidido lo que quería hacer. Le conté que el trabajo iba bien. Le expliqué que iba a ser más costoso de lo que pensaba, pero que le llevaría un buen reportaje. Estaba seguro de que ella supo leer entre líneas que algo estaba sucediendo.

—De acuerdo, tómate tu tiempo —me dijo—. Aquí no te pierdes nada.

Desde ese momento me vi atrapado por la vorágine literaria. Terminé en dos mañanas, sin salir de la habitación, el reportaje de los museos. Y el resto del tiempo lo dediqué a escribir. Después de comer, descansaba un rato y daba un paseo largo hasta la residencia de Wilhelm. Pasaba dos horas junto a mi padre. Cada vez hablábamos menos del pasado. Le revelé algunos detalles de la novela que tenía entre manos. Le conté muchas cosas de Emin Kemal y de Aurelia. Él me escuchaba con curiosidad. Me emocionaba saber que sentía interés por mi trabajo.

Recibí un par de llamadas más de Edwina Wolff, pero no respondí. Quería que pensara que me había largado de Múnich. Sólo contestaba a Ángela Lamarca. La segunda semana fue de trabajo muy duro. Reconstruir la historia de Kemal era un poco como reconstruir mi propia historia. Todo me resultaba conocido y cercano: los rincones de Estambul, la visión del puente Gálata arponeado por las cañas de los pescadores, la descripción de los sonidos. Ya no podía parar de escribir. Los diarios del maestro eran una fuente de inspiración inagotable. Sus inicios como escritor me conmovían. Necesitaba estirar el tiempo, porque ahora corría en mi contra. En Alicante las cosas no serían igual. La idea de pasar la Navidad en España me deprimía. En Múnich, los adornos navideños elaborados con exquisitez se empezaban a adueñar de las calles y los escaparates. La cuenta atrás había comenzado.

Tres días antes de mi regreso a Alicante, en mi teléfono volvió a entrar una llamada con número oculto. Lo dejé sonar y, conforme transcurrían los segundos, empecé a ponerme nervioso. Contesté seguramente en el último momento, cuando el teléfono estaba a punto de quedar en silencio para siempre.

—Soy Aurelia.

—Dime —respondí de mal humor.

—El domingo regresas a Alicante, ¿no es así?

Me sentí observado, desnudo. Aquella mujer no podía conocer tantos detalles de mi vida. Algo se me estaba escapando.

—Te equivocas —le dije en un arrebato de desesperación.

—Bien, no te llamaba para darte prisa.

—Faltaría más.

—Lo que quiero saber es si me mandarás algo de lo que has escrito. Llevo una semana esperando.

—No he escrito nada. Además, no me interesa seguir con tu juego —le dije sin apasionamiento—. Estoy cansado.

—Escúchame bien, René, porque no tengo demasiado tiempo y esto es muy importante para mí. Vuelves el domingo por la mañana a Alicante. Tu vuelo sale a las 11.50. No, no digas nada; espera a que termine. Yo he puesto demasiadas energías y muchos años de mi vida en esto. Pero no quiero arrastrarte si tú no quieres ayudarme. En este momento te estoy enviando un billete electrónico a tu dirección de e-mail. Está a tu nombre, de manera que sólo podrás utilizarlo tú. Es un vuelo a Estambul que sale el mismo día, una hora después que el de Alicante. Si lo coges, lo entenderás todo. Si lo rechazas, te estarás preguntando el resto de tu vida qué podrías haber encontrado allí. Yo no te diré lo que tienes que hacer. Sólo te pido una condición para contarte todo lo que te falta por saber.

—¿Qué condición?

—Quiero que me permitas leer lo que has escrito hasta ahora.

—Ya te he dicho que no he escrito nada.

—Ahora eres tú quien juega conmigo. No lo hagas. Yo puedo ayudarte a terminar esta historia. Ya tienes el comienzo, que es lo más difícil. Te quedan pocos días para pensarlo. Si lo que has escrito vale la pena, yo te regalaré el final.

—¿Y por qué no me lo cuentas y yo decido si merece la pena escribirlo o no? Así es como se suelen hacer las cosas.

—Porque lo más probable sería que no me creyeras.

Aquella conversación, una vez más, me dejó un sabor amargo. En efecto, en mi correo electrónico encontré un localizador de reserva para retirar mi billete a Estambul. Incomprensiblemente, venía el número de mi pasaporte. Corrí hacia la maleta y lo encontré allí, guardado con otros documentos. No podía entender cómo aquella mujer lo había conseguido. Era un motivo más para la confusión. La idea de sentirme vigilado me resultaba muy desagradable. Era como un vértigo que me impedía darme cuenta de lo que estaba sucediendo a mi alrededor. Traté de sobreponerme a tanta sorpresa. Seguí releyendo el segundo diario de Kemal y escribiendo de forma arrebatada. Me costaba trabajo saber si lo que contaba era realidad o ficción, aunque en el fondo me daba lo mismo. El sábado me despedí de Wilhelm. En dos semanas lo había visto rejuvenecer. Le conté todo lo que me estaba sucediendo con Aurelia.

—Me gustaría tener veinte años menos para saber cómo termina esta historia —me confesó.

—No puedo creerte.

—No me gustan las adivinanzas ni los acertijos. Pero esto parece otra cosa. No tienes nada que perder, y quizás encuentres algo interesante.

Volví al hotel sin estar seguro ya de que Aurelia fuera una impostora. Los nombres que había leído tantas veces en el diario del maestro daban vueltas en mi cabeza. La historia me interesaba, aunque no sabía cómo continuarla. Hice la maleta y traté de dormir, pero terminé dando vueltas de la habitación al baño. Desesperado, saqué el ordenador de su funda y entré en mi correo electrónico. Tecleé un mensaje breve:

De acuerdo, ahí va mi parte del trato. Ahora espero que tú cumplas la tuya.

René

Cargué como documento adjunto las ciento doce páginas del borrador que había escrito en nueve días y se lo envié a Aurelia. Cuando pulsé la tecla de *Enviar,* sentí como si el suelo se abriera a mis pies y todo el peso de mi cuerpo se desplomara por un túnel oscuro sin fondo. Luego le escribí un correo largo a Ángela Lamarca contándole con detalle lo que pretendía hacer. Suponía que se iba a preocupar. Le envié también el manuscrito por si me ocurría algo a mí o al ordenador. Al final le pedí un anticipo por mi artículo para los gastos de Estambul. Temía que creyera que me había vuelto loco.

A primera hora de la mañana, antes de salir del hotel, recibí una llamada de un número con prefijo de Turquía. Era Aurelia. Me reconfortó saber que ahora la tenía localizada. Al menos eso fue lo que creí entonces.

—Estaba segura de que eras un hombre inteligente —dijo para congraciarse conmigo—. Cuando todo esto termine, entenderás las razones por las que hago las cosas así.

—No creo que pueda entenderlas nunca.

—Confía en mí.

—Me temo que lo estoy haciendo.

Me dio las señas de un hotel en Estambul donde podría alojarme y estar cómodo. Se ofreció a pagármelo, pero me negué. Luego, me dio algunas instrucciones más y la dirección de un café.

—Se llama El Café Turco, pero todo el mundo lo conoce por su antiguo nombre, La Luna Roja. Es el mismo que se menciona en el diario. Mañana, cuando anochezca, te tomarás un té allí y esperarás a que alguien te entregue el tercer diario.

En efecto, conocía La Luna Roja como si hubiera estado allí. La historia empezaba a parecer de verdad una novela de intriga. No podía creer que aquello me estuviera pasando a mí. De repente le pregunté algo que me estaba inquietando desde el momento en que leí el segundo diario.

—Me gustaría que me contaras algo más sobre un personaje que no sé si es real o producto de la imaginación del escritor.

—¿Helkias Helimelek?

Era imposible que aquella mujer se adelantara más a mis pensamientos. Y, sin embargo, acababa de hacerlo de nuevo.

—Sí, precisamente ése —respondí desanimado.

—Todo lo que se cuenta ahí es verdad.

No conseguí sacarle más información. Me contestaba con evasivas, o me pedía que fuera paciente. Pero mi paciencia se estaba acabando. Cuando desconecté el teléfono volví a tener esa inquietante sensación de desasosiego.

Mientras guardaba mi turno en el aeropuerto para conseguir la tarjeta de embarque, me preguntaba dónde estaba metiéndome. Ya era tarde para salir de aquella historia de ciento doce páginas. Si lo hacía, probablemente me iba a arrepentir el resto de mi vida. Cuando el avión se levantó sobre la pista del aeropuerto de Múnich, cerré los ojos y me pareció que toda mi vida volvía hacia atrás, al comienzo, a los días del Alman Lisesi, de los paseos con Tuna, a una casa llena de cuadros y gatos, rodeada de antenas y minaretes que cada cierto tiempo llamaban a la oración con su canto lastimero.

5.

La primera vez que reparó en el gesto de su madre al poner las muñecas bajo el agua del grifo, René Kuhnheim tenía quince años. En realidad, no era la primera vez que la veía hacerlo, pero hasta ese día no le llamó la atención. La abuela Arlette hacía lo mismo; entonces lo recordó. Patricia Cano tenía por aquel tiempo cuarenta y un años, y todavía conservaba en los ojos la belleza y el brillo que pronto empezarían a marchitarse. Era un gesto espontáneo, casi inconsciente: se subía las mangas, abría el grifo y se miraba fijamente al espejo mientras el agua corría de las muñecas a las manos y luego al lavabo. En la mirada ausente de su madre, René creyó reconocer los ojos de la abuela Arlette y un aire de fragilidad que evocaba el calor pegajoso y las tardes de siesta en España, mientras Augusto Cano, el abuelo, fabricaba veletas con materiales de desecho sin más pretensión que matar el tiempo hasta que el sol dejara de abrasar para salir al jardín. Y aquel gesto, en el que reparaba por primera vez, le produjo una profunda tristeza.

Desde la muerte de sus padres, dos años antes, Patricia Cano no había vuelto a ser la misma persona. Ni el fracaso de su matrimonio ni el accidente mortal de su hermano le afectaron tanto como aquellas dos muertes repentinas que se sucedieron en menos de seis meses. Aunque René entonces apenas tenía catorce años, comprendió la influencia que aquello tenía en el frágil equilibrio de su madre. Una llamada de Arlette le anunció a Patricia que su padre había fallecido. Augusto Cano cayó al mar desde la barca en la que salía a pescar todas las mañanas. Lo encontraron muerto, flotando en el agua. El médico dijo que había sufrido un infarto. Cuando recibió la llamada de su madre, Patricia se comportó con tanta serenidad que Wilhelm y el propio René se quedaron desconcertados. Viajó sola a España, sin que nadie pudiera hacerla entrar en razón. La excusa para que Wilhelm no la acompañara fue que no podía dejar a René solo en Estambul durante tantos días. No llegó a tiempo al entierro; sólo pudo hacerle compañía a su madre, que, inexplicablemente, dejó de llorar en el momento en que abandonó el cementerio y no volvió a soltar una lágrima en los pocos meses de vida que le quedaron. La ausencia de llanto de su madre impresionó a Patricia. Resultaba difícil de creer que aquella anciana de espíritu débil, que desde hacía años estaba en un estado permanente de tristeza, pudiera mostrarse tan fuerte en un trance como el de la muerte de su esposo. Y en ese instante, vital y trágico, fue cuando Patricia comprendió cuánto se parecía ella a su madre. Y dejó de llorar también. Tampoco lloró cuando seis meses después recibió una llamada de la Embajada española que le comunicó la muerte de su madre.

Arlette se casó con Augusto Cano a comienzos de 1931 en París, donde su reciente esposo era embajador de España. Un año después nació su hijo René, y en 1934 vino al mundo Patricia. La familia vivió en Francia hasta finales de la Guerra Civil. Luego, residieron en distintas partes del mundo hasta que el abuelo se jubiló y se retiró a una casa con jardín en las afueras de Alicante, frente al mar. Patricia tenía veinte años cuando vino a vivir definitivamente a España. Su hermano René murió en Bonn un año antes en un accidente de tráfico: se estrelló contra un muro mientras conducía el automóvil que le había regalado su padre. La muerte del primogénito supuso un terrible quebranto para la salud siempre delicada de Arlette.

Durante años estuvo llorando a su hijo con un llanto apagado, casi clandestino. Su obsesión enfermiza por el dolor y la ausencia, entendida por su hija como una debilidad, sirvió para que Patricia se aliara con su padre, más fuerte en apariencia. Y Arlette aprendió a llorar en soledad, a suspirar a escondidas, a dormir poco, a recordar mucho, a ocultar sus sentimientos en silencios prolongados. Se dedicó a alimentar a una legión de gatos sin dueño, y el jardín se convirtió en un asilo de animales abandonados. Los gatos parecían los únicos seres con los que lograba entenderse. Ni siquiera el nacimiento de su nieto René la rescató de sus largas ausencias. Augusto Cano, por su parte, aprendió a convivir con los gatos, con las miradas lánguidas de su esposa, con la falta de afecto. Se volcó en su hija, en la pesca y en su afición por construir veletas que terminaba por regalar, o que almacenaba en el garaje.

El comportamiento de Arlette hizo que Patricia se rebelara con frecuencia contra la debilidad de su madre. En vez de comprensión, mostró rechazo hacia ella. Su propio padre veía el distanciamiento entre las dos y no hacía nada por remediarlo. También Augusto Cano asistió con tristeza al alejamiento de su esposa del mundo que la rodeaba. Y terminó por no gastar energías más que en sus veletas, en la pesca y en los paseos por la playa. Siguió con su celebración permanente de la vida, las charlas con los pescadores, con los vecinos. Organizaba fiestas en casa, como lo hacía en París o en Bonn. Mantenía correspondencia con los amigos repartidos por el mundo, leía, escuchaba música y trataba de no mirar hacia atrás.

A los veinticuatro años, Patricia Cano era una mujer que no se encontraba bien en ninguna parte. Había vivido en cinco países y en ninguno sintió que aquél fuera su lugar. Por eso, tal vez, y porque veía que la única forma de sobrevivir a la desidia era imitar la postura de su padre ante la vida, en 1958 decidió que quería casarse con Hugo Kuhnheim. Y tomó esa decisión al día siguiente de conocerlo. Hugo era diplomático alemán en el Consulado de Alicante. Tenía poco más de treinta años y pertenecía al círculo de Augusto Cano. Patricia y Hugo se conocieron un sábado de junio en que el embajador jubilado celebró la entrada del verano en el jardín de su casa. Hugo Kuhnheim era guapo, divertido y conquistador. Enseguida comprendió que la rebeldía de Patricia no era más que una fachada que ella misma había fabricado. No le costó trabajo dejarse llevar por la conversación alborotada de la chica. Le divertía. Patricia se parecía tanto a su padre que no resultaba difícil anticiparse a sus reacciones. Sin embargo, en el fondo era igual que Arlette, aunque nadie se había dado cuenta todavía. Hugo se dejó encantar por unos gestos de mujer que aún no había cambiado del todo su plumaje de niña. Bailó aquella noche con Patricia mientras Arlette permanecía sentada en una mecedora en el porche, viendo un paisaje y unos rostros que no eran realmente los que tenía delante de ella. Hugo era culto y paciente. Escuchó las afirmaciones arbitrarias de Patricia sobre el arte contemporáneo; la escuchó sin llevarle la contraria. Se dejó encandilar por su perfume de juventud, por su inmadurez, por su comportamiento caprichoso. Y, cuando creyó que ya había oído lo suficiente, la besó; primero suavemente, recreándose en el sabor dulce de la muchacha; luego, con apasionamiento, dejándose llevar por un impulso al que se estuvo resistiendo toda la noche. Y al besarla supo que sólo era una niña, una cándida niña de veinticuatro años, encantadora, algo alocada y muy bella.

Se casaron sin conocerse apenas. Para Augusto Cano fue motivo de alegría; para Arlette fue una decisión precipitada, pero se guardó de dar su opinión. Durante el primer año, Patricia vivió como en un sueño permanente. También Hugo. Sentían que el mundo giraba alrededor de ellos. Se quedó embarazada poco después de casarse, y también el embarazo fue como una luna de miel prolongada.

René Kuhnheim nació en Alicante el 16 de abril de 1959, el mismo día en que a su padre le anunciaban el traslado al Consulado alemán de Estambul. Arlette recibió con lágrimas la noticia del nacimiento de su nieto y del traslado de su yerno a Turquía. Hugo Kuhnheim partió para su nuevo puesto dos meses después del nacimiento de su hijo. Habían planeado que Patricia se quedara un tiempo en España con sus padres, y cuando su marido se instalara en Estambul ella viajaría con el niño. Pero el viaje de Patricia y del pequeño René se retrasó tres años.

Cuando Hugo volvió a abrazar a su hijo, el niño ya corría y hablaba con soltura. Patricia había aceptado las excusas de su marido para posponer el viaje a Estambul. Y eran tan convincentes que por su cabeza no pasó ninguna sombra de sospecha. Cuando por fin llegó a la ciudad con su hijo, apenas pudo reconocer al hombre con el que había estado casada once meses, antes de separarse durante tres años.

Hugo Kuhnheim era, en efecto, un desconocido para su esposa y su hijo. Y continuó siéndolo hasta el final. Durante el tiempo que duró su matrimonio no hubo una sola discusión, ni un reproche. Vivieron en la misma casa como extraños. El lujo y la comodidad ocultaban mezquinamente las carencias de la pareja. La casa era amplia, con jardín. Tenían sirvientes, chófer y privilegios a los que Patricia estaba acostumbrada. René comenzó a ir a un centro de enseñanza alemán de prestigio. Pero su madre se marchitaba entre hermosas paredes, mármoles y rosas que florecían desde el comienzo de la primavera. A los seis años de casarse tuvo la certeza de que su marido le era infiel. Tiempo atrás no era más que una sospecha que le rondaba el pensamiento; pero finalmente se convirtió en evidencia el día en que vio a su esposo bajar de un coche acompañado de una mujer que se agarró de su brazo para cruzar la calle y entrar en un café. Patricia se quedó paralizada, sujeta a la mano de su hijo de cinco años que no se estaba dando cuenta de nada. Aguardó con impaciencia a que su marido saliera del café. Pero Hugo Kuhnheim no salió. Tardó en darse cuenta de que no se trataba sólo de un café, sino que en la parte de arriba había un hotel muy modesto que se anunciaba con un cartel casi invisible en la fachada. No sabía si estaba más rabiosa por la infidelidad de su marido o por los lugares tan sórdidos a los que llevaba a sus amantes. Cuando se cansó de esperar, preguntó en el café si se había hospedado un hombre con las características de Hugo. Después de cerciorarse de que su marido estaba con otra mujer en una de las habitaciones, montó en el auto y le pidió al chófer que la llevara de regreso a casa.

El último año se convirtió en un tormento para Patricia. Hacía tiempo que no sentía nada por el hombre con el que compartía la cama casi todas las noches. Pero la sombra del engaño la atormentaba. Cuando le dijo abiertamente a su marido que sabía que estaba con otra mujer, él la miró sin sorprenderse, más bien molesto por la ordinariez de semejante observación. No hizo ningún esfuerzo por negarlo o por fingir; simplemente aceptó con naturalidad que su mujer estuviera al tanto de sus devaneos.

El suicidio de la abuela Arlette fue, en realidad, el primer síntoma para René de que su mundo se estaba desmoronando. Hasta entonces había vivido las tragedias familiares como si las viera en la pantalla de un cine o las leyera en un libro. Pero seis meses después de la muerte del abuelo Augusto, sonó el teléfono y alguien de la Embajada española preguntó por Patricia Cano. Aunque René sólo tenía catorce años, algo le hizo pensar que había ocurrido una desgracia. Y no se equivocó. La abuela Arlette se había tomado todas las pastillas que el médico le recetaba para los nervios. Pero René no conoció ese detalle de la muerte de su abuela hasta un tiempo después, cuando su madre en un arrebato de angustia se lo recordó a Wilhelm en presencia del chico.

El segundo viaje de Patricia Cano a España, ahora para enterrar a su madre, tuvo el sabor de una despedida definitiva. Se borraron los vínculos familiares; ya no había nadie que la atara a ningún lugar, excepto René, que aún era un adolescente. Apenas lloró. Recorrió la casa de sus padres, contempló aquel mar por última vez, dio de comer a la tropa de gatos que se había apoderado del jardín y llamó a un abogado para que lo pusiera todo en venta. Al recorrer el dormitorio, pensó que Augusto y Arlette habían terminado por ser unos desconocidos para ella. Encontró la habitación de su madre llena de lienzos, óleos, caballetes y pinceles. No sabía nada de la afición de su madre por la pintura. Eligió un pincel, una paleta y dos tubos de óleo rojo y azul, los guardó en una bolsa y salió con ellos de la casa para no regresar nunca.

Cuando René volvió a ver a su madre en el aeropuerto de Estambul, tuvo la sensación de que no era la misma persona. Al contrario que ella, el chico lloró la muerte de su abuela sin encontrar consuelo. Para él, pensar en Augusto y Arlette era soñar con el paraíso. Desde muy niño pasaba dos largos meses de verano en la casa de sus abuelos sin la vigilancia estricta de su madre, que se negaba a abandonar Estambul. René acompañaba al abuelo a pescar cada día, o iba con él a la ciudad a recorrer el puerto o los pequeños bares del centro. Le gustaba contemplar aquel mar distinto al de Estambul porque no se alcanzaba a ver la otra orilla. Podía correr solo por la playa, enterrarse en la arena, acostarse tarde, dormir toda la mañana. Y sabía que ahora todo aquello se terminaba para siempre.

Al ver a su madre con las muñecas debajo del grifo, recordó a la abuela Arlette haciendo lo mismo. Madre e hija se parecían cada vez más.

—¿Te pasa algo? —le preguntó Patricia con brusquedad cuando sorprendió a su hijo observándola.

René negó con un gesto y desapareció. Sentía la necesidad de desahogarse con alguien, pero su madre no era la persona adecuada. Estuvo esperando hasta muy tarde la llegada de Wilhelm; esa noche no apareció. También su padre estaba raro desde hacía un tiempo. Se encerró en su cuarto y empezó a garabatear unas frases sin sentido en su libreta. Quería escribir en su diario lo que le había ocurrido, pero no sabía por dónde empezar. A pesar de las molestias, comprendió que allí había material para un cuento. Le dolía todo el cuerpo, tenía levantada la piel de la pantorrilla y los codos ensangrentados. Pero el dolor más insoportable era la vergüenza que sentía al acordarse de todo lo que había sucedido. Estaba dispuesto a terminar con aquellos juegos estúpidos que ya sólo divertían a sus compañeros del liceo. Abrir coches con un destornillador, robar motocicletas, entrar en las casas y hacer destrozos había dejado de ser una experiencia excitante hacía mucho.

El Alman Lisesi, al que asistía René, pasó de ser un lugar de diversión a convertirse en una cárcel. La dureza del Gymnasium obligó a muchos de sus compañeros a quedarse en el camino. El chico buscaba cualquier excusa para dejar a un lado los estudios. Mentía en sus calificaciones, y el único que mostraba interés por él era Wilhelm. Además, el abandono en el que se iba dejando caer Patricia afectaba a los resultados de René en el liceo.

Hasta los siete años estudió en el colegio alemán Ernst Reuter, como la mayoría de los hijos de diplomáticos, pero cuando Hugo Kuhnheim desapareció de sus vidas Patricia quiso romper todos los vínculos con el pasado. René cambió de amigos y de colegio. Sus nuevos compañeros del Alman Lisesi eran hijos de funcionarios extranjeros o de empresarios. De pronto se vio inmerso en un complejo mundo de afinidades en el que no resultaba sencillo sobrevivir. Con el tiempo, algunos fueron quedando en el camino; otros iban y venían según el capricho

de cada nuevo curso. A los quince años era un chico ina-
daptado que se esforzaba por no parecerlo. Empezó a fal-
tar a clase y a competir en todo con sus compañeros. Cada
uno tenía su propia forma de reafirmarse ante los demás.
Aprendió a abrir coches con un destornillador; después, a
conducir motocicletas, y por último a robarlas. Sus compañeros admiraban la sangre fría de René y envidiaban su
aplomo ante las situaciones de peligro. A veces entraban
en alguna casa, forzando la puerta, y hacían destrozos para
simular un robo. Asaltaban, incluso, las casas de sus compañeros de colegio. Con frecuencia aprovechaban las calles solitarias y la complicidad de la noche para forzar las
cerraduras de los vehículos y llevarse todo lo que encon-
traban. Competían para ver quién aguantaba mejor la tensión y quién era el último en salir huyendo. Les resultaba
fácil. El aspecto de adolescentes extranjeros de barrios ri-
cos les ayudaba a no despertar sospechas. René pasaba
cada vez menos tiempo en casa. Buscaba cualquier excusa
para volver tarde o para pasar la noche fuera. Empezó a
falsificar las calificaciones del liceo. Había llegado a encontrar placer en arrancar una motocicleta y buscar una
salida apresuradamente para desaparecer a toda velocidad.
Al forzar la cerradura de un coche, sentía las venas de sus
sienes bombeando sangre al cerebro y su corazón a punto
de estallar. Temblaba y, sin embargo, tenía la necesidad de
seguir hasta que alguien daba la voz de alarma y escapaba
corriendo. Pero una tarde de 1975 decidió terminar con
todo aquello, aunque no sabía cómo hacerlo.

Había pasado el sábado por la mañana con cuatro
amigos y se inventó una excusa para no ir a comer a casa.
Por la tarde, después de pasear sin rumbo por las dos orillas del Bósforo, decidieron acercarse al barrio de Balat.
Hacía tiempo que no iban por allí. Era un barrio pobre, de
casas humildes que en otro tiempo fueron, sobre todo,
de familias judías y algunas cristianas. Se cansaron de pa-
tear callejuelas estrechas con fachadas desconchadas y ropa

tendida de un edificio a otro. Aburridos, eligieron un coche aparcado frente a un restaurante y decidieron abrirlo. La calle era tan estrecha como las otras, pero apenas estaba iluminada. Mientras uno de ellos forzaba la cerradura del vehículo, otros dos vigilaban cerca para dar la voz de alarma si aparecía alguien. René y otro chico esperaban con las manos en los bolsillos para entrar en el coche y coger lo que encontraran. En cuanto el seguro de la puerta saltó, cada uno se metió por un lado y revolvió todo. De repente, alguien salió del restaurante y los muchachos echaron a correr. René esperó unos segundos más porque estaba seguro de que tenía tiempo suficiente para huir. Se echó en el bolsillo unas gafas de sol, una cartera, un llavero y otras cosas que ni siquiera le dio tiempo a examinar. Pero al salir del coche ya era tarde. Tropezó, cayó de rodillas y, cuando levantó la cabeza, un hombre corpulento lo cogió del brazo y lo zarandeó. Lo llevó en volandas hasta el coche y lo dejó caer sobre el capó. René no fue capaz de reaccionar; se sentía como una marioneta sacudida por un vendaval.

—Saca todo lo que llevas en los bolsillos y déjalo ahí —dijo el hombre señalando el techo del coche.

René obedeció asustado. Fue sacando lo que había robado y mientras lo devolvía empezó a comprender lo absurdo de todo aquello. Pensó entonces en sus compañeros, que ya estarían a muchas calles de distancia, y sintió vergüenza. En un arrebato se zafó de la mano del hombre que le oprimía el brazo y echó a correr. Un vehículo que pasaba por la calle frenó justo en el momento en que el cuerpo de René impactaba contra él. Rodó sobre el capó y luego cayó aparatosamente al suelo. No sintió dolor, sino miedo. Al levantar la mirada, vio al conductor que bajaba y corría asustado hacia él. También bajó del coche un chico al que reconoció enseguida: se llamaba Salih Alova y se sentaba en el último pupitre de su clase. Nunca había hablado con él, aunque siempre le llamó la atención. Se in-

corporó y trató de caminar, pero el conductor se lo impidió. Salih Alova le explicó precipitadamente a su padre
quién era aquel muchacho. El hombre habló con la víctima
del robo. Discutieron. René no conseguía entenderlos. El
padre de Salih sacó dinero de su cartera y se lo ofreció al
otro hombre. Lo rechazó con un gesto de desaprobación y
se alejó sin más. Luego, Salih y su padre lo llevaron a
casa y lo dejaron maltrecho, pero a salvo. Y en aquel momento lo que más deseaba era contarle a su madre lo que
había sucedido. Pero su madre aquella noche tenía la mirada perdida, como otras veces, y parecía ausente mientras
ponía las muñecas bajo el agua del grifo. Por eso decidió
esperar a que llegara Wilhelm para contárselo todo. Cuando oyó la última llamada a la oración de la mezquita, supo
que aquella noche no vendría a casa.

Wilhelm Nachtwey era para René su verdadero
padre. En realidad no conocía otro. De Hugo Kuhnheim
no llegó a guardar siquiera una imagen en la memoria. En
casa nunca se mencionaba su nombre. Wilhelm entró en la
vida de Patricia poco antes de separarse para siempre de su
marido, cuando René apenas tenía seis años. Al contrario
que el padre del niño, Wilhelm era un hombre callado,
observador, poco dado a tomar la iniciativa en una conversación. Sin embargo, cuando conoció a Patricia Cano
en la Embajada alemana, rompió con su costumbre y se
mostró hablador. Enseguida ella se dio cuenta de que tras
la fachada de hombre resuelto Wilhelm ocultaba una gran
timidez. Le atrajo aquel halo de misterio y los silencios
con los que interrumpía su charla. Fue el propio Hugo
Kuhnheim quien los presentó.

Wilhelm Nachtwey había nacido en Múnich y llevaba más de un año viviendo en Estambul. Trabajaba para
una empresa de seguros alemana. Quedaron a comer en
dos ocasiones, y ninguno tuvo curiosidad por conocer nada
sobre el pasado del otro. Wilhelm hablaba poco y cuando
lo hacía no derrochaba sus energías en frases innecesarias.

Era mayor que Patricia, aunque su edad resultaba indefinida bajo sus diminutas gafas redondas y su perilla de poeta hipocondríaco. De vez en cuando sacaba de su gabardina un pequeño cuaderno y escribía con su estilográfica frases cortas con letra muy pulcra. A Patricia le resultaba interesante aquel hombre sin pasado que vivía de hotel en hotel. Fue ella quien le propuso pasar juntos la primera noche. Lo hizo con una sonrisa, después de brindar por algo absurdo que ni siquiera recordaba al día siguiente. En realidad, Patricia estaba dolida por la forma en que Hugo y ella se habían separado. Lo hicieron sin decirse apenas nada. Él la llamó un día a casa para comunicarle que lo habían trasladado a la Embajada alemana en Argentina. Patricia lo oyó, pero no dijo nada. Después Hugo le preguntó: «¿Vas a venir, o prefieres quedarte?». Y aquella pregunta fue como una puerta abierta después de años de prisión. «No, claro que no voy a ir.» No hubo más explicaciones; tampoco reproches. Patricia Cano se quedó varada en Estambul a los treinta y un años, con un niño pequeño y un futuro incierto. Cambió con gusto las comodidades de la casa en donde vivía por un apartamento pequeño y viejo; se llevó las pocas cosas que consideró que le pertenecían y dejó atrás una parte de su vida en la que no volvió a pensar desde ese momento. La ciudad y su luz la habían atrapado para siempre, y decidió que no quería vivir en ninguna otra parte del mundo.

La primera vez que René entró en la casa de Salih Alova tuvo la sensación de que llevaba toda su vida en un mundo que no conocía. La familia Alova vivía en el barrio de Balat y, aunque su casa por fuera no se diferenciaba de las demás, el interior se parecía más a las viviendas lujosas de los barrios occidentales de Estambul. En realidad, eran varias casas unidas que tenían un patio común, un bello patio que parecía un pequeño oasis. El padre de Salih Alova, el señor Neyzen, nació en aquel barrio y no quiso marcharse de allí cuando prosperó en los negocios. Se dedicaba al comercio y viajaba con frecuencia a Francia y Alemania. Era un comerciante rico que trataba de inculcar la modestia y la honradez en la educación de sus hijos. En la misma casa vivían los padres del señor Neyzen, sus suegros, su hermana con su marido y dos niños gemelos. La madre de Salih había muerto dos años antes. El señor Neyzen tenía una hija y dos hijos; Salih era el pequeño.

Salih Alova era callado y observador. En el liceo pasaba desapercibido entre sus compañeros. Apenas se relacionaba con los alumnos extranjeros. Parecía que el estudio era lo único importante en su vida, y sin embargo no era así. Durante un tiempo, René trató de darle alguna explicación al chico sobre lo que había sucedido aquel sábado, pero Salih buscaba excusas para no escucharlo, como si se avergonzara de que aquel muchacho anduviera detrás de él para pagarle algún favor. Lo cierto era que Salih Alova lo sabía casi todo de René. Al contrario que él, René no pasaba desapercibido en el liceo. Llamaba la atención cada vez que llegaba al centro acompañado de su madre. Patricia lo llevaba algunos días en un coche destartalado, un Citroën maltrecho que compró a un diplomático francés. Resultaba evidente que René se avergonzaba del vehículo de su madre. Pero lo que en realidad llamaba la atención de sus compañeros era la extravagancia de Patricia, una mujer bella, de mirada ausente, que trataba a su hijo con despego, como si fuera una persona adulta. Algunas mañanas, Patricia llegaba con los cabellos enmarañados, como si hubiera saltado directamente de la cama al coche. También sus vestidos eran singulares, si se comparaban con los de la mayoría de las madres. Llevaba largos pañuelos anudados al cuello, sombreros extraños, grandes collares y pendientes de formas imposibles que ella misma fabricaba. Parecía ajena al ruido de la calle y al alboroto de los niños.

La hermana de Salih Alova se llamaba Nuray y era un año mayor que él. Según el señor Neyzen, se parecía mucho a su difunta esposa. Al contrario que Salih, era una chica parlanchina. A René le divertía escucharla. Estudiaba el último curso en un instituto femenino de Balat. Era presumida y hacía alarde de su coquetería. A su padre se le iluminaba la cara cada vez que entraba en el lugar donde él se encontraba. René se sintió deslumbrado por Nuray, hasta que conoció a Tuna.

La casa del señor Neyzen era como un palacio en miniatura. El lujo, aunque moderado, contrastaba con el deterioro del barrio en los últimos años. En su casa siempre había vecinos que entraban y salían. El señor Neyzen nació en una de las casas que ahora formaban la residencia de su familia. Su padre vivió durante años del comercio con los judíos de Balat. Cuando él heredó el negocio y prosperó, no quiso abandonar ni el barrio ni la casa. Su negocio ahora traspasaba las fronteras del país, pero el señor Neyzen seguía yendo a los mismos lugares que su padre, a los mismos cafés. Siguió fiel a todas las costumbres. Y, sin embargo, Balat se había empobrecido hasta llegar a la degradación. Muchos judíos y rumíes habían emigrado hacía tiempo.

Tuna y Nuray eran amigas inseparables, pero muy diferentes. Se conocieron en la escuela y siguieron siendo amigas durante toda la enseñanza superior. Hasta tropezarse con Tuna, René pensaba que Nuray era la muchacha más bonita que había conocido nunca. Tuna tenía algo en la mirada y en la forma de moverse que no se podía comparar con ninguna de las chicas con las que él trataba. Ella lo sabía y por eso apartaba la mirada cuando notaba que René la observaba fijamente, tal vez sin darse cuenta de su ensimismamiento. Tuna se movía por la casa del señor Neyzen como si fuera la suya propia. Tenía confianza con todos los familiares y llamaba a los criados por su nombre. Entraba y salía con la misma naturalidad que los hijos del dueño. Siempre iba cargada con un bolso y muchos libros. Tenía diecisiete años. Cuando Tuna y René se vieron por primera vez, se comportaron con torpeza, incluso con antipatía, como si el sobresalto que sintieron al mirarse les molestara.

—Es un año mayor que tú —le dijo Salih a René sin que le preguntara nada—. Además, es la mejor amiga de mi hermana.

René lo miró azorado, creyendo que Salih era capaz de adivinar su pensamiento.

—¿Quieres decir que no debo fijarme en ella?

—¿Acaso no lo has hecho ya?

Lo que más agradeció René con el paso del tiempo fue que ni Salih ni su padre mencionaran jamás el incidente del robo y del atropello. Era como un pacto de silencio que los unía a los tres en su complicidad, aunque de vez en cuando René se acordaba de aquella noche y sentía una tremenda vergüenza. En el liceo las cosas empezaron a ir de otra manera. René, que había estado a punto de perder el curso, consiguió enderezar el rumbo con la ayuda de Salih y los consejos de Wilhelm.

Wilhelm Nachtwey era un tipo espigado. Le gustaba dar largos paseos con René por la avenida İstiklal y pararse en las librerías o comer una rosquilla en la mesa de algún café con vistas al bullicio de la gente que subía y bajaba. No tardó en conocer a Salih; mucho antes que Patricia. René lo presentó a su amigo como su padre, aunque suponía que tarde o temprano terminaría por enterarse de la verdad. Fue Wilhelm quien invitó al nuevo amigo de su hijo a visitar a René en casa. Lo hizo con la mayor naturalidad, suponiendo que para el chico turco sería motivo de orgullo. Y así fue. Pero enseguida notó que René se sentía incómodo con aquella invitación.

—¿No quieres que Salih conozca tu casa? —le preguntó Wilhelm cuando adivinó el desagrado del chico.

—No, no es eso.

—¿Temes que le parezca pobre?

—No, eso me da igual.

—¿Te avergüenzas de que tu madre y yo no estemos casados o de que no vivamos juntos? —preguntó Wilhelm con una frialdad de la que a veces se servía para provocar a René—. ¿No quieres que sepa que no soy tu padre?

René se removió en su asiento, nervioso, rehuyendo la mirada de Wilhelm. El hombre desahogaba su enfado en aquello que más le dolía al chico. René estaba a punto de llorar.

—Si no me lo cuentas ahora, puede que no lo hagas nunca —terminó de decir Wilhelm—. Y seguramente no podré adivinarlo.

—Es por mi madre —le confesó mirándolo por primera vez a la cara—. Hace cosas que a veces me avergüenzan. No te lo sé explicar.

—No hace falta que me lo expliques, te entiendo muy bien.

—No, no puedes entenderlo. Los mayores no entendéis lo que nos pasa a nosotros.

—Eso es una estupidez. Yo también he tenido tu edad.

En el fondo, René agradecía a veces que Wilhelm utilizara aquel tono severo para reprimir sus arrebatos.

—Sí, pero tú no has tenido una madre como la mía —dijo, y enseguida lo lamentó.

—¿Qué sabes tú de mi madre? —le reprochó Wilhelm apretando los puños y conteniendo un gesto de rabia—. Nada, no sabes nada.

—Lo siento, no quería decir eso.

Cuando Salih Alova visitó la casa de René, se quedó fascinado. Era una vivienda pequeña en una calle estrecha, cerca de la torre Gálata. No tenía nada que ver con el lujo en que René había pasado los primeros años de su vida. Los suelos eran viejos, y las puertas y las ventanas no cerraban bien. Además, toda la casa estaba sumida en un desorden excéntrico que a Salih le pareció bellísimo. Dos gatos se paseaban por el pasillo y las habitaciones, acostumbrados a la presencia de los visitantes. Había cuadros a medio pintar por todas partes. Algunos se amontonaban en el suelo, apoyados contra la pared. Olía a aguarrás y a desinfectante. Había un caballete con un cuadro en casi todas las habitaciones. El cuarto de René era el único lugar adonde no llegaban ni los gatos ni la pintura. Patricia era la madre ideal en opinión de Salih. Nunca había conocido a nadie como ella. Se paseaba descalza por la casa, vestida con una túnica de lino arrugada y una corona vegetal ladeada en la cabeza. Siempre canturreaba. René no podía entender lo que su amigo encontraba de fascinante en su madre o en su casa. Aquella primera visita supuso para Salih una prueba de amistad. Nunca había estado en casa de ninguno de los compañeros del Alman Lisesi. Las relaciones entre sus amigos solían ser lejanas. Algunos se conocían desde la infancia; otros se unían por interés, y unos cuantos como Salih se sentían siempre fuera de lugar, incluso entre los estambulíes. El señor Neyzen tenía la convicción firme de que un colegio internacional le abriría las puertas profesionales a su hijo. El mayor se había negado a ir a la universidad, y por eso sus esperanzas estaban puestas en Salih. No quería que el pequeño encontrara los mismos obstáculos que él cada vez que viajaba al extranjero.

Wilhelm y Patricia decidieron desde el principio no vivir en la misma casa. René nunca se preguntó qué los había llevado a esa determinación, porque en realidad siempre fue así y en la normalidad no había motivo de extrañeza. Wilhelm vivía en un hotel de Beyoğlu, aunque estaba la mayor parte del tiempo en casa de Patricia. Solía pasar horas leyendo junto a una pequeña lámpara mientras ella pintaba. Patricia le hablaba, y él leía y la escuchaba al mismo tiempo. Otras veces Wilhelm se sentaba con

René en su cuarto y le ayudaba en los estudios. Era un hombre callado, observador. Contenía sus emociones aunque sus ojos eran tan expresivos que no podía ocultar los sentimientos. Cuando algo lo contrariaba, sufría un ligero temblor en la barbilla. Una incipiente sonrisa en los labios era señal de que algo lo hacía feliz. Sin llegar a ser cariñoso, ponía mucho mimo en todo lo que tenía que ver con Patricia y René. Sus formas eran pausadas, algo felinas. Le gustaba acariciar a los gatos de Patricia y, con frecuencia, leía mientras alguno ronroneaba en su regazo. De vez en cuando viajaba a Alemania, y durante unos días Patricia y René dejaban de tener noticias de él. Su hermano tenía en Múnich una galería de arte. En sus viajes, Wilhelm se llevaba algunos de los cuadros de Patricia y a su vuelta le aseguraba que había conseguido un buen precio por ellos.

René y su padre solían dar grandes paseos los viernes por la tarde. Les gustaba caminar en silencio, mirando los puestos callejeros o escuchando las sirenas de los vapores que subían y bajaban por el Cuerno de Oro y el Bósforo. El día en que René cumplió dieciséis años, repitieron una vez más el rito que llevaban realizando desde donde la memoria le alcanzaba al chico. Visitaron el mercado de los libros, entre la universidad y la mezquita de Beyazıt. Alrededor de un patio recogido y poco bullicioso, los libreros mostraban en los tenderetes una parte de su mercancía. René siempre iba allí en compañía de Wilhelm. Entraban juntos y terminaba cada uno por su lado, hojeando algún libro bajo la sombra de los enormes árboles que cobijaban una plaza coqueta. Aquel 16 de abril de 1975 los dos estaban curioseando en los estantes de una librería cuando René oyó una voz que le resultó familiar. La librera le sonreía y lo llamaba por su nombre. Tardó un rato en reaccionar: era Tuna. Se aturulló al hablar y ni siquiera fue capaz de presentarle a Wilhelm. La chica, por el contrario, no parecía sorprendida de verlo. El padre de

Tuna era el dueño de la librería. Intercambiaron unas fórmulas de compromiso, y René le explicó a la chica que era su cumpleaños. Wilhelm permaneció al margen, fingiendo que miraba los títulos de los libros en las estanterías. Se escuchó la voz del muecín en algún alminar cercano. En ese momento entró el padre de Tuna. Era un hombre corpulento, con barba de varios días, enérgico y contundente en sus gestos. Tuna se lo presentó a René, y el muchacho presentó a Wilhelm como su padre. Charlaron de libros, de los turcos en Alemania, del pasado. René eligió un libro de fotografías antiguas como regalo. Le fascinaban las imágenes atrapadas en el tiempo. Antes de despedirse, Tuna cogió un librito del mostrador y se lo entregó a René.

—Es mi regalo de cumpleaños —le dijo—. Quiero que lo leas y me digas si te gusta.

René miró la portada, le dio la vuelta y lo abrió. Era un libro en turco, del escritor Emin Kemal. Se titulaba *El negro sol de la melancolía*.

—Me gustará, seguro —respondió con una sonrisa.

Desde aquel día, el mercado de los libros fue uno de los lugares favoritos de René. Se obsesionó con la chica. Al principio no era más que un insomnio que le hacía llegar a clase cansado y con dolores en todo el cuerpo. Después, Tuna se convirtió en su tema predilecto de conversación con Salih. René sólo hablaba de ella. Poco a poco dejó de sentir interés por cualquier cosa que no fuera Tuna. Siempre Tuna, distante, cercana, seria, sonriente. Sus compañeros de clase le parecían ahora unos inmaduros. Se interesó por la forma de pensar de las mujeres. Y, finalmente, le contó a Wilhelm lo que le estaba pasando. Su padre lo miró sin hacer otro gesto que entornar los ojos detrás de sus gafas redondas. Y luego dijo:

—Creo que te has enamorado.

—¿Lo crees o estás seguro?

Wilhelm sonrió ligeramente. Le conmovía la ingenuidad y la lucha interior que estaba manteniendo el muchacho. Paseó sobre la alfombra de su oficina y se detuvo ante un gran ventanal desde el que se veía el humo negro de las chimeneas de los vapores.

—Yo diría que estoy seguro —concluyó Wilhelm.

—¿Y qué se supone que debo hacer ahora?

Su padre se tocó la barbilla y arrugó la frente como si hubiera escuchado una nota desafinada en mitad de una hermosa sinfonía. Ahora no fue capaz de sonreír.

—Ésa es una buena pregunta. Quizás debería aconsejarte que le compres flores y la invites a salir, que vayáis a pasear bajo la luz de las estrellas y te dejes llevar por lo que te dicte tu corazón. Pero...

—Pero, pero... ¿pero qué?

—Bueno, no la conoces lo suficiente, eres muy joven y además ella es musulmana; y tú eres una mezcla de todo y de nada. Por lo demás, no tardes mucho en tomar una decisión.

Las palabras de Wilhelm fueron reveladoras para el chico, y a la vez lo sumieron en una crisis. Hasta ese momento, René sólo conocía la vida en Estambul. Las vacaciones en España eran como un espejismo que se desvanecía al final de cada verano. No llegó a conocer el país donde había nacido. Tampoco había estado nunca en el país de su padre. Estambul era su mundo, sin dejar de ser un extranjero incluso en el liceo. Pero ahora empezaba a plantearse cuál era realmente su lugar.

Para escapar a los conflictos que lo atormentaban, decidió inventar ocupaciones que lo mantuvieran entretenido. Leyó varias veces los poemas de Emin Kemal, y en cada verso, en cada expresión, en cada palabra buscó mensajes ocultos, códigos que le descubrieran la forma de pensar de Tuna. Imitando a su madre, trató de darle forma pintándola en un lienzo, pero no fue capaz. En lugar de eso, cogió la máquina de escribir y comenzó una historia que a las diez líneas no supo cómo continuar. Se limitó después a describir a Tuna en su diario. Cuando miraba por la ventana, quería imaginar qué vería Tuna al mirar por su ventana. Si caminaba por la calle, quería saber si ella había pasado alguna vez por ese mismo lugar.

Salih Alova se convirtió en su aliado. Delante de él no podía disimular. Le contó desde el principio el padecimiento que le provocaba la amiga de su hermana. Y Salih, en vez de burlarse de él, le dio la mano y le dijo:

—Amigo, ya sabes lo que es el amor, me temo.

Y René lo miró con miedo, como si le hubiese diagnosticado una enfermedad terrible. Pero la complicidad de Salih le iba a ayudar a acercarse a la muchacha.

Tuna vivía con su familia muy cerca de la casa del señor Neyzen. La vivienda era muy humilde. Por fuera amenazaba ruina. Su madre era modista. La chica tenía un hermano mayor con una deficiencia mental severa. Se llamaba Utku y era un joven de veinte años que se comportaba como un niño de diez. Nunca salía a la calle, y su piel tenía un color enfermizo por falta de luz solar. La madre de Tuna dedicó la mayor parte de su vida a la costura y a cuidar de Utku. Apenas tenía cuarenta años y parecía una anciana. El padre pasaba todo el día en el mercado de los libros; se levantaba antes del amanecer y se marchaba de casa. A veces dormía en la librería, bien porque se quedaba de tertulia con algunos amigos hasta muy tarde, o porque el frío o la nieve hacían desaconsejable el paseo hasta las inhóspitas calles de Balat.

Fue Salih quien informó a René sobre la vida de Tuna y de su familia. Y, cuanto más sabía de ella, más trabajo le costaba arrancarla de su pensamiento. Cuando René terminó de leer el libro de Emin Kemal por tercera vez, comenzó a hacer extravagancias que no podía controlar. Empezó a rondar la casa de Tuna y el instituto femenino al que acudía, siempre en compañía de Nuray Alova. La veía en la distancia y la seguía sin que ella lo viera. Pasaba horas en la esquina de su calle, esperando que Tuna saliera o se asomara por alguna de las ventanas. Sólo cuando los vecinos se fijaron en él decidió cambiar de estrategia.

René pasaba muchas horas en casa de Salih. A veces aparecía Tuna con Nuray y entonces el corazón se le desbocaba. Su amigo lo previno de que todo el mundo terminaría dándose cuenta de lo que sentía por la muchacha, pero él no era capaz de cambiar su comportamiento.

—Si quieres hablar con ella, lo mejor es que os veáis fuera del barrio —le aconsejó Salih entre compasivo y aburrido de las reacciones de su amigo—. Aquí todo el mundo conoce a Tuna, y no es bueno que la gente empiece a murmurar.

—¿Y por qué iban a murmurar?

Salih pensaba con frecuencia que René no tenía los pies sobre la tierra. No le desagradaba aquella aparente enajenación de su amigo ni su sentido poco práctico de la vida. Cuando entraban en un café, Salih se comportaba como un adulto, mientras René miraba a todas partes preguntándose cuánto tiempo tardarían en llamarles la atención o en echarlos de allí.

Con la colaboración de Nuray, se enteró de las horas y los lugares en que podría encontrar a Tuna lejos de Balat. Su madre cosía en casa y recibía encargos de comercios y de otras modistas. Dos días a la semana, después de las clases, Tuna tenía que entregar los encargos de su madre y recoger otros en Beyoğlu. René se sirvió de la información que Salih conseguía de su hermana y empezó a salir al encuentro de Tuna en mitad de la calle. La mayor parte de las veces se apostaba en la entrada norte del puente Gálata y esperaba agazapado hasta verla aparecer junto a la barandilla, con un aparatoso papel de seda bajo el que llevaba los vestidos que su madre cosía.

—Me gustó el libro —le dijo René la primera vez que se hizo el encontradizo—. Quería decírtelo hace tiempo, pero siempre hay tanta gente y estás tan ocupada...

—Ya me lo has dicho; eso es lo importante. No estaba segura de que te gustara la poesía.

—Me gusta. Sí, me gusta.

—Y, además, quieres ser escritor.

René sintió calor en sus mejillas. Alguien lo había traicionado, y no podía ser otro que Salih. Entonces pensó fugazmente que su amigo estaba haciendo un doble juego. Trató de no mostrar su confusión.

—¿Te lo ha contado Salih?

—No, no ha sido él. Apenas hablo con Salih. Ha sido su hermana. Pero no tienes que avergonzarte por eso, sino todo lo contrario.

—No me avergüenzo.

Tuna caminaba con gracia por las cuestas que subían a Beyoğlu. Advertía a René de las zanjas, de los desniveles. Aquello le parecía divertido. Cuando llegaron a una tienda de telas, entre İstiklal y Tarlabaşi, ella le pidió que lo esperase en la puerta. Era una calle pequeña, con comercios muy antiguos. Se entretuvo mirando el escaparate y tratando de ver el interior. La tienda era muy vieja y estaba mal iluminada. Tenía un mostrador en forma de L, y los techos eran muy altos. Esperó con paciencia, mientras vigilaba los gestos que Tuna le hacía con las manos a la dependienta. De vez en cuando, la chica se volvía y miraba al exterior con un gesto fingido, como si quisiera arreglarse el cabello o ver algo de lo que se exhibía en una vitrina llena de antiguallas. Y entonces sonreía. Cuando salió, René le dijo abiertamente que le gustaría quedar con ella lejos de Balat. Tuna lo miró muy seria, valorando lo que acababa de oír. No le respondió de inmediato. Caminaron hasta salir a İstiklal. Se detuvieron en la puerta de un cine.

—¿Cuántos años tienes? —preguntó al cabo la chica, aunque conocía la respuesta.

—Dieciséis.

Ella asintió con un gesto suave, sin sonreír, y siguió caminando. Luego dijo:

—Soy un año mayor que tú. ¿Lo sabías?

—Claro, yo también tengo mis fuentes de información —le contestó René con una sonrisa.

—Dime qué es exactamente lo que pretendes —lo interrumpió con brusquedad.

René Kuhnheim sintió de pronto como si hubiera tropezado con un muro mientras miraba a otra parte. Se habían detenido frente a una tienda de juguetes. Encogió el estómago y le dijo sin mirarla:

—¿Pretender? No pretendo nada.

—Entonces, ¿por qué quieres que nos veamos lejos de mi barrio?

—No sé... —respondió tratando de ganar tiempo—. Salih me dijo...

—¿Qué te dijo Salih?

—Me dijo que era mejor que no me dejara ver contigo por allí. Él está muy pendiente de lo que dicen los demás...

—Yo también —lo interrumpió—. No me gusta que la gente vaya contando por ahí cosas que no le importan más que a mí.

—Por eso te he propuesto vernos lejos.

—¿Vernos para qué?

—Para pasear, para charlar... Para contarte las cosas que no puedo contarle a nadie.

De repente pareció que Tuna venía de otra conversación, de otro lugar.

—Dime, René, ¿tú eres creyente? ¿Crees en Dios?

Jamás le habían preguntado algo semejante. Aquella cuestión le pareció tan trascendente y a la vez tan fuera de lugar que pensó que Tuna no se la había hecho a él, o que quizás lo estuviera poniendo a prueba. Entonces se arrepintió del modo en que estaba llevando aquel asunto.

—No lo sé. No, no soy creyente. Bueno, sí. Mi abuelo era creyente.

Tuna le devolvió un gesto de desesperación y siguió caminando.

—No te estoy preguntando por tu abuelo.

Se sintió inferior al lado de la muchacha. Ella parecía conocer las respuestas antes de hacer las preguntas. Hablaba con soltura y no titubeaba como él. René tenía ganas de echar a correr, o de dar marcha atrás al tiempo y volver al instante en que la vio cruzar el puente Gálata; pero le pareció que ya era demasiado tarde para lamentarse. Tuna se detuvo delante del portal de una casa y miró a un lado y a otro, como si quisiera cerciorarse de que nadie los observaba.

—No me gusta que pases horas vigilando mi casa —dijo con un gesto serio—. Eso no me gusta. Los vecinos hablan y se ríen a tu costa. No quiero que vuelvas a hacerlo. Y tampoco quiero que rondes el instituto. Todas mis compañeras hablan de ti y hacen bromas. Eso tampoco me gusta.

René no sabía qué hacer con la saliva que se le acumulaba en la boca. No se atrevía a tragar ni a apartar los ojos de la muchacha.

—No sabía que... —trató de justificarse.

—Si quieres pasear conmigo, o si quieres charlar, tendrás que dejar de comportarte como un niño.

Aquélla no era la actitud a la que René estaba acostumbrado en las escasas ocasiones en que trataba con chicas turcas. Se sentía abochornado y tenía ganas de desaparecer. Tuna, inesperadamente, dulcificó su gesto sin llegar a sonreír. No parecía molesta, a pesar del tono brusco que acababa de utilizar. Y eso le dio valor a René para no salir corriendo. Quiso disculparse con la chica, pero en el último momento no se atrevió; le pareció que era mejor no demostrar su vergüenza.

—Te mandaré aviso con Salih cuando podamos vernos lejos de mi barrio —dijo Tuna—. Pero quiero leer algo de esas cosas que escribes.

René afirmó insistentemente con la cabeza, sin decir una palabra. Estaba a la vez ilusionado y confuso. Alargó la mano y rozó los dedos de Tuna, y enseguida la muchacha los retiró.

—Tengo que subir a una casa a tomar unas medidas —dijo ella señalando al portal—. Tardaré.

—¿Quieres que te espere?

—No, no me esperes. Hoy tengo mucho trabajo. Te mandaré aviso con Salih.

René se encerró en su cuarto y le dijo a su madre que se encontraba enfermo. En realidad, comenzó a sentirse muy cansado cuando se separó de Tuna, y al llegar a casa estaba ardiendo por la fiebre. Faltó tres días al Alman Lisesi, aunque a la mañana siguiente ya estaba bien. Se pasó las mañanas tumbado en la cama, contemplando los tejados de Beyoğlu y el perfil de la torre Gálata. Al acercarse a la ventana podía distinguir, entre los edificios, el Bósforo con su cortina de humo negruzco. Mientras tanto, su madre andaba de un sitio a otro de la casa, ordenaba armarios o se extasiaba delante de un caballete contemplando uno de sus cuadros. De vez en cuando entraba en la habitación del chico para preguntarle si quería que llamara a un médico. Por las tardes, cuando las sombras entristecían los tejados, René se sentaba frente a la máquina de escribir que le había regalado Wilhelm y trataba de inventar una historia bonita que conmoviera a Tuna, o escribir algún poema. Así lo sorprendió Salih cuando vino a casa para preguntar por la salud de su amigo. Aunque lo que más le interesaba era saber cómo había terminado el encuentro con Tuna.

—¿Por qué le dijiste a tu hermana que yo quería ser escritor?

—¿Acaso le mentí?

—Yo nunca he dicho eso.

—No hace falta que lo digas. Yo lo sé. Si escribes historias, es porque quieres ser escritor. Si vendieras libros, serías librero. Y, si te dedicaras a pescar, serías pescador.

La lógica de Salih solía dejar sin argumentos a René. Para su amigo turco las cosas eran blancas o negras, y en aquella visión del mundo René creía descubrir a un sabio incipiente.

—De acuerdo, pero no hacía falta que se lo contaras a tu hermana. Seguramente se habrán estado riendo de mí.

—¿Riendo? ¿Quién, Nuray?

—Sí, Tuna y tu hermana.

A Salih le costaba entender tanta desconfianza. René siempre dudaba de todo. Tenía el defecto de sospechar que la gente estaba pendiente de él, esperando cualquier desliz para burlarse. En ocasiones, aquella inseguridad de su amigo le divertía; otras veces, lo sacaba de quicio.

—No te das cuenta de nada, amigo —dijo Salih con el ceño fruncido—. Nuray no se ríe de ti. Nuray llora por tu culpa.

—¿Por mi culpa? ¿Qué le he hecho yo a Nuray?

—Nada, no le has hecho nada. Por eso llora. Sólo piensas en Tuna.

—¿Y eso le molesta a tu hermana?

—Le duele, amigo. A Nuray le duele que no te fijes en ella. Porque es guapa, como Tuna. También es lista. Pero tus ojos no miran más que a Tuna.

René abrió la boca y en su cara se dibujó un gesto bobalicón. Salih le reveló, enfadado, las estupideces que su hermana Nuray hacía desde que vio a René por primera vez en su casa.

—Las mujeres hacen cosas extrañas, y Nuray es una mujer. No pasa un solo día sin que me pregunte por ti. Cuando vuelva a casa, querrá saber de qué hemos hablado hoy tú y yo. Mañana me preguntará si has vuelto a clase. Otras veces pregunta cosas sobre tu madre, sobre los cuadros, ¡sobre los gatos!... —dijo echándose las manos a la cabeza en un gesto teatral—. Las mujeres son estúpidas.

René lo escuchó confuso y halagado. Nunca le había prestado demasiada atención a Nuray, aunque le parecía muy bonita. Le contó a Salih todo lo que habló con Tuna y le pidió que guardara el secreto. No quería hacerle un desprecio a Nuray. Cuando se quedó solo trató de seguir escribiendo, pero todas sus ideas se escapaban con los pensamientos a través de los tejados. Cogió al azar uno de los libros que Wilhelm le había regalado en los últimos meses. Era de Théophile Gautier. Lo abrió y enseguida encontró un poema que podía adecuarse a lo que trataba de expresar: *Es rosada la tierra en abril* —podía sustituir «abril» por «mayo»— */ como la juventud, como el amor; / y casi no se atreve, siendo virgen, / a enamorarse de la primavera.* Después de copiarlo, lo leyó dos veces. Dudó sobre la expresión «siendo virgen». No estaba seguro de que fuera acertado utilizarla. Decidió cambiar «virgen» por «núbil». Era una palabra que había oído a su abuelo en muchas ocasiones. ¿Cómo se diría «núbil» en turco? De repente se acordó del abuelo Augusto y de su extraña relación con la abuela Arlette. Volvió a leer los versos y decidió sustituir también «la primavera» por «un desconocido». Copió un verso más y comenzó a traducirlo al turco. No le resultó difícil, excepto la palabra «núbil». Estaba satisfecho con su trabajo. Sabía que a su madre no le podía contar nada de lo que le estaba sucediendo. Deseaba hablar con Wilhelm, pero no quería que fuera en casa. Lo visitó en su oficina. Wilhelm lo escuchó con atención y sólo por el brillo de sus ojos se podía deducir que le interesaba lo que el muchacho le estaba contando. Finalmente le dijo:

—Ya eres una persona adulta, René. Aunque tu madre no quiera darse cuenta, ya eres un hombre.

Doce días después del primer encuentro, Salih le dio a René el aviso de que podía verse con Tuna en el muelle de Eminönü. Antes coincidieron en dos ocasiones en casa del señor Neyzen, pero Nuray siempre estaba con ella y apenas cruzaron las miradas. René llegó con mucha antelación a la cita y la esperó entretenido en la contemplación de las siluetas de las cañas de pescar sobre la baranda del puente Gálata. Llevaba un pequeño portafolios con sus versos. Tuna apareció puntual, sonriente, como si aquella cita fuera algo cotidiano.

—¿Me acompañas? —dijo la muchacha—. Tengo que entregar unos libros.

Tomaron el transbordador hasta Üsküdar, en la parte oriental. Tuna llevaba el pelo recogido y unos pendientes de plata que se movían graciosamente cada vez que volvía la cabeza. Estaba realmente bella. Hicieron casi todo el trayecto en silencio, contemplando las dos orillas de Estambul, los barcos que se cruzaban en el camino y las gaviotas que se quedaban colgadas en el aire como si estuvieran sujetas por hilos. Antes de llegar al muelle, Tuna señaló el portafolios que llevaba René.

—¿Has traído algo que pueda leer?

René afirmó, sacó un folio y se lo dio. Ella empezó a leerlo. Luego miró por la borda y sonrió. Estaba contenta.

—Es muy bonito —dijo—. Eres muy afortunado.

—¿Afortunado?... ¿Por qué?

—Porque eres capaz de expresar así lo que piensas.

René sintió remordimientos. Había escrito mucho, pero lo que le entregó a Tuna eran los versos retocados de un poeta francés al que había leído porque a Wilhelm le gustaba la literatura francesa. Caminaron hasta una pequeña librería. René la esperó fuera mientras ella entregaba unos libros.

—¿Qué harás cuando termines el liceo? —le preguntó Tuna al salir—. ¿Qué quieres estudiar?

—Seguramente, periodismo.

—¿En Estambul?

—Claro. ¿Tú seguirás estudiando?

Tuna asintió. De vez en cuando miraba a René a los ojos, pero enseguida apartaba la mirada.

Pasearon por unas calles abarrotadas de gente hasta que la chica decidió que era la hora de regresar al muelle. René le contó atropelladamente cosas del liceo y, según iba hablando, tenía la sensación de que la muchacha lo sabía todo de él. Entonces ella dijo:

—Sabes que Nuray está enamorada de ti, ¿verdad?

René, avergonzado, hizo un gesto afirmativo.

—Salih me lo confesó. Pero yo no siento nada por ella.

—No tienes que darme explicaciones —dijo Tuna—. Sólo quiero que sepas que no pienso hacerle ningún daño a mi amiga. ¿Eso lo entiendes?

—Sí, lo entiendo.

—Cuando ella esté delante, no quiero que te dirijas a mí.

—No lo haré.

—Ni que me mires —René no pudo ahora reprimir una sonrisa. Todo aquello le parecía disparatado—. ¿Por qué te ríes?

—Me río de lo raras que sois las mujeres. Ya me lo advirtió Salih.

—¿Qué te advirtió Salih? —René no contestó—. Todavía no has visto nada —dijo, y enseguida pareció que recordaba algo—. También quiero pedirte que no le cuentes muchas cosas a Salih. No vas a entenderlo, pero cuanto menos sepa de lo que tú piensas sobre mí, mejor. No le des detalles.

—¿Por qué?

—Necesitaría mucho tiempo para explicártelo. Es mejor que me hagas caso.

—¿Salih siente algo por ti?

—No, no lo creo. Pero su padre estaría encantado si lo sintiera. Y el mío, también.

A René le pareció que se estaba asomando a un lugar prohibido para él. Pensó en Salih Alova como en un extraño. Sabía que aún le faltaban muchas cosas por conocer de su amigo.

—Sé que me vas a hacer daño, y que no voy a poder evitarlo —dijo Tuna.

—¿Daño? Yo sería incapaz de hacerte daño. Yo sólo quiero...

—Da igual lo que pienses ahora, René —y pronunció su nombre por primera vez—. Mira, tú te irás de aquí. Éste no es tu sitio.

—¿Cuál es mi sitio?

—Ni siquiera tú lo sabes; por eso lo buscarás. Y yo me pasaré el resto de mi vida acordándome de lo que decías, de lo que escribías, de los lugares adonde iba contigo.

—¿Entonces no quieres que nos veamos?

—Yo no he dicho eso. Pero tengo que protegerme. Tú nunca te podrás enamorar de alguien como yo.

René la sujetó por la mano, y Tuna tuvo que detenerse. Se miraron. Ella se soltó.

—Ya estoy enamorado —le confesó René sin apuro—. Lo estoy desde hace tiempo.

Tuna siguió caminando sin que su rostro demostrara ni entusiasmo ni indiferencia; era como si estuviera pensando en otra cosa. René se adaptó a su paso.

—Sé que me vas a hacer daño, lo sé —volvió a decir la chica—. Pero lo que no sé es si quiero evitarlo.

Después de aquel día de finales de mayo, comenzaron a verse con frecuencia. René insistió en celebrar un almuerzo con Tuna y Wilhelm; para él era importante. Aunque la chica se sintió orgullosa por la invitación, trató de rechazarla. Por fin quedaron los tres en la cafetería del hotel donde vivía Wilhelm. René se sentía satisfecho y feliz. La muchacha se comportó con prudencia. Dejó hablar a los dos y apenas intervino en la conversación. Era evidente que la relación entre René y su padre le resultaba extravagante, pero quiso dar la sensación de que nada la escandalizaba. Cuando se despidieron, René acompañó a Tuna hasta Balat. Ella tenía interés en saber cosas de Patricia. Le hizo preguntas, pero René contestaba sin interés. Terminó cambiando de tema.

El verano anterior a su ingreso en la universidad fue un pequeño oasis en la rutina de Tuna. De pronto su vida se llenó de René y fue como si se abriera un enorme telón que le impedía hasta entonces ver el mundo. La mayor parte del tiempo la pasaba con su hermano. Ayudaba a su madre en el trabajo: visitaba comercios, entregaba ropa y tomaba medidas a las clientas. También a veces le echaba una mano a su padre en la librería. Con frecuencia René la acompañaba de un sitio a otro. Pronto empezaron a citarse sin la mediación de Salih. René siguió escribiendo cosas para la chica. Mezclaba a los poetas franceses y alemanes con versos de su invención. Empezó a leerle en voz alta las cosas que escribía o que copiaba. A mitad de verano, René le propuso pasar un día juntos en las islas del Príncipe. Era un lugar en el que había estado antes con su madre y Wilhelm. Se parecía poco al resto de la ciudad. Tuna dudó. Sabía que si aceptaba cruzaría una línea que no debía traspasar.

—¿Por qué a las islas? —le preguntó.

—Porque es un sitio bonito, porque no lo conoces y porque el mar y los árboles son allí distintos.

Tuna se mostró desconcertada. No estaba segura de lo que debía hacer. Las cosas más sencillas para René solían ser de una gran dificultad para ella. Y también ocurría al revés. Aprovechó para proponerle algo que hacía tiempo pasaba por su cabeza.

—Iré a las islas. Tendré que mentir de nuevo a mis padres, pero esta vez es más serio. Sólo quiero saber si tú estarías dispuesto a hacer algo a cambio.

—Por supuesto que lo estoy. No tienes más que decírmelo.

—Quiero conocer a tu madre.

René tardó en reaccionar. Era lo último que esperaba. Ahora el asunto de la excursión apenas tenía importancia para él. Sabía que con su respuesta podía lastimar a Tuna, y no quería que esto sucediera. Ella imaginaba lo que estaba pasando por la cabeza del chico en ese momento.

—¿Quieres que ella sepa que salgo contigo? —dijo por fin René.

—No, no quiero eso. Sólo tengo curiosidad por saber cómo es, qué cara tiene, qué cosas pinta.

René trató de medir sus palabras. No quería precipitarse.

—Mi madre no es como la mayoría de las madres. Tú no puedes entenderlo porque no la conoces.

—¿Te avergüenzas de tu madre, o te avergüenzas de mí?

René se sintió herido por la pregunta de Tuna.

—No me avergüenzo, pero tú fuiste quien no quiso que nadie supiera nada de esto.

—No pretendo que tu madre sepa nada. Sólo me gustaría conocerla. Además, no quiero que me invites a mí sola a tu casa. También he pensado en eso. Podemos ir Salih, Nuray y yo.

—¿Nuray?

—Sí, a ella también le gustaría conocer a tu madre.

—Me estás tomando el pelo.

—No, no te lo estoy tomando. No sé por qué eres tan desconfiado. Eres una persona muy afortunada, pero me parece que no sabes disfrutar de las cosas que la vida te regala.

Aquel dilema le costó muchos desvelos a René. Tenía la sensación de que su familia era el centro de atención de Tuna y de los hermanos Alova. Cuando se lo contó a Wilhelm, a éste le pareció que invitarlos a casa era una idea excelente, aunque entendía la reticencia del chico. A su pesar, René terminó llevándolos a casa. Fue una tarde calurosa de finales de agosto en que Patricia iba de un sitio a otro con una túnica de tela muy fina, descalza y con los labios pintados de color naranja. Wilhelm estaba allí, pendiente de que todo saliera bien. Las dos chicas miraban a Patricia procurando no ser groseras; se decían las cosas con la mirada. Wilhelm y Salih bebían té, y René sufría y miraba el reloj con la esperanza de que el tiempo pasara deprisa. Todo le llamaba la atención a Tuna. Su rostro estaba radiante aquella tarde. Nuray hablaba con Patricia y procuraba no mirar a los ojos de René. Su madre les enseñó sus cuadros, se mostró cordial y de vez en cuando contaba detalles de la infancia de su hijo que lo avergonzaban. Cuando habló de Arlette, durante un momento dejó la mirada perdida más allá de la ventana, sobre los tejados y las antenas. Luego volvió a la realidad.

René y Tuna se escaparon a la isla de Büyükada a comienzos de septiembre. La chica tardó mucho tiempo en desprenderse de los remordimientos de haber tenido que mentir a sus padres. Tomaron el transbordador en Karaköy y se sentaron al final del barco. René estaba nervioso y no dejaba de hablar por miedo a los terribles silencios. El calor era pegajoso. Entrelazaron sus manos, ocultas a la vista de los viajeros, y se deleitaron en la contemplación del mar. Después de media hora, Büyükada empezó a dibujarse sobre la línea del mar, junto a otras islas más pequeñas. El color del cielo anunciaba lluvia. Bajaron del barco y en ese momento se miraron como si estuvieran haciendo algo excepcional. Tuna respiró hondo. Subieron las callejuelas empinadas. La vegetación y la arquitectura peculiar de las casas les hacían sentirse muy lejos de la ciudad. Cruzaron la isla hasta el lugar que René conocía mejor. Un pequeño bosque de pinos bajaba hasta las rocas contra las que rompía el mar. Desde lo alto, el cielo gris parecía una enorme losa suspendida sobre sus cabezas. René fue describiéndole uno a uno los árboles, las enormes piedras en las que había jugado cuando era niño.

—Algún día tendré una casa aquí y me encerraré a escribir durante meses.

—Eso es muy bonito —dijo la chica sonriendo—, pero poco probable.

René la miró con recelo. Le desagradaba cuando Tuna hacía afirmaciones tan tajantes. Pero no quería que nada estropeara aquel día. Bajaron hasta la altura del mar. El viento empujaba los nubarrones de tormenta. Había poca gente en los alrededores, apenas grupos dispersos que se adivinaban en la lejanía.

—¿Nos bañamos? —preguntó René con voz entrecortada, como si hubiera estado ensayando la pregunta durante los últimos días.

—Por supuesto que no. ¿Te has vuelto loco?

—¿Por qué? ¿No te gusta el mar?

Tuna rió como una niña, con una carcajada que dejó a René sin argumentos. Caminaron torpemente con el agua hasta las rodillas, apoyados el uno en el otro. Ella quería conocer cosas sobre sus abuelos, sobre el país en donde había nacido. René trató de complacerla y le habló del abuelo Augusto, de su manía por utilizar palabras que nadie entendía. Cuando iban a los bares de Alicante, pedía al camarero media docena de lamelibranquios, o llamaba núbil a la cocinera.

Subieron a lo alto de la pinada y se sentaron sobre la hojarasca. Tuna se puso un pañuelo para proteger su cabello del viento. Empezaba a refrescar. Se cogieron la mano sin mirarse.

—Tengo la sensación de que no estoy haciendo lo que debo, y sin embargo no me importa —le confesó la chica.

René la besó en la mejilla y luego en los labios. Ella se estremeció.

—No puedo hacer nada por quitarte de mi cabeza —dijo Tuna.

—Yo no quiero que me quites de tu cabeza. Tú ya estás en la mía desde hace tiempo.

Tuna le apretó la mano. Su sonrisa era melancólica, como el color del cielo oscuro, como el sol que luchaba por asomar tras los nubarrones negros. René la miró; quería saber qué se escondía detrás de aquel gesto de tristeza. Le cogió la barbilla y se la acarició. La besó suavemente y ella respondió abrazándolo. Los dos temblaban. Poco a poco el beso fue extendiéndose como una gota de aceite. El viento le arrancó a Tuna el pañuelo de la cabeza, y se dejaron caer hacia atrás hasta tocar con la espalda en el suelo. Las manos de René buscaron la piel de Tuna bajo la blusa. Ella sintió un escalofrío y lo besó con más fuerza. Notó cómo los dedos del chico se deslizaban hasta sus pechos, los acariciaban y recorrían la areola del pezón. Le cogió la mano y se la retiró con suavidad. René la miraba expectante, nervioso.

—No, eso no —dijo la chica.

—¿Por qué? ¿No te apetece?

—Sí, me gustaría mucho. Pero si me dejo llevar por lo que me dice el corazón, me arrepentiré el resto de mi vida.

Tuna había dejado de mirarlo a los ojos. Su mirada estaba ahora perdida en el horizonte negro del mar. René le mantuvo la mano sujeta.

—No sé si te arrepentirás o no, pero no se puede vivir pensando en lo que pasará en el futuro.

—Yo no puedo vivir de otra manera. Es la única forma de vivir que conozco. Si pensara sólo en lo que tengo alrededor, terminaría por volverme loca.

—¿Me incluyes también en lo que tienes alrededor?

—No, René —dijo apretándole la mano—. Tú eres lo único bueno que me ha pasado en mucho tiempo.

La lluvia comenzó a caer sobre los árboles. Al principio eran gotas pequeñas que empujaba el viento. Poco a poco arreció. Ninguno de los dos hizo el amago de moverse. Llovía cada vez con más intensidad. Apretaron sus cuerpos y unieron las mejillas. La lluvia caía con furia, con un sonido atronador. De vez en cuando los relámpagos estallaban en el cielo. La playa se quedó vacía. René sintió, entre el agua de la lluvia que le escurría por la cara, un sabor salado. Eran las lágrimas de Tuna.

6.

En 1964 hacía más de un lustro que el café La
Luna Roja se había convertido en la guarida de Emin Kemal. Cerraba poco antes del amanecer y abría de nuevo a
mediodía. Por sus mesas desfilaban tipos desocupados,
hombres de negocios, artistas, matones, fulanas, borrachos,
políticos y gente de la prensa. Los periodistas solían terminar en La Luna Roja después de cerrar la edición y dejar las rotativas en marcha. Cuando Basak Djaen quería
pasar un rato con su amigo, sabía que antes que en su casa
lo encontraría en el café.

A Emin Kemal le gustaba leer la prensa del día siguiente sobre las mesas de mármol del café, en unas pruebas en papel rústico que le daban al periódico el aspecto
de un pan quemado en el horno. Se entretenía en subra-
yar con una estilográfica las frases que le llamaban la atención, o los errores que les pasaban desapercibidos al re-
dactor y al corrector. Leía varias veces su columna y en
ocasiones tenía la sensación de que era otro quien escribía
con su nombre. Con frecuencia le costaba trabajo reco-
nocerse en lo que había escrito uno o dos días antes. Corregía lo que ya no tenía remedio, añadía alguna palabra,
eliminaba adjetivos y modificaba la puntuación. Después
llegaban al café algunos compañeros de la redacción y se
limitaba a escucharlos, asintiendo o negando con un ligero movimiento de cabeza cuando le preguntaban. Los
periodistas consideraban a Emin Kemal un tipo extravagante, pero nadie dudaba de la calidad de sus columnas.
Tenía veintinueve años y se había hecho un hueco en el
periódico sin levantar la voz, sin reivindicar su lugar, sin dar

codazos para hacerse sitio. En los tiempos que corrían, aquello era una gesta.

La primera vez que Emin pisó la redacción del periódico, le pareció que entraba en un recinto sagrado. El ruido desacompasado de las máquinas de escribir, el golpeteo machacón de los teletipos y los teléfonos que no dejaban de sonar iban a convertirse en elementos cotidianos para el escritor, pero entonces aún no lo sabía. El director de la revista *Hayat* lo había puesto en contacto con el director del periódico. Emin, con la intervención del señor Anmet, había publicado con éxito su reportaje sobre los acontecimientos de septiembre de 1955. Su crónica y las fotografías que hizo en las calles de Beyoğlu se vendieron en todos los quioscos del país y le reportaron prestigio. Los siguientes reportajes que le encargaron sobre Estambul también sorprendieron a los redactores de la revista. Emin escribía con lentitud, pero sus artículos resultaban originales y efectivos.

Comenzó a colaborar en el periódico sin muchas esperanzas de que sus crónicas sobre la ciudad pudieran interesar a alguien. Sin embargo, la expectación que despertaron sólo sorprendió a Emin. A pesar del éxito, no quiso formar parte de la plantilla del periódico. Recibía encargos que cumplía sin mucho esfuerzo, dejándose llevar por las imágenes de sus paseos nocturnos, de las callejuelas donde había visto envejecer a su madre. Hizo suya una ciudad que no le apasionaba y que nunca sintió como propia.

Cuando descubrió que Basak Djaen no era periodista, sintió que sus escasas convicciones se tambaleaban. El hijo del señor Yeter trabajaba de conserje en el periódico desde los diecinueve años. Era un joven servicial y muy eficiente en su trabajo, pero nunca se atrevió a confesarle a su padre el engaño en que vivía. El viejo maestro judío tenía puestas muchas esperanzas en su único hijo, quizás demasiadas, a juicio de Basak. Hasta el día de su muerte, el señor Yeter creyó todo lo que su hijo le contaba. Se dejó engañar por los trajes occidentales y las corbatas, por los amigos periodistas de los que hablaba, por el dinero que traía a casa, por mentiras pergeñadas con dolor. Cuando Emin y Basak se vieron las caras por primera vez en el periódico, el hijo del maestro agachó la cabeza y trató de no atragantarse con su vergüenza. Su vecino lo miró sin entender lo que significaba aquello.

—¿No eres periodista?

—No, amigo, no lo soy —le dijo con la mayor humillación que había sentido en su vida—. Sé lo que estarás pensando, pero las mentiras cuando se hacen grandes son muy difíciles de corregir.

—Pero el señor Yeter...

—Mi padre no sabía nada, amigo. Por suerte se murió sin enterarse de que su hijo era un mediocre.

—¿Mediocre? Tú no eres mediocre. Tú eres hijo del señor Yeter; no puedes ser un mediocre.

Emin Kemal guardó el secreto de Basak. Su vecino se convirtió en su amigo. Basak Djaen empezó a admirar a Emin, aunque no podía entender su carácter débil, su aparente desinterés por las cosas cotidianas, su eterna melancolía. Le parecía que su amigo vivía en otro lugar, en otro mundo. Era como si no terminara de entender el mecanismo de las cosas que lo rodeaban. El hijo del señor Yeter abandonó el periódico antes de un año y cambió de trabajo.

La noche de 1964 en que Basak entró en La Luna Roja buscando a su amigo, Emin estaba sumido en una indolencia que lo mantenía ajeno al bullicio del local y a la música de un dúo que cantaba en el escenario. Había poca gente en el café. Basak se acercó hasta la mesa de Emin, siempre la misma mesa, y le puso una revista entre las manos; era una revista literaria francesa. Emin la cogió y despertó de su letargo.

—¿Qué es esto? —le preguntó a Basak—. ¿Qué te pasa?

—Vengo corriendo —dijo su amigo atropelladamente—. Hace frío. Subí a tu casa a visitar a tu madre. Quería hacerle un regalo. Estaba muy alterada. Me dijo que Ismet fue a verte esta tarde. Quería darte esto y hablar contigo.

Emin Kemal comenzó a leer el artículo en francés que Ismet Asa había marcado para él. Era una reseña sobre el libro que Emin publicó a mediados de año: *Los murmullos de la tribu.* La leyó con una excitación extraña en él. Volvió a leerla cuando terminó, ahora en voz alta. Y Basak, que entendía el francés de su amigo, asentía a sus palabras sin interrumpirlo. Cuando terminó, Emin cerró los ojos y apretó los puños. La reseña estaba publicada en una revista universitaria, y el autor era un profesor turco que enseñaba en La Sorbona.

—El editor te está buscando. Ismet quiere verte. Te han escrito de París. Quieren traducir el libro al francés.

—¿Dónde está Ismet?

—Tal vez en su casa... No lo sé. Fue a buscarte, pero tu madre le dijo que no sabía nada de ti.

El camarero se acercó a la mesa. Basak miró el dedo de raki que quedaba en el vaso de Emin y pidió lo mismo.

—Tenemos que celebrarlo. Bebamos a tu salud.

Hacía años que Basak Djaen había cambiado su puesto de conserje en el periódico por el de relojero. Desde los dieciocho años hacía negocios comprando y vendiendo relojes de segunda mano, y cuando conoció a Kelebek, la hija mayor de uno de sus mejores clientes, decidió casarse con ella. Kelebek era judía, prudente, enamoradiza, y estaba dispuesta a darle muchos hijos a Basak. Cuando él le anunció a su futuro suegro que pretendía casarse con su primogénita, el relojero abrió los brazos, se echó las manos a la cabeza y le dio su bendición. Una semana después de la boda, decidió jubilarse. Le traspasó el negocio a su yerno y con él la responsabilidad de cuidar de

Kelebek, de sus dos hermanas solteras y del propio relojero jubilado. Pero Basak era feliz con su gran familia, aunque a veces su esposa le reprochara que pasaba demasiado tiempo fuera de casa y que con frecuencia la dejaba a cargo del negocio sin dar explicaciones.

A finales de 1964, Basak Djaen estaba esperando ya su tercera hija. Su mayor preocupación, heredada de su suegro, era casar a las dos cuñadas. Ni siquiera aspiraba ya a que sus esposos fueran judíos. También había descartado la posibilidad de emparentar políticamente con Emin. Basak seguía vistiendo trajes elegantes, frecuentaba los cafés de los barrios occidentalizados, comía con clientes del interior del país, tenía relaciones profesionales con los alemanes y se desenvolvía con gran soltura en su negocio de los relojes. Pero en medio de aquel mundo de relaciones y contactos seguía sintiendo una debilidad especial por su amigo Emin. El afecto por el difunto señor Yeter, compartido por los dos, los convertía casi en hermanos. Y Basak se sintió en deuda con Emin cuando éste descubrió la mentira con la que había tenido engañados a su padre y a los vecinos durante años. Ahora vivía en el barrio de Balat, en una casa grande pero modesta, en donde su esposa, sus hijas, las dos cuñadas y su suegro trataban de mantener la armonía.

Cuando Emin Kemal editó en la imprenta de Ismet su primer libro de poesía, Basak se sintió orgulloso de su amigo, muy orgulloso. Fue él quien se encargó de distribuirlo en las mejores librerías, quien lo entregó en los periódicos y en las revistas literarias de la universidad. Cada semana pasaba por el mercado de los libros y hablaba con Yuksel Mert, su vecino librero. Celebraba como triunfo propio cada ejemplar que se vendía, aunque lo cierto fue que apenas se vendió una veintena de libros en todo Estambul. Ismet y Basak le ocultaron la realidad al escritor. Pero Emin se daba cuenta de que su carrera como poeta no había comenzado con buen pie.

Fue el propio Ismet quien convenció a Emin para que editara aquel primer libro de poemas. Se conocieron en septiembre de 1955 y desde entonces habían pasado muchas horas hablando de libros, de escritores, de teorías literarias, de planes. Ismet Asa era inteligente, intuitivo. Su imprenta resultaba un negocio ruinoso, del que apenas sacaba beneficios. Era un local viejo, en un semisótano que había sido dividido en dos para sacarle más rendimiento. Al otro lado del delgado tabique había una tapicería, unida a la imprenta por una puerta que estaba cegada. Ismet trabajaba solo. Aprendió el oficio de su padre, que murió cuando él era un adolescente. La trastienda de la imprenta era como un museo. Entre las cajas, los bidones de tinta y el papel, se amontonaban máquinas de escribir viejas, libros, revistas, fotografías, cintas magnetofónicas, clichés, plumas estilográficas. La maquinaria se había quedado anticuada, y su dueño no podía ya atender a todos los encargos que le hacían. Era un negocio obsoleto que daba sus últimos coletazos antes de desaparecer.

Ismet Asa pasaba horas en la trastienda de la imprenta leyendo, tomando notas y cambiando de sitio montañas de libros que consultaba sin saber muy bien para qué, por el hecho de manosearlos, anotarlos y volverlos a dejar en su sitio. Para algunos de sus clientes aquél era un lugar idóneo para pasar la tarde tomando té, charlando con el impresor y recordando con nostalgia mejores tiempos. A veces, después de cerrar, Ismet se quedaba allí a escuchar grabaciones magnetofónicas que tenía apiladas en los estantes. Pasaba horas transcribiéndolas con su máquina de escribir. Desde que Ismet y Emin se conocieron, la imprenta cobró nueva vida. Su amistad comenzó a fortalecerse en la boda de Aysel y el señor Anmet. Se casaron a finales de 1955 con una ceremonia sobria. No querían airear sus vidas en el vecindario. Lo celebraron en casa, con muy poca gente. Anmet Hisar, agradecido con su hijastro por la manera en que había aceptado la boda de su madre, le propuso invitar a sus conocidos. Y a la boda asistieron Basak, Orpa y su hermano Ismet. La flamante esposa del fotógrafo estaba feliz de ver por fin a su hijo ilusionado por algo. Orpa, por el contrario, se sintió aquel día como una intrusa. Desde ese momento, en contra de lo que Emin Kemal pensaba, el distanciamiento entre él y la muchacha judía se fue haciendo mayor y, sin embargo, se fraguó una amistad fructífera con Ismet.

Cada vez que Emin trataba de ver a Orpa, encontraba algún impedimento. La muchacha se mostraba huidiza y esquiva. Cuando la abordaba a la salida del comercio, su comportamiento era distante. Ella vigilaba con disimulo los movimientos de Emin en la calle desde el interior de la tienda. A veces, al cerrar, tenía la sensación de que la vigilaba desde alguna esquina. Caminaba hasta casa por calles estrechas y creía escuchar unos pasos en la distancia. Se detenía fingiendo que algo llamaba su atención, miraba hacia atrás, pero no veía nada. Al entrar en el portal, cerraba y aguardaba con el oído pegado a la puerta. Sabía que Emin Kemal estaba al otro lado, que la seguía, que estaba obsesionado. Desde su dormitorio, vigilando tras los visillos, lo veía en la calle, apoyado en la pared o paseando para combatir el frío; y siempre mirando a la fachada, como si tratara de adivinar lo que sucedía tras aquellos balcones.

Por el contrario, Ismet Asa se mostraba cada día más cordial con su nuevo amigo. La imprenta llegó a ser para Emin como su casa. Allí descubrió un mundo que no podía sospechar desde fuera viendo la fachada sucia y vieja del semisótano. Ismet había convertido la trastienda de su negocio en un lugar irreal. Emin conoció pronto la pasión de su amigo por la literatura, por los libros y el pensamiento de los demás. Pasaban horas sentados sobre los bidones de tinta, hablando sobre escritores que Emin no había oído mencionar nunca. Los leía luego en casa, mientras su madre y el señor Anmet dormitaban pegados al receptor de radio. La curiosidad por el mundo que le estaba descubriendo Ismet iba creciendo cada día.

El difunto padre de Ismet Asa había escrito en otro tiempo ensayos que tuvieron escasa difusión, tradujo poesía francesa al turco, conoció a escritores extranjeros con los que mantuvo correspondencia y vivió dos años en Francia. Cuando Emin Kemal le habló a su amigo sobre sus lecturas en francés y los libros que había heredado de su padre, un funcionario de Ankara, Ismet se mostró muy interesado. Los dos habían tenido el mismo maestro, el señor Yeter, y eso los unía. En una ocasión Ismet le regaló un libro de Nerval traducido por su padre. Emin Kemal lo leyó una y otra vez, obsesivamente, hasta caer rendido por el agotamiento. Llegó a la conclusión de que el poeta francés le había robado sus pensamientos cien años antes de nacer. Las crisis de insomnio empezaron a ser más frecuentes. Aprovechaba los amargos desvelos para escribir reflexiones sobre las cosas que veía en sus paseos con Ismet. Algunas se convertían en las columnas que luego se publicaban en el periódico y que tantas satisfacciones empezaban a darle.

Mientras la amistad con Ismet Asa se hacía más firme, Orpa se mostraba cada vez más reticente a hablar con él. Cuando Emin trataba de abordar el tema con Ismet, su amigo se ponía a la defensiva. Incluso le cambiaba el carácter si Emin insistía en hablar sobre Orpa. No podía entender su comportamiento. Luego hablaba con Basak y éste trataba de explicarle las cosas a su manera, sin estar seguro de los motivos de Ismet.

—Es normal que se preocupe por su hermana —le decía Basak—. Él es mayor y ha estado a cargo de ella desde que era una niña. Seguramente tú harías lo mismo en su lugar. Lo mejor es que te la quites de la cabeza.

—Es el mismo consejo que me dio tu padre. Pero él lo decía para que mi madre no sufriera.

—Y tenía razón. La harías sufrir.

—¿Por qué? ¿Porque Orpa es judía?

Emin Kemal no encontraba respuestas convincentes a sus dudas. Cuando pensaba mucho en Orpa, terminaba encogido en su cuarto, con terribles dolores de cabeza. No le interesaba ninguna otra mujer. El género femenino estaba lleno de misterios que lo asustaban. Las pocas mujeres con las que tenía alguna relación lo trataban como a una persona rara; ninguna se comportaba con normalidad delante de él. Se sentía diferente ante ellas, y eso no le gustaba. Por la noche lo abordaban negros pensamientos que le hacían ver la vida como una película en donde las imágenes se proyectaban hacia atrás. Cuando su mente se atoraba, terminaba por sentir miedo de la luz durante el día y de la oscuridad durante la noche. Dejó de perseguir a escondidas a Orpa. Ella se convirtió en una vaga fantasía. Interpretó su comportamiento huidizo como desprecio, y el distanciamiento como rencor. Entraba en estados de crisis y empezaba a escribir compulsivamente. Era una escritura obsesiva, en la que mezclaba la realidad con los sueños. Permanecía entonces durante días sin salir a la calle. Sólo lo sacaban de su ensimismamiento las visitas de Basak, que luchaba por rescatarlo de su encierro. Después venían momentos de lucidez en los que acompañaba al señor Anmet en el estudio fotográfico o iba con él a los baños.

Pero la compañía de Anmet Hisar pronto dejó de ser un consuelo después de cada crisis. A los dos años de casarse, su padrastro se levantó un día con dolor de cabeza. No le dio importancia. Aquella mañana fue a trabajar a su estudio por última vez. Mientras revelaba unos carretes en el cuarto oscuro, sintió un pinchazo fuerte en la nuca y cayó al suelo. Cuando Aysel lo encontró, pensó que estaba muerto. El médico dijo que había sobrevivido milagrosamente. Estuvo internado muchos días en el hospital. La mitad de su cuerpo quedó paralizada, y de su rostro se borró todo rastro de dolor o felicidad. Desde entonces pasó los días sentado en un sillón junto a la ventana, contemplando los tejados de Eminönü y las gaviotas que se posaban en las terrazas vecinas. Para Emin, la desgracia del señor Anmet y la tristeza de Aysel se convirtieron en su propia tragedia.

Basak y su familia fueron entonces su refugio, mientras Ismet trataba de llenar la vida de su amigo con lecturas, con paseos y charlas que lo distrajeran y lo apartaran de la realidad. En las manos de Emin, el negocio de las fotografías comenzó a ser ruinoso. Finalmente decidió traspasarlo. Desde entonces se dedicó a los artículos del periódico, a la lectura, a escribir poemas, ensayos breves y a escuchar las largas disertaciones de Ismet Asa sobre la literatura y la vida. Ismet podía pasar horas enredado en barrocos monólogos sobre los escritores turcos de los últimos cien años. Parecía que los había leído a todos. Guardaba los libros de su padre como tesoros, y cuando los traía a la imprenta para mostrárselos a Emin lo hacía con solemnidad.

Con frecuencia Ismet Asa desatendía su negocio. Era tan escaso el trabajo que a media mañana solía cerrar la imprenta y paseaba con Emin hasta la plaza de Taksim. En ocasiones, si no hacía viento, bajaban hasta el palacio de Dolmabahçe y caminaban sin rumbo ante las pocas construcciones de madera que se habían salvado de los incendios. Otras veces, Ismet cerraba la imprenta y se quedaba con su amigo en la trastienda para leerle párrafos de libros que corroboraban sus teorías literarias. La mayor parte del tiempo la pasaban hablando sobre los artículos que Emin publicaba cada vez con más éxito en la prensa, o sobre los poemas que podía arrancar de aquel diario de tapas rojas que comenzó a escribir en su adolescencia. En opinión de Ismet, la poesía de su amigo era sublime. Le gustaba recrearse en aquellos versos y hacerle ver a Emin las excelencias de su talento. También era duro en sus críticas con algunos poemas que consideraba fallidos o de

menor calidad. Solían enredarse durante horas en la bús-
queda de un adjetivo adecuado, o de un sinónimo que
expresara con más precisión una idea o una imagen.

Cinco años después de conocerse, Ismet le dijo a
su amigo Emin que había llegado el momento de dar el
gran salto.

—Tu trabajo en la prensa ya está reconocido —le
explicó Ismet—. Tienes una obra literaria considerable,
aunque bastante caótica. Ya has madurado como escritor.
¿No crees que es el momento de publicar el primer libro y
darte a conocer como poeta?

Emin Kemal escuchó a su amigo, meditó sus palabras y le respondió:

—No sé si es el momento. No estoy seguro de que
a alguien puedan interesarle las cosas que escribo. Sólo a
ti, seguramente. Y a Basak.

—No lo sabrás hasta que no te decidas a publicar.

—Dime una cosa, amigo. Tú has leído mucho;
conoces la literatura de otros países, escritores de los que
yo nunca había oído hablar. Sabes mucho de libros, de
poesía, de novela... ¿Por qué nunca has escrito nada? ¿No
crees que estás desaprovechando tus conocimientos?

Ismet Asa miró a su amigo con gesto amargo. Parecía que llevara años esperando aquella pregunta. Se pasó
la palma de la mano por el rostro y lo invitó a seguir caminando.

—La escritura es un don de Dios —dijo Ismet—.
Y yo no he sido tocado con esa gracia.

—Pero tú sabes más que yo de todas estas cosas
—insistió Emin Kemal—. Yo aprendo de ti todos los días.

Su amigo le agradeció aquel reconocimiento con
una sonrisa triste. Era evidente que se encontraba incómodo.

—Me resulta difícil explicarlo. Hay dos tipos de
personas —dijo, y pensó bien lo que iba a decir—. Unas,
las que hacen que el mundo se mueva; otras, las que re-

flexionan sobre cómo debe moverse el mundo. Las dos son necesarias. De lo contrario, dejaríamos de existir.

—¿Y yo a qué clase pertenezco?

—A la segunda, amigo. Sin duda tú perteneces a la segunda.

—¿Y tú?

Ismet lo miró desolado antes de responder.

—A ninguna de las dos. Yo me quedé en el camino. Ésa es mi gran tragedia.

—No te entiendo. Si hay alguien reflexivo y observador, ése eres tú.

—Sí, pero no paso de ahí. Lo que yo hago es reflexionar sobre lo que otros han reflexionado antes.

Emin sonrió, aturdido por el galimatías de su amigo. Le pareció que Ismet estaba sufriendo, y no alcanzaba a entender por qué.

—Te lo explicaré de otra manera —siguió Ismet—. Yo puedo ayudarte a publicar un libro, pero sería incapaz de escribirlo. Dios no me ha tocado con esa gracia.

El primer libro de Emin Kemal salió de la imprenta de Ismet. Era un libro artesanal, leído y corregido por el impresor una y otra vez para no pasar por alto ningún error. Basak le echó una mano en la tarea. El resultado fue un librito primoroso titulado *El negro sol de la melancolía,* tomado de un verso de Nerval, que Ismet le había dado a conocer a su amigo. Los ejemplares, después de un mes de trabajo, estaban dispuestos en cajas, en el fondo del almacén, preparados para llegar a las librerías. En el periódico donde colaboraba Emin lo recibieron con sorpresa. El muchacho callado que escribía columnas sobre la vida cotidiana de Estambul también era poeta. Basak lo distribuyó por las librerías de Estambul. Se encargó de que su vecino Yuksel, que tenía una pequeña librería en el mercado de los libros, cerca de la universidad, colocara los poemas de Kemal en un sitio privilegiado de su establecimiento. El poeta recibió las felicitaciones de sus compañeros del periódico. Lo celebraron en La Luna Roja, que desde aquel día se convirtió en su segundo hogar. Ismet y Emin seguían dando largos paseos, pero ahora lo hacían por las librerías en donde se vendía *El negro sol de la melancolía*. Hablaban con los libreros, escuchaban las quejas sobre lo poco que se leía, sobre el escaso interés por la poesía. Las expectativas que habían puesto en el libro no se cumplían.

Una mañana, Orpa recibió la visita inesperada de Emin en la tienda de paños. Hacía tiempo que él había dejado de rondar su casa. Se limitaba a mantener el recuerdo de la mujer adormecido, vivo en sus versos, ausente en su conversación. El recuerdo de Orpa ya no le hacía el mismo daño. A veces lo sentía como un elemento hostil en su vida, y otras pensaba en ella con dulzura. Cuando lo vio entrar, dio un respingo y cerró los ojos. Sabía que antes o después aquello iba a suceder, pero no estaba preparada. La dueña miró a Emin con desconfianza; era difícil que relacionara el rostro de aquel joven con el adolescente que acompañaba cinco años atrás a su madre a comprar. Emin le tendió el libro a Orpa sin dejar de mirarla.

—Quería dártelo yo, aunque no sé si tu hermano te ha hablado de esto.

Ella lo cogió y leyó con interés la dedicatoria. Sus ojos iban del libro a Emin y volvían otra vez al libro. Le temblaban las manos.

—Sí, Ismet me lo contó —dijo con voz entrecortada—. Y lo he leído. Lo he leído muchas veces.

Aquella revelación disparó el nerviosismo que Emin había tratado de controlar. Necesitaba saber lo que pasaba por la cabeza de la mujer, pero no se atrevía a preguntar. La dueña del establecimiento entró en la trastienda. Orpa hizo un gesto con los ojos, con el que trató de decirle a Emin que allí no podía hablar.

—Espérame en la puerta del cine. Estaré allí en media hora.

Emin no tuvo que preguntar de qué cine hablaba. De su memoria nunca se había borrado el recuerdo de aquella mañana fría en que se pararon bajo la marquesina del cine Atlas para protegerse del viento.

El escritor se vio reflejado en los cristales del cine, mientras esperaba, y le pareció que ya no quedaba nada de aquel chico que por las noches recorría esas mismas calles tirando de un carrito. Vio la imagen de Orpa superpuesta en la vitrina de las carteleras y se volvió despacio. Trataba de reconocer la mirada de la joven a la que conoció años antes. Pero la expresión de Orpa era la de una mujer cansada, a pesar de su juventud, con un gesto de derrota que Emin nunca había visto en alguien de su edad. No sabía qué decir. Esperó a que ella hablara.

—Lo siento mucho, Emin, lo siento de verdad —dijo a punto de romper a llorar—. Ya he derramado demasiadas lágrimas por ti.

—Lágrimas... ¿por mi culpa?

—No, no es por tu culpa. Ni siquiera por la mía. Las cosas no siempre son como nos gustarían. Tú no tienes culpa de nada. Tú eres la persona más extraordinaria que he conocido. No me importa llorar por ti.

Emin Kemal quiso cogerle la mano, pero ella lo rechazó. Dio un paso atrás y se apoyó contra la pared. Cruzó los brazos y trató de ocultar su mirada triste.

—He leído muchas veces tus versos. Muchas. No puedes imaginar cuántas. Hace ya mucho que dejé de oír tus pasos cuando me seguías camino de casa. Dejé de verte apoyado en la calle, como un animal abandonado. Me dolía mucho verte así. Al principio di gracias a Dios porque te habías olvidado de mí. Pero luego lloré. Lloré mucho.

—¿Por qué me cuentas esto ahora?

—Porque no podía contártelo antes. Porque no pensaba contártelo nunca. Y sin embargo...

—No entiendo lo que me dices. Si no querías verme, ¿por qué llorabas?

—No lo podrías entender, Emin —se miraron sin terminar de ver lo que cada uno tenía delante—. Yo no puedo interponerme entre mi hermano y tú.

—¿Ismet te ha prohibido que me veas?

—No, no. Él no haría nunca eso; ya lo conoces. Tú eres su amigo.

—¿Qué tiene que ver entonces Ismet con esto?

Orpa respiró profundamente y luego cerró los ojos un instante.

—Tú eres muy importante para mi hermano. No puedes imaginar hasta qué punto. Hace tiempo que Ismet necesitaba encontrar a alguien como tú. Ya has visto que su vida son los libros y la literatura. Vive para eso. En casa... —hizo una pausa y pensó bien lo que iba a decir. Titubeó—. En casa no habla más que de libros, de escritores..., de mi padre. Está marcado por todo lo que vivió junto a él. El reloj de mi hermano se detuvo cuando él murió. Yo apenas lo recuerdo, pero Ismet no ha roto aún ese vínculo con el pasado. Él necesita a alguien como tú, que lo escuche, que tenga una visión del mundo parecida a la suya. Ismet creció entre gente mayor, entre viejos, entre escritores de café que no sabían hablar más que de ellos, de sus obras, de su genialidad. Esa infancia es la que le impide ser una persona como las demás. Y ni siquiera lo ha intentado. El mundo no le interesa, sólo le interesa el retrato que los libros hacen del mundo. Pero él no se da cuenta de eso. De alguna manera tú te pareces mucho a él, pero tienes un don del que Ismet carece.

—¿Escribir?

—Eso es lo que dice Ismet, pero yo creo que es algo más.

—¿A qué te refieres?

—Tú no eres como los demás, Emin. Es imposible que no te hayas dado cuenta. No puedes ignorarlo.

—No, no soy como los demás.

—Por supuesto que no lo eres. Tú sufres sin motivo, a veces creo que de forma injusta. No estás conforme con lo que ves, ni con lo que vives, pero en vez de luchar para transformarlo escribes y sufres. Sin embargo, sabes contar tus sentimientos, y lo que cuentas nos sirve a los demás para conocer otra forma de entender el mundo.

—¿De verdad lo crees?

—Lo creo, sí, lo creo. Mi padre era igual que tú, según cuentan... Ismet lo sabe. Cuando está contigo es como si hablara con nuestro padre, como si volviera en el tiempo y lo encontrara cuatro o cinco años más joven que él. Por eso quiere ayudarte, porque te admira, porque no quiere que termines siendo un escritor amargado por la mediocridad del entorno, por las limitaciones y el sufrimiento.

Emin no podía apartar la mirada de los labios de Orpa. Entendía las palabras, pero no alcanzaba a encontrar su sentido más profundo.

—¿Y eso te aleja de mí?

—No, no es sólo eso —el gesto de amargura de Orpa ensombreció su rostro—. Hay muchas cosas que no sabes. Y otras que aunque las supieras no podrías entenderlas.

—¿De qué estás hablando?

—Nunca pensé que esto saldría de mis labios, pero me has preguntado y te lo voy a decir a pesar del dolor que me produce.

—Por favor, hazlo.

—¿Recuerdas el día en que tu madre y el señor Anmet se casaron?

—Lo recuerdo, claro que sí.

—Nos invitaste a Ismet y a mí a celebrarlo con tu familia. Yo sé que fuiste tú quien quiso compartir ese día con nosotros.

—Así fue.

—Yo me sentí honrada y muy feliz. Pero ese día la más feliz debió ser tu madre. Y no lo era. ¿No te diste cuenta de que ella no era feliz?

—Te equivocas.

—No, no me equivoco. Cada vez que me mirabas, ella sentía como una punzada en el corazón. Cuando hablabas conmigo, su rostro se entristecía. Tú estabas pendiente de mí, y ella lo estaba de ti. Tu madre sufría.

—¿Quieres decir que mi madre no te aprecia?

—Quiero decir que tu madre no ve con buenos ojos que su hijo se haya fijado en una judía. Eso es lo que quiero decir.

Emin Kemal recordó las palabras que el señor Yeter le había dicho años atrás, cuando le habló de la chica a la que había conocido en la tienda de telas. Estaba seguro de que Orpa se equivocaba, que había malinterpretado a su madre. Pero el recuerdo de aquella conversación amarga en la puerta del cine lo iba a acompañar durante mucho tiempo. Igual que otras veces, Emin tenía la sensación de que el mundo giraba en un sentido y él lo hacía en el contrario.

Antes de dos meses el libro de Emin Kemal había desaparecido de las librerías y dormía en cajas arrinconadas a la espera de ser devueltas. Sólo Yuksel Mert, ante la insistencia de Basak, siguió esforzándose para que el libro estuviera a la vista de los clientes. El escritor entraba en largos períodos de apatía en los que apenas salía a la calle, ni escribía, ni sentía interés por nada. Pasaba horas mirando por la ventana, con gesto melancólico y mortecino como la luz del sol de aquel invierno. Solía sentarse junto al señor Anmet y hacerle compañía en silencio, y trataba de averiguar lo que pasaba por la mente de su padrastro: cómo veía el mundo desde una habitación con una ventana por la que sólo contemplaba tejados y gatos. Observaba su rostro inexpresivo, su pasividad, y llegaba a envidiarlo.

Y, cuando Aysel se había resignado a ver a su hijo en casa sin hacer nada, con la mirada perdida y sin hablar apenas, de pronto se transformaba y cambiaba sus hábitos. Se levantaba al amanecer, se vestía tratando de no despertar a su madre y salía a recorrer las calles de Estambul cuando todavía el sol no era más que una tenue luz por encima de las casas. Deambulaba por la ciudad sin saber muy bien adónde ir. Subía hasta Eyüp a través de barrios muy pobres y luego seguía caminando en zigzag, a grandes zancadas, con los ojos muy abiertos, pendiente de todos los que se cruzaban en su camino. Entraba en un café, abría su diario y escribía de forma arrebatada, como si se le acabara el tiempo, como si alguien hubiera puesto plazo a su vida. Al atardecer, sin haber comido nada en todo el día, se presentaba en la imprenta de Ismet y le leía algunas de las cosas que había escrito. Su amigo trataba de ordenar aquel caos literario: decidía lo que podía ser un artículo, un poema, el esbozo de una novela. A veces se incorporaba Basak, y los tres daban un largo paseo hasta el mercado de los libros, donde Yuksel Mert siempre tenía algo nuevo que enseñarles. Cuando el mercado cerraba y las calles quedaban en silencio, Emin caminaba entre la basura hasta que el frío se hacía insoportable y entraba en La Luna Roja. Se sentaba junto a sus compañeros del periódico y se olvidaba del fantasma del insomnio.

Un año después de publicar *El negro sol de la melancolía,* un anciano llamado Erkan Bolat se presentó en la imprenta de Ismet interesándose por el poeta Kemal. Entró arrastrando los pies, vestido con un traje de otra época, pajarita y sombrero. A pesar de la vejez, Ismet lo reconoció enseguida. El señor Erkan tenía cerca de ochenta años y un aspecto enfermizo. Ismet no había vuelto a verlo desde la muerte de su padre. Y ya entonces Erkan Bolat parecía estar a punto de morir. El padre de Ismet lo llamaba con cariño «judío hipocondríaco», y al parecer tenía algún parentesco lejano con la madre de los hermanos Asa, que murió en el parto de Orpa.

—Estarás preguntándote cómo es posible que no me haya muerto todavía después de tantas enfermedades.

Eso fue exactamente lo que pensó Ismet al verlo entrar, pero se guardó bien de decirlo. Se abrazaron. El señor Erkan había sido años atrás un editor importante en Estambul. Fue abogado, profesor en la universidad, amigo de intelectuales y artistas, fundador de varias publicaciones. Era un viudo terco al que no le gustaba que le llevasen la contraria. Su esposa, que siempre fue una mujer sana y optimista, murió de un ataque cerebral después de haber pasado media vida cuidando de la frágil salud de su marido.

De aquella misma imprenta salieron en otros tiempos algunos de los libros que editó Erkan Bolat. Lo cierto era que el padre de Ismet, de familia judía acomodada, montó la imprenta para publicar sus libros y los de sus amigos. Ismet conocía bien aquella historia y se sentía heredero del espíritu ilustrado de su padre.

—Hace tiempo que quería venir a hablar contigo —le dijo el anciano—, pero no estoy bien de salud, amigo Asa. Vengo emocionado por un libro que leí hace unos meses. Uno de esos regalos que te hace la vida de vez en cuando. Alguien lo llevó a casa y lo leí. Enseguida miré de dónde había salido y lo entendí todo. ¿Así que sigues los pasos de tu padre?

—No, en absoluto. Mi padre era un hombre de letras, y yo sólo soy un impresor —replicó Ismet azorado.

—Él también fue impresor.

—No se puede comparar. Yo imprimo algún libro de vez en cuando. Nada relevante.

—Deja que los demás juzguemos. Si he venido hasta aquí desde tan lejos es porque no todos pensamos así. Sentémonos, quiero que me hables de ese Emin Kemal y de *El negro sol de la melancolía*. Me ha parecido un libro sublime, una joya.

Ismet Asa se ruborizó. Sintió un hormigueo en la planta de los pies. Después, una amplia sonrisa iluminó su rostro.

El señor Erkan vivía en el barrio de Fener. Desde que enviudó, su casa se había convertido en un museo donde nada se movía de sitio para que el recuerdo de su dueña se mantuviera intacto. Recibió a Emin Kemal en su gabinete: una habitación acolchada de libros, aislada del ruido de la calle. A pesar de que Ismet ya le había advertido algunas cosas sobre el anciano, el personaje lo deslumbró.

—Es usted un joven brillante, créame —le dijo el anciano a modo de saludo—. No abundan escritores así. Le aseguro que hacía tiempo que no leía nada de tanta calidad como su libro.

El señor Erkan hizo un repaso de su vida delante de Emin, como si estuviera dictándole su testamento. Le enseñó algunos de los libros que había editado en otros tiempos; le habló del padre de Ismet, de su gran talento y de su escasa fortuna con los críticos; le enseñó fotografías de escritores que ya estaban muertos; le mostró recortes de prensa que describían el ambiente literario de Estambul treinta años antes. Emin Kemal miraba al anciano, las estanterías, las fotos enmarcadas que reposaban sobre los libros.

—Usted debe saber que yo estoy retirado de la vida pública —le dijo con resignación y cierta solemnidad—. Mi salud y mi edad me impiden realizar las actividades de antaño. Sin embargo, permítame decirle que su libro me ha hecho recobrar la esperanza en las nuevas generaciones. Y créame que hacía tiempo que la había perdido.

Emin Kemal escuchaba sin atreverse a interrumpirlo. Aquel hombre le parecía surgido de un libro. Creyó verse a sí mismo en el declive de su vida. El señor Erkan le propuso editar un segundo libro. Aunque Ismet lo había puesto al corriente de la poca repercusión que tuvo *El ne-*

gro sol de la melancolía, el anciano estaba seguro de que con sus contactos en la universidad y entre los libreros la poesía de Kemal podía llegar a ser una revelación. El entusiasmo del viejo editor era contagioso. Se dieron un apretón de manos y quedaron en verse de nuevo en aquel mismo lugar. Al despedirse, una fotografía llamó la atención del escritor. En ella aparecían tres hombres con abrigo y sombrero, cogidos del brazo, mirando a la cámara con una sonrisa artificial. Uno de ellos, sin duda, era el señor Erkan veinte o treinta años más joven. El anciano se dio cuenta del interés de Emin y cogió el portarretratos con mano temblorosa.

—Dos grandes hombres, sin duda.

—Tres —corrigió Emin.

—Bueno, el tercero soy yo, pero de ninguna manera puedo compararme con ellos.

—¿Quiénes son?

—Éste de la derecha es Ismet Asa. El padre, por supuesto. El de las gafas oscuras es el hombre más tozudo que nunca conocí. Pero el mejor escritor turco de este siglo. Se llamaba Helkias Helimelek. Bueno, en realidad se llamaba Tarik, pero firmaba con ese seudónimo bíblico tan rimbombante. No creía en Dios, pero le gustaba provocar utilizando frases y nombres del Antiguo Testamento.

—¿Murió?

El señor Erkan tardó en responder. Cerró ligeramente los ojos, se agarró a la mesa para incorporarse de su asiento y dijo:

—No sabría precisarlo. Al menos es un cadáver literario, de eso no hay ninguna duda. La última noticia que tuve es que andaba por París dilapidando su genio en frivolidades.

La entrevista con el anciano editor le dio nuevas esperanzas a Emin. Durante meses se dedicó a seleccionar poemas entre sus papeles y a revisarlos, corregirlos o desecharlos con la ayuda de Ismet. El proceso fue laborioso, con momentos de dudas y otros de euforia. Finalmente se publicó con el título de *El polvo de los cuerpos,* en homenaje a Lamartine.

Cuando tuvo el primer ejemplar entre sus manos, Emin se lo llevó a Orpa y lo dejó sobre el mostrador de la tienda. Ella lo abrió, leyó la dedicatoria y lo escondió rápidamente debajo de unas telas. Le dio las gracias discretamente y se quedó con el corazón encogido cuando lo vio salir. Lloró su desolación en la trastienda del comercio, abrazada al libro, incapaz de encontrar consuelo.

Cuatro meses después de la publicación del segundo libro, Emin Kemal seguía siendo un poeta totalmente desconocido. A pesar de las expectativas que sus dos amigos y el editor habían puesto en *El polvo de los cuerpos,* no se vendió más de medio centenar de libros. Las cajas se amontonaron de nuevo en la imprenta de Ismet. Erkan Bolat estaba más desolado que el escritor. Basak trataba de ser optimista; agasajaba a su amigo en casa y lo invitaba a cenar con toda la familia, o a salir a las murallas los días de fiesta.

Una mañana, el señor Anmet amaneció muerto. Tenía la misma mirada perdida de los últimos tiempos, la boca entreabierta, el rostro muy pálido y los labios resquebrajados. Aysel dio un grito al descubrir el cadáver y salió a la escalera en busca de las vecinas. Su hijo aún no había regresado a casa. Lo enterraron con una ceremonia muy discreta a la que asistieron los vecinos, los amigos del hijastro y Orpa. La chica judía se había cubierto la cabeza con un pañuelo y procuraba que su mirada no se cruzase con la de Emin. Besó a Aysel y percibió que la reacción de la mujer era fría y distante. Cuando Emin trató de hablar con ella, le respondió con monosílabos, incómoda y nerviosa. Después del entierro, el escritor y su madre se encerraron en casa. Durante dos días apenas hablaron. Aysel decidió entonces pintar las paredes, limpiar las alfombras, cambiar los muebles de sitio, coser cortinas nuevas. Al cabo de un tiempo, Emin le preguntó a bocajarro a su madre:

—¿Por qué sientes antipatía por la hermana de Ismet? ¿Te desagrada que sea judía?

Aysel levantó la cabeza y trató de disimular la incomodidad que le producía aquella pregunta.

—No, no me desagrada. Pero no quiero que te haga daño.

—¿Por qué piensas que iba a hacerme daño?

—Porque es débil, como tú. Porque necesita que alguien vaya por delante de ella y no al revés.

Emin se sintió como un niño desvalido. Nadie lo conocía mejor que su madre. Aysel supuso lo que estaba pasando por su cabeza y lo abrazó.

—Tú no necesitas a una mujer, hijo. Al menos, no una mujer como ella. Tú necesitas a alguien que esté pendiente de ti, que no alimente tus miedos sino que te ayude a ser fuerte. Ella es débil como tú.

—Orpa cree que la odias.

—¿Odiarla? No me ha hecho nada para odiarla. Está equivocada —respiró hondo antes de seguir hablando—. Si esa mujer entra en tu vida, serás muy desgraciado. Te he visto sufrir desde hace años: desde que tu padre murió. Yo te entiendo y puedo ayudarte, hijo. Soy la única persona que te entiende. No busques fuera lo que tienes aquí. Confía en mí.

Las palabras de Aysel lo sumieron en el desconcierto. A Emin le parecía haber vivido antes ese momento. Era la repetición de un sueño, de algo experimentado en otro instante. Se encerró a escribir y durante días llenó cuartillas que de vez en cuando apartaba para tomar notas en su diario. De nuevo comenzaron los dolores de cabeza, el malestar, el cansancio. Soñaba con los ojos abiertos. Una semana después volvió a La Luna Roja y siguió escribiendo por las noches sobre las mesas de mármol, abstraído en un sueño irreal, hasta que los camareros le anunciaban el cierre del café.

Después de un tiempo sin visitar a Ismet, se presentó en la imprenta con un centenar de cuartillas manuscritas y se las entregó a su amigo. Emin Kemal estaba pálido y tenía los ojos desorbitados por la falta de sueño.

—Quiero que leas esto —dijo el escritor—. Acabo de terminarlo.

Ismet no hizo preguntas. Leyó el título del manuscrito: *Las pálidas efigies*. Hojeó las primeras cuartillas.

—¿Es una novela? —preguntó Ismet.

—Será lo que tú quieras que sea.

Emin volvió a sus artículos y a las noches en La Luna Roja. Los dolores de cabeza dejaron paso a un estado de sosiego que pocas veces experimentó antes. Leía cualquier cosa que cayera en sus manos y encontraba consuelo en los libros. Al cabo de unos días, Ismet se presentó en su casa con el manuscrito de su amigo. Se lo puso a Emin en las manos sin decirle nada. Lo había mecanografiado. El escritor lo miró y esperó alguna explicación, pero Ismet estaba apurado.

—Necesito hablar contigo, pero en otro lugar —dijo el judío—. Nunca pensé que llegaría este momento.

Emin se alteró con las palabras enigmáticas de su amigo. Se citaron en la imprenta a la hora del cierre. La persiana estaba a media altura y no se veía a nadie dentro. Ismet escribía a máquina en el almacén, como tantas veces, bajo la escasa luz de un flexo. Un magnetófono reproducía la voz temblorosa de un anciano. Cuando vio a Emin, lo detuvo.

—*Las pálidas efigies* es un buen título —dijo el judío sin mediar un saludo.

—¿Y lo demás qué te parece?

—Lo demás está a la altura del título —le dijo sin entusiasmo—. Emin, tú vas por delante de los demás. La mayoría está en el camino y tú, sin embargo, buscas donde todavía otros no han llegado.

—Nerval hizo algo parecido con *Aurelia* hace más de un siglo —protestó sin convicción el escritor.

—Sí, pero nadie supo entender esa obra. También él se adelantó, como tú.

Emin manoseaba las cuartillas hasta que empezó a arrugarlas. Ismet cogió el manuscrito y lo depositó con cuidado sobre su mesa de trabajo. Parecía contagiado por la incertidumbre de su amigo. Cubrió el magnetófono con su tapa de madera y lo dejó en una estantería.

—Ha llegado el momento de que sepas algo —dijo Ismet—. Me gustaría que vinieras a casa.

—¿Ahora?

—Sí. Quiero que conozcas a alguien.

Emin pensó en Orpa. Estaba desconcertado por aquella inesperada invitación. Aceptó sin hacer más preguntas.

Al entrar en el portal y subir la escalera llena de humedades, recordó aquel día de septiembre, ocho años atrás, en que entró allí por primera vez. Ahora le pareció todo más pequeño y más viejo. Reconoció el pasillo y las puertas de cristales. Ismet lo condujo hasta una habitación en donde los esperaban Orpa y un anciano sentado en una mecedora. Llevaba unas gafas oscuras que ocultaban sus ojos. En un instante recordó haberlo visto de forma fugaz cuando se refugió allí en los disturbios de 1955. Era una imagen que casi se había borrado de su memoria. Estaba en el mismo lugar ocho años después, probablemente en la misma postura.

Orpa los saludó muy seria, sin extrañarse. Era evidente que ya estaba informada de la visita de Emin. El anciano aguzó el oído al notar la presencia de los dos.

—No puede ver —explicó Orpa—. La diabetes lo ha dejado ciego.

El hombre estiró la mano e hizo un gesto para que se acercaran.

—Éste es Emin Kemal, maestro —dijo Ismet—. Todavía no le he explicado nada.

El escritor apretó la mano del anciano y sintió sus dedos nudosos y la piel arrugada. No se atrevía a preguntar.

—Encantado de saludarlo, señor Kemal. Hace mucho tiempo que tengo deseos de conocerlo. Mi nombre es Tarik, pero todos me llaman Helkias: Helkias Helimelek.

Emin trataba de atar cabos en su cabeza: el nombre del anciano, las gafas oscuras, una fotografía en el despacho de su editor.

—¿Usted es el escritor Helkias Helimelek?

—Escritor inédito en las dos últimas décadas, sería lo correcto.

—Yo he visto una fotografía suya en el despacho del señor Erkan —dijo Emin.

—Es posible. Ese viejo tozudo es un sentimental, y aunque nos distancian muchas cosas he de reconocer que en el fondo siempre me apreció. Aprecio que por supuesto no es correspondido por mí —explicó el anciano—. Pero le agradecería a usted que no le mencionara este encuentro al obstinado de Erkan.

Orpa salió del cuarto y volvió enseguida con té y tortas de harina. Los tres hombres estaban sentados alrededor de una mesa, pero ella siguió en pie. Las manos de Helkias Helimelek eran como tentáculos que palpaban las cosas antes de cogerlas. Masticaba muy despacio y siempre dirigía el rostro hacia Emin, aunque hablara con Ismet o con Orpa.

Helkias Helimelek tenía setenta y seis años. Nació en Estambul en 1887. Sus abuelos fueron judíos que emigraron de Polonia. Helkias se llamaba Tarik y, como todos los turcos, no tuvo apellidos hasta 1934. Su agnosticismo supuso una ruptura drástica con la familia. Comenzó a publicar libros de viajes a los veinte años, aunque nunca salió de Estambul. Eran guías más literarias que prácticas. Aprendió francés y alemán sin otra ayuda que los libros. Asistió a la universidad para poder criticar el sistema educativo, pero no terminó ninguna carrera. Aquello fue otro motivo de alejamiento de su familia, donde siempre hubo intelectuales y artistas. Helkias tradujo en su juventud a los poetas románticos franceses y a los alemanes. Conocía bien la literatura polaca y rusa. Eso le proporcionó un nombre y un prestigio que él mismo se encargó de manchar a lo largo de su vida. Pero el mayor reconocimiento le vino por sus artículos incendiarios en la prensa. Cuando Atatürk llegó al poder en 1923, Helkias fue uno de los escritores que más ensalzó las virtudes del nuevo régimen. Celebró la secularización de la sociedad y la occidentalización de las costumbres. Aprendió en poco tiempo el nuevo alfabeto y desterró para siempre los libros escritos con grafía árabe. Brindó públicamente por el levantamiento de la prohibición del alcohol. Cualquier cosa que el escritor publicaba era recibida por sus lectores con entusiasmo. Para los fundadores de la república era importante que un judío se vinculara al nuevo concepto de Estado. Durante quince años, Helkias se convirtió en uno de los intelectuales de más prestigio. Sus ensayos se leían en las universidades; sus novelas eran esperadas en las librerías; sus poemas circulaban como joyas literarias muy apreciadas en algunos círculos. Helkias Helimelek era ya mucho más que un traductor o un escritor de crónicas de viajes. Cuanto más se acercaba al ideal de la nueva Turquía, más se alejaba de su familia encerrada en las tradiciones. La gente lo reconocía por la calle, y su popularidad lo llevó a intervenir en todos los debates que durante dos décadas se produjeron en el país. Helkias escribía sobre cualquier cosa que estuviera de actualidad o de la que, por el contrario, llevara siglos sin hablarse. Hacía interesantes para los lectores los temas que trataba. Sus artículos en prensa se comentaban en los cafés, en los baños. Sus libros fueron apoyados por aquellos que trataban de abrir la cultura turca al mundo occidental.

Pero Helkias Helimelek tenía sus luces y sus sombras. Se relacionaba con ministros y mendigos, apoyaba a los escritores judíos y a veces se convertía en su enemigo.

En los años cuarenta, tras la muerte de Atatürk y el relevo de Ismet Inönü, sus artículos y sus libros comenzaron a ser molestos para una parte de los que en el pasado alababan sus excelencias. El escritor empezó a mostrar una misoginia que antes ocultaba. Criticó el papel relevante de la mujer en la nueva Turquía y atacó algunas decisiones políticas que alejaban al país de los conceptos europeos y occidentales. Censuró con acritud las contradicciones entre laicismo e islamismo que se seguían dando en las calles.

Cuatro años después de la muerte de Atatürk, Helkias Helimelek podía considerarse un escritor caído en desgracia. Se convirtió en una molestia social que divertía a unos pocos, pero que no interesaba a la mayoría. Sus crónicas periodísticas estaban cargadas de una crítica ácida que se hacía repetitiva. Insultaba a políticos, a escritores, al presidente de la república. Utilizaba su vena satírica para burlarse de la vida cotidiana de los turcos. Atacaba a judíos y rumíes con el mismo encono que a los musulmanes. Unas veces consideraba a las minorías como víctimas del sistema y otras las acusaba de todos los males de la sociedad. Los intelectuales le temían, porque cualquiera que le llevara la contraria o se cruzara en su camino podía ser víctima de sus dardos envenenados. Sus libros, incluso los poemas, se fueron convirtiendo en acusaciones, en desacuerdo con casi todo, en insultos a los que se apartaban de la línea que trazaba Helkias Helimelek. En 1944, con cincuenta y siete años, era un escritor en declive resentido con el mundo. Se fue quedando solo. Sus viejos amigos lo evitaban. Incluso sus editores se negaron a seguir publicando sus libros. Se relacionó entonces con intelectuales judíos a los que nadie prestaba atención. Ismet Asa, escritor e impresor de libros poco difundidos, se convirtió en su lazarillo cuando la diabetes comenzó a dejarlo ciego. Empezó a recibir amenazas de grupos nacionalistas que reivindicaban glorias pasadas. Le cerraron las puertas en los periódicos.

El 10 de noviembre de 1944, mientras se honraba la memoria de Atatürk en el sexto aniversario de su muerte, un hombre se lanzó sobre Helkias Helimelek y lo apuñaló en el cuello. Ismet Asa estaba a su lado y apenas tuvo tiempo de verlo caer al suelo empapado en su propia sangre. Sobrevivió a pesar de la gravedad de la herida. Nunca detuvieron al agresor. En algunos periódicos se desató una campaña contra el escritor judío. Daba la sensación de que pretendían justificar el atentado. Cuando salió del hospital, Helkias sentía miedo y odio por sus compatriotas. Tardó mucho tiempo en volver a escribir. Ismet Asa, el único amigo que le quedaba, lo acogió en su casa. Pocos días después, un grupo de exaltados irrumpió en la casa deshabitada de Helkias y les prendió fuego a sus libros. El escritor no volvió allí nunca. Ismet era viudo y vivía con sus dos hijos. Admiraba a Helkias y sentía devoción por su obra. Algunos de sus libros habían salido de la imprenta de Ismet. Helkias sabía apreciar el trabajo de aquel hombre que mantenía un negocio ruinoso para imprimir libros en los que creía. Ismet Asa era, además, autor de algunos ensayos, obras sobre la vida cotidiana de Estambul, semblanzas de escritores fallecidos, versos de escasa calidad que nunca trascendieron. Cuando Helkias Helimelek le dio la espalda al mundo y rompió su relación con el editor Erkan Bolat, lo único que le quedó fue el consuelo de la compañía de Ismet.

Después de que trataran de matarlo y quemaran sus libros, Helkias empezó a desconfiar de todos. Pensaba que había un complot del Gobierno para quitarlo de en medio. Decidió no salir a la calle para que nadie descubriera su refugio. Le encargó a Ismet Asa que corriese la voz entre los escritores y periodistas de que se había marchado a París, hastiado de la corrupción y de los nuevos vientos que soplaban en la política turca. Su nombre no apareció nunca más en prensa, no publicó más libros ni volvió a salir nunca de casa. La diabetes, además, lo estaba dejando ciego. Se preparó para morir en el anonimato y en el olvido, pero la muerte se retrasaba.

Cuando Emin Kemal conoció a Helkias, hacía veinte años que la gente se había olvidado de él. Las gafas oscuras ocultaban su desengaño, pero el color cetrino de la piel y las arrugas reflejaban el sufrimiento. Sus manos se movían al compás de la voz, mientras Ismet y Orpa oían con devoción sus palabras.

—Hace veinte años renegué del mundo, querido amigo —dijo Helkias con voz pausada, como si tuviera todo el tiempo para hablar—. Y el mundo, por supuesto, también renegó de mí.

Guardó silencio y esperó alguna reacción de Emin, pero él no dijo nada. Orpa ayudó al anciano a encontrar su vaso sobre la mesa. Se lo agradeció con un gesto. Los movimientos de la muchacha rozaban la reverencia.

—Sin embargo, no estoy tan lejos de todo como se podría pensar —siguió hablando Helkias—. Gracias a nuestro amigo Ismet, me mantengo al tanto de lo que sucede ahí fuera, aunque la mayoría de las cosas no me interesan. He conocido su obra incluso antes de publicarla. Le confesaré que algunas de las sugerencias que Ismet le hizo para mejorarla son mías. Lo que usted hace es más que literatura: es vida. Permítame que le enseñe algo.

Helkias Helimelek hizo un gesto y enseguida Ismet colocó sobre la mesa algunos libros.

—Es parte de la obra del maestro —le explicó Ismet con solemnidad.

Eran libros viejos, ennegrecidos por el paso de los años y algunos por el fuego.

—Quiero que les eche un vistazo —dijo Helkias—. Puede incluso llevárselos a su casa si desea leerlos.

—Pero cuídalos, te lo suplico —apostilló Ismet—. Algunos no se encuentran ya ni en las bibliotecas.

—Así es. Mis enemigos se encargaron de que desaparecieran. Sin embargo, mientras yo siga vivo estarán al alcance de quienes tengan interés en leerlos. Lléveselos y dígame lo que le parecen. Pero antes quiero hacerle una propuesta.

Helkias señaló un mueble e Ismet se apresuró a traer de allí una carpeta. El escritor la abrió y sacó un manuscrito. Acarició las cuartillas mecanografiadas y luego se las entregó a Emin.

—Esto es para usted. Léalo y dígame lo que le parece. No es una novela, pero podría pasar por novela. Tampoco son poemas, pero pueden leerse como poesía. Aquí encontrará crónica periodística, ensayo, filosofía. Estará pensando que soy un escritor ambicioso, y acierta si lo cree. Lo he escrito yo, pero quiero que usted lo haga suyo.

—El maestro no ha dejado de escribir en estos años —explicó Ismet—. En realidad él dicta y yo lo transcribo luego. Como ves, la ceguera le impide hacer muchas cosas.

—Así es, amigo mío —añadió el anciano—. No ha pasado un solo día en todo este tiempo de exilio en que no haya dictado al menos una página.

—Su obra es enorme —añadió Ismet—. No puedes hacerte una idea. Y toda está inédita.

—Bueno, bueno, no hay por qué abrumar al joven escritor —lo interrumpió Helkias—. Démosle tiempo para asimilar tantas novedades.

Emin se sintió desamparado en medio del silencio que se produjo en aquella habitación llena de libros, carpetas y fotografías antiguas. No se atrevía a mirar a Orpa, pero la sentía muy cerca. Finalmente, Helkias continuó hablando.

—Su obra es magnífica —siguió Helkias—. Permítame que le diga que me veo reflejado en usted, amigo mío. Sus artículos y sus libros recogen la misma visión de la vida que yo tenía a su edad. Discúlpeme la forma de decirlo, pero usted escribe igual que lo hacía yo entonces. Puedo suscribir cada una de las líneas, de las frases, de las ideas. Me reconozco en todo. Es fabuloso.

—Sí, es fabuloso —asintió tímidamente Emin.

—Usted tiene un largo camino por recorrer. Yo podría anticiparme a cada tema, a cada libro, a cada artículo suyo. Sé cómo van a ser sus próximos libros. Empezará a sentirse atormentado por los sueños, por la realidad que se confunde en ellos. Quizás tenga la desgracia de conocer a una joven y se enamore de ella, o crea que se ha enamorado. Entonces su literatura irá descendiendo al mundo de los mortales o ascendiendo a las cumbres más sublimes. Luego sentirá que nada tiene sentido. Pensará en la muerte con frecuencia. Después tendrá momentos de euforia. Otras veces se refugiará en su pasado: en los recuerdos de su infancia, en los olores de su madre cuando lo tenía a usted en brazos; se refugiará en alguna imagen que le recuerde un mundo que ya no existe. Usted se volverá loco y recuperará la cordura. Conozco cómo va a ser su vida antes de que todo eso suceda, porque usted, amigo mío, es exactamente igual que yo.

Las palabras del escritor quedaron suspendidas en el aire como el eco de una campana. A Emin le sudaban las manos. Miraba al judío y creía estar viéndose a sí mismo en la vejez.

—¿Estás bien? —le preguntó Orpa al verlo tan pálido.

Emin no contestó.

—Imagino lo que estará pasando por su cabeza en este momento —continuó Helkias—. Pero no debe preocuparse. Yo le voy a facilitar el camino, si usted me lo permite.

—Escúchalo, Emin —le pidió Ismet al descubrir la mirada perdida de su amigo—. Esto es muy importante.

—Sí, es lo más importante —insistió Helkias Helimelek—. Sobre todo, para usted. Y para su futuro literario. Cuando tenga mi edad, escribirá las cosas que yo escribo ahora; no me cabe duda. Lo he pensado mucho antes de revelarle mi secreto. Usted va a llegar al mismo sitio en que yo estoy ahora. Justo al mismo sitio. Pero a mí me gustaría que usted fuera mucho más allá. Porque puede llegar. Su talento se lo permitiría. Sin embargo, no vivirá eternamente. ¿Me entiende?

—No estoy seguro —respondió Emin desconcertado.

—Yo le propongo arrancar su carrera literaria a partir de donde yo voy a dejarla. No me pueden quedar muchos años de vida. Y usted, sin embargo, es muy joven. Lea este manuscrito y dígame si es de su agrado. Si es así, mi propuesta es que lo publique con su propio nombre. No le será difícil, créame. Nadie sabrá nunca que es mío, y usted habrá dado pasos de gigante para llegar a donde no podría llegar en una sola vida.

—¿Quiere que publique esto con mi nombre?

—Si a usted le parece bien, por supuesto. Y lo que tiene ahí no es más que una parte mínima. Durante años he dictado cientos de ensayos, novelas, libros de viajes, artículos, reflexiones... La imprenta de Ismet está llena de cintas magnetofónicas. Ese almacén es mi legado literario. Cuando yo muera, todo ese trabajo quedará inédito. Morirá conmigo. Usted tiene la oportunidad de sacarlo a la luz y de crecer como escritor. Retome mi obra donde yo la dejé y continúela cuando yo muera. Yo no puedo tener una segunda vida, pero usted puede prolongar la mía y vivir la suya. Su camino y el mío son el mismo. Léalo y entenderá a lo que me refiero. Luego, venga a verme y cuénteme lo que le parece.

Emin regresó a su casa sin estar seguro de que el encuentro con el escritor ciego fuera real. Llegó abrazado al manuscrito de Helkias y a los libros que le había dejado. Pasó la noche leyendo. Las palabras del anciano sonaban una y otra vez en su cabeza. A veces se tapaba los oídos y seguía oyéndolas. Las primeras luces del día lo sorprendieron con un libro entre las manos. Se acostó y empezó a dar vueltas. Estuvo tumbado, con los ojos muy abiertos, clavados en el techo, durante varias horas. Cuando su madre volvió del mercado, fingió que acababa de despertarse. Se vistió y se lanzó a la calle.

Ismet no se sorprendió al verlo entrar en la imprenta. Parecía que lo estaba esperando. Emin venía con el rostro descompuesto.

—¿Estás bien? —preguntó el judío.

—Sí, estoy bien. He leído el manuscrito y algunas cosas más.

—¿Y qué te parece?

—Extraordinario.

Ismet se limpió la grasa de las manos con un trapo sucio y le señaló a su amigo la puerta del almacén.

—Pasa. Ahí estaremos más tranquilos.

Emin entró en la trastienda como si lo hiciera en un lugar sagrado. Prestó más atención que otras veces a los archivos, a las carpetas que lo invadían todo, a las cajas que contenían las cintas magnetofónicas con la voz de Helkias Helimelek. La máquina de escribir descansaba en la mesa con una cuartilla en el carro. Ismet lo dejó recrearse en la contemplación. El escritor miró lo que su amigo estaba mecanografiando.

—¿Qué es?

—Son reflexiones breves del maestro —le explicó Ismet—. Puedes leerlo si lo deseas.

Sacó la cuartilla de la máquina y se la ofreció.

—¿Reflexiones?

—Sí. Estoy extrayendo de distintos sitios ideas que el maestro ha grabado en los últimos dos años y dándoles un poco de unidad. Su obra es inmensa y a veces caótica —Emin Kemal siguió la dirección que le señalaba Ismet con el dedo y vio centenares de cajas que contenían las grabaciones—. Es mucho trabajo para una sola persona. Aunque el maestro dejara de dictar, yo necesitaría toda una vida para transcribir todo lo que se encierra ahí. ¿No es increíble?

Emin se sentó frente a la máquina. Estaba aturdido. Se cubrió la cara con las dos manos.

—Sí, es increíble —dijo desolado—. Necesito hablar con él.

Cuando Helkias Helimelek recibió por segunda vez a Emin, lo hizo con gran entusiasmo. Sabía a través de Ismet que había aceptado publicar con su nombre la obra del anciano.

—Es usted inteligente, amigo. Uno puede ser un gran escritor y carecer de inteligencia. Pero usted tiene las dos cualidades, como yo imaginaba. Sabía que no me equivocaría con usted. La literatura es lo más importante en su vida. Y el orgullo debe guardarse para cuando uno lo necesite. Para ser un gran escritor no hace falta orgullo, sino genio, querido amigo. Y le aseguro que con su nuevo libro no sufrirá la misma injusticia que con los dos anteriores.

—¿Lo cree de verdad?

—Estoy convencido. Ese necio de Erkan se dará cuenta enseguida de que tiene un gran autor y un gran libro delante de sus narices. Y si no tiene dinero lo sacará de debajo de las piedras. Es un ambicioso enfermo de literatura, como usted y como yo. No me cabe duda de que llamará a todas las puertas para que el libro se publique. Nunca imaginó que al final de su vida iba a encontrar un diamante en bruto.

Cuando Erkan Bolat terminó de leer el manuscrito que le ofreció el joven escritor, las lágrimas le corrían por las mejillas y tuvo que apartar las hojas para no mojarlas. Se sintió viejo, enfermo y derrotado al final de sus días. Lloró su desconsuelo y su impotencia. Aquel escritor que había descubierto tras un joven extravagante y enfermizo era, como él intuyó desde el principio, un fabulador magnífico. Durante días paseó por su barrio, tratando de no romper la rutina de los últimos cincuenta años. Procuró pensar en cualquier cosa que lo distrajese de los libros y de sus enfermedades. De la mañana a la tarde, sus pensamientos cambiaban, y pasaba de sentirse un viejo a punto de morir a recuperar un entusiasmo que ya consideraba perdido. Por fin decidió contarle a Emin lo que le había parecido aquel libro.

Los murmullos de la tribu, tercer libro de Emin Kemal, no fue editado por Erkan Bolat, sino por la Universidad de Estambul. La frágil economía del judío le impidió hacer frente a una edición que podía llevarlo a la ruina. Sin embargo, el señor Erkan visitó los despachos de la universidad para conseguir que el libro viera la luz. Se publicó en la primavera de 1964.

La noche en que Basak, después de buscarlo por todas partes, encontró a su amigo en La Luna Roja, Emin Kemal era un hombre angustiado por su conciencia y por su propio fracaso como escritor. No tenía lectores, apenas escribía pensamientos fugaces en su diario; se sentía derrotado e incapaz de ser coherente entre lo que pensaba y lo que hacía. Cuando leyó la crítica de la revista francesa que le trajo Basak, pensó que algo iba a cambiar. Abrazó a su amigo y bebieron juntos. Al salir de La Luna Roja, los dos hombres se tambaleaban. Sólo se oía el ladrido de los perros callejeros en la distancia. La nieve caía como en un susurro y había cubierto las calles. El aliento de los dos amigos rompía el frío del amanecer. Estaban borrachos. Al primer paso que dio, Basak cayó sobre la nieve. Emin intentó levantarlo, pero cayó sobre él.

—Será mejor que nos vayamos a casa —dijo Basak—. Es una locura quedarse a la intemperie. Podrías morir, ahora que has empezado a saborear el éxito.

Emin se reía sin control. No quería ir a casa. Protestó hasta que Basak se levantó y lo cogió del brazo.

—Vendrás conmigo a casa, si logramos llegar. No quiero que tu madre te vea así. Pensaría que te estoy pervirtiendo.

—¿A tu casa? Tu mujer nos matará.

—Mi mujer está a punto de parir y no puede andar pensando en matar a nadie.

Basak Djaen soltó una risotada y tiró del brazo de Emin.

—Quiero ver a Orpa —dijo entonces el escritor—. Quiero contarle esto.

—Olvídate. Ella lo sabe antes que tú. Olvídate, te digo. En mi casa estarás mejor.

Los dos volvieron a rodar por el suelo. La nieve se estaba helando en las aceras.

Cuando Orpa salió de la tienda a mediodía, Emin la estaba esperando en la esquina. Ella lo vio en la distancia y le sonrió. El escritor traía la revista francesa en su mano.

—Sabía que esto iba a pasar —le dijo la mujer sin perder la sonrisa.

—Sí, parece que todos lo sabíais menos yo.

—¿No estás contento?

—Lo estoy. Pero no es así como yo lo había soñado.

—Olvídate de los sueños. Lo único real es esto.

Emin le cogió la mano y la atrajo hacia él. Orpa se sobresaltó. Trató de soltarse pero se lo impidió. Le besó la mano y la dejó libre. Luego intentó besarla en los labios.

—No hagas eso, ¿me oyes? —dijo Orpa muy tensa—. No vuelvas a hacerlo, te lo suplico. No quiero que lo estropees todo.

Echó a correr ante la mirada desolada de Emin. La vio doblar la esquina y perderse. El gesto de Orpa seguía grabado en sus ojos; no podía ver otra cosa. Sintió rabia, después se lamentó de lo que había hecho y, cuando consiguió sobreponerse, decidió que tenía que olvidarse de ella para siempre.

7.

Estambul apenas había cambiado en los últimos treinta años. Ésa fue la sensación que tuve desde el momento en que monté en un taxi en el aeropuerto. Si cerraba los ojos y me dejaba llevar por los ruidos de la ciudad, podía llegar a creer que nunca me había ido de allí. Bajé la ventanilla para oler el mar, y el taxista me miró con cara de pocos amigos a través del espejo retrovisor. Corría un viento helado y húmedo.

No quise hospedarme en el hotel que me había sugerido Aurelia. Lo hice en el primer lugar que me aconsejó el taxista: el hotel Orsep Royal, en Sirkeci. Había pocos turistas en esos días cercanos a la Navidad. Mi habitación era una buhardilla con una claraboya por la que se colaba un tímido sol de invierno. A lo lejos se escuchaban los sonidos de las obras de la calle. Todo el barrio parecía estar levantado y atravesado por zanjas y montañas de arena y grava. No tenía prisa por recibir noticias de Aurelia; necesitaba serenidad y convencerme de que el juego en el que me había dejado enredar no era un engaño.

Ángela Lamarca me llamó cuando estaba terminando de instalarme. Había leído mi reportaje sobre los museos de Múnich y estaba conforme. Por el tono de su voz deduje que no le entusiasmaba; pero sabía que, si no le hubiera gustado, me lo habría dicho sin andarse con rodeos.

Sentí de repente en mi cuerpo el cansancio y la tensión que había acumulado en los últimos días. Me quedé dormido dándole vueltas en la cabeza a la historia que estaba escribiendo. Los sonidos de las mezquitas de

Eminönü se colaron en mis pensamientos. Volví en sueños a mi habitación de la adolescencia en Beyoğlu. Aquella casa no había terminado de borrarse de mi memoria después de tanto tiempo. Había vivido en otros países, en muchas ciudades, pero siempre era la misma casa la que aparecía en los sueños; los pasillos largos y llenos de cuadros en el suelo, apoyados contra la pared. Y los tejados, siempre los mismos tejados durante tantos años.

Por primera vez en muchos días me desperté teniendo la certeza del lugar en el que me encontraba. Me había dormido durante menos de una hora. Sabía que Aurelia iba a llamarme, pero ahora no tenía prisa. Sospechaba que no se encontraba muy lejos de mí. Y, sin embargo, me reconfortaba pensar que no podía encontrarme si yo no quería.

Cené en el comedor del hotel, un espacio reducido, de techos bajos, muy agobiante. Estaban a punto de cerrar. Me parecía que de un momento a otro me iba a suceder algo trascendente, aunque era incapaz de imaginar lo que era. Mi teléfono seguía mudo. Me abrigué bien y salí a las calles vacías a aquellas horas. Los comercios estaban cerrados y había muy poca gente en los restaurantes. Sabía bien adónde quería ir y, sin embargo, me incomodaba pensar que era algo planeado. Llegué al embarcadero de Eminönü y me sobrecogió la niebla que cubría el puente Gálata. El pasado, de repente, se había removido dentro de mí. Traté de no obsesionarme con la idea que me rondaba durante los dos últimos días, pero no pude evitar que Tuna entrara como un torrente en mi cabeza y que el estómago se me contrajera. Apoyado en la baranda sobre el Bósforo, empecé a ver su rostro y su sonrisa como si hiciera apenas unas horas que había estado con ella. A lo largo de los últimos años hubo épocas en que su cara se negaba a acudir a mi memoria.

Cuando llegué al barrio de Balat era ya muy tarde. Me pareció mucho más sucio y degradado de lo que recordaba. Me costó trabajo reconocer las calles. Algunas casas parecían abandonadas, pero al fijarme descubrí signos de que estaban habitadas. Al llegar a la calle de Tuna, estaba sudando a pesar del frío. Había charcos que podían tener siglos. Me sentí sobrecogido por el aspecto de decadencia que tenía aquel lugar. Todo estaba envejecido. Tampoco quedaba ya nada de aquel adolescente que espiaba a una chica desde la esquina de la calle, pendiente de las luces de las ventanas, de las entradas y salidas.

La casa de Tuna estaba en ruinas. Los desconchones de la fachada le daban un aspecto siniestro. El suelo del mirador del primer piso se había hundido y resultaba peligroso pasar por debajo. Olía a orín por todas partes. En mi recuerdo yo había idealizado aquel rincón de Estambul. Me estremecí por un momento al pensar que tal vez todo el pasado que yo recordaba tenía poco que ver con la realidad. Quise imaginar cómo sería Tuna a los cincuenta años. Me resultaba imposible. Seguía viendo el rostro de la chica de veinte años de la última vez. Era como tenerla delante. La recordaba en el depósito de cadáveres, abrazada a mí, mojándome el cuello con sus lágrimas. Me alejé desolado de aquel lugar. El sudor se me estaba empezando a helar. Tenía escalofríos. Aquella noche soñé con Tuna y otra vez con mi casa de Estambul, con los gatos y la viga que cruzaba de un extremo a otro el techo de la cocina. Veía con claridad en el sueño aquel travesaño de madera y no podía entender cómo nadie tuvo el detalle de cortar la cuerda que había quedado colgada como testigo de la tragedia. Seguía viendo la cuerda tres décadas después y experimentaba un dolor que no fui capaz de expresar a los veinte años.

Por la mañana, el teléfono seguía en silencio. Aurelia no daba señales de vida y yo no tenía prisa. Aún me quedaban muchas cosas con las que reencontrarme. El comedor del hotel no estaba tan desolado como la noche anterior, aunque había poca gente desayunando. El cielo estaba cubierto, pero no hacía frío. El vendedor de una tienda de repuestos de motores le aseguraba a su vecino que iba a nevar. Me sentí bien caminando por las calles llenas de zanjas y máquinas excavadoras.

La casa de Salih Alova también había sufrido el paso del tiempo. Años atrás destacaba sobre las demás por lo cuidada que estaba. Ahora, las diferencias apenas se percibían. Sabía bien, antes de intentarlo, que no me iba a ser fácil dar con el paradero de mi amigo. Desde el momento en que me abrieron la puerta comprendí que ya no quedaba nadie de la familia allí. La dueña de la casa llamó a su marido y tuve que darle todas las explicaciones sobre la persona a la que estaba buscando. El dueño me miraba con desconfianza. Quería saber todo de mí antes de darme la información que le pedía. Los niños de la casa se apelotonaban detrás de él y asomaban sus cabezas con curiosidad. Después de insistir mucho, conseguí la dirección de un restaurante, cerca del Consulado holandés, en donde tal vez pudieran decirme algo más. Me pareció que lo que pretendía era deshacerse de mí. Tuve que contenerme para no decirle a aquel tipo lo estúpido que era.

Encontré con alguna dificultad el restaurante que me había indicado. En realidad no supe bien adónde me mandaba hasta que no estuve allí. Pregunté por el dueño y tuve que volver dos horas más tarde para encontrarlo. Era un hombre más o menos de mi edad, con la piel muy morena y el cabello cortado a cepillo. De nuevo conté la misma historia sobre Salih Alova y su familia. Me miraba como si tuviera prisa por cerrar la puerta. Sin duda, se dio cuenta de lo molesta que me resultaba su insolencia. Estaba a punto de interrumpir mi explicación y marcharme cuando me dijo:

—¿Cómo ha dicho que se llama usted?

—René Kuhnheim.

—Espere un momento —me dijo.

Se acercó a un teléfono que había sobre una mesita, al otro lado del restaurante, y lo vi hablar durante un par de minutos. Volvió con el mismo gesto inexpresivo que mostró desde el principio.

—¿Tiene prisa? —me preguntó.

—¿Prisa? No, no tengo prisa.

—¿Puede esperar un rato? He llamado a mi mujer y no tardará en venir. Ella podrá darle más información que yo.

Tardó más de una hora, pero yo no había olvidado el concepto del tiempo que tenían en aquella ciudad. La esposa del dueño me saludó dándome la mano. Se sonrojó. Sólo cuando habíamos intercambiado unas cuantas frases me di cuenta de que era Nuray Alova. Había cambiado mucho. Ya no quedaba nada de la chica que yo conocí.

Comimos juntos en su restaurante. Me contó algunas cosas de su vida, pero sin detenerse en dar detalles. Me habló de su hermano con frialdad. Yo quería preguntar muchas cosas, pero su distanciamiento me frenaba. No mencionó una sola vez a Tuna, hasta que yo la nombré.

—¿Se casó?

—Sí, claro. Hace treinta años —me contestó sin hacer más comentarios.

Me preguntaba si no me estaría haciendo pagar alguna deuda del pasado. Yo estaba ansioso, con ganas de saber algo más, pero ella se mostraba impasible, pendiente de su comida más que de mi conversación. De repente, Nuray se dio cuenta de mi incomodidad.

—Salih te lo contará todo —me dijo—. Si te parece, le daré tu teléfono para que se ponga en contacto contigo.

Me dolió aquella falta de confianza al no ofrecerme la dirección de su hermano. No pude disimular mi decepción. Nos despedimos con la misma frialdad con que nos encontramos, y aunque le ofrecí mi teléfono para Salih, entendí que me iba sin dejar ningún hilo del que tirar para volver a verla en otra ocasión.

Caminé sin rumbo por Beyoğlu, con una enorme amargura. Me cruzaba con gente mayor, y sus rostros me hacían salir poco a poco de la desolación. Me preguntaba cómo serían sus vidas treinta y cinco años atrás, cuando yo corría por aquellas calles para llegar a casa antes de que se hiciera de noche y me sorprendiera la humedad y el frío. Nadie me miraba, nada me ataba a sus vidas.

Aurelia seguía sin llamar. Quizás aquello era en ese momento lo que menos me preocupaba. Entré en una barbería y me afeité. Cuando era niño, acompañaba muchas veces a Wilhelm y me quedaba en la silla, escuchando la conversación del barbero mientras lo afeitaba. Era como un rito al que estaba ya habituado. Ahora era yo quien se sentaba en el sillón giratorio y hablaba del tiempo, de fútbol. Me consoló que el barbero no se diera cuenta de que era extranjero. Era un pequeño y estúpido triunfo. Al salir de la barbería, apareció el número del teléfono de Aurelia en mi móvil. Contesté deseando que me contara algo para olvidar la entrevista con Nuray.

—¿En qué hotel te has hospedado? —me preguntó sin preámbulos. No tenía ganas de jugar al ratón y al gato; se lo dije. Debió de notar algo en el tono de mi voz—. No te ha sentado bien el reencuentro con tu pasado, por lo que veo. ¿Has seguido escribiendo?

—No, no lo he hecho. Primero vamos a terminar con esto y después yo cumpliré mi parte del trato. Pero ahora te pido que juegues limpio conmigo y te quites la máscara. Quiero saber cuál es tu papel en toda esta historia.

Escuché su risa, y luego su voz pareció más relajada.

—¿Vas a convertirme en un personaje de tu novela?

—En realidad ya lo eres.

Se quedó en silencio. Yo me ponía muy nervioso cada vez que lo hacía.

—A estas alturas no me cabe duda de que sabes bien quién soy —me dijo al cabo de unos segundos—. Eres un tipo listo. Es más importante que conozcas el papel que cada uno juega en esta historia. Yo he sido una víctima como tú.

—¿Víctima? —le dije sin disimular mi irritación—. Estoy cansado de acertijos. Espero que no me estés haciendo perder el tiempo.

—No, no lo vas a perder. Esta noche tendrás el tercer diario —su voz sonó ahora con gravedad—. Quiero que sepas que me ha costado años conseguirlo.

—¿Nos vamos a ver, entonces, esta noche?

De nuevo se produjo un silencio que me resultó violento. Miré a la pantalla pensando que se había cortado la conexión.

—No des más palos de ciego. Ya te dije que no sería yo quien te lo iba a entregar. Pero lo tendrás esta noche. El diario no está completo porque Emin no pudo terminarlo. Las crisis nerviosas se lo impidieron, y luego ella se apoderó del diario para no dejar pistas de su maldad.

—¿Estás hablando de Derya?

—Me alegro de que la reconozcas con tan pocos datos. Me gusta pensar que no estoy equivocada contigo.

—Si no vas a dármelo tú, dime entonces cómo conseguiré el diario.

—Cerca de la mezquita de Beyazıt hay un local que se llama El Café Turco. ¿Sabes dónde está el bazar de los libros?

—Sí —le dije, temeroso de que también conociera aquella parte de mi historia.

—Pregunta allí. Todos los libreros lo conocen. Los viejos lo siguen llamando La Luna Roja. Está en una calle estrecha y algo escondida. Poco después de las nueve, alguien se encontrará allí contigo.

—¿Y cómo lo reconoceré?

—Él te reconocerá a ti. Ahora descansa, porque aún tienes mucho trabajo por delante.

Era un café viejo, sin encanto, que parecía haber vivido mejores momentos. Estaba en un semisótano de una calleja sucia por la que yo había pasado alguna vez años atrás. En aquellos tiempos, los estudiantes solían reunirse por allí. Ahora la basura y los perros callejeros eran los dueños de la noche. Aquel café no sólo aparecía con frecuencia en el segundo diario de Emin Kemal, sino que además le había servido de título a su última obra; pero a mí me decepcionó. No era como lo imaginaba. Apenas había gente a aquellas horas. Olía a tabaco y se escuchaba de fondo una música que apenas se podía identificar. Me senté en una de las muchas mesas vacías y pedí un té. Algunos hombres charlaban o leían el periódico. Otros dormitaban en las mesas del fondo, amparados en la penumbra. Llegué antes de las nueve. Estaba impaciente por saber a quién me iba a encontrar.

Un anciano obeso se sentó en la mesa de al lado y desplegó su periódico. Iba vestido de manera formal, con corbata. Se puso unas gafas y empezó a leer un periódico por la última página. De vez en cuando levantaba la cabeza y hacía lo mismo que yo, echar una ojeada por el café. Nos miramos durante unos segundos, sonrió y me hizo un gesto parecido a un saludo. El camarero le sirvió sin preguntarle lo que deseaba. Traté de imaginar cómo sería aquel local cuando Emin Kemal iba por allí.

Llevaba casi una hora esperando cuando un tipo de unos cuarenta años se acercó y pronunció mi nombre y mi apellido con mucha dificultad. Al confirmarle que era yo, me dio la mano y se presentó. Se llamaba Örzhan, o eso dijo él. Hablaba muy deprisa. Le pedí que se sentara, y me entregó una carpeta que parecía haber comprado esa misma tarde.

—Aurelia me manda con esto para usted —dijo el desconocido con naturalidad—. Ella dice que ya sabe de lo que se trata y que está esperándolo.

—¿Usted conoce a Aurelia?

—Sí, claro. Es hermana de mi mujer.

Lo dijo con tanta normalidad que supuse que me mentía.

—¿Y ella no ha podido venir?

Me miró sin decir nada. Sin duda me estaba estudiando.

—No está en el país —me dijo al cabo de un rato.

—¿Y dónde está entonces?

—Hace años que se marchó. Eso tendrá que preguntárselo a ella.

Aquel hombre hablaba de forma contundente. Yo estaba seguro de que no le sacaría ninguna información. Abrí la carpeta y vi las fotocopias del tercer diario. Me dio la mano y se despidió precipitadamente.

—Por favor, no se vaya —le dije en un tono que sonó a súplica—. Me gustaría invitarle a tomar algo.

Se detuvo confuso. Era evidente que no deseaba hacerme un desprecio, pero tampoco quería quedarse más tiempo conmigo. Yo no podía dejarlo ir así. Necesitaba averiguar quién estaba detrás de aquella historia. El hombre se disculpó con torpeza.

—Lo siento, no puedo quedarme. Mañana tengo que madrugar mucho para empezar a trabajar.

—¿A qué se dedica usted? —insistí mientras trataba de ganar tiempo.

—Soy vendedor de frutas.

Lo dijo sin dudar, pero yo seguía pensando que todo era una patraña. Finalmente se marchó de forma apresurada. En cuanto desapareció por la puerta pagué y corrí detrás de él. En ese momento no me daba cuenta de la estupidez que estaba cometiendo. Aquello no era una novela policíaca, aunque yo me sentía como un personaje sin definir dentro de una trama novelesca. Pensaba entonces que si lo seguía me iba a conducir al origen de tanto misterio. Cuando salí, la calle estaba vacía. Corrí hacia la esquina más cercana, tratando de que mis pasos no sonaran en el silencio de la noche. No lo vi. Corrí, entonces, en dirección contraria y al volver la esquina tampoco había rastro del hombre. Tomé una dirección al azar, con la esperanza de que quizás se hubiera marchado por allí. Fue inútil. Llegué al hotel desanimado, con ganas de escapar de aquella irrealidad.

Pasé la mayor parte de la noche leyendo el tercer diario. Caí rendido por el sueño cuando empezaba a amanecer. Me desperté todavía cansado. El sol que se colaba por la claraboya me daba en la cara. El personaje de Emin Kemal seguía agazapado entre mis manos, en las páginas fotocopiadas. Lo sentía como a un extraño. No lo reconocía en su escritura. No podía creer que fuera la misma persona con la que yo había compartido tantos momentos. Era incapaz de distinguir lo que había de realidad y de locura en aquellas páginas. El diario estaba incompleto, como me había dicho Aurelia. Parecía que el maestro se hubiera cansado de escribir. Por fin apareció Derya en aquellas páginas y también me costó trabajo reconocerla, aunque su forma de hacer las cosas me resultara muy familiar.

Desayuné en el comedor del hotel sin conseguir concentrarme en lo que hacía. Llamé a Aurelia al número que quedó grabado en mi teléfono. Estaba tan seguro de que no contestaría que al oír su voz dejé escapar algo semejante a un gruñido.

—¿Todo bien? —me preguntó con normalidad.

—No, en absoluto.

—Örzhan me dijo que te entregó la copia del diario sin problemas.

—¿Eso te dijo?

—¿No es así?

—Estoy cansado de este juego —le dije exagerando mi malestar—. Creo que ha llegado el momento de ser francos y quitarnos las máscaras.

—No te entiendo.

—Yo soy el que no entiende nada. ¿Por qué no podemos hablar sin tanto intermediario? No me gusta este tinte novelesco con el que tiñes todo lo que tocas.

Hubo un silencio largo. No insistí porque me parecía que el motivo de mi incomodidad le había quedado claro. Finalmente Aurelia dijo:

—Tampoco a mí me gusta hacer las cosas de esta manera, te lo aseguro.

—¿Y no sería mejor si quedáramos, almorzáramos juntos y me contaras todo desde el principio al final? El diario que me has dado está incompleto. Me estás llevando a un callejón sin salida. ¿Es eso lo que pretendes?

—Te equivocas. Ya te dije que Emin Kemal interrumpió el diario. Tampoco yo lo supe hasta hace muy poco.

—¿Eso significa que la historia va a quedarse a medias?

—No, la historia tiene final. Pero yo pretendía que fuera él quien te la contara con sus propias palabras. De lo contrario, quizás no me habrías creído. Sé que sigues pensando que soy una impostora.

—Intenta convencerme de que no es así. ¿Por qué no nos vemos y me das la oportunidad de comprobarlo?

—Ya te explicó Örzhan que no estoy en Turquía —durante unos segundos pareció que pensaba lo que iba a decir—. Pero hay alguien que puede contarte mejor que nadie el final de esta historia. Es una mujer a la que tú conoces bien. Seguramente a ella sí la creerías. Mi padre puede decirte cómo encontrarla.

—¿Me estás hablando de Derya?

—¿De quién si no? Ella es la auténtica protagonista. En realidad es la culpable de todo. Örzhan te ayudará.

—¿Realmente ese hombre es tu cuñado? —le pregunté olvidándome de lo que estábamos hablando.

Tardó en contestar, y por su tono de voz me pareció que se sentía ofendida por mi duda. Me explicó cómo podía encontrar al hombre que me había entregado la copia del diario la noche anterior.

Tal y como me había dicho, Örzhan tenía un puesto de frutas muy cerca del Gran Bazar. No se sorprendió al verme; yo diría que me estaba esperando. Me saludó y me ofreció un té. Yo tenía prisa por terminar con aquel asunto. Sin embargo, acepté para no demostrarle mi impaciencia. Montamos en la cabina minúscula de un motocarro de tres ruedas y subimos hasta el barrio de Fener. El ruido del motor y las bocinas de los coches que nos esquivaban me impedían escuchar las explicaciones que Örzhan trataba de darme.

Entramos en una casa llena de niños y me condujo a través de un pasillo oscuro hasta un patio. Örzhan me presentó a su mujer y a una cuñada, pero apenas pude intercambiar más que un saludo con ellas. Luego subimos una escalera y entramos en un cuarto que parecía un pequeño santuario recargado de objetos. Había un gran número de relojes, y una de las paredes estaba llena de retratos y fotografías de paisajes. No me dio tiempo a fijarme en más detalles. Sentado en una mecedora vi al anciano que la noche anterior leía el periódico junto a mi mesa en El Café Turco. Llevaba el mismo traje. Se puso en pie y me dio la mano con solemnidad.

—Éste es mi suegro —dijo Örzhan.

El anciano retuvo mi mano. Tenía una barriga prominente y sus manos eran grandes y fuertes a pesar de la edad.

—Yo soy Basak Djaen.

Debió de darse cuenta de mi confusión, porque esbozó sin ganas algo parecido a una sonrisa. Acepté su invitación a sentarme. Los relojes de la pared sonaban desacompasados y llenaban el silencio de la habitación. Entró la esposa de Örzhan con una bandeja y una tetera. Mientras nos servía, me fijé en las fotos. Los retratos eran de Aurelia. Aparecía más joven, pero no me cabía duda de que era ella.

—¿Usted es el padre de Aurelia? —no me respondió. Cogió el vaso de té que le ofrecía su hija y se acomodó en la mecedora. Örzhan y su mujer nos dejaron solos—. Es ella, ¿verdad? —dije señalando a uno de los retratos que había en la pared.

—Sí, es Aurelia hace unos años. Esas otras fotografías las hizo ella —me explicó con desgana, como si quisiera terminar pronto aquella conversación—. Mi hija tiene mucho empeño en que usted conozca la historia de Emin Kemal y la escriba. ¿No es así?

—Eso parece.

—Cuando me confesó que había robado los diarios en España, pensé que se había vuelto loca. No quiero que le suceda nada malo. Ella me juró que no lo mató, pero al principio yo lo dudaba. Se marchó de Estambul hace algún tiempo sin hacer caso a mis consejos. Pero mi hija está contenta con el modo en que se están desarrollando las cosas —hablaba de forma pausada, pensando mucho las palabras antes de pronunciarlas—. Y ahora descubre que Emin no terminó de escribir su historia.

—¿Se refiere al último diario?

—A eso precisamente me refiero. Suponíamos que lo tenía ella, pero no estábamos seguros.

—¿Ella?

—Derya.

—¿Fue Derya quien le dio el diario?

—No, por supuesto que no. Ella jamás lo habría entregado voluntariamente. Fue lo único que pudo llevarse, y lo ocultó para que no se supiera la verdad. Mi yerno se lo robó.

—¿Y cuál es esa verdad que Derya no quiere que se conozca?

Basak Djaen apoyó la cabeza en la mecedora, fijó la mirada en el techo y se balanceó ligeramente.

—La verdad, la verdad... Mi hija cree que si se la contamos nosotros no va a creernos. Aurelia es así: le gustan las cosas retorcidas. Por eso ha decidido que sea Derya quien se la cuente. Yo creo que nunca lo hará, pero mi hija insiste.

—Entonces, ¿Derya está en Estambul?

—Sí, hace años que vive en un agujero lleno de ratas, pero no lo supe hasta que la descubrí rondando el manicomio. Fue Örzhan quien averiguó en qué madriguera estaba escondida. También ella está perdiendo la cabeza. Mi yerno tuvo que robarle esa libreta porque sabíamos que era la única forma de conseguirla.

Todo iba demasiado deprisa. Entendía las cosas sólo a medias. Necesitaba hacer preguntas, pero no quería interrumpirlo. Tomé mi vaso de té y fingí que sus palabras no eran un jeroglífico para mí. Basak apenas me miraba. Hablaba como ausente.

—No sé si lo estoy entendiendo bien —dije por fin—. Su relación con Derya es...

—No existe esa relación —me cortó de forma tajante—. Por mi parte se rompió cuando nació Aurelia, aunque le confesaré que nunca me hizo gracia esa mujer. También jugó con usted, según tengo entendido, y lo manipuló.

Basak lo dijo sin levantar la cabeza, con la mirada fija en los terrones de azúcar. Por eso no pudo ver mi reacción, ni darse cuenta de mi sofoco. Yo trataba de averiguar lo que había detrás de las palabras de Basak Djaen, pero apenas me daba tiempo a asimilar lo que me estaba contando.

—¿Y cuál es mi papel ahora?

—Aurelia se ha empeñado en que sea Derya quien le cuente el final de la historia. Es una forma de humillación, pero también es la manera de que conozca la verdad de primera mano. Mi hija piensa que nosotros somos una parte demasiado importante en este asunto y que usted podría pensar que lo único que pretendemos es vengarnos de ella o de su marido.

—¿Vengarse de qué?

—De todo lo que ellos le hicieron a mi hija.

—Me estoy perdiendo.

—Es normal que se sienta así.

—Me resulta más fácil creer que todo esto son patrañas de una mujer que no está en su sano juicio —le dije con rabia, tratando de protegerme en realidad de mi gran ignorancia, de mi desventaja—. Si pienso en todo este asunto, encuentro demasiados puntos oscuros. ¿Quién me asegura que esos diarios no son falsos, que todo esto no es más que una burla? Ni siquiera la letra es de Emin Kemal. Yo estuve a su lado durante años. Lo conocí bien. Hay muchas cosas del escritor que me resultan irreconocibles en sus diarios. Podría haberlos escrito cualquiera.

Basak Djaen estaba sonriendo; más bien insinuando una sonrisa.

—Usted no sabe nada, querido amigo. Usted es una víctima como nosotros, como el propio Emin Kemal —me levanté enfadado. Aquel juego había acabado con mi paciencia—. No se altere. A estas alturas ya no merece la pena.

Örzhan entró en la habitación, sin duda alertado por las voces. Me quedé junto a la puerta. Basak me miraba ahora fijamente.

—No te preocupes —le dijo a su yerno—. Todo está bien. El señor René lo va a entender todo enseguida. Espero.

Le dio instrucciones a Örzhan. Yo trataba de calmarme. Entendía que aquel hombre no tenía la culpa de lo que me estaba sucediendo.

—Lo llevaré a su hotel —dijo Örzhan—. Mañana le indicaré dónde puede encontrar a esa mujer.

—Si es astuto, es posible que consiga que ella le cuente algo —concluyó Basak Djaen—. De lo contrario tendrá que creer usted en mi palabra. Y le aseguro que es lo único que me queda ya en esta vida.

Aquella noche hablé con Ángela Lamarca. Necesitaba distraerme de tanta confusión. Sentía unas ganas enormes de seguir escribiendo, pero al mismo tiempo me resistía a ser una marioneta en aquella historia. Le conté las cosas a medias. No le hablé de Derya. Tenía miedo de parecerle un estúpido.

—Quizás también a mí me vendrían bien unos días en Estambul para escapar de esta vorágine navideña —me dijo tal vez para ponerme a prueba.

Estaba seguro de que, si ella percibía en mi voz que no me parecía una buena idea, no tardaría en presentarse allí. En realidad la compañía y el consejo de Ángela me venían muy bien, pero era yo quien tenía que salir de aquel laberinto en el que me había metido solo. Después de hablar con ella, empecé a escribir hasta que el agotamiento me venció.

Örzhan se presentó en la puerta del hotel con el motocarro de la fruta. Me saludó con una generosa sonrisa y me invitó a subir. El vehículo no tenía puertas y cada vez que tomaba una curva tenía que agarrarme con fuerza para no salir despedido.

—Vamos a Eyüp —me dijo cuando le pregunté—. A estas horas podrá encontrar a esa mujer rondando las mezquitas y los lugares sagrados.

—¿Derya en una mezquita?

—Sí —me dijo muy serio—. Vive de la limosna de los peregrinos.

Llegamos con el motocarro hasta la explanada de la mezquita de Eyüp. Örzhan me pidió que lo esperase allí. Tardó casi una hora en regresar. Estaba empezando a desesperarme.

—La he visto —dijo haciéndome una señal para que lo siguiera—. Está en el panteón.

Lo seguí a pocos metros. Se detuvo frente a un café.

—Será mejor que yo me quede aquí —me explicó Örzhan bajando la voz—. Si me ve, empezará a gritar que quiero matarla y desaparecerá durante días. Vive arriba, en la subida del cementerio, pero casi nunca está en esa madriguera. Me costó mucho trabajo dar con ella. Tuve que pegarle para que me diera el diario.

La contundencia de las afirmaciones de aquel hombre me impidió dudar de su palabra. Insistí para convencerlo de que no me esperase.

Si no fuera por la seguridad con que Örzhan me lo dijo, jamás habría pensado que aquella mujer fuera Derya. Tenía ya sesenta años, pero su aspecto era el de una anciana decrépita. Vestía de negro hasta los pies y llevaba la cabeza cubierta con un pañuelo. Pasé por su lado mirándola de reojo. No me vio. Mi primera idea fue huir de allí. Me horroricé al contemplarla de cerca. No podía ser la misma mujer que yo conocí en Madrid veinte años atrás. Y sin embargo tenía sus facciones, reconocía algunos gestos e incluso la forma de girar la cabeza. Estaba arrodillada delante del conjunto funerario de Mihrişah. De vez en cuando recibía alguna moneda y entonces hacía un gesto de agradecimiento y una inclinación. Tardé en tomar una decisión. Me acerqué, dejé caer unas monedas y seguí caminando sin volverme a mirarla. No fui capaz de decirle nada; ni siquiera mirarla a los ojos. Pasé el resto del día observándola a distancia. Cuando se levantó, el sol ya declinaba y estaba haciendo mucho frío. La seguí por la calle estrecha y empinada que sube entre el cementerio hasta la parte alta del barrio. A veces tenía la tentación de llamarla, y otras quería salir corriendo. De vez en cuando se sentaba a descansar y seguía subiendo la cuesta con un andar cansino, arrastrando los pies. Empezaba a oscurecer, y el cementerio me provocaba desasosiego. Entró en una casa de una sola planta. La vivienda era vieja, pequeña. De repente, ignoro por qué, me vino la imagen de Tuna y eché a correr cuesta abajo hasta la mezquita. Ahora no era un juego: aquélla era Derya y ésa era la realidad. Marqué angustiado el número de Aurelia. El prefijo era de Turquía, y aquella incongruencia no dejaba de confundirme.

—¿Has hablado con ella? —me preguntó antes de darme tiempo a decir nada.

—No, no lo he hecho.

—Pues no pierdas más tiempo. No anda bien de salud.

—¿Y qué se supone que debo preguntarle?

—Todo lo que quieras. Ella es quien mejor conoce esta historia.

—Tendré suficiente con lo que tú me cuentes. Te voy a creer, me digas lo que me digas.

—¿Y después de haber llegado tan lejos vas a renunciar a oírlo de su boca? No me digas que todavía tiene influencia sobre ti.

Aquella noche empecé a escribir convencido de que no volvería a estar cerca de Derya. Ahora era el personaje de Aurelia el que empezaba a interesarme más. Y, a pesar de todo, no conseguía quitarme de la cabeza la imagen de Derya clavada de rodillas y pidiendo limosna.

Por la mañana vi las cosas de otra manera. El descanso me sentó bien. Tomé un taxi y me dirigí al cementerio de Eyüp. No sabía bien qué iba a decirle, ni podía imaginar su reacción al revelarle quién era yo, pero me sentía incapaz de quedarme en el hotel escribiendo.

La busqué sin éxito por los mismos lugares del día anterior. Finalmente fui a su casa. Llamé sin convicción, pero nadie respondió. No se veían vecinos por los alrededores. Rodeé la manzana. Sin pensar muy bien lo que hacía, en apenas unos segundos, le di una patada a la puerta y la cerradura saltó. Resultó demasiado fácil. Esperé por si alguien había oído el ruido y se asomaba, pero la mayoría de las casas tenían el mismo aspecto de abandonadas que aquélla.

Todo era viejo y estaba sucio. En la cocina, los cacharros se amontonaban en un fregadero seco. La casa no tenía luz eléctrica ni agua. Había pocos muebles. Con un vistazo rápido se veía todo. En el dormitorio encontré periódicos antiguos amontonados, algunos libros, sobres de cartas y fotografías muy deterioradas. No reconocí a ninguna de las personas de las fotos. Había ropa tendida en las sillas y en una cuerda que cruzaba la habitación. La cama estaba deshecha y a los pies vi un brasero. Aquélla no era la mujer amante del lujo y de la belleza que yo conocí. Revolví algunas cosas que encontré en una mesa y sentí arcadas. Las ventanas de atrás daban al cementerio. Era difícil saber cómo había llegado Derya a semejante situación. Salí desolado.

Había decidido volver a mi hotel y hablar con Aurelia. Estaba harto de tantos enigmas. Pero algo me retenía en aquel lugar.

Encontré a Derya ante la puerta de la mezquita de Eyüp, sentada en los escalones de mármol, pidiendo dinero con una mano y sosteniendo un trozo de pan en la otra. Pasé mucho tiempo observándola. La seguí cuando se alejó por la explanada. Durante más de una hora estuvo sentada en el jardín del pequeño cementerio de una mezquita. Se quedó al sol, sin duda para entrar en calor. Los gatos se le acercaban, y la anciana los espantaba con un movimiento suave de los brazos. A ratos parecía que se quedaba dormida. A media tarde seguía allí sentada, y decidí acercarme sin haber pensado aún lo que iba a decirle. Traté de pronunciar bien para que me confundiera con un turco. Le dije unas frases de cortesía sobre el frío y la escasez de turistas. Se mostró esquiva y desconfiada. De repente le dije:

—He venido desde muy lejos para hablar contigo.

Me miró y empezó a respirar aceleradamente.

—¿Quién eres? —me preguntó con miedo.

—Soy René. ¿No me reconoces?

—¿René? ¿Qué René? No conozco a ningún René.

—René Kuhnheim.

—No te conozco —dijo asustada—. ¿También tú has venido a matarme?

—¿Quién quiere matarte?

—Ellos.

No podía saber si estaba loca o fingía. Derya era capaz de cualquier cosa.

—Sólo he venido a hablar contigo. Merezco alguna explicación. ¿No te parece?

—No sé de qué me hablas —dijo y se levantó con mucha decisión.

—Supongo que sabrás que Emin ha muerto —le solté a bocajarro antes de que se alejara.

—Mientes —dijo deteniéndose—. Emin está vivo y tú eres uno de ellos.

—Sufrió un infarto.

Le temblaba la barbilla. Por un momento pareció que dudaba entre quedarse o echar a correr.

—¿Quién eres tú? ¿Por qué vienes a contarme estas cosas?

—Ya te lo he dicho: soy René. Te marchaste sin despedirte.

—Te estás confundiendo de persona. No te conozco.

—He venido a que me cuentes el final de la historia. Al parecer tú la conoces mejor que nadie, Derya.

Cuando oyó su nombre echó a caminar deprisa. Entró en la mezquita y tuve que quedarme fuera. Quería evitar un escándalo. Tal y como imaginé, salió por la otra puerta. Fue una suerte que se me ocurriera esperarla allí. O tal vez fue un error, no lo sé. Al verme empezó a dar manotazos al aire.

—Déjame, o llamaré a la policía. Sé quién te envía.

La gente caminaba alrededor y miraba la escena, pero nadie se detenía. Ella comenzó a elevar el tono de voz.

—Sólo quiero hablar contigo, Derya —le dije, aunque sabía que era inútil insistir—. No voy a hacerte daño

—se cubría la cara como si esperase que la golpeara—. Soy René.

Echó a correr torpemente y cayó al suelo. Cuando la cogí por el brazo para ayudarla a levantarse, gritaba como si estuviera poseída. Ahora la gente me increpaba. Llegaron unos policías y levanté las manos para demostrar que no quería hacerle daño. Uno de ellos me preguntó qué estaba pasando. Al parecer la conocían. Traté de salir airoso de la situación. Me fui apartando y me dejé envolver por los curiosos que habían formado un corro. Estaba muy alterado y arrepentido de haber hablado con ella. Mientras me alejaba, seguía oyendo sus gritos. La imagen de la mujer que yo había conocido años atrás se fue desdibujando poco a poco y, al llegar a la parada de taxis, había desaparecido para siempre.

No me sentía con ánimo para volver al hotel. Monté en un transbordador en Eminönü para ir a la otra parte del Bósforo. El aire cortante y frío de diciembre me sentó bien. Las nubes habían cubierto el cielo. Sentado en mi butaca, vi a través de los cristales la orilla que se alejaba, los palacios, las laderas de pinos que se extendían hacia el norte. Estuve deambulando el resto del día por un mercado hasta que comenzaron a caer pequeños copos de nieve. Aquella visión, que me recordaba a mi infancia, me reconfortó. Entonces apareció el número de Aurelia en mi teléfono. La mujer debió de percibir algo en mi voz.

—Has hablado con ella. ¿Me equivoco?

—No, no te equivocas —le dije derrotado—. Ha sido muy desagradable.

—Me lo imagino. Entonces ya lo sabes todo.

—No sé nada. Ha enloquecido, ni siquiera me reconoció.

—Pobre René —dijo con ironía—. Sigues siendo un ingenuo. Claro que te ha reconocido.

Le conté la escena de la mañana saltándome algunos detalles, como la entrada en su casa. Aurelia escuchó sin interrumpirme.

—Te ha engañado —me dijo cuando terminé—. Te aseguro que está totalmente cuerda. Ése es su peor castigo. Si al menos hubiera enloquecido, no sufriría al ver la situación en que se encuentra, ni sería consciente del daño que ha hecho. Pero se da cuenta de todo.

—Estoy cansado de este asunto. Me estás haciendo perder el tiempo. Los dos salimos perjudicados: tú y yo.

Quise deducir del silencio de Aurelia que vacilaba, que por un momento tenía dudas sobre lo que estaba haciendo. Estaba equivocado.

—Tienes que ser paciente.

—¿Más?

—Un poco más —dijo después de un breve silencio—. Ya hemos llegado demasiado lejos. Si ella no te ha querido contar cómo sucedió todo, lo haré yo.

—¿Vuelves a jugar conmigo?

—Entiendo que pienses eso, pero te demostraré que no es un juego —dijo con mucha convicción—. Sólo queda un camino: que mi padre te cuente lo que Emin Kemal no pudo escribir en sus diarios porque su salud se lo impidió.

—¿Y por qué no lo haces tú?

—¿Me creerías?

—Ya no sé lo que puedo creer y lo que no.

—¿Sabrías volver a la casa de mi padre?

—No. Tu cuñado conduce esa moto de tres ruedas como un demonio. Bastante hice con sobrevivir.

Sin pretenderlo, había conseguido que ella riera. Aquello también alivió mi tensión.

—Sí, Örzhan es así —dijo Aurelia en un tono más relajado—. Toma nota de la dirección.

Estambul despertó con una capa de nieve que iluminaba sus tejados y atenuaba el intenso azul del Cuerno de Oro. Las cúpulas de las mezquitas aparecían desdibujadas bajo una tenue neblina. Basak Djaen me estaba esperando en la misma posición. Se mecía levemente en su asiento mientras escuchaba el sonido de los relojes que colgaban de las paredes. Su hija me condujo hasta él con mucha amabilidad. Era evidente que estaban advertidos de mi visita.

—Si no ha enloquecido, lo finge muy bien —le dije sin preámbulos.

—A mí también me engañó al principio —dijo Basak—. Luego nos demostró a todos quién era la verdadera Derya.

—¿Quién es la verdadera Derya? He venido aquí para que me lo cuente.

—Tendrá entonces que confiar en mí.

—No tengo otra elección.

—No, no la tiene. Es cierto —se quedó en silencio y buscó algo en el bolsillo: era un reloj enganchado a una cadena. Comprobó la hora con los otros relojes—. Aurelia ha pensado hasta hoy que lo que vamos a hacer no era una buena idea, pero yo creo que es la única forma de liberarlo a usted de este enredo en el que ella lo ha metido —guardó su reloj y se levantó—. Aurelia es una persona especial. La quiero tanto como a mis otras hijas, pero es la que más dolores de cabeza me ha dado. Ella no quería que llegáramos a este punto, pero a mí siempre me pareció que tenía que haber empezado por aquí.

—Por favor, se lo ruego, sea más claro.

—Tenga paciencia, amigo, tenga paciencia.

Basak Djaen no quiso darme explicaciones sobre lo que pretendía hacer. Entró su hija y le avisó de que nos esperaba un coche en la puerta. Era un vehículo viejo, abollado y con la pintura descascarillada. Pertenecía a un vecino a quien Basak le había pedido el favor. El hombre tenía aspecto rudo, pero trataba al anciano con gran amabilidad.

—Mal día para salir de casa —dijo Basak al montarse en el coche—. Esta nieve lo complica todo.

Cruzamos Estambul en dirección norte por el puente de Atatürk. Con la nieve y el barro, el tráfico en la ciudad era muy complicado. Cuando finalmente conseguimos salir del atasco, nos dirigimos hacia el bosque de Belgrado. El chófer seguía las indicaciones de Basak Djaen. A unos veinte kilómetros, cogimos una carretera estrecha que se hacía peligrosa por la nieve. Los cristales se empañaban y resultaba difícil ver el entorno. El lugar estaba rodeado de antiguos embalses y fuentes. Entonces, el camino se ensanchó un poco y fuimos a parar a un edificio que asomaba entre los árboles. Avanzamos paralelos a un muro de piedra muy sólido, hasta dar con una puerta de hierro rematada en puntas que parecían lanzas. A través de las rejas alcancé a ver el edificio que poco antes despuntaba entre los árboles. El coche se detuvo.

—¿Dónde estamos? —pregunté sobrecogido por la visión de los muros y el aspecto desolador de aquel lugar—. Esto parece una cárcel.

—Es mucho peor —me dijo Basak Djaen—. De la cárcel se puede salir, pero de aquí no se sale nunca. Estamos en el infierno, querido amigo.

8.

Mientras René terminaba de meter las últimas cosas en su maleta, sintió un pinchazo en la cabeza y se quedó parado. Aquel aviso de migraña le trajo una vez más el recuerdo de su madre. Estaba solo en su habitación de la residencia de estudiantes. Su equipaje para Estambul era muy ligero, porque no pretendía quedarse mucho tiempo allí. Ingenuamente creía que cuantas menos cosas llevara, antes sentiría el apremio de regresar a Múnich. Hacía tres años que salió de Estambul y en los últimos meses había dejado de recibir noticias de su madre. Hasta que sonó el teléfono la noche anterior, y su padre le dio la noticia. Fue Wilhelm quien se encargó de improvisar aquel viaje precipitado.

A través de la ventana entraba un viento suave que anunciaba calor en el arranque del verano. Le gustaba Múnich en aquella época del año. La residencia se quedaba casi vacía, la ciudad cambiaba su ritmo y el Jardín Inglés parecía un bosque. Pensó en su madre y se vio atrapado, una vez más, en una extraña sensación de remordimiento y melancolía. A pesar de lo sucedido, no podía evitar un cierto resentimiento hacia ella, una inexplicable amargura que le impedía pensar en su madre con normalidad.

Cerró la puerta de su habitación por dentro, abrió del todo la ventana y encendió un cigarrillo. El humo le recordó la bruma de Estambul al amanecer. No quería recrearse en recuerdos tristes, pero era inevitable. Pensó en aquel 14 de diciembre de 1975 en que se fumó el primer cigarrillo encerrado en su habitación, junto a Tuna, Salih y su hermana Nuray. Otra vez la imagen de Tuna. Siempre los recuerdos. Cuando creía que se había olvidado de ella, de pronto surgía detrás del detalle más insignificante: el rostro de una mujer con la que se cruzaba en la calle, un gesto de Berta, una frase que alguien pronunciaba, un perfume.

Aquel 14 de diciembre una ligera bruma cubría Estambul. El salón de actos del Alman Lisesi estaba a rebosar. La gente se apelotonaba en los pasillos laterales y resultaba difícil moverse. René Kuhnheim había estrenado un traje y llevaba la corbata que le regaló Tuna unos días antes. Intentaba no pensar en su nerviosismo. A su derecha se había sentado Wilhelm, y al otro lado tenía a Salih, a su hermana y a Tuna. Patricia se quedó en casa, con una migraña que le impedía hacer nada. Desde que René recibió la noticia del premio literario, no había podido dormir. Su cuento, en alemán, era el favorito de Tuna. Lo escribió para ella, como la mayoría de los cuentos. La chica, sentada tres butacas más allá, lo miraba de reojo, tímidamente, y sabía que René estaba nervioso y feliz. Su padre, junto a él, paseaba sus ojitos diminutos por la sala y no disimulaba su satisfacción. Cuando llamaron a René, él le apretó el brazo con fuerza y le dio ánimos en un susurro. El chico subió al escenario muy alterado. Tuna no apartaba sus ojos de él. Recogió con torpeza el diploma y leyó su cuento con una voz firme que, de vez en cuando, se quebraba por el nerviosismo.

A la salida del liceo, Wilhelm quiso invitarlos a cenar a los cuatro. René nunca lo había visto tan hablador. Por lo emocionado que estaba, parecía que él hubiese ganado el premio literario. Tuna, sentada frente a René, lo miraba con disimulo. No quería que nadie la sorprendiera observándolo. Las dos chicas apenas hablaban. Cuando se despidieron de Wilhelm, René invitó a sus amigos a casa.

Tuvo que insistir para que aceptasen. Se encerraron en el cuarto del chico. René trajo una botella de vino y la descorchó. Tuna y Nuray fingieron que se escandalizaban. Salih sacó un paquete de tabaco y repartió cigarrillos.

—Si mi padre viera esto, se moriría —dijo Tuna en un ataque de remordimiento, y después se puso el vaso en los labios y se los humedeció con el vino.

René encendió el primer cigarrillo de su vida y llenó sus pulmones de aire hasta donde le permitió un inesperado golpe de tos. Brindaron. Nuray fumaba mejor que su hermano. Aunque en ese momento no podía saberlo, la expresión emocionada de Tuna lo iba a acompañar por mucho tiempo, y cada vez que cerrara los ojos vería su rostro feliz y aquel brillo en su mirada que terminaría por apagarse. Mientras vaciaba sus entrañas en el baño, al amanecer, René seguía viendo aquella expresión de Tuna.

Se levantó con dolor de estómago y con la sensación de tener un peso terrible sobre la cabeza. Su dormitorio apestaba a tabaco. Abrió la ventana y tuvo que salir de allí por el frío. Patricia estaba en la cocina, tomando un té y mirando a través de los cristales. Vista así, de espaldas, le pareció una desconocida. Hacía tiempo que su madre había empezado a convertirse en una extraña. Se saludaron con frialdad. René esperaba alguna pregunta, pero ninguno de los dos dijo nada.

—¿Vas a salir? —preguntó mucho después Patricia sin apartar la mirada de la ventana.

—Seguramente.

Le resultaba odioso tener que dar explicaciones a su madre. Otras veces se sentía defraudado por que no se las pidiera. Era una continua contradicción. La veía cada vez más distante: ausente y metida en sus pensamientos. El mundo de Patricia se había reducido a la pintura y a los gatos. Cada vez había más gatos en aquella casa, y a veces René pensaba que recibían más cariño de su madre que él mismo.

Igual que otros sábados de los últimos meses, salió dando un paseo hacia el mercado de los libros. Era el único día en que tenía algo más de tiempo para hablar con tranquilidad con Tuna. Se citaban en la librería de su padre. Solía quedarse a cargo del negocio mientras él iba a solucionar algún asunto. Desde que Tuna entró en la universidad apenas podían verse. Por eso fue tan importante para él que la chica aceptara su invitación al Alman Lisesi para la entrega del premio. A René le costaba trabajo entender las normas que regían la vida de la muchacha. Comprendía que tuviera que echarle una mano a su madre con Utku. El hermano de Tuna ya tenía más de veinte años y seguía necesitando los cuidados de un niño. Ella lo trataba con mucha paciencia, pero a veces se desesperaba. La vida de Tuna se adaptaba a las necesidades del hermano deficiente.

Aquella mañana de diciembre, algo le hizo detenerse antes de entrar en la librería. Una llovizna suave caía sobre la ciudad, y el viento ayudaba a que la mañana fuera fría. Se quedó parado bajo la lluvia. Tuna hablaba con alguien entre las montañas de libros. Como otras veces, esperó a que se quedara sola para entrar. Pero cuando el cliente salió se dio cuenta de que era Salih Alova. Se contuvo un instante antes de llamarlo. Permaneció bajo la lluvia dejando pasar el tiempo. Era la primera vez que veía a Salih en la librería.

—Mi padre volverá pronto hoy —le dijo Tuna cuando lo vio aparecer—. No quiero que te vea.

René lo tomó con resignación, como otras veces.

—No me verá, no te preocupes.

Ella había perdido el brillo del día anterior. Tenía cara de cansancio y no estaba muy habladora. René esperó con impaciencia a que Tuna le contara que Salih había estado allí, pero la chica no lo mencionaba. Habló de la noche anterior. Intentó mostrar normalidad. Luego la invitó a salir por la tarde.

—Imposible —dijo Tuna—. Tengo que estudiar y quedarme con mi hermano.

—He ido a casa de Salih esta mañana y no estaba —mintió.

Ella no lo miró a la cara. Fingió que ordenaba algunos libros sobre el mostrador. Sintió aquel silencio como un puñal en el pecho. Siguió fingiendo, pero Tuna no mencionó la visita de Salih. Cuando salió de la librería, el rostro le ardía de rabia. Aún no sabía que aquel fuego que lo arrebataba eran celos. Ese día presenció la primera discusión seria entre su madre y Wilhelm.

Hacía tiempo que Patricia y Wilhelm se habían distanciado. En realidad, ella se estaba aislando cada vez más del mundo. Había dejado la educación de René en manos de Wilhelm. Cuando el chico llegó a casa, los encontró enzarzados en una absurda trifulca cuyo origen desconocía. Su madre miró al chico como a un extraño y salió sin dar explicaciones. Ante la expresión desvalida de René, su padre trató de hablarle, pero no fue capaz de decir nada coherente. No hacían falta explicaciones para que el muchacho comprendiera que la relación entre sus padres se estaba desmoronando. Wilhelm estuvo fuera del país durante unos días, y a su vuelta de Múnich ya nada volvió a ser igual.

René había entrado en un remolino que lo arrastraba y del que no podía salir. Cuando se convenció de que la amargura que le provocaba Tuna eran celos, habló con Salih Alova, y la normalidad con que su amigo le contó todo lo hizo sentirse aún peor.

—No, yo no estoy enamorado de Tuna —le dijo Salih con un cigarrillo en la mano al salir del Alman Lisesi—. Ni ella está enamorada de mí, si es eso lo que quieres saber. Todas esas cosas que me cuentas sólo están en tu cabeza. Pero tú y yo pertenecemos a mundos distintos y es difícil que lo entiendas.

—Yo puedo entenderlo si tú me lo intentas explicar.

Salih se detuvo y tiró el cigarrillo al suelo. Sacó las llaves de un coche, lo abrió y le pidió a René que subiera.

—¿Vas a conducir el coche de tu padre? No tienes licencia.

Su amigo lo miró tratando de ser paciente. La ingenuidad de René lo dejaba sin argumentos.

—A eso me refiero. Yo no necesito licencia para conducir este coche cuando quiera; pero tú sí. Eso es pertenecer a mundos distintos.

René se quedó callado. Salih Alova no dejaba de sorprenderlo. Mientras lo llevaba a casa, le contó lo que pretendía saber sobre Tuna.

—Yo no podría enamorarme de Tuna —le dijo Salih mientras conducía como un chófer experto—. No podría estarlo, sabiendo lo que sientes por ella. Pero tú te irás de aquí.

—Empiezas a hablar como ella.

—Es la verdad. Será más tarde o más temprano, pero te irás. A mi padre le gustaría que Tuna fuera mi esposa. Y al padre de Tuna también. Si tú no hubieras aparecido, yo la querría mucho y ella me querría a mí. Pero apareciste. Yo no voy a casarme con Tuna, ni tú tampoco. Así que trágate esos celos y confía en tus amigos, porque es lo único que tienes aparte de la familia.

Las palabras de Salih le resultaron reveladoras. Una vez más, pensó que apenas conocía nada de Tuna. Lo que él percibía de la chica era algo que ella se esforzaba en mostrar, pero la mayor parte de su vida era totalmente desconocida para él. Sin poder evitarlo, cada día estaba más lejos de ella.

Apoyado en la ventana de la residencia de estudiantes de Múnich, René Kuhnheim recuerda sus últimos meses en Estambul mientras el humo de su cigarrillo dibuja caprichosas volutas en el aire. Siente que acaba de abrir un viejo libro que tenía abandonado en los estantes y ahora recupera parte de una historia que había dejado incompleta. Llaman a la puerta y alguien le avisa con voz impersonal, desde el pasillo, de que tiene una llamada. Apenas se cruza con otros estudiantes hasta llegar a la recepción. Es Wilhelm quien lo llama.

—Voy a ir contigo a Estambul —le dice su padre.

—No hace falta. Yo puedo encargarme de todo —le responde René sin demasiada convicción—. No quiero causarte ninguna molestia.

—No es ninguna molestia. Además, creo que es mi obligación. Ya tengo los billetes.

—Como quieras.

—Pasaré a recogerte en cuarenta y cinco minutos. ¿Estás preparado?

—Sí.

La conversación suena fría, distante. Hace tiempo que René y Wilhelm se han distanciado por culpa de Berta. Regresa a su habitación y saca algunas cosas de la maleta. Está obsesionado con llevar lo menos posible. Cierra de nuevo la puerta por dentro y enciende otro cigarrillo. Algunas parejas pasean por el jardín de la residencia. Se pregunta qué estará haciendo Berta. Enseguida le vuelve a la cabeza la imagen de Tuna, pero Patricia irrumpe como un torrente desde los resquicios de su memoria.

Cuando Wilhelm Nachtwey le confesó a René que se trasladaba a Múnich definitivamente a finales de agosto, el chico sintió que el mundo se partía por la mitad. Hacía tiempo que la relación entre Patricia y Wilhelm estaba en crisis. Él había tratado de mantenerse en equilibrio entre su madre y el único padre al que conocía. Pero Patricia no le ponía las cosas fáciles. Su comportamiento solía sacar de quicio al chico. Ella se parecía cada vez más a la abuela Arlette en sus últimos tiempos. Vivía ajena del todo al mundo que la rodeaba. De repente se dio cuenta de que su madre no sólo era una persona frágil, sino también desequilibrada, desinteresada por la vida y por los problemas de su hijo. Quizás era demasiado tarde cuando lo entendió, porque el abismo entre los dos resultaba ya insalvable.

La noticia de que Wilhelm se marchaba a Múnich definitivamente le produjo una angustiosa sensación de orfandad.

—¿Lo sabe mi madre?

—Lo sabe desde hace mucho tiempo y no ha hecho nada por evitarlo.

La separación de Patricia provocó un mayor acercamiento entre el padre y el hijo. René entendió que a veces le había hecho pagar a Wilhelm el malestar y la falta de entendimiento con su madre. Ahora quería recuperar parte de aquel tiempo y ser justo con él. Pero Wilhelm no quiso aprovecharse de aquella debilidad. Siguió comportándose como siempre con el chico, aunque ya apenas se veían en casa. René comenzó a visitarlo con más frecuencia en el hotel, a presentarse en su oficina para salir a las librerías o a los cafés que tanto le gustaban a Wilhelm.

En la primavera, los estudios de René ya estaban encauzados y había llegado el momento de tomar una decisión sobre el futuro. Cuando su padre le preguntó qué quería estudiar, René dijo sin dudarlo:

—Periodismo.

El hombre sonrió por la seguridad con que respondió el muchacho. Sabía que la decisión estaba tomada tiempo atrás, pero quería escucharlo de su boca. Cuando se lo contó a su madre, ella lo miró desde la profundidad de su pozo y suspiró. Aquella falta de interés en su hijo fue el primer motivo de discusión seria entre los dos. René le reprochó a su madre cosas que llevaba tiempo guardando dentro, y ella lo trató como a un niño consentido que siempre había tenido todo lo que quería. Los dos se hicieron reproches duros, hasta que Patricia se quejó de su migraña y se encerró en el dormitorio. Esa noche René durmió en casa de Salih Alova. Dos meses después, le confesó a su madre que había decidido irse a estudiar a Múnich con Wilhelm. Ella lo miró con frialdad y sólo dijo: «Si eso es lo que quieres, adelante».

Fue el propio René quien le comunicó a su padre que quería ir con él a Múnich. Al principio Wilhelm consideró que su decisión era una rabieta de adolescente en crisis, y por eso no se opuso. Pero con el paso de los días René seguía obstinado en su idea. No trató de hacerlo desistir. Y sin embargo sabía que si se marchaba con él a Múnich el distanciamiento con su madre sería definitivo. Cuando René se lo contó a Tuna, la chica ni siquiera parpadeó. No mostró sorpresa, no se sintió decepcionada, no le hizo preguntas. Parecía que supiese ya lo que iba a suceder. Cada vez se veían menos. El comportamiento de René la desconcertaba. Pasaba de la euforia al abandono. La esperaba algunos días al salir de la universidad y luego estaba temporadas largas sin saber nada de él. Aceptó resignada aquellos altibajos en el carácter del muchacho. En las pocas ocasiones en que pudieron hablar con calma, sin exaltarse, René le confesó que andaba perdido. No reconocía a su madre, ni quería ser testigo de la decadencia en que estaba cayendo. Hablaban poco de sus sentimientos y, cuando lo hacían, Tuna levantaba siempre una gran barrera que le impedía a René conocer los rincones de su corazón. Los dos sabían que el verano iba a suponer la separación, pero no hablaban del futuro. Los meses transcurrieron, y las neblinas dieron paso a un cielo azul y limpio que transformó la ciudad. El final de curso los distanció aún más. René llegó a arrepentirse de la decisión de ir a estudiar a Alemania. Esperaba que Tuna le pidiera que se quedase, pero ella no podía imaginar lo que pasaba por la cabeza del chico. En las últimas semanas se produjo una gran incomunicación entre los dos. René no quiso anunciar la fecha de su partida. Se la ocultó a Tuna y a Salih. Esperaba desaparecer de la ciudad sin hacer ruido. Se lo comunicó a sus amigos apenas dos días antes.

Cuando el avión despegó del aeropuerto de Estambul, en agosto de 1976, René Kuhnheim no sabía que aquélla era una despedida casi definitiva. Sin haberlo planeado, en sus maletas llevaba las pocas cosas que le importaban en la vida. Pensó en su madre, pensó en Tuna y sintió una presión grande en el pecho. A sus diecisiete años había tomado una decisión para la que no se consideraba preparado. Miró a Wilhelm, sentado a su lado, e imaginó cómo vería la vida cuando tuviera su edad. Tenía ganas de llorar, pero no podía. El hombre debió de adivinar las tribulaciones por las que estaba pasando el chico. Le apretó la mano y trató de transmitirle serenidad.

—No te atormentes —le dijo Wilhelm—. No eres el primero que va a pasar por este trance, ni serás el último. Además, hagas lo que hagas, siempre tendrás la sensación de haberte equivocado.

René lo miró y por primera vez le pareció que aquel hombre era un total desconocido. Y realmente lo era.

Hasta llegar a Múnich, René nunca se había preguntado quién era realmente Wilhelm Nachtwey. La mayoría de los padres contaba a sus hijos detalles del pasado, de la familia; pero Wilhelm era diferente a los padres de sus amigos. Ahora, en una ciudad que le resultaba desconocida, tuvo una sensación extraña al montar en el taxi con él, al escuchar las explicaciones que le daba sobre los edificios o sobre las calles. René no prestaba atención a su padre, sino que lo observaba con disimulo y trataba de ver más allá de su mirada de miope.

El vehículo se detuvo en Cuvilliesstrasse, una calle tranquila, de casas alineadas delante de pequeños jardines. Le pareció que Wilhelm estaba nervioso. Era la primera vez que recordaba verlo alterado.

—Hoy nos quedamos aquí —le dijo al chico—. Mañana buscaremos un hotel. Quiero que conozcas a mi hermano y a su mujer.

Era una casa de tres plantas. En el jardín, muy cuidado, había una estatua de bronce. De la fachada colgaba un cartel donde se podía leer «Galería de Arte». Les abrió una mujer que aún no había cumplido los cuarenta años. Llevaba el pelo recogido en un moño y parecía que estuviera esperándolos. Apenas intercambió unas palabras de cortesía con Wilhelm.

—Tú debes de ser René —dijo ella dándole la mano al chico—. Yo soy Hannah. Karl está arriba. Os espera desde hace un rato.

El primer piso era la galería. Las paredes estaban cubiertas por cuadros de grandes dimensiones que impresionaron a René. Karl Nachtwey estaba fotografiando las obras con una máquina muy aparatosa. Dejó el trabajo y se quedó mirando al chico.

—Mi hermano Karl —le dijo Wilhelm a su hijo.

Karl le dio la mano y le preguntó con mucha formalidad cómo había ido el viaje. Subieron al piso superior y Hannah preparó un té mientras los tres se sentaban en el mirador que daba al jardín trasero. René permaneció callado todo el tiempo. Escuchaba la conversación fría de los dos hermanos y miraba de reojo a la esposa de Karl. Ahora su padre le parecía un completo desconocido. Ignoraba si su madre sabía más cosas que él sobre la familia de Wilhelm en Alemania.

René esperó pacientemente durante todo el día para quedarse a solas con su padre. Se instalaron en el último piso, en dos dormitorios contiguos. Al parecer, al día siguiente dejarían la casa. Entró en la habitación de su padre y se sentó a los pies de la cama. En una de las paredes había un cuadro de Patricia. René lo reconoció enseguida. Wilhelm dejó el libro que tenía entre las manos.

—Sí, es de tu madre. ¿Por qué te extrañas? Ya te dije que mi hermano tenía una galería y que los cuadros de tu madre tenían éxito aquí.

—No, nunca me dijiste eso.

—Quizás eras demasiado pequeño para recordarlo —trató de justificarse Wilhelm.

—Ni siquiera me has contado cosas de tu hermano.

—No hay mucho que contar. Nuestra relación no es buena desde hace tiempo. No suelo hablar mucho de él.

—¿Y Hannah?

—¿Qué pasa con Hannah?

—¿Cómo es tu relación con ella?

—Hannah es la causa de que Karl y yo no nos comportemos como hermanos.

Wilhelm Nachtwey había abierto la puerta del pasado, pero aún no sabía cómo contarle a René todo lo que calló durante tantos años. Al día siguiente se trasladaron a un pequeño hotel del centro donde comenzaron a hacer planes de futuro. Wilhelm tenía aún cinco días para incorporarse a su nueva plaza en la compañía de seguros, y los aprovechó para enseñarle la ciudad a su hijo y descubrirle algunos secretos de la universidad. Él iba a seguir viviendo en un hotel, pero quería que René estuviera en la residencia de estudiantes. El chico no puso ninguna objeción. Poco a poco fue haciendo preguntas a su padre, aunque aún tardaría meses en completar aquel enorme cuadro lleno de sombras que era la vida de Wilhelm. Entonces tuvo la misma sensación que había experimentado en el último año junto a su madre: la de estar conviviendo con un desconocido.

Se llamaba Hannah Meysel y había nacido en 1940. A los veinte años conoció en la Universidad de Múnich a un profesor de Griego que iba a marcar su vida. Comenzó a asistir a sus clases porque una amiga suya no paraba de hablarle de aquel hombre seco y estirado que cuando levantaba la cabeza y miraba a sus alumnos conseguía que el silencio se percibiera en el aula. Físicamente no destacaba en nada. Vestía de forma correcta, aunque era muy descuidado. Llevaba los zapatos siempre limpios, pero con frecuencia en su corbata se veía una mancha de aceite o de café. No tenía una voz potente, ni declamaba en sus clases, como la mayoría de los profesores de aquella época. Hablaba sin levantar el tono, mirando uno a uno a sus alumnos, parándose a observarlos, interrogándolos con los ojos. Leía a Safo y a Píndaro como si fueran poetas vivos. Traducía a Heródoto como a un novelista. A veces entraba en largos silencios que los alumnos no se atrevían a profanar. Era exigente, pero también generoso. Tenía treinta y dos años, se llamaba Wilhelm Nachtwey y la mayoría de jóvenes que asistían a sus clases no eran alumnos suyos.

La primera vez que Hannah visitó al profesor Nachtwey en el Departamento de Lenguas Clásicas, lo encontró oculto tras una montaña de libros que apenas dejaban ver sus ojillos de miope detrás de unas gafas diminutas de cristales gruesos. Se presentó y le pidió permiso para hacerle una consulta. No se atrevió a decirle que no estaba matriculada en su asignatura. Cuando salió de allí, iba cargada de libros que sostenía con dificultad. Esa noche no pudo dormir recordando las palabras de aquel profesor que parecía prematuramente viejo y que había leído en pocos años lo que ella necesitaría varias vidas para leer.

La relación entre Wilhelm y Hannah no supuso un escándalo en la universidad, pero estaba en boca de todos. El profesor Nachtwey no hizo ningún esfuerzo por esconderse ni disimular ante sus compañeros. La esperaba a la salida de clase, la acompañaba por la Türkenstrasse, y en los días primaverales se sentaban en una heladería italiana a tomar el sol. Wilhelm reconoció que por primera vez en su vida veía el mundo por otros ojos que no fueran los libros. Hannah, por el contrario, quería verlo por los ojos de Wilhelm, que eran los libros. Ella vivía en la residencia de estudiantes y hasta allí daban a veces grandes paseos. A final de curso, Wilhelm Nachtwey la invitó a su casa. Vivía en Cuvilliesstrasse, en una casa de tres plantas donde su padre tenía una galería de arte. El padre era viudo y había tenido que criar él solo a los dos hijos. Karl era siete años menor que Wilhelm. Hannah sintió que había encontrado una familia. Se entendió bien con Karl. Él tenía una concepción de la vida más práctica que Wilhelm, un sentido del humor irónico y trataba a su hermano mayor como a un sabio extravagante.

Wilhelm y Hannah se casaron antes de que ella terminara sus estudios de Filología. Fue Hannah quien tuvo que pedirle matrimonio, porque Wilhelm vivía en otro mundo. Alquilaron una casa cerca de la galería de arte: una casa que llenó de libros y cuadros. Cuando el profesor Nachtwey supo que iba a ser padre, comenzó a dedicarles menos tiempo a los libros. Se preocupó por cosas que antes pensaba que no existían. Se informó sobre cuestiones relacionadas con la crianza de los niños. Empezó a observar a las madres que paseaban a sus hijos en los carritos. Se hizo preguntas sobre la vida y se entregó por entero a aquel niño que se llamó Karl, como su hermano.

René conoció el pasado de Wilhelm por capítulos que su padre le iba revelando como si estuviera arrancándose con cada frase un trozo de piel. Y la parte más dolorosa fue la historia del pequeño Karl. La escuchó sin apartar la mirada de Wilhelm. El niño murió poco después de cumplir dos años. Un día, mientras jugaba con su padre en el suelo del primer piso, cayó por las escaleras y se golpeó la cabeza. En el hospital le hicieron pruebas y lo tuvieron en observación durante un tiempo. Parecía sólo un susto. Dos semanas después, mientras Hannah lo vestía, el niño comenzó a sufrir convulsiones y al llegar al hospital había muerto. Wilhelm estaba en la universidad. Cuando le dieron la noticia, se quedó paralizado, sin habla. La cara se le agarrotó y comenzó a respirar profundamente, como si se estuviera ahogando.

La muerte del pequeño Karl supuso el comienzo del declive en la relación entre los dos. Wilhelm desatendió su trabajo en la universidad. Se volvió un hombre hermético. No entendió que el dolor de Hannah era tan profundo como el suyo. No supo interpretar la entereza de su mujer. Empezó a vagar por la ciudad como un indigente. A veces llegaba a media noche, en mitad de una nevada, tiritando. Dejó de comer, de vivir. Finalmente abandonó las clases en la universidad. Hannah tuvo que pedir ayuda a su cuñado y a su suegro. Pasaba la mayor parte del tiempo en casa de ellos, porque su esposo desaparecía a veces durante días y la soledad le resultaba angustiosa. Se convirtieron en dos desconocidos. Un día Wilhelm se presentó en casa y le anunció a Hannah que se marchaba. Había encontrado un trabajo en una compañía de seguros y le habían ofrecido un puesto en Estambul. Hannah lloró más que con la muerte de su hijo. Se derrumbó igual que su marido, pero a diferencia de Wilhelm no tenía adónde ir. En 1965 se quedó sola en Múnich, varada en una casa llena de libros que no le pertenecían, de cuadros que no había elegido, de recuerdos que la torturaban y le impedían vivir con normalidad. Volvió a ver a Wilhelm tres años después para firmar los documentos del divorcio. Luego se casó con Karl, y el profesor Nachtwey se convirtió en una sombra que entraba y salía en su vida, que vino al entierro de su padre, que aparecía de tarde en tarde y mantenía una relación fría y distante con su hermano a pesar del amor que en otro tiempo sintieron el uno por el otro.

Cuando René consiguió reconstruir el pasado de Wilhelm, sintió que había entrado en un mundo que no le pertenecía. Aquello lo unió más a su padre, pero al mis-

mo tiempo le produjo una extraña sensación de vacío. Todo a su alrededor ocurría tan deprisa que apenas asimi-
laba los cambios y las novedades. Sin haberse adaptado
aún a su nueva vida, comenzaron las clases en la universidad y la vida en la residencia de estudiantes. Empezaron a
llamarlo el Turco. No era algo que le molestara, pero le
impedía integrarse como uno más entre tanta gente nueva. Con sus amigos estambulíes se sentía como un extranjero y ahora, en Múnich, tampoco encontraba su sitio. Se
relacionó con un chico que estudiaba, como él, en la Escuela de Periodismo. Se llamaba Pascual Soler y, aunque
había nacido en Alemania, era hijo de españoles. Pascual
se adaptó enseguida a la universidad y al ritmo de la residencia. René se agarraba a él como a un lazarillo. Durante
los primeros meses andaba perdido. A veces, Pascual le
recriminaba que mirara a los estudiantes con una fijeza
que podía ser ofensiva. Pero lo cierto era que a René todo
le llamaba la atención. Había clases en que las chicas sacaban de su bolso las agujas y comenzaban a hacer punto.
En alguna ocasión una alumna entró en el aula con un
caniche que se pasó la hora jugueteando con los folios y
los bolígrafos de René. No era fácil para el chico abstraer-
se de aquellas cosas que para él no eran más que extravagancias.

También entre los compañeros de la Escuela de
Periodismo René era un elemento exótico. Heinrich Bauer
fue el primero que se lo dijo.

—Tú tienes gancho entre las chicas, Turco. No eres
alemán, no eres español, no eres turco. Y sin embargo tienes un poco de todo.

—¿Y tú crees que las chicas son tan estúpidas como
para dejarse impresionar por esa tontería?

—No sé si son estúpidas, pero todo eso les va.

Heinrich Bauer era un estudiante que conocía bien
a las chicas, o al menos presumía de conocerlas. Siempre
estaba rodeado de estudiantes guapas y de gente diverti-

da. Coincidía con él en la mayoría de las clases. A veces se sentaban juntos en la Biblioteca Central. Heinrich era inteligente y envolvía a los amigos con su carácter peculiar de líder.

Dos semanas después de comenzar el curso, René se dio cuenta de que se había equivocado en su elección. Los estudios de periodismo no eran lo que él suponía. Sintió nostalgia de su casa, de las calles por las que había corrido desde que era un niño. Echó de menos el mar, los puentes, el humo de los vapores, los tejados llenos de antenas y las gaviotas. Tuna se convirtió en el último pensamiento antes de dormir y el primero cuando abría los ojos. No necesitaba más tiempo para reconocer la estupidez que había cometido. Pero su orgullo pudo más que la nostalgia, y no le dijo nada a Wilhelm. Empezó a escribirle a Tuna: una carta a la semana. Después le escribió a su madre: una carta al mes. Aguardaba con impaciencia el correo. Las cartas de la chica eran lo único que le daba fuerzas para seguir adelante. Las cartas de Patricia, por el contrario, llegaban tarde y resultaban poco alentadoras. Le contaba a su hijo cosas de la vida cotidiana, del vecindario, de los gatos. René decidió no ir a Estambul a pasar la Navidad. Pensaba que eso sería un castigo para su madre, aunque fue él quien se castigó. Tuna no pudo entender aquella decisión a pesar de que conocía bien la relación peculiar entre madre e hijo.

René se agarraba a Wilhelm como su único apoyo. Nunca había sentido como entonces la necesidad de verlo y compartir con él todo lo que estaba viviendo. Su padre lo escuchaba con interés, le daba su opinión sobre las cuestiones que René le planteaba y hacía todo lo posible por que se adaptara bien a su nueva vida. Pero el chico tenía la sensación de que todo lo que estaba haciendo carecía de sentido. Los caminos de ambos iban por sitios distintos. Fueron meses duros hasta que a comienzos de la primavera las cosas comenzaron a cambiar.

Pascual Soler había empezado a salir con Alexandra, una chica alemana que estudiaba Bellas Artes. Con frecuencia salían los tres juntos, o iban a la Filmoteca. Cuando Alexandra supo que la madre de René era pintora, se despertó su curiosidad por conocer cosas de Patricia. La cafetería de la Filmoteca era el cuartel general de los tres jóvenes. Aunque René procuraba mantener la distancia con la pareja, lo cierto fue que terminaron siendo inseparables. De vez en cuando se unían a ellos algunos amigos de Alexandra y también Heinrich, que parecía conocer a gente de todas las facultades.

René le contaba a Tuna detalles de las personas a las que iba conociendo. Las cartas de la chica eran puntuales, pero poco a poco se volvieron menos expresivas, más formales. Y desde que conoció a Berta comenzó a espaciar la correspondencia, a escribir con desgana, a contarle sólo una parte de su nueva vida.

Conoció a Berta casi a final de curso. Ella estudiaba Bellas Artes y era compañera de Alexandra. Vivía con su madre en una casa de tres plantas con un jardín que la rodeaba. La casa de Berta siempre estaba abierta para todo el mundo. René fue allí por primera vez con Pascual, Alexandra y algunos amigos que habían sido invitados al cumpleaños de la chica. Llegaron con una hora de retraso. Había gente por todas partes. El jardín estaba tomado por jóvenes que hacían pequeños corros y se pasaban las botellas de mano en mano. A René todo le resultaba extravagante. No había puertas, y las paredes estaban llenas de fotografías enormes de lugares exóticos. La madre de Berta era fotógrafa y su padre periodista. Se habían divorciado cuando su hija tenía seis años, pero entre los tres seguía habiendo una relación cercana. La madre había colocado un proyector de diapositivas en un salón muy grande y enseñaba sus fotografías sobre una pared lisa. Cuando las vio, René se sintió impresionado con aquellas imágenes. Las fotografías, en blanco y negro, reproducían los puentes de Estambul, las cúpulas de las mezquitas, los tejados, el Bósforo. Reconoció las imágenes de su vida en aquella pared fría. Se sentó en el suelo junto a un grupo de jóvenes que fumaban y miraban atentamente las proyecciones. De fondo sonaba música turca que René conocía bien. De vez en cuando la fotógrafa hacía algún comentario sobre lo que aparecía en la imagen. René sintió un ligero cosquilleo en el estómago. Cuando vio una imagen del barrio de Balat cerró los ojos y pensó en Tuna. Era una sensación amarga, una mezcla de melancolía y felicidad. El recuerdo de Patricia cruzó también por su pensamiento. Se levantó y subió al segundo piso buscando a sus compañeros. Allí, Pascual y los otros contemplaban cuadros de Berta, la anfitriona. Se sentía incómodo. En una de las habitaciones, los chicos bailaban sin música. Todo le parecía estrafalario en aquella casa. Decidió bajar al jardín. Algunas de las caras con las que se cruzó le sonaban de la Biblioteca Central. Se sentó solo debajo de un árbol y esperó a que sus amigos bajaran.

Las imágenes de Estambul seguían dando vueltas en su cabeza. A través de la ventana del primer piso veía a la dueña de la casa de espaldas. Hacía fresco y el suelo estaba húmedo. Quería irse de aquel lugar cuanto antes, pero sus amigos no parecían tener prisa. Se alejó hacia el fondo del jardín y se sentó delante de una caseta de madera que parecía un pequeño almacén. Enseguida oyó voces en el interior. No se movió. Por un momento le pareció que era la voz de Pascual, aunque acababa de dejarlo viendo los cuadros de la anfitriona. Empujó despacio la puerta de la caseta y vio a una chica desnuda moviéndose acompasadamente bajo el peso de un joven que le agarraba las caderas y trataba de acelerar sus movimientos. Ella tenía los ojos cerrados y la boca entreabierta. Le llamó la atención la piel tan blanca de sus pechos y el color casi rosado de los pezones. René se quedó inmóvil, conteniendo la respiración. No podía ver la cara del chico, pero ella abrió los ojos y descubrió a René clavado junto a la puerta, ruborizado, incapaz de reaccionar ante lo que estaba contemplando. Ella comenzó a gemir y a moverse con más fuerza. El chico que tenía encima estaba cerca del orgasmo. Ella abría y cerraba los ojos sin apartar la mirada de René. Él sabía que tenía que irse de allí, pero su cuerpo no respondía. La joven estaba sonriendo; parecía disfrutar al saberse observada. Empezó a gemir con más fuerza y a contonearse. Después el chico dejó escapar un grito animal y descargó su peso sobre ella. De repente se dio la vuelta y René vio el pubis ralo de la chica. Era la primera vez que veía a una mujer desnuda.

—Turco, ¿qué haces ahí mirando? —dijo Heinrich Bauer con una voz ronca y entrecortada que contrastaba con la sonrisa amable de ella.

René balbució alguna palabra ininteligible. Dio un paso atrás y se alejó corriendo de aquel rincón del jardín. Subió dando zancadas al segundo piso y se unió al grupo de compañeros. Nadie se dio cuenta de que estaba muy alterado. No se atrevió a decir que quería irse. Tenía la sensación extraña e irreal de que todo el mundo lo miraba. Trató de pasar desapercibido. Cuando se disponían a salir, Alexandra lo llamó para presentarle a la anfitriona. Berta iba cogida de la mano de Heinrich. Era la chica que había visto un rato antes en la caseta del jardín. Después de besarla, René evitó mirarla a los ojos. Ella no mencionó el encuentro en el jardín, pero Heinrich no desdibujó en ningún momento la sonrisa irónica de su rostro.

—Así que eres turco —dijo Berta dirigiéndose a René.

—No, no soy turco.

—Pues Heinrich dice...

—He vivido en Estambul desde los tres años.

A ninguno de sus amigos le pasó desapercibida la fascinación que aquella frase provocó en Berta.

—Pues turco. Lo que yo te dije —insistió Heinrich.

—Mi madre y yo estuvimos en Estambul hace dos meses —continuó ella ignorando el comentario de Heinrich.

—He visto las fotografías —dijo René.

—¿Y qué te parecen?

—Es como estar allí otra vez.

Berta le regaló una sonrisa. Se soltó de la mano de Heinrich y les hizo una señal a los demás para que la acompañaran.

—Nos vamos ya —dijo Alexandra—. Se ha hecho tarde.

La anfitriona hizo un gesto de desagrado. Cogió a René por el brazo y caminó a su lado.

—Quiero que vengas un día a conocer a mi madre —dijo Berta—. Te gustará.

Antes de despedirse, René sacó fuerzas de donde pudo para decir casi en un susurro y con la voz temblorosa:

—Disculpa por lo de antes. Sé que no está bien lo que hice.

—¿Qué hiciste?

—Quedarme ahí clavado, mirándote a ti y a tu novio.

—¿Mi novio? Heinrich no es mi novio. Eso es lo que a él le gustaría, pero esa palabra está desterrada de mi vocabulario. Es un chico primitivo. Seguro que sabes a qué me refiero.

Berta irrumpió con fuerza en la vida de René a finales de aquella primavera. Por algún motivo que ninguno de los amigos de René podía entender, la chica sentía una especie de fascinación por aquel estudiante que no parecía encontrarse bien en ningún lugar. Algunos días después fue a buscarlo a la Biblioteca Central y lo invitó a tomar un café fuera.

—Me ha contado Alexandra que tu madre es pintora.

—Sí.

—¿Vive en Estambul?

—Sí.

Poco a poco, René se fue acostumbrando a no responder con monosílabos. La personalidad de Berta lo intimidaba pero al mismo tiempo lo atraía como una energía poderosa. Comenzaron a quedar de vez en cuando. Ella lo llamaba a la residencia o lo esperaba a la salida de clase. Después fue René quien iba a buscarla a la Escuela de Bellas Artes. El comportamiento de Heinrich Bauer con él cambió. Ahora el chico no se comportaba con la misma familiaridad. Parecía estar al tanto de sus encuentros con Berta. Cuando se veían en clase, se trataban con frialdad; guardaban las distancias.

A comienzos del verano, Berta y René fueron al Jardín Inglés a tumbarse bajo el sol. Hombres y mujeres, tendidos sobre la hierba, exhibían con naturalidad sus cuerpos totalmente desnudos, sin que nadie estuviera pendiente del otro. René trató de comportarse como uno más de ellos. Vio, impasible, cómo Berta se quitaba la ropa y luego, a una indicación de ella, empezó a desnudarse también. Los pechos de la chica le impedían mirar a otra parte. Se acostaron ligeramente vueltos el uno hacia el otro y se miraron sin decir nada.

—¿Estás incómodo? —preguntó ella.

—No —mintió.

—Quiero que me cuentes cómo era tu vida en Estambul.

—Creo que ya te lo he contado todo. No queda nada que no sepas.

—No te creo.

Él sonrió. Estaba empezando a sentirse un bicho raro delante de Berta. La chica sentía una gran atracción por todo lo diferente. La descripción del barrio donde vivía, o la relación entre Wilhelm y Patricia, le resultaban muy peculiares. Ella, que era una chica provocadora, se veía ahora deslumbrada por aquel estudiante callado que tenía detrás una vida más interesante que la suya. A René le sorprendía poco lo que Berta le contaba, seguramente porque no terminaba de entenderla; y, por el contrario, los detalles más irrelevantes de la vida del chico causaban asombro a la muchacha.

—Háblame de ella —dijo de repente Berta.

—¿De ella? ¿Quién es ella?

—De la chica que se quedó esperándote en Estambul.

A nadie en Múnich le había hablado de Tuna; ni siquiera a Pascual. Enseguida entendió que era un disparo a ciegas de Berta.

—¿Qué quieres saber?

—¿Cómo se llama?

—Tuna.

—¿Es turca?

—Sí.

—¿Cuánto tiempo hace que no la ves?

—Once meses.

—¿Once meses? ¿Por qué tanto tiempo?

—Es una historia muy larga.

—Irás a verla en vacaciones, supongo.

—Supongo.

Se acostaron por primera vez aquella noche. Los miedos de René desaparecieron pronto, pero ella se dio cuenta de la falta de experiencia del chico. No quiso hacer preguntas que pudieran resultar impertinentes, de manera que se limitó a dejarse llevar por los modos torpes de René. Cuando terminaron, le preguntó:

—¿Nunca te has acostado con esa chica?

Él tardó en responder.

—Ni con ninguna otra.

René cautivó a Berta sin pretenderlo. Tardó mucho en hablarle sobre Wilhelm. Lo mencionó por primera vez cuando le contó que no pensaba pasar las vacaciones con su madre en Estambul. Las cartas entre René y Patricia se habían ido espaciando cada vez más. Pronto se convirtieron en un puro formulismo donde ninguno de los dos expresaba sus sentimientos. También Tuna se limitaba a contar cómo le había ido su segundo curso en la universidad. Ya ni siquiera hablaba de su hermano o de lo atada que se sentía a su familia. Fue una decisión que le costó muchas noches de insomnio; pero, cuando le comunicó a Wilhelm que no iba a volver en el verano, pensó que no había vuelta atrás. Creía que si sus pensamientos se materializaban en palabras pasaban a ser algo serio y consistente.

A comienzos de julio le dijo a su padre que iba a pasar una temporada en los Alpes con Berta, en una pequeña casita de montaña que tenía el padre de la chica. Wilhelm no dijo nada, pero René adivinó por primera vez en su expresión que algo lo incomodaba. Probablemente fuera que ni siquiera le había presentado a la chica.

Fueron tres semanas en las que el mundo parecía girar en torno a los dos jóvenes. El padre de Berta era un adolescente de casi cincuenta años. Era periodista y se pasaba el día enganchado al teléfono. Su casa estaba siempre llena de gente. A veces se ausentaba un par de días y regresaba con una pareja de amigos que se instalaba en la casa durante algún tiempo. Berta pintaba durante las primeras horas de la mañana y, luego, bajaban juntos al bar del pueblo y pasaban horas sentados al sol, a veces sin hablar. Por las noches, René escribía pequeños relatos que le daba a leer a Berta al día siguiente. Aquello la hacía sentirse importante. Nunca le daba su opinión a René sobre lo que escribía. Le fascinaba descubrir que aquel chico tímido y poco hablador era una caja de sorpresas.

Al volver a la residencia de estudiantes, René comprobó desolado que no tenía carta de Tuna. Casi un mes sin noticias suyas. Sabía que su decisión de no volver a Estambul durante las vacaciones no le había gustado, pero no imaginó que dejaría de escribirle. Finalmente se convenció de que aquello era lo mejor que le podía pasar. Tuna, poco a poco, se estaba diluyendo en su cabeza. Se convirtió apenas en un rescoldo del pasado, la imagen de una sonrisa que le hacía temblar y el recuerdo de una tarde de finales de verano en una isla bajo un cielo negro por el que de vez en cuando se intentaban colar algunos rayos de sol.

Cuando comenzaron las clases del segundo curso, ya quedaba muy poco del René que llegó a Múnich un año antes. La relación con sus amigos y con los compañeros de la residencia era como la de cualquier otro chico. A veces recordaba cómo habían sido sus comienzos en la universidad y se sentía avergonzado. No quería pensar en aquella época. Después de que Berta insistiera en que quería conocer a Wilhelm, el chico accedió a llevarla al hotel de su padre. Comieron juntos y estuvieron hablando durante dos horas. En realidad fue Berta la que habló la mayor parte del tiempo. Wilhelm los observaba disimuladamente, y de la expresión de su rostro no podía deducirse nada de lo que pasaba por su cabeza. Charlaron de arte y de libros. Las teorías extravagantes de Berta parecían una provocación que Wilhelm se molestó en rebatir sin entusiasmo, frente a la efusividad de la chica. Cuando se despidieron de Wilhelm, Berta le dijo a René:

—Un tipo interesante tu padre. La pena es que viva fuera de la realidad.

A veces el chico sentía que la admiración de la muchacha por sus cosas podía pasar en un momento a convertirse en desprecio. Sin embargo, callaba convencido de que la distancia que los separaba era insalvable. Cuando veía a Berta hablando con Heinrich Bauer, tenía que controlarse para que nadie notara su rabia. Coincidían con frecuencia en el mismo grupo, y se sentía en esas ocasiones como aquel recién llegado a Múnich que no era capaz de romper las amarras que lo sujetaban a su pasado. Sin darse cuenta, Berta se había convertido en un elemento imprescindible en su vida. Cuando la veía desnuda sobre él, cabalgando con su sonrisa de niña, la sentía desprotegida, débil, incapaz de entender que la vida era algo muy distinto a lo que se había forjado en su cabeza. Le seguía dando a leer las cosas que escribía, y por sus comentarios intuía que aquella coraza fuerte que la envolvía no era más que una máscara para protegerse de su debilidad.

El día en que René se enteró de que Emin Kemal iba a recitar sus poemas y a charlar con los estudiantes en la universidad, corrió entusiasmado a contárselo a Berta. Sabía el interés que ella mostraba por todo lo que tenía que ver con Estambul. Le explicó quién era aquel hombre y la invitó a acompañarlo. El nombre del escritor le trajo a la memoria el día en que entró junto a Wilhelm en una librería pequeña a la que solían ir y se encontró con Tuna entre las montañas de libros y el olor a sándalo. Aquel libro de Kemal que ella le regaló fue una de las pocas cosas de su pasado que lo acompañaron a Múnich en su viaje sin retorno. Tuvo la precaución de no mencionarle nunca aquel recuerdo a Berta. Temía que ella pudiera frivolizar con su pasado.

Emin Kemal no había cumplido aún los cincuenta años, pero tenía el aspecto de un anciano. Cada una de sus arrugas insinuaba un pasado lleno de sombras. Entró cogido del brazo de una mujer joven, cojeando ligeramente, y subió a la tarima con gran esfuerzo. El aula estaba llena de estudiantes y profesores. Su presentador explicó que la salud del escritor no era buena y por eso debían agradecer especialmente su presencia. Cuando Kemal comenzó a hablar, se produjo un silencio solemne. Su alemán era muy precario, pero se entendía bien. El hablar era pausado, y gesticulaba poco. Expresaba más cosas con los ojos que con la voz. René no podía apartar la mirada de él, mientras Berta estaba concentrada en la expresión mística del chico. Cada vez que el escritor leía un verso o se escuchaba la voz del traductor, René se sobrecogía. Después intervinieron los estudiantes y los profesores. Emin Kemal respondía a todas las preguntas con la misma trascendencia. Pensaba mucho las cosas antes de empezar a hablar. René quería preguntar, pero sabía que si lo intentaba no le saldría la voz. Por eso desistió. Al terminar, la timidez y la naturalidad del escritor habían conquistado al auditorio. Berta tenía la sensación de haber asistido a algo importante que no conseguía entender.

—Tendrás que volver algún día a Estambul —dijo ella inesperadamente al salir del aula—. ¿Cuánto tiempo hace que no ves a tu madre?

—Dos años.

—¿Me dejarás acompañarte la próxima vez?

—¿Te gustaría?

—Sí.

René quiso decirle que no iba a volver a casa, que el pasado no existía, que mirar atrás era de estúpidos. Quiso cerrar el hueco de su memoria, por donde se colaba Tuna en ese momento, pero no lo consiguió.

—No voy a volver —dijo René—. Aquello se acabó. Mi sitio no está allí.

—Tampoco aquí, me parece.

—Seguramente no.

—Entonces, ¿dónde está tu sitio?

—No lo sé. Si lo supiera no necesitaría escribir, ni vendría a escuchar a un poeta turco, ni me levantaría todas las mañanas preguntándome qué demonios hago yo aquí.

La primera vez que René le preguntó a su padre qué opinaba de Berta, Wilhelm lo miró por encima de sus gafas pequeñas y lo pensó mucho antes de responder.

—Me recuerda a muchas jóvenes de su edad que conocí cuando era profesor.

—¿Y eso qué significa?

—Significa que para conocer a Berta todavía han de pasar muchos años. Me parece que aún no se ha definido.

—¿No te cae simpática?

—No es a mí a quien tiene que caerle simpática, sino a ti.

—Pero me gustaría conocer tu opinión.

—Pues si me lo preguntas, te contestaré que es una mujer que te hará sufrir.

—¿Por qué?

—Porque te robará la energía —dijo como si fuera una expresión que tuviera preparada—. Hay personas que aportan cosas y otras que se apropian de las de los demás. No quiero decir que sean conscientes de que lo hacen, pero sucede.

René sintió un pinchazo en el estómago. Había empezado a preguntar y ahora no estaba seguro de querer seguir escuchando.

—¿Lo crees de verdad?

—Sí, René. Tú eres como yo. Y como tu madre —añadió.

—Por eso habéis acabado así —contestó con resentimiento contenido.

Wilhelm se quedó en silencio. De nuevo volvió a su comportamiento distante, a ser el hombre de siempre. Pero la brecha ya estaba abierta, y a partir de ese momento irían creciendo dudas en el interior de René. Seguramente hasta aquel día de 1980, a comienzos de verano, cuando ya la residencia estaba casi vacía y alguien le dio un aviso de que tenía una llamada de teléfono. Reconoció en el auricular la voz de Wilhelm, solemne y contenida.

—Tu madre ha muerto —dijo escuetamente e hizo una pausa para que René asimilara lo que acababa de anunciarle—. Tienes que ir a Estambul —el chico no decía nada—. Puedo acompañarte, si quieres. Pero tienes que hacerte cargo personalmente de los trámites. Ya sabes que a efectos legales tu madre y yo no somos nada.

Aquella frase sonó como una deflagración al otro lado de la línea telefónica. René no tenía tiempo para pensar, ni para entender la dimensión de la noticia.

—Yo puedo hacerlo solo —dijo finalmente—. No es necesario que vengas.

—Entonces te reservaré un billete de avión para mañana.

Se produjo un silencio tenso, largo, angustioso.

—¿Cómo ha sido? —preguntó entonces René.

—No lo sé con certeza. Me han llamado de la Embajada hace un rato.

—¿Estaba enferma?

—No, no es eso. La encontraron en casa.

Cuando René colgó el teléfono, tuvo la sensación de que su interior estaba hueco. Veía los rostros de la gente que entraba en la residencia, y sus caras se desdibujaban antes de grabarse en su mente. Pensó en su madre con dolor y resentimiento. Al final la cuerda se había roto para siempre. Miró a su alrededor y pensó que no pertenecía tampoco a aquel lugar. Salió al jardín y se sentó en los escalones, a la sombra de una columna. Levantó la mirada hacia las nubes y tuvo la falsa impresión de que el sol se teñía de negro, un sol cubierto por un velo de melancolía.

9.

Tenía poco más de veinte años, era bonita y su mirada nunca estaba fija en un lugar. Solía escuchar y rara vez intervenía en una conversación entre varias personas si no se dirigían directamente a ella. No pasaba desapercibida. Comenzó a ser asidua de La Luna Roja a mediados de 1970. Allí se mezclaba con artistas, políticos, prostitutas, noctámbulos, jugadores y hombres de negocios. Siempre estaba rodeada de gente mayor que ella. Se sabía poco de su vida. Unos decían que su padre había sido secretario de un ministro de Atatürk; otros afirmaban que era hija bastarda de un escritor francés. Contaban que había estudiado en París y Berlín. También había escépticos que la consideraban una prostituta refinada, el capricho de un hombre influyente y aburrido de la vida conyugal.

Se dejaba ver por La Luna Roja dos o tres veces por semana, casi siempre después de medianoche. Aunque era difícil no fijarse en ella, Emin Kemal no reparó en la chica hasta una madrugada de 1970 en que la vio frente a él, sonriendo, y ella le dijo que sentía mucha curiosidad por saber lo que estaba haciendo. Y él le dijo «escribo, señorita», y ella insistió «¿por qué?», y él, sorprendido por la pregunta, le respondió «porque es la única manera que conozco de escapar de la locura», y desde entonces ella se quedó atrapada en aquella mirada lejana, imprecisa, la mirada de un hombre que observaba desde muy dentro y no conseguía entender lo que ocurría fuera.

No era frecuente ver a una mujer en La Luna Roja. La mayoría eran prostitutas que habían convertido el café en su cuartel. Los camareros de La Luna Roja la conocían

y la trataban con cordialidad. Siempre llegaba acompañada de un hombre que le triplicaba la edad. Era difícil precisar si era su padre o su amante, aunque para los asiduos
al café no había duda. Nunca se tocaban; no hacían de-
mostraciones de afecto, y la mayor parte de las veces iban
acompañados de mucha gente, casi siempre hombres. Nadie en La Luna Roja lo llamaba por su nombre, a pesar de
ser una persona conocida. Lo llamaban «señor», y cada
vez que levantaba la cabeza tenía a su lado a un camarero
para servirle. Era un hombre enjuto que parecía acostumbrado a mandar y a que lo obedecieran. La trataba con
corrección y mucha formalidad. Bebía en silencio y, cuando hablaba, se hacía el silencio a su alrededor. Algunas noches bebía en exceso y tenían que sacarlo entre varios a la
calle. Lo llevaban hasta su coche y le daban instrucciones
a su chófer para que lo dejara en casa. Cuando ocurría esto,
ella se desentendía y dejaba que fueran sus amigos quienes
se hicieran cargo de él.

Aquella madrugada de 1970 se había quedado en
La Luna Roja acompañada de algunos conocidos de su
amante. Ocurría con cierta frecuencia. Era su pequeña
venganza: prolongar la noche como si no hubiera ocurrido nada. Hacía meses que veía a Emin Kemal sentado en
la parte más apartada del café, casi en penumbra, bebien-
do a sorbos pequeños y escribiendo en cuartillas que luego
metía en un cuaderno. Algunas noches estaba acompañado de un hombre de aspecto rudo, aunque bien vestido, que
contrastaba con el escritor. Emin Kemal parecía el único
hombre del café que no había reparado en ella. No le costó trabajo averiguar quién era él. Le sorprendió el respeto
con que hablaban del escritor los camareros de La Luna
Roja, a pesar de su aspecto de indigente. Aquello le despertó más la curiosidad. Era de ese tipo de personas en las
que ella nunca habría reparado.

Esa noche decidió esperar a que Emin Kemal se
quedara solo. Lo estuvo observando durante largo tiem-

po. La silueta de aquel hombre apartado del bullicio del café la atraía inexplicablemente. Se acercó y se quedó clavada enfrente de él. Cuando Emin Kemal levantó la cabeza, le dijo:

—Quiero que disculpe mi intromisión, pero llevo observándolo desde hace tiempo y tengo una enorme curiosidad por saber lo que hace.

El escritor la miró y cerró un poco los ojos, como si la luz que ella traía le molestara.

—Escribo, señorita.

—¿Por qué? —insistió con aquella pregunta desconcertante.

—Porque es la única manera que conozco de escapar de la locura.

Lo miró muy seria, sin hacer ningún gesto, y en su mirada había muchas más preguntas que el escritor creyó adivinar.

—Me llamo Emin —dijo tendiéndole la mano.

—Lo sé. Yo me llamo Derya.

—¿Está usted sola?

Ella sonrió por primera vez.

—Sí, ésa es una definición correcta de mi estado en este momento.

—¿Quiere sentarse?

Y ella aceptó sin saber que aquel gesto espontáneo iba a marcar la vida de los dos para siempre.

Emin Kemal acababa de cumplir treinta y cinco años. Su aspecto era descuidado, pero el brillo de sus ojos eclipsaba todo lo demás. A Derya le llamó la atención su escaso interés por las cuestiones cotidianas. A partir de ese día leyó los libros de Kemal y trató de entender el mundo de aquel hombre extraño. Empezaron a verse lejos de La Luna Roja. Al principio era ella la que decidía el momento y el lugar; después fue Emin quien tomó la iniciativa. Pasaban semanas sin verse y entonces ella aparecía en el café con su amante y lo citaba para el día siguiente.

—¿Quieres a ese hombre? —le preguntó en una ocasión, cuando Derya le reveló algunos detalles de su vida.

—¿Quererlo? Yo no estoy segura de lo que es eso. No puedo saber si lo quiero. ¿Es importante?

—Es importante, si tú pretendes que lo sea.

—No, no pretendo que sea importante.

En menos de seis meses, Derya se convirtió en imprescindible para Emin Kemal. Desde la muerte de su madre, el escritor había caído en un estado de melancolía que lo apartaba de sus amigos y del mundo. Su éxito literario no contribuía a sacarlo de la oscuridad en que estaba sumido. Escribía en la prensa, sus obras habían sido traducidas al alemán y al francés, estaba bien considerado en los ambientes universitarios y tenía un grupo de lectores fieles que lo habían convertido en el símbolo de la nueva generación literaria de su país. Viéndolo caminar con paso inseguro, con las manos en los bolsillos y la mirada huidiza, nadie podía relacionarlo con el escritor que empezaba a ser conocido en el extranjero y que despertaba la curiosidad de muchos críticos por su obra original y compleja.

Derya entendió la dimensión del escritor cuando conoció a Ismet Asa. Él era la parte lúcida que le faltaba a Emin. El judío le contó entusiasmado los proyectos de su amigo. Enseguida simpatizó con aquella jovencita de la que apenas sabía nada y que poco a poco se fue convirtiendo en la sombra de Emin. Por el contrario, la relación de Derya con Basak nunca fue buena. Su vida había cambiado desde la enfermedad de su mujer. Apenas salía, y todos sus empeños estaban en cuidar de sus tres hijas y acompañar a su esposa. No se separaba de ella. Cuando enviudó, Emin se sintió tan afectado como él. Durante mucho tiempo, Basak Djaen no encontró en ningún lugar consuelo a su pena. Y, cuando consiguió sobreponerse a la pérdida de su esposa, descubrió que Emin ya no era el mismo hombre débil y melancólico de siempre. Aquella mujer que entró en su vida por casualidad lo había transformado.

Derya vivía en un pequeño apartamento de Beyoğlu. La primera vez que Emin Kemal lo visitó, se sorprendió de lo orgullosa que Derya se sentía de aquel lugar y de todo lo que en él encerraba.

—Esto lo paga él, ¿verdad? —le dijo de forma natural.

—Claro. Yo sólo soy una mujer —le respondió con cierto resentimiento.

El escritor pensó en su madre, en lo que le habría gustado vivir en un sitio como aquél.

—¿Y viene con frecuencia?

—Muy rara vez. Su familia le quita el poco tiempo que podría pasar conmigo.

Emin la miró con lucidez, como pocas veces conseguía mirar.

—¿Te gusta el lujo?

—Soy una mujer austera —respondió Derya—. Puedo vivir sin nada, pero me gusta el lujo. ¿A ti no?

—No lo sé. Me gusta la belleza.

—El lujo nos acerca a la belleza.

Las historias que Derya contaba sobre su pasado resultaban con frecuencia contradictorias. A veces daba a entender que había nacido en una familia rica; en otras ocasiones insinuaba que padeció necesidades en algunas etapas de su vida. Nunca daba detalles, y todo se movía en una ambigüedad que a Emin no le molestaba. Contaba que pasó parte de su vida en internados en el extranjero, pero luego se contradecía con historias que se colaban en el oscuro relato de su pasado. Daba pocos detalles sobre el hombre que la mantenía. Estaba segura de que Emin no iba a entender aquella extraña relación. Supo ganarse el corazón de Ismet, y lo intentó sin éxito con Basak, hundido en su dolorosa viudedad.

La primera vez que Emin vio a Derya desnuda pensó que era algo irreal. Estiró la mano para tocarla y al rozar su pecho sintió una sacudida en los dedos que le

corrió el brazo hasta el codo. Ella se asustó y trató de sonreírle. Le cogió las manos y las colocó sobre su piel con deli-
cadeza. Emin sonreía y a veces parecía que iba a romper a
llorar.

—¿Te gusta?

—Sí.

Ella trató de mostrarse inexperta y dejó a Emin
que llevara la iniciativa. Él recorrió su cuerpo con la mirada como si lo hiciera sobre un libro. Cuando se besaron
creyó que aquello era algo puro, inmaterial, que sólo estaba sucediendo en su mente. Se dejó atrapar en la maraña de sensaciones, en el impulso animal que le nacía de
muy dentro. Con los ojos entreabiertos exploró el cuerpo de la chica y se recreó en aquellos lugares que le parecieron un oasis para saciar su sed. Lo retuvo al sentir que
se vaciaba y que sus ojos dejaban de verla. El peso del
hombre cayó sobre ella mientras Derya le acariciaba el ve-
llo erizado. Fue el silencio más dulce que Emin había conocido.

Después, Derya entró en la vida del poeta como
un torrente. En ocasiones se comportaba como una chi-
quilla traviesa y luego tomaba las riendas de la vida de
Emin y le hacía poner los pies sobre la tierra. Visitó la casa
del escritor y se asustó al ver el desorden y el caos en que
vivía. Desde la muerte de su madre, la vivienda parecía un
almacén de papeles, periódicos, libros, revistas.

—¿Cómo puedes vivir así? —le dijo Derya la primera vez que se acostaron en casa de él.

—No necesito más para vivir.

—Me refiero al desorden y la suciedad.

Emin la miró sin terminar de entender lo que le
decía.

—Desde que murió mi madre, nadie se ha encargado de la casa. Yo no sabría por dónde empezar.

Fue ella quien puso un poco de orden en la vida de
Emin. Escribía en papeles sueltos, en cuadernos que no

terminaba, en cualquier parte que tuviera un espacio en blanco. Después de que la mujer lo organizara todo, el poeta reconoció que necesitaba a alguien que se ocupara de aquellos asuntos. Y, poco a poco, Derya se convirtió en sus ojos y sus manos.

El día en que Basak fue a visitarlo a casa con rostro circunspecto y voz temblorosa, algo cambió definitivamente en la vida de Emin Kemal. No aceptó beber nada, ni quiso tomar asiento. Estaba excitado y evitaba mirar a su amigo a la cara. Sólo comenzó a hablar cuando Emin le preguntó qué le sucedía.

—Quiero que seas el primero en saberlo —le dijo Basak.

—Saber el qué.

—Que voy a casarme de nuevo.

El escritor no manifestó sorpresa. Asintió ligeramente y esperó a que su amigo siguiera hablando, pero el judío se había quedado mudo. Al cabo de un rato dijo:

—¿No vas a preguntarme con quién?

—¿Acaso eso iba a cambiar algo?

—Sí, cambiaría mucho. Al menos demostraría que te interesa la vida de los demás.

Emin Kemal recibió aquellas palabras como una sacudida. No entendía qué estaba sucediendo. Ahora no se atrevía a preguntar.

—Te lo diré, aunque no tengas interés en saberlo —insistió Basak.

—Claro que tengo interés.

—Me voy a casar con Orpa.

Emin sintió una punzada en el pecho. Pensó que le estaba gastando una broma, que pretendía ponerlo a prueba. Trató de sonreír, pero sólo consiguió sentirse más angustiado.

—¿Orpa y tú...? ¿Desde cuándo?

—Ésa no es la pregunta. La pregunta es «por qué». ¿No me lo vas a preguntar? Porque tengo cuarenta años y he perdido a mi esposa; porque tengo tres hijas que todavía debo sacar adelante; porque aún me siento joven para renunciar a los placeres de la vida.

Emin lo miraba serio, procurando no manifestar su confusión.

—¿Se lo has pedido a ella?

—Se lo he pedido hace unas horas y me ha dicho que sí. También Ismet me ha dado su bendición. Incluso Helkias parecía emocionado con la idea. Sólo me faltaba que lo supieras tú.

—Te agradezco que hayas venido a contármelo —dijo y se quedó en silencio.

—¿No tienes nada más que añadir?

—Nada.

—Entonces será mejor que me vaya.

Cuando Basak se marchó, Emin tuvo la misma sensación que otras veces de caer al vacío. Era como si el suelo se abriera a sus pies y él empezara a hundirse muy lentamente y poco a poco el peso de su cuerpo le hiciera alcanzar más velocidad. El corazón le latía con fuerza y tenía la impresión de que la lengua se le hinchaba. Hizo un esfuerzo para llorar, porque sabía que así aliviaría su tensión, pero no lo consiguió. Se encerró en su cuarto y trató de leer. Era imposible concentrarse. Esa noche, después de pasar algunas horas en un estado de enajenación, se levantó y empezó a escribir en la primera cuartilla en blanco que encontró. Puso el título de *La Luna Roja*, y su mano y su mente comenzaron a correr al mismo ritmo, acompasadas, lúcidas o enloquecidas de forma intermitente. Escribió dos días seguidos, sin dormir, y haciendo apenas pausas para comer o combatir los calambres. Al tercer día cayó derrotado, exhausto pero sin sueño. De nuevo volvieron los dolores de cabeza.

La puerta de casa estaba abierta. Derya pensó que había ocurrido una desgracia. Lo encontró sentado frente a la ventana de su cuarto, contemplando los tejados y los minaretes de la mezquita por encima de las terrazas. Se asustó al ver sus ojeras y su palidez. Era la primera vez que lo veía sufrir una crisis nerviosa, aunque Ismet ya le había advertido de aquello. Tardó en hacerlo reaccionar, pero ni siquiera la reconocía. Salió a la calle para telefonear a Ismet. Se presentó al cabo de una hora. Emin Kemal tiritaba en la cama, abrigado con una manta y sin ser consciente de lo que sucedía a su alrededor. Ismet se asustó al ver en ese estado a su amigo, pero intentó sobreponerse para tranquilizar a Derya.

—Tiene que verlo un médico —dijo la chica sin controlar el llanto.

—No es la primera vez que le pasa. No debes asustarte. Se pondrá bien.

—¿Y nos vamos a quedar cruzados de brazos?

—No podemos hacer otra cosa. Padece de los nervios desde que era un adolescente.

Emin Kemal abrió los ojos y por un momento su mirada dejó de estar perdida. Llamó a Ismet y le pidió que se sentara a su lado, en la cama. Le cogió la mano sin dejar de temblar.

—He escrito algo —le dijo a su amigo—. Está ahí, sobre la mesa. Quiero que se lo lleves al editor y le digas que yo no puedo hablar con él ahora, pero que iré enseguida a verlo. Quiero que lo publique. Necesito que vayas por mí.

Derya se sentó ante la mesa del escritor y comenzó a ordenar las cuartillas. Estaban sin numerar, mezcladas, y a veces había escrito en el reverso de papeles ya utilizados. Encontró muchas otras dispersas por el suelo. La chica le hizo un gesto de desesperación a Ismet.

—Se titula *La Luna Roja* —siguió diciendo Emin Kemal—. Quiero que lo mecanografíes y le des una copia a Helkias.

—Ahora no hablemos de eso —lo interrumpió Ismet, temeroso de que su amigo hablara más de la cuenta delante de Derya.

—Sí, tenemos que hablar de eso. Quiero que él me dé su opinión.

—Lo hará.

Ella le alcanzó una parte de las cuartillas desordenadas. Ismet les echó un vistazo. Emin clavó los ojos en la chica y le sonrió.

—Madre —dijo, y le alargó el brazo.

Derya no aceptó el estado del escritor con la misma resignación que lo hacía su amigo. Se marchó en busca de un médico.

Regresó mucho tiempo después acompañada de un hombre muy mayor que llevaba un maletín y un paraguas. El médico lo examinó mientras hacía gestos negativos con la cabeza.

—¿Es la primera vez que le ocurre esto? —preguntó el doctor.

—No, no es la primera vez —le explicó Ismet—. Emin padece de los nervios desde hace mucho tiempo.

El médico siguió examinándolo hasta que entendió que la situación lo superaba.

—Hay que internarlo. Necesita cuidado y algunos exámenes.

—¿Internarlo? —se escandalizó Ismet.

—Yo me ocupo —dijo Derya—. Sé quién puede ayudarnos.

Emin seguía encogido sobre la cama, tirando de la manta para taparse. Tenía los ojos abiertos, pero no veía nada.

Era una clínica pequeña, muy lejos del centro de Estambul. Derya no se apartó de Emin durante tres días. Por su habitación pasaron Ismet y su hermana, Basak con sus hijas y una cuñada que aún seguía soltera. Pero no reconoció a nadie. Cuando abrió los ojos y tuvo un instante de lucidez, preguntó por su madre. Tardó un rato en reconocer a Derya. La chica le sonrió.

—¿He muerto? —preguntó el escritor.

—Estás vivo.

—No me duele la cabeza.

—Los médicos te están tratando.

—¿Los médicos?

—Has tenido una crisis. Estás en una clínica. No tienes que preocuparte de nada. Dicen que volverás a estar bien muy pronto. Tus amigos han venido a visitarte.

Emin hizo un gesto de desesperación. De pronto recordó algo.

—¿Dónde está Ismet?

—Vendrá enseguida.

—Quiero darle algo. He escrito...

—Ya lo tiene. Lo está mecanografiando.

Emin Kemal respiró profundamente. Derya le tendió la mano y él se la apretó con fuerza. Sintió la presión de la sangre bombeando bajo la piel del escritor. Le hizo un gesto para que se tranquilizara.

—Tengo que salir de aquí —dijo Emin.

—Saldrás, pero ahora necesitas reposo. No debes pensar en nada.

El poeta cerró los ojos y preguntó algo que Derya en aquel momento achacó a su estado:

—¿Se han casado ya?

—¿Quién?

—Orpa y Basak.

Salió de la clínica al cabo de tres semanas. Había recobrado un poco el color y la fuerza. Emin encontró su casa irreconocible. Derya había hecho limpiar y ordenar todo, e incluso cambiar los muebles de sitio. El escritor reconoció enseguida los cambios y se dedicó a enumerarlos. Apenas quedaba rastro del hombre que salió de aquel lugar casi un mes antes. Encontró su mesa de trabajo ordenada y limpia. Los papeles, las carpetas y los libros ya no estaban repartidos por el suelo y las sillas. Cuando se acostumbró a los cambios, abrazó a la chica y sintió un escalofrío.

—Esta noche me quedaré contigo —dijo Derya.

—No es necesario. Me encuentro bien.

—No se trata de eso.

—¿Entonces?

—Quiero quedarme contigo; eso es todo. Además, necesito contarte algo: voy a dejarlo.

—¿Qué vas a dejar?

—A él. Voy a dejarlo para estar contigo.

El escritor entendió lo que quería decir sin necesidad de hacer más preguntas. No quiso hacer averiguaciones. La abrazó.

—¿Vendrás a vivir conmigo?

—No, pero a partir de ahora no te compartiré con nadie.

Visitó a Ismet enseguida para hablar sobre el manuscrito que le había entregado. En el hospital, su amigo había eludido aquella cuestión. Se vieron en la imprenta. Ismet estaba muy contento por su recuperación, pero al mismo tiempo parecía preocupado. Cuando Emin le dijo que quería hablar con Helkias, trató de desviar su atención. Lo puso al tanto de las novedades que se produjeron durante su internamiento.

—Te ofrecen la traducción al polaco y te invitan a visitar la Universidad de Ankara. Tienes solicitudes de Francia y Alemania para dar conferencias.

El escritor oía a su amigo sin prestarle atención. Su interés era otro.

—¿Has leído el manuscrito?

—Lo he leído y lo he mecanografiado.

—¿Y qué te parece?

—Es algo fuera de lo común.

—¿Y qué piensa Helkias?

—Lo mismo que yo.

—¿Lo llevaste al editor?

—No, primero quería hablar contigo. Si ahora publicas eso, puedes arruinar tu carrera. Aquí hay muy poca gente preparada para leer cosas como ésa. Es bueno, pero demasiado hermético.

—Si te parece bueno, lo demás no me interesa.

—De acuerdo, trataremos de publicarlo, pero el maestro piensa lo mismo que yo.

—¿Qué piensa el maestro?

—Que hay que ir paso a paso; que el salto que das con *La Luna Roja* es demasiado grande y quizás tus lectores no lo entiendan.

Emin Kemal salió desmoralizado de la imprenta de Ismet. Los razonamientos que hizo su amigo sobre la obra eran lógicos y a la vez desconcertantes. De nuevo, las sombras y la sensación de estar cayendo en un agujero cuya profundidad desconocía.

Derya lo encontró en La Luna Roja después de medianoche. No había bebido, pero tenía la mirada de estar borracho. La chica llegó nerviosa. Lo buscaba desde hacía horas.

—Basak me dijo que seguramente estarías aquí. No sé cómo no se me ocurrió antes.

—¿Has visto a Basak?

—Sí, y también a Ismet. Me lo ha contado.

—¿Qué te ha contado?

—Que eres un gran escritor y que a veces vas por delante de ti mismo. Pero yo creo que lo que quiso decir es que eres una persona muy especial.

—No, no soy especial. Si conocieras la verdad, sabrías la farsa en la que he convertido mi vida.

—¿Farsa? No me hables de farsas.

Aquella noche regresaron muy tarde a casa. Derya no quiso dejarlo solo. Deseaba saber más cosas, escarbar en los vericuetos de aquel pensamiento que no era capaz de entender. Cuanto más desconcertada se sentía, más deseos tenía de conocer su pasado. Emin, a su vez, también recomponía la vida de Derya con piezas que no encajaban nunca.

Al despertar, lo vio sentado junto a la cama con los ojos clavados en ella. Se asustó.

—¿Qué te pasa?

—Estaba esperando a que despertaras para contarte algo.

—¿Contarme qué? ¿Te encuentras bien?

—No, no estoy bien. Por eso quiero hablar contigo.

Derya se incorporó ligeramente y esperó con la respiración agitada a que él comenzara a hablar. Observó sus gestos, los movimientos, los ojos, tratando de encontrar algún síntoma alarmante. Pero Emin hablaba con serenidad y con gran lucidez, aunque sus palabras parecían el argumento de una novela.

Le contó algunas cosas de su juventud y, entrelazado con las imágenes de su madre y de los primeros poemas, apareció el nombre de Helkias Helimelek. Le confesó quién era y cómo lo había conocido. Le reveló que desde hacía seis años todo lo que publicaba con su nombre eran cosas del escritor judío. Lo contó sin apasionamiento, sin alterarse, como si fuera la vida de otra persona. Le dio detalles de Helkias. Derya, acostumbrada a vivir entre mentiras, no era capaz de distinguir entre la realidad, la fantasía y el delirio. Escuchó sin interrumpirlo y, sólo después de que el escritor permaneciera un largo rato en silencio, le dijo:

—Creo que te atormentas sin motivo. Lo que me cuentas es sorprendente, pero lo único que demuestra es que tú no eres como la mayoría de las personas.

Derya fue a visitar a Orpa pocas semanas antes de su boda. Aprovechó el momento en que sabía que Ismet no estaba en casa. Las dos mujeres nunca habían tenido la oportunidad de hablar a solas. Cuando vio a la chica en la puerta, Orpa creyó adivinar lo que había sucedido.

—Hace tiempo que llevo pensando venir a visitarte —dijo Derya siguiendo una fórmula estudiada—, desde que tu hermano me dijo que ibas a casarte con Basak.

Orpa la recibió con normalidad, como si fuera una visita de cortesía. Siguió su conversación y se dejó enredar en la estrategia de la chica. Pero finalmente decidió terminar con tantos preámbulos.

—Tú no has venido sólo para felicitarme por mi boda. ¿Me equivoco?

—No, no te equivocas.

—Vienes a preguntar por otra cuestión. ¿Es así?

—Es así.

—¿Qué te ha contado Emin?

—Una historia extraña que a veces parece absurda, pero que en algunos pasajes suena muy real. Me refiero a un escritor llamado Helkias.

—¿Entonces es eso?

—¿Hay algo más? —Orpa negó con un gesto—. No consigo diferenciar lo que es real de lo que es parte de su imaginación.

—¿Tienes a veces la sensación de que Emin delira?

—Sí, eso es lo que pienso. Pero en este caso es tan real la forma en que lo cuenta...

Orpa se levantó y se dirigió al pasillo.

—Ven conmigo —le dijo a Derya—. Preferiría que fuese mi hermano quien te explicara todo esto, pero no quiero que tengas la sensación de que trato de ocultarte algo.

Derya la siguió hasta una habitación pequeña, llena de libros y periódicos. Sentado en una butaca estaba Helkias Helimelek, con sus gafas oscuras y la cabeza ligeramente inclinada, como si estuviera durmiendo.

—Maestro, quiero presentarle a alguien. Ésta es Derya y ha venido a preguntar por usted.

Helkias volvió la cabeza, aunque no veía. Forzó una sonrisa y les pidió que se sentaran. La chica no podía apartar la mirada del anciano.

—He oído hablar mucho de usted —dijo Helkias—. Hace tiempo que en esta casa no se habla de otra cosa.

—¿De mí?

—Sí, por supuesto. Todo lo que tiene que ver con mi querido amigo Emin tiene que ver también con nosotros. Aquí lo queremos como a un hijo, o como a un hermano. ¿No es así, Orpa?

—Sí, maestro —dijo azorada la mujer.

—Le agradezco su visita —continuó Helkias—. Supongo que habrá venido porque el bueno de Emin le ha hablado de mí.

—Así es.

—¿Y qué le ha contado?

Ella le relató torpemente algunas de las cosas que escuchó del propio Emin. Y mientras hablaba tenía la sensación de entrar en un mundo de espejos que devolvían la imagen de las cosas distorsionada. Cuando la chica terminó, el anciano siguió en silencio, como si tratara de encontrar las palabras justas para expresar lo que quería.

—Veo que mi querido Emin siente un gran aprecio por usted. De lo contrario no habría sido capaz de contarle cosas tan importantes que afectan a su propia vida —volvió a guardar silencio mientras las dos mujeres permanecían atentas al anciano—. Le ha contado la verdad. Seguramente necesitaba sacar fuera las cosas que le angustian. Emin es un ser atormentado. Ya lo era antes de conocerme y no sé si yo he contribuido a mitigar ese padecimiento o justo a todo lo contrario. Pero creo que le hace bien hablar de estas cosas con usted. No me cabe duda —palpó sobre la mesa y cogió una carpeta—. Supongo que usted habrá leído esto. Mi vista se apagó, pero mi oído es bueno y Orpa ha sido muy generosa al leérmelo varias veces. *La Luna Roja* es un título magnífico. Y su contenido es extraordinario. Aquí está encerrado Nerval, pero también Baudelaire y Verlaine, se lo aseguro. Emin es un escritor fuera de lo común, el mejor que yo he conocido en mucho tiempo. Pero es joven y necesita que le marquen el camino. La mayoría de los lectores actuales no están preparados para leer esta joya literaria. Créame que sé de lo que estoy hablando. También a mí me ocurrió algo parecido en mi juventud. Pero ahora soy un anciano y he recorrido todo el camino. Sé lo que le espera a Emin detrás de cada recodo. Quien lea este extraordinario manuscrito podría pensar que ha salido de las manos de un loco o de un borracho. Emin no es ninguna de las dos cosas. Su lucidez no está al alcance de todos los lectores; más bien podrían entenderla mal. Él es inteligente y sensible, quizás en exceso, y ha comprendido que la literatura no se improvisa, que no es un camino fácil. Por eso sabe que para dejar una obra que merezca la pena a veces hay que pisar por terrenos que no son los propios. Creo que usted es inteligente y lo comprenderá. ¿No es así?

—Lo entiendo... —dijo Derya confusa—. Pero no sé si esto beneficiará la salud de Emin.

—Yo puedo añadir algo que quizás despeje sus dudas. Si Emin Kemal no hubiera elegido este camino, no me cabe duda de que se habría suicidado hace mucho tiempo. Así suelen acabar las personas como él. El propio Nerval se colgó en las calles de París en una fría noche de invierno. Es el camino más terrible, pero a veces es la única salida para los seres atormentados como ellos.

Derya necesitaba tiempo para asimilar todo lo que Helkias le estaba contando. Orpa permanecía a su lado muy atenta, sin apartar apenas su mirada de la chica. Examinaba cada uno de sus gestos, los movimientos, las posturas; medía sus palabras y sentía una terrible desazón. El encuentro con Helkias fue largo. Cuando salió de aquella casa, Derya tenía la sensación de haber vivido algo irreal: un sueño, una fantasía de Emin. Decidió que aquella noche no visitaría al poeta. No terminaba de entender el mundo en el que se había metido, aunque la fascinación y los planes de futuro eran más poderosos que la incertidumbre.

Desapareció de la vida de Emin durante unos días. Luego decidió regresar y lo encontró en La Luna Roja, en compañía de Basak. El escritor había llegado a pensar que no volvería a verla, pero allí estaba de nuevo.

—He hablado con Ismet —le dijo Derya tratando de fingir normalidad—. Quiere que vayas a la Universidad de Ankara. Te invitan para dar a conocer tu obra. Asegura que están muy interesados. Además, yo creo que te vendría muy bien.

El tono conciliador de la chica lo reconfortó. Se sentía débil, y los dolores de cabeza no remitían del todo.

—No estoy bien para hacer un viaje así —se disculpó Emin.

—Yo te acompañaré. No voy a dejarte solo en una situación así. ¿Tú qué piensas, Basak?

El hombre miró a los dos y luego le puso la mano en el hombro a su amigo.

—Creo que deberías ir. Te hará bien cambiar de aires.

Emin Kemal no había hecho el servicio militar por sus desequilibrios emocionales. Desde los dieciséis años era la primera vez que salía de Estambul. Sus artículos sobre viajes y lugares exóticos eran producto de su imaginación o de la de Helkias. Ankara estaba envuelta en la nebulosa de su pasado. Los recuerdos de su padre habían terminado por desdibujarse en su memoria.

Emin aceptó el viaje porque significaba estar lejos de Estambul cuando Orpa y Basak se casaran. Permaneció en la capital durante seis semanas, y el ambiente de la universidad, la compañía de Derya y el reencuentro con una parte de su infancia lo reconfortaron y lo sacaron a flote. A su regreso a Estambul, su aspecto había mejorado. Sólo cuando visitó por primera vez a Orpa y a Basak en su casa volvió a tener algunos síntomas que recordaban al Emin de los malos tiempos. Derya se convirtió entonces en su apoyo para mantener el equilibrio. Con su ayuda comenzó a llevar una vida ordenada. Ella se ocupó de organizar su entorno, de que no faltara nada, de que nadie rompiera la tranquilidad y el sosiego que necesitaba. Empezó a salir menos por las noches, a quedarse en casa a pesar de las dificultades para dormir. Le organizó un horario para escribir sus artículos, para pasear, para comer, para leer. A veces rechazaba las visitas de Ismet o de Basak porque aseguraba que debía cumplir el reposo que le prescribían los médicos. Lo acompañaba a casa de Helkias y solía escuchar con paciencia las conversaciones de los tres hombres, incomprensibles a veces para ella. Con frecuencia dejaba a Emin trabajando y visitaba a Ismet para ponerlo al tanto del estado de su amigo. Ismet admiraba la pasión que Derya ponía en las cosas de Emin. Cada nuevo éxito del escritor lo celebraban ellos con entusiasmo, como si fuera un éxito propio.

—¿Por qué no te has casado? —le preguntó Derya a Ismet dos años después de conocerse.

—Es una pregunta sin respuesta —dijo después de buscar una contestación razonable—. Quizás porque no supe levantar la cabeza de mi agujero para ver qué había más allá de los libros. Quizás porque heredé una responsabilidad que me venía grande y a la que he consagrado toda mi vida.

—¿Te refieres a Helkias?

—Sí, me refiero a él. Y también a mi hermana.

—Ella no es responsabilidad tuya.

—Desde que tiene su propia familia no lo es; pero hasta entonces yo sentía que no podía dejarla sola.

—¿Y ahora no te gustaría tener tu propia familia?

—Ya es demasiado tarde —dijo sin disimular la amargura—. Me he convertido en un inútil para la vida.

Poco a poco, la muchacha se había ido ganando la confianza de Ismet. Era ella la que hacía de intermediaria entre el poeta y su amigo. Cuando los dos se juntaban, Derya se mantenía en un segundo plano. Era capaz de pasar horas en silencio, escuchándolos hablar sin entender lo que decían. Con frecuencia desaparecía de la vida de los dos hombres durante períodos largos, y ambos sentían que les faltaba algo. Cuando volvía, la chica les contaba versiones diferentes de los lugares en los que había estado, o de la gente a la que visitaba. Pero ninguno hacía preguntas. Una simple sonrisa de Derya borraba todas las dudas sobre su pasado o sobre su presente.

En mitad de una de las ausencias prolongadas de la joven, Ismet recibió una llamada suya en la imprenta. Su voz sonaba apagada, sin entusiasmo.

—Tenemos que vernos, Ismet —dijo Derya.

—¿Cuándo vuelves?

—Estoy en Estambul desde hace diez días.

Ismet dedujo por su tono de voz que había ocurrido alguna desgracia.

—Puedes venir ahora mismo, si te parece. O puedo ir a donde me digas. ¿Está bien Emin?

—No lo sé, Ismet. Hace dos semanas que no lo veo.

—¿Qué ha pasado?

—Nada, no ha pasado nada. Sólo quiero hablar contigo. ¿Podemos cenar juntos esta noche? No quiero que le cuentes nada de esto a Emin.

Se citaron en el lujoso restaurante del hotel Pera. Ismet no entendía aquella extravagancia de Derya. Se vistió lo mejor que pudo porque sabía lo que iba a encontrar allí. Llegó diez minutos antes y no se atrevió a entrar en el restaurante por miedo a que los camareros no lo dejaran pasar. Cuando Derya se bajó del taxi, él estaba agazapado entre las sombras, procurando pasar desapercibido. Escuchó cómo el portero la llamaba por su nombre antes de abrirle la puerta.

Ismet tenía la sensación de que todo el mundo en el restaurante estaba pendiente de él. Derya llevaba el pelo recogido y sus ojos brillaban de una forma especial aquella noche. Nunca la había visto tan elegante.

—¿Por qué me has citado en este lugar? Podrías haber venido a casa o a la imprenta.

—No sé si volveré a alguno de los dos sitios —sentenció.

Ismet no entendía el comportamiento de la mujer. Todo aquello le resultaba demasiado enigmático y trascendental.

—¿Has discutido con Emin?

—No, no es eso. Pero será mejor que comamos. Además, quiero que antes me cuentes cosas de ti. Me gustaría escuchar la historia de Helkias Helimelek desde el principio hasta el final.

Ismet puso toda su oratoria al servicio de la mujer. Le habló de su padre, de la imprenta, del mundo en el que se crió. Para él, Helkias era como una prolongación de su padre, el hombre más inteligente y lúcido que conocía.

—¿Y no crees que te has perdido muchas cosas de la vida? —preguntó Derya cuando él se quedó callado.

—¿A qué te refieres?

—A que eres un hombre brillante en un traje mediocre. Con tu inteligencia puedes llegar a donde te propongas. ¿No tienes ambiciones?

—He conseguido todo lo que deseo en la vida. Estoy satisfecho. ¿Y tú?

—Yo soy una persona ambiciosa. Hay veces en que nada me satisface. Hace cuatro años, cuando conocí a Emin, pensaba que nunca me cansaría de lugares lujosos como este hotel, de gente como la que tenemos alrededor... En fin, ya me entiendes.

—¿Y te cansaste de esto?

—Yo diría, más bien, que hace tiempo que busco otra cosa. Pero ahora que la tengo no sé si es esto lo que quiero.

—No te entiendo. Las mujeres sois demasiado complicadas.

Derya no escuchó aquella afirmación. Tenía el pensamiento en otra parte. Apenas había probado la cena. De repente dijo:

—Estoy cansada, Ismet. Apenas tengo veinticinco años y me siento como una anciana. Ha llegado un momento en que debo tomar una decisión. Desde que conocí a Emin y luego a ti, me siento perdida. Pero ahora las cosas se han complicado.

Derya le sonrió, compadecida del desconcierto que había provocado en su amigo. Ismet parecía un niño confuso que la seguía con la mirada, expectante. Llevó la conversación a otro asunto. Al terminar, Derya le cogió la mano y se la retuvo un rato sin decir nada. Él la miró sin entender lo que estaba sucediendo.

—En realidad, no te he citado aquí sólo para cenar y hablar sobre vaguedades de la vida.

—¿No?

—No, Ismet. Lo que quiero es contarte algo y saber qué piensas tú de esto.

—¿De qué?

—Estoy esperando un hijo de Emin. Eso es lo que quería contarte.

Ismet no hizo gestos de asombro ni comentarios. La miró y le apretó un poco la mano.

—¿No vas a decir nada?

—No hace falta —le dijo él sonriendo—. Ya lo has dicho tú todo. Aunque siento curiosidad por saber si se lo has contado a Emin. Hace tiempo que no tiene noticias de ti.

—No, no sabe nada. Primero quería hablar contigo y conocer tu opinión. Yo no estoy preparada para ser madre, y Emin tampoco.

—¿Hay alguien preparado para eso?

—Quién sabe. Pero quizás esto no lo beneficie nada. No sé cómo se lo puede tomar, ni de qué manera le puede afectar.

—No podrás saberlo hasta que no se lo cuentes.

—Había pensado desaparecer, no decirle nada. A veces creo que es lo mejor. Luego, cambio de idea y pienso que todo es más sencillo, que las complicaciones sólo están en mi cabeza.

Cuando terminaron de charlar, el restaurante del hotel estaba vacío. Los camareros aguardaban a que se levantasen para cerrar. Derya salió cogida del brazo de Ismet. Hacían una extraña pareja. Caminaron bajo el frío de la noche hasta una parada de taxis cercana.

—No quiero ir a dormir —dijo ella—. Tengo demasiadas cosas dando vueltas en mi cabeza. ¿Te quedarás conmigo?

—Claro. ¿Quieres ir a La Luna Roja?

—No, él estará allí y todavía no estoy preparada para decírselo.

—¿Dónde te quedarás esta noche?

Derya miró para otro lado.

—En casa de mi hermana.

En otras ocasiones había contado que era hija única, pero Ismet no podía captar aquellas contradicciones en las que incurría la mujer cuando hablaba de su pasado.

—¿Quieres venir a casa? Helkias estará encantado de hablar contigo. Desde que se fue Orpa, se está apagando de tristeza.

—Dime una cosa, Ismet —Derya se detuvo y se soltó del brazo del hombre—. ¿Nunca has sentido obsesión por una mujer?

—¿Obsesión o amor?

—Obsesión. El amor es sólo una forma de obsesión.

—No sé si llamarlo obsesión, pero me he sentido atraído por muchas mujeres. Aunque nunca me correspondieron. Por eso nunca di ese paso que habría sido necesario.

—¿Y es preciso que una mujer te corresponda para decirle lo que sientes?

—Probablemente.

—Dime una cosa, Ismet —ahora había vuelto a cogerse de su brazo y caminaba a su lado sin mirarlo—. ¿Te atraigo?

—No te entiendo.

—Quiero decir si te atraigo como mujer, si te parezco hermosa, interesante... Ya sabes, ese tipo de cosas.

Ismet se detuvo y la miró apurado por la pregunta. Finalmente, sin saber muy bien lo que respondía, le dijo:

—Sí, me atraes mucho.

10.

Tardé en darme cuenta de que aquel edificio que parecía una cárcel era en realidad un centro psiquiátrico. Lo comprendí cuando bajé del vehículo y oí los gritos sobrecogedores que llegaban desde las ventanas del segundo piso.

—Esto es un manicomio —dije como un estúpido sin arrancar ningún comentario de Basak.

Un guardia armado con una porra nos abrió la verja, y otro nos recibió al pie de la empinada escalera de piedra que conducía a una gran puerta acristalada. Los gritos que oía sólo se veían rotos por algún grajo que se sumaba al macabro concierto.

Basak Djaen subió la escalinata apoyado en mi brazo. Le costaba trabajo. Yo observaba de reojo su rostro, tratando de obtener alguna respuesta a aquel enigma. Finalmente le pregunté:

—¿Qué estamos haciendo aquí?

—¿Todavía no lo ha adivinado?

No, aún no podía entender nada. Estaba impresionado por lo siniestro del lugar y no conseguía adelantarme a lo que estaba a punto de suceder. Nos atendió un funcionario detrás de un mostrador. Había enfermos que entraban y salían al fondo de un largo pasillo que se abría a un patio rectangular cubierto por la nieve. El funcionario intercambió algunas frases con Basak. Tal vez se conocieran desde hacía años. Pulsó un timbre y esperamos hasta que apareció otro guardia.

—Vienen a visitar a Kemal —dijo el funcionario al guardia.

Sentí un sobresalto, pero no me atreví a hacer preguntas. Basak no me miró. Caminó detrás del guardia como si yo no existiera.

—No se quede atrás —dijo escuetamente el anciano—. Aquí son muy estrictos con las normas.

Me detalló con cierta desgana las horas de visita y me contó algunas anécdotas sobre la construcción de aquel edificio, pero yo no podía prestar atención a su monólogo. Seguía pensando en el nombre que había pronunciado el funcionario. Entramos en una gran sala donde había una docena de enfermos mentales. Estaban tranquilos. Se habían dejado de oír los gritos de los pisos superiores. Las ventanas estaban cerradas con rejas, y vi que el grosor de los muros era considerable. Hacía mucho frío en aquella sala desangelada. El guardia nos condujo hasta el fondo y señaló a un hombre que estaba sentado de espaldas a nosotros. Miraba el paisaje nevado a través de la ventana.

—Éste es Emin Kemal —me dijo con tristeza—. El hombre que está enterrado en España es un impostor.

—No es posible —repliqué con voz de idiota, demostrándole mi ignorancia en todo aquel asunto.

—Créame que lo es.

Aquel viejo decrépito que no se percataba de nuestra presencia no podía ser Emin Kemal. Estaba sentado en una silla de ruedas y tenía las piernas cubiertas por una manta. No se parecía en nada al escritor que yo había conocido. Su mirada era inquietante. Tenía los ojos fijos en un punto indeterminado del jardín y la boca entreabierta. No hizo ningún gesto.

—Entonces, ¿quién es el hombre al que conocí en España?

—Buena pregunta.

Emin Kemal levantó de repente la cabeza y miró a Basak.

—Hola, amigo —dijo el judío muy despacio, como si le hablara a un niño—. ¿Cómo estás hoy? He traído a alguien para que te conozca.

Le cogió la mano y se la apretó. Emin respondió con un movimiento de cabeza. Dijo algo que no comprendí.

—¿Puede entendernos? —pregunté sin haberme repuesto del sobresalto.

—Nos oye y nos entiende perfectamente. Hay días en que es capaz de mantener una conversación. Coja la silla, vamos a salir de aquí.

Empujé la silla de ruedas y fuimos hacia un claustro que rodeaba el gran patio central. Hacía mucho frío, pero ni Emin ni Basak parecían sentirlo.

—Está así por las descargas eléctricas, ¿sabe? Aunque no quieran reconocerlo, terminan afectando al cerebro.

Mientras caminábamos muy despacio en un paseo circular, Basak Djaen me fue contando las circunstancias que habían llevado al escritor al manicomio. Conforme avanzaba en la narración, se me iba encogiendo el estómago. Me lamenté de no haber llevado una grabadora para dejar constancia de sus palabras. Su relato resultaba estremecedor. De vez en cuando bajaba el tono de voz para que Emin no escuchara algunos detalles dolorosos y terribles de la historia, aunque sin duda no le eran en absoluto desconocidos. Nos sentamos en un banco de piedra que había delante de la pared. La boca de Basak despedía vaho al hablar. Cuando terminó su relato, no fui capaz de pronunciar una sola palabra. Miraba a los dos ancianos alternativamente y procuraba asimilar lo que acababa de oír.

—Hace más de treinta años que está encerrado aquí —terminó de decir Basak—. Lo más duro fue al principio, porque se daba cuenta de todo, pero hace mucho tiempo que no padece.

Basak Djaen me miraba ahora por primera vez y se daba cuenta de mi asombro.

—¿Y por qué nadie denunció lo que había sucedido?

—¿En qué mundo vive usted, amigo mío? ¿Denunciar? ¿Quién iba a creer la historia de un pobre loco? Nadie.

—Pero usted podría dar testimonio de lo que ocurrió realmente.

—Olvídelo, eso era imposible. Ella dejó todo bien atado para que nadie pudiera reconstruir la historia. Se llevó los diarios, los manuscritos. De la casa de Emin desaparecieron todos los libros, las cartas, las grabaciones. Absolutamente todo. Es una mujer muy astuta y ambiciosa. Usted lo sabe, me temo —asentí sin decir nada—. Al principio, cuando Aurelia se enteró de la verdad, sintió que su mundo se derrumbaba y luchó para que todos supieran lo que había sucedido. Fue a los periódicos, habló con abogados, recorrió muchos despachos, pero resultó inútil. La tomaron por una loca. Tuvo que padecer muchas humillaciones. Por eso tiene que disculpar su extravagancia en este asunto. Salió del país desesperada, dispuesta a olvidarse de todo. Cuando se enteró de quién era usted, vio una salida al túnel en el que había estado metida en los últimos años. Ella ha sufrido mucho.

De repente, Emin Kemal comenzó a balbucir algunas palabras que al principio eran ininteligibles. Basak acercó el oído a sus labios.

—Derya no ha venido —dijo el escritor despertando de su letargo, y volvió a repetirlo—: No ha venido.

Era imposible saber si se trataba de una pregunta o de una afirmación. Su amigo le cogió la mano y le habló casi al oído.

—No vendrá más. Está muy lejos. Ya no puede hacerte nada.

—Tengo los zapatos rotos —dijo Emin.

Su voz me sobrecogió. Basak me hizo un gesto, nos levantamos y seguimos caminando alrededor del claustro. El judío bajó ahora el tono de voz.

—Ella regresó a Estambul hace años.

—¿Se refiere a Derya?

—Sí. Primero trató de ganarse la confianza de mi hija. Cuando vio que sus planes no salían como ella pretendía, trató de recuperar a su marido. A su verdadero marido, quiero decir. Empezó a aparecer por aquí. Venía muy de vez en cuando, cada dos o tres meses. Yo no sabía nada. Emin no la mencionaba. Pero una vez pronunció su nombre y aquello me dio que pensar. Yo creía que era alguna imagen del pasado que volvía sin más, pero estaba equivocado. Tardé en darme cuenta de que Derya venía a visitarlo con cierta frecuencia. Sospecho que ella pensó que Emin no estaba tan mal como fingía. Creyó que la estaba engañando para que lo dejara en paz. Hice mis averiguaciones y me enteré de que lo visitaba desde hacía mucho tiempo. Me enfurecí. Si yo hubiera sido más joven, la habría matado con mis propias manos. En vez de eso, mandé a Örzhan para que la asustara. No quería que volviera por aquí. Cuando hace unos meses mi hija me contó la muerte de ese impostor y me dijo que había robado los diarios y que estaban incompletos, supuse que Derya se había llevado de España todo lo que la comprometiera. Por eso mi yerno entró en su casa y se llevó las cosas que tenían que ver con Emin. Fue un escarmiento y una venganza. Ahora ya no se acerca por aquí.

Yo no podía apartar la vista del verdadero Emin Kemal. Todo lo que oía me resultaba terrible y trágico, pero nada me impresionaba tanto como la imagen de aquel anciano, encerrado durante años en el infierno. Tenía tantas preguntas que no sabía por dónde empezar. Estuvimos casi una hora con el escritor. Al salir de allí, sentí que lo que había visto y oído no era real. Me desconcertaba la normalidad con que Basak Djaen hablaba de aquel asunto. Para mí todo era nuevo, pero él llevaba muchos años conviviendo con aquel drama. Pensé en Aurelia, en lo que había vivido en su infancia, en la mentira que había sido la mayor parte de su vida. Mi desconfianza hacia ella desapareció. Era difícil ponerse en su piel e imaginar lo que podía haber sentido durante los últimos años.

Al alejarnos, mis sensaciones eran contradictorias. Pensaba que jamás volvería a ver a aquel hombre, pero al mismo tiempo sentía una gran liberación al poner tierra por medio. También yo había sido una marioneta en aquel juego. Necesitaba contárselo a alguien, pero no tenía a quién. No me sentía con fuerzas para llamar a Ángela Lamarca. No era una historia para contar por teléfono.

Estuve escribiendo durante el resto del día. Apagué el móvil. Necesitaba echar fuera una parte de lo que acababa de descubrir. Esa noche volví a la antigua Luna Roja. Miraba las mesas, las sillas, a los camareros, y trataba de ver por los ojos de Emin Kemal. Aquel café encerraba el secreto de una historia dramática, y yo ahora tenía la posibilidad de sacarla a la luz. Realmente no sabía si aquello podía interesarle a alguien más que a sus protagonistas. A mí, al menos, había conseguido desconcertarme.

No me sentía con ánimo para hablar con Aurelia. Ahora no sabía qué decirle. Necesitaba tiempo. Ignoraba si Basak le había contado nuestra visita al manicomio. No tenía ningún correo electrónico de ella. Tal vez la historia había llegado más lejos de lo que Aurelia quería. Que yo viera a Emin Kemal en aquel estado podía significar una humillación para ella. No estaba seguro de nada. Pocas cosas me retenían ya en Estambul, y las que me rondaban por la cabeza era mejor apartarlas para siempre.

Sin pensarlo mucho, tomé un taxi y me dirigí a la mezquita de Eyüp. No sabía bien lo que quería hacer. Tenía un enorme deseo de ver a Derya por última vez. Sentía al mismo tiempo repulsión y atracción por un personaje tan siniestro. No podía explicármelo.

Tardé en encontrarla. Finalmente di con ella en los alrededores de uno de los cementerios. En realidad no quería hablar con ella; sólo observarla y convencerme de que todo lo que me estaba sucediendo era cierto. La sensación de irrealidad me resultaba muy desagradable. Pero aquélla era Derya, sin duda, y todo lo que había escuchado en el manicomio era real. Cuanto más la miraba en la distancia, más sentía crecer el rencor dentro de mí. En un arrebato me acerqué a ella y me quedé a escasa distancia. Traté de controlar mi rabia.

—Hola, Derya. ¿Sigues sin recordar quién soy?

En cuanto levantó la cabeza supe que estaba asustada. Ahora no fue capaz de fingir.

—Déjame tranquila —me dijo con voz entrecortada—. ¿Qué quieres de mí?

—Quiero que sepas que ayer estuve con Emin en el manicomio.

Se levantó nerviosa y echó a correr hacia donde más gente había. Cojeaba. En aquella mujer no quedaba ya ningún vestigio de la Derya que yo conocí.

—Lárgate —me gritó en tono desafiante.

—Voy a escribir esta historia —le dije poniéndome a su altura y caminando un rato a su lado—. Quería que lo supieras.

—Que el demonio te confunda —me maldijo.

De repente echó a correr, y su imagen huyendo de mí me pareció patética. Se recogió la falda negra y avanzó torpemente. De vez en cuando volvía la cabeza para ver si la seguía. La alcancé caminando, sin apenas forzar el paso. Derya soltaba manotazos al aire como si quisiera asustar a alguien. Daba voces para llamar la atención de los transeúntes, pero la gente se apartaba al verla enloquecida. Estaba dispuesto a dejarla en paz de una vez y olvidarme de ella para siempre cuando sucedió algo inesperado. Derya cambió de dirección y se metió entre los coches. Cruzó la calle a la desesperada, sin mirar por dónde lo hacía. Se escuchó un golpe seco, y la vi volar sobre el capó del coche que acababa de atropellarla. Cerré los ojos y encogí los hombros. Aquello no podía estar pasando de verdad.

Cuando llegué hasta ella, el chófer había bajado del vehículo y gritaba nervioso y asustado, llevándose las manos a la cabeza. Nadie se atrevió a tocarla. Tenía un golpe en la cabeza, y el asfalto estaba manchado con su sangre. Me invadió una terrible sensación de culpa. Deseé con todas mis fuerzas que no estuviera muerta. Me pareció que respiraba.

Creo que abrió los ojos en el momento en que entró en el hospital. Luego desapareció por el pasillo de urgencias y me quedé solo en una sala abarrotada de gente. Un empleado del hospital me preguntó si yo era familia de aquella mujer. Lo negué.

—¿La conoce de algo?

—Ha sufrido un atropello —dije susurrando.

El hombre se percató de mi palidez y me preguntó si me encontraba bien. No, no estaba bien.

—¿La ha atropellado usted?

—No, claro que no. Yo sólo la he acompañado hasta aquí.

Me pidió que me sentara y esperase. De cualquier forma lo habría hecho; no podía marcharme así, sin saber cómo se encontraba Derya. Esperé mucho tiempo, no sé cuánto. No conseguía serenarme. Por fin alguien me llamó a un mostrador y me pidió mis datos. Se los di. Me senté a esperar otra vez. Al cabo de un rato protesté, pero nadie me hizo caso. No paraba de entrar y salir gente de la sala. Las ambulancias se detenían en la puerta, descargaban a algún accidentado y volvían a marcharse. Estaba desesperado. Marqué el número de Aurelia y ella contestó enseguida.

—Ya sé que lo viste ayer —me dijo sin darme tiempo a hablar—. Örzhan me llamó para contármelo. Ahora ya lo sabes todo.

—Ha ocurrido algo terrible... Estoy en el hospital.

—¿Es mi padre?

—No, él está bien. Se trata de Derya.

Hubo un silencio que no quise romper. Esperé su reacción.

—¿Qué ha pasado?

—Creo que está grave. La ha atropellado un coche.

—¿Y cómo te has enterado?

—Es una historia complicada. Yo estaba allí cuando sucedió. Creo que está muy grave. En este momento ni siquiera estoy seguro de que siga viva. No puedo irme del hospital hasta que me digan algo. ¿Hay alguien que pueda hacerse cargo de ella?

La mujer debió de notar mi apuro. Su voz sonó serena:

—Absolutamente nadie. Hace años que cerró todas las puertas que la unían con el resto del mundo. No te muevas de ahí.

Cortó la conexión de repente. Cada vez estaba más aturdido. En la sala de espera nadie parecía estar pendiente de los problemas de los demás. Los celadores entraban y salían sin mirar a nadie. Yo estaba desesperado. Traté de serenarme, pero resultaba imposible. Esperé una hora más antes de dirigirme de nuevo al mostrador.

—Por favor —le dije por tercera vez al mismo hombre—. Tengo que irme, me están esperando. Yo no tengo nada que ver con este accidente.

Sonó el teléfono, y lo descolgó ignorando mi protesta. Me disponía a volver a mi asiento cuando aquel tipo me dijo:

—Es usted el señor René, ¿no es cierto?

—Sí.

—Por favor, pase por allí, quieren hablar con usted.

Me señaló una pequeña puerta al fondo de la sala. No hice preguntas. Lo único que quería era que aquello terminara cuanto antes.

Al otro lado había una enfermera que me acompañó a través de un pasillo hasta una sala pequeña y bien iluminada por los tibios rayos del sol. Había tres o cuatro hombres con bata blanca. Uno de ellos se acercó a mí y me tendió la mano.

—¿René Kuhnheim?

Me miraba fijamente, con una insistencia molesta, como si tratara de leer mi pensamiento. Pero no era eso lo que estaba haciendo.

—Sí, soy yo.

—¿Has atropellado a esa mujer?

El tuteo me desconcertó.

—No, sólo la he traído hasta aquí. La atropelló un coche en Eyüp...

—¿Y qué se te ha perdido a ti en Eyüp?

Me quedé sin saber qué decir. Ahora era yo quien lo miraba con fijeza a los ojos. Trataba de entender aquel tono jocoso y casi familiar.

—Nada. Estaba visitando la mezquita.

—Ya veo que te has olvidado de mí. ¿O es que he cambiado tanto?

—¿Salih? ¿Salih Alova?

El médico sonrió.

—Precisamente. Cuando vi tu nombre en este formulario, pensé que era una broma pesada. Pero ése no es tu estilo; o no lo era hace años.

—No es posible. Pregunté por ti a Nuray hace unos días.

—Lo sé. Me lo contó. Tengo tu teléfono. Anoche te llamé, pero debías de estar ocupado.

Salih Alova había cambiado mucho. Si me hubiera cruzado con él en cualquier parte, no lo habría reconocido. Apenas quedaba nada de su pelo abundante y rizado. Ahora no sabía qué decirle.

—Estuve en tu antigua casa.

—Hace años que todos nos fuimos de allí.

Había demasiadas cosas que contar. No podíamos hacerlo así, de pie en la sala de descanso de un hospital.

—¿Te casaste? —me preguntó.

—Sí, y me divorcié hace muchos años —no podía esperar más tiempo para hacerle la pregunta—. ¿Y tú?

—Sí, por supuesto. Tres veces —soltó una risotada al ver mi cara de sorpresa—. Y tengo cuatro hijos.

Salih Alova conservaba la misma risa de los viejos tiempos. Sin duda estaba esperando la segunda parte de mi pregunta. Seguí dando un rodeo para llegar hasta donde quería.

—Cuando estuve en tu casa, visité también la de Tuna. Está abandonada.

—Sí, lo está. Hace muchos años que nadie vive allí. Sus padres murieron.

—¿Tienes noticias de ella? —por fin lo había preguntado.

—Sí, hablamos con frecuencia —me dijo sin perder la sonrisa—. Esta mañana hemos hablado por teléfono. Sabe que estás aquí. Estoy seguro de que estará encantada de verte.

Alguien entró y se dirigió a él. En la sala de urgencias preguntaban por mí. Enseguida Salih se dio cuenta del apuro que sentí al oír mi nombre.

—Te acompaño, no te preocupes. Tenemos que vernos para hablar con tranquilidad. ¿Te parece que quedemos para cenar?

—Cuando me digas.

—¿Esta noche?

—De acuerdo.

En la sala de espera del servicio de urgencias encontré a Örzhan acompañado de un policía. Los dos hablaban con un empleado del hospital. Cuando Örzhan me vio, corrió hacia mí y me dio un abrazo.

—Yo respondo por este hombre —le dijo a Salih sin que nadie le pidiera explicaciones.

Aurelia lo había llamado para contarle el accidente de Derya, y Örzhan acudió a un amigo de la policía para tratar de sacarme del embrollo en que creía que me había metido. Tuvimos que esperar hasta que Salih nos informó del estado de Derya. Había sufrido una conmoción, pero no parecía grave. Nos dijeron que se quedaría en observación durante al menos un día. Dejamos un teléfono para que nos avisaran si había alguna novedad. Salí aliviado del hospital.

Pude descansar y aclarar un poco el barullo que tenía en la cabeza. Sabía que mi tiempo en Estambul se estaba terminando. Pocas cosas me ataban ya a la ciudad. Ahora necesitaba liberarme de todo aquello, y la mejor manera, sin duda, era escribiendo.

Salih me recogió en mi hotel para ir a cenar. Fuimos a un restaurante pequeño de Beyoğlu. Teníamos muchas cosas que contarnos y, cuando llegó el momento, ninguno supo por dónde empezar. Pero Salih me conocía muy bien y sabía cuál era mi mayor interés.

—He hablado con Tuna hace un rato —me confesó antes de sentarnos a la mesa—. La invité a venir, pero me temo que no está preparada para verte aún. Tiene tu teléfono. Te llamará.

—¿Cómo está?

—No muy bien. Su vida no ha sido fácil en los últimos años.

Por fin conseguí hacerle la pregunta que tanto deseaba. No resultó tan difícil:

—¿Os casasteis?

Salih me miró y trató de sonreír, pero no lo consiguió. Entonces comprendí cuántas cosas nos distanciaban ya.

—No nos casamos —me dijo sin apartar su mirada de la mía—. Nos respetábamos lo suficiente como para no hacerlo. Ella fue honesta conmigo, y siempre le estaré agradecido.

—¿Qué quieres decir?

—Me contó vuestro último encuentro después de la muerte de tu madre. Me lo contó llorando, angustiada, pero no arrepentida. Me confesó la propuesta que te hizo y cómo te habías comportado.

—¿Como un cretino? —pregunté aprovechando que se había quedado en silencio.

—No, como un cretino no —me dijo sin dureza—. Tú no eres de ese tipo de hombres. Cobarde, quizás. Yo no soy quién para juzgar a los demás, y menos a ti. Ni siquiera creo que ella te juzgara por lo que hiciste. Pero ha pasado demasiado tiempo para pensar en eso.

—Yo he pensado mucho en los últimos años. A veces me castigaba tratando de imaginar cómo habrían sido las cosas si mi elección hubiera sido otra.

—Es inútil hacerlo. No sirve de nada.

—Lo sé, pero no lo podía evitar.

—Cometemos errores cada día. No podemos estar siempre arrepintiéndonos.

—No se trata de arrepentimiento. Es sólo curiosidad por saber qué habría pasado —lo miré sin esperar que me comprendiera—. Cuéntame algo de ella.

—¿Qué quieres saber?

—Lo que tú quieras.

Salih me habló de Tuna sin ocultar su amargura. En realidad no creo que ninguno de ellos sintiera más que afecto por el otro en el pasado, pero por su forma de decir las cosas era difícil saberlo. Me contó que Tuna había enviudado hacía quince años. Estuvo casada diez con un maestro. No tuvieron hijos. Ella había trabajado de maestra durante un tiempo en Balat, pero tuvo que dejarlo para cuidar de su hermano.

—Desde que sus padres murieron, Tuna no ha hecho otra cosa en la vida que cuidar a Utku.

Resultaba desolador todo lo que Salih me contaba. Utku tenía ya más de cincuenta años y seguía necesitando los mismos cuidados que cuando yo lo conocí.

—Hace tiempo que Tuna renunció a vivir para cuidar a su hermano —continuó Salih mientras yo seguía pendiente de sus palabras y de sus gestos—. ¿Qué voy a contarte? Podría haber conseguido lo que se propusiera, y sin embargo ahí la tienes, consumiéndose en casa de sus cuñados, cuidando a un niño de cincuenta y cinco años, viendo pasar el tiempo como quien ve pasar los trenes. Nadie se merece eso.

—No pudo elegir —dije sin pensar bien mis palabras.

—Siempre se puede elegir. Yo he discutido muchas veces con ella a causa de Utku. Podía haberlo internado en una residencia. Me ofrecí a hacer las gestiones en su momento. No es fácil: hay que tener influencias. Pero ella se negó. Desconfía de esos lugares para los enfermos. Hace tiempo que dejé de insistirle. Cada vez que le hablaba de este asunto se enfurecía. Decidí salvar nuestra amistad a costa de ver cómo se marchitaba.

Nos quedamos en silencio, cada uno mirando a un sitio distinto. Habían pasado casi treinta años desde la última vez que vi a Tuna. Repasé en unos segundos todas las cosas que me habían ocurrido en ese tiempo, mientras su vida transcurría en círculos que no se rompían nunca. Nos habíamos puesto demasiado trascendentales. Le pregunté entonces por sus tres matrimonios, por sus hijos, por el trabajo.

Salimos del restaurante con el paso trastabillado por el vino. Paseamos por las calles que fueron parte de nuestra adolescencia. Los árboles del Año Nuevo daban vistosidad a los escaparates de los comercios y a los restaurantes. Me sentí mayor, derrotado. Era la primera vez que me ocurría. Al pasar delante de las cristaleras, veía reflejadas nuestras imágenes y me parecían las de dos extraños. Salih tenía interés en saber cosas de mi carrera literaria. Habíamos pasado de la melancolía a la euforia.

—¿Conoces un lugar llamado El Café Turco? —le pregunté—. Está cerca del mercado de los libros.

—No, creo que no. Yo no trasnocho tanto como tú, amigo —me dijo sonriendo.

—Antes se llamaba La Luna Roja.

—Claro, La Luna Roja. Alguna vez estuve allí... Pero lo cerraron, creo.

—No, estás equivocado. Parece mentira que un guiri tenga que enseñarte tu propia ciudad. Vamos allí. Quiero contarte una historia que te pondrá los pelos de punta.

—¿Una historia?

—Durante años he desperdiciado mis fuerzas escribiendo estupideces que sólo me interesaban a mí. Ahora tengo algo entre manos que te va a conmover.

—¿Un libro?

—Será una novela, pero podría ser cualquier cosa.

Salih me echó el brazo por encima del hombro y caminamos al mismo paso, como cuando éramos adolescentes y estrenábamos las vacaciones en el liceo.

—Quiero pedirte un favor —le dije entonces, sin mirarlo a la cara para que no pareciese algo trascendente.

—Dalo por hecho.

—Todavía no sabes de qué se trata.

—Tienes razón. ¿De qué se trata?

—Me gustaría que te interesases por esa mujer que llevé al hospital. No te conté toda la verdad.

—Lo suponía.

—Se llama Derya.

—¿Y?...

—Es una larga historia. Espero que no tengas que madrugar mañana.

11.

Aunque no era capaz de reconocerlo entonces, la compañía de Wilhelm en aquel viaje a Estambul fue un gran alivio para René. Llegó a tener en algún momento la sensación de que su padre y él volvían a estar como siempre, que no se habían distanciado.

A pesar de que habían pasado tres años desde su marcha, al circular de nuevo por las calles de Estambul le pareció que nunca se había ido de la ciudad. Todo seguía igual. Los vecinos los recibieron con palabras de pésame que Wilhelm y su hijo agradecieron torpemente. La casa era un caos. Apenas había cuadros, y los pocos que quedaban estaban rasgados o tenían los bastidores rotos. Wilhelm insistía en que fuera con él a un hotel, pero René quería quedarse en casa. A fin de cuentas, aquél había sido su hogar hasta hacía tres años, le dijo. Pero enseguida entendió que su padre tenía razón. La casa estaba tomada por innumerables gatos que se colaban por los cristales de las ventanas rotas. Maullaban desconsoladamente, porque hacía días que nadie les echaba de comer. La imagen que vio René al entrar en la cocina lo iba a acompañar el resto de su vida, muchas veces convertida en terribles pesadillas que lo atormentaban. Una viga cruzaba el techo de la cocina de un extremo a otro. Del centro colgaba el cabo de una cuerda gruesa que había sido atada a conciencia con varios nudos. Wilhelm no se percató de aquel detalle hasta que vio a su hijo con los ojos clavados en el techo, la mirada descompuesta y un ligero temblor en la barbilla. Se indignó al ver la cuerda. Empujó al joven para que saliera de allí, pero él no quería moverse. Se resistió.

—Ha sido ahí, ¿verdad? —preguntó René, aunque en realidad no esperaba ninguna respuesta.

—Creo que sí. Vamos fuera.

—Espera, quiero verlo.

Wilhelm miraba la cuerda y miraba a su hijo.

—La quitaré —le dijo a René—. No deberían haberla dejado ahí.

Mientras su padre buscaba un cuchillo para cortar la cuerda, René imaginaba a su madre colgada del techo, con los pies desnudos, vestida con una de aquellas túnicas que siempre llevaba en los últimos tiempos. Trató de imaginar si sucedió con rapidez o si tuvo tiempo para darse cuenta de que se moría. Wilhelm sufría al verlo en ese estado, con la mirada fija en el techo. Con el nerviosismo, se hizo un corte en la palma de la mano y comenzó a sangrar. Cuando terminó, volvió a insistir en que debía ir con él a un hotel.

Poco después entraban en el depósito de cadáveres. René tuvo la sensación de que todo aquello no le estaba sucediendo a él, sino a otra persona con su mismo aspecto. Se veía a sí mismo caminar por el pasillo, acompañado de Wilhelm y de un empleado de la Embajada de España. Era otro el que respondía a las preguntas; otro el que miraba a todas partes como si lo que había sucedido no tuviera que ver con él.

—¿Es usted hijo de la fallecida? —le preguntó un funcionario turco vestido con bata blanca.

—Sí, era mi madre.

—¿El esposo es usted? —le preguntó a Wilhelm.

Dijo que no, sin dar más explicaciones. René lo miró y vio la desolación de su cara. Se contagió de su aflicción, pero en ese momento lo que más le preocupaba era superar el trámite de identificar el cadáver de su madre. Estaba asustado y muy nervioso.

—¿El esposo está presente? —insistió el funcionario.

—La señora estaba divorciada de un ciudadano alemán que falleció hace seis años —explicó Wilhelm con un tono de voz neutro—. Su hijo es el único familiar directo que tiene.

René clavó la mirada en su padre con rabia. No era posible que le hubieran ocultado aquel dato hasta entonces. Pensó que su vida no le pertenecía, que le habían robado fragmentos que ahora salían a flote en el momento más inoportuno. El funcionario turco le pidió a René que lo acompañara.

El frío era terrible en la habitación. Durante el trayecto por el pasillo, imaginó que los cuerpos estarían en nichos cerrados con puertas herméticas de aluminio. Pensó que sería como en el cine, pero no fue así. El cuerpo de Patricia estaba sobre una camilla, cubierto con una sábana, en una habitación desangelada que olía a ácido fénico y a desinfectante. Supuso que la habrían puesto allí para que fuera menos traumático para él. El funcionario, acompañado de un ayudante, destapó el cuerpo de la mujer y en ese momento a René le flojearon las piernas. El rostro tenía el color de la cera y los ojos hinchados. La herida que dejó la cuerda alrededor del cuello resultaba de un aspecto espeluznante. El cabello estaba enmarañado, como si la hubieran sacado del mar. El hombre de la bata blanca le preguntó si la había visto bien. Le respondió con la voz entrecortada. Sintió un pinchazo doloroso en el pecho. Rozó el brazo de su madre ligeramente por encima de la sábana. Nunca supo por qué lo había hecho, pero la sensación de ese roce permaneció en su memoria, igual que la imagen de su rostro, durante años. El funcionario le hablaba, aunque el zumbido en los oídos le impedía entender lo que le estaba diciendo. Notó que lo agarraba suavemente por un brazo y tiraba de él. Se dejó llevar.

Al salir, su aspecto era lamentable; Wilhelm le dijo que se sentara y pidió agua para el chico. Esperaron pacientemente a que se le pasara el mareo. Después el funcionario le hizo unas preguntas, rellenó un formulario, tomó nota de sus datos y le dio el papel para que lo firmara. En algunos momentos René tenía que apoyarse en la mesa porque se tambaleaba. Y entonces, cuando pensaba que todo había terminado, oyó la voz de Tuna a su espalda y sintió una mano en el hombro.

Se volvió sabiendo lo que iba a encontrar. Apenas había cambiado desde la última vez. Le pareció que seguía igual de bella y que mantenía el mismo brillo en los ojos.

—¿Cómo te has enterado? —le dijo estúpidamente René, antes de preguntarle cómo estaba.

—Tu padre *nos* lo dijo.

Aquel plural lo desconcertó. Tuna le dio un abrazo y apoyó su cara en el hombro de René. Lloraba sin hacer ruido. Él sentía el pecho de la chica contrayéndose contra el suyo. El olor de su cabello lo transportó a otros lugares, a otro tiempo lejano. Sintió un enorme placer al tener el cuerpo de Tuna apretado contra él. Presionó un poco más con los brazos y la besó en la mejilla. No quería separarse de ella. Las lágrimas de Tuna le mojaban el cuello. Quería seguir besándola, pero la mirada de Wilhelm lo volvió a la realidad.

—Hacía más de una semana que no quería abrir la puerta a nadie —dijo Tuna—. Sabíamos que estaba mal, pero no podíamos imaginar esto.

—¿*Sabíamos?* —preguntó René sin entender las explicaciones.

Tuna se volvió y miró a Wilhelm porque pensó que había cometido alguna indiscreción. El hombre no hizo ningún gesto.

—Sí, Salih y yo. La visitábamos a menudo. Pensé que estabas enterado.

—¿Enterado? ¿Cómo iba a estar enterado? Hace años que no sé nada de ella.

—Porque dejaste de escribir —dijo sin disimular el tono de reproche.

—Ella tampoco se esforzó por mantener el contacto.

—Me refiero a mí: dejaste de contestar a mis cartas.

Tuna estaba muy seria y por un instante a René le pareció que su mirada era retadora.

—Sí, tienes razón. Pero ahora no es el momento de las explicaciones.

—No, no es el momento —repitió ella y volvió a abrazarse con fuerza.

Antes de dejarlos solos, Wilhelm convino con él en que se quedarían en un hotel hasta que los trámites estuvieran acabados. Los dos jóvenes entraron en una cafetería, donde esperaban reunirse con Salih.

René escuchó sin parpadear lo que Tuna le contó sobre su madre. Las palabras de la chica lo conmovieron, a la vez que se sentía dolido por el modo en que se había desarrollado todo en los últimos años.

—Tu madre no estaba bien desde hacía tiempo —le reveló sin tapujos—. Quizás no quieras oírlo en este momento.

—No importa, sigue.

—Desde que tú te fuiste, se había ido quedando muy sola. Rompió con la mayoría de sus amistades. Sólo estaba interesada en sus cuadros y sus gatos.

—Como la abuela Arlette —pensó René en voz alta.

—Siempre hablaba de ella. Tu madre tenía algo clavado aquí dentro que le impedía vivir en paz.

—¿Qué quieres decir?

—Se torturaba porque no había sido capaz de darse cuenta de lo mal que estaba tu abuela al final de su vida.

—¿Te lo contó ella?

—Tu madre hablaba mucho conmigo. Salih y yo éramos las únicas personas con las que se relacionaba.

Mientras Tuna le daba algunos detalles del último año, René pensaba en cómo había transcurrido mientras tanto su propia vida. Se quedaron en silencio cuando aparecieron Salih y su hermana Nuray. Se abrazaron. Había demasiadas cosas que contar, y René empezaba a sentirse muy cansado.

Los tres amigos de René estuvieron a su lado hasta que Patricia fue enterrada en el cementerio griego. Se sorprendió de lo complicados que resultaban los trámites. Debía resolver muchos asuntos antes de volver a Múnich. Se sintió desolado cuando Wilhelm le contó la situación en que vivía su madre. Hacía meses que no pagaba el alquiler; estaba arruinada hacía tiempo. Había dilapidado la fortuna del abuelo. René decidió no llevarse nada de aquella casa que le recordara el pasado. Quería marcharse cuanto antes de Estambul, y al mismo tiempo había algo que lo retenía en aquel lugar.

Recibió una llamada de Tuna en el hotel y se citaron cerca de la universidad. Sabía que tenía que darle alguna explicación a la chica, pero no imaginó que fuera a suceder justamente lo contrario. Lo entendió al ver que sus ojos trataban de decir más cosas que su voz.

—Salih y yo estamos prometidos —le confesó Tuna—. Le pedí que me dejara contártelo antes que él. Por eso no te ha dicho nada.

—¿Prometidos? ¿Eso qué significa, que vais a casaros? ¿Desde cuándo estáis prometidos?

—Hace menos de un año.

René trató de mostrarse frío ante la noticia. Prefirió guardar silencio. Sabía que si hacía más preguntas ella descubriría su malestar.

—¿No dices nada? —preguntó Tuna al cabo de un rato.

—¿Y qué puedo decir? Sabía que esto iba a ocurrir antes o después. Me alegro por vosotros. También yo tengo mucho que contarte, aunque supongo que tendría que haberlo hecho hace mucho tiempo.

René le habló de Berta y de cómo había cambiado su vida en Múnich. Le contó algunas de sus frustraciones. Sentada frente a él, con una taza de café entre las manos, Tuna escuchó sin interrumpirlo, sin hacer gestos. Él le cogió la mano y se la acarició. Ella hizo un esfuerzo por sonreírle.

—Me alegro de que me lo hayas contado —dijo Tuna—. La idea que me había hecho de esa mujer era muy diferente a la que tú acabas de dar. Llegué a pensar que estabas enamorado de ella, pero ahora veo que no.

—Wilhelm te habló de Berta. ¿Es así?

—Sí, fue él. Aunque habría preferido que lo hicieras tú.

—¿Y tú? ¿Estás enamorada de Salih?

—Todavía no, pero puedo llegar a estarlo. Y con eso me basta.

Ahora fue Tuna quien le acarició la mano. René la miró y le ofreció una sonrisa de derrota. Ella no era capaz de sonreír.

—¿Has seguido escribiendo? —preguntó Tuna.

—Sí. Ahora escribo más que vivo, y sé que no es bueno.

—No, no lo es.

Los ojos de René brillaron de repente.

—¿Has vuelto a aquella isla? —preguntó el chico—. Büyükada. ¿Has vuelto alguna vez?

—No, no he vuelto.

—Era un lugar bonito. ¿Lo recuerdas?

—Sí, lo recuerdo.

Por la noche, sentado frente a Wilhelm en el restaurante del hotel, René miraba a su padre de reojo y escuchaba las explicaciones pausadas que le daba sobre los trámites que aún tenían que hacer. En dos días todo estaría terminado y podrían volver a Múnich. De repente le preguntó a Wilhelm:

—¿Por qué no me dijiste nunca que venías a Estambul con frecuencia?

—¿Con frecuencia?... ¿Te lo ha contado Salih?

—No, no ha sido él. Me lo dijo Tuna.

Wilhelm trató de esbozar una sonrisa, pero sólo hizo el gesto con los labios.

—¿Te parece mal?

—Ni bien, ni mal. Pero me extraña que no me lo hayas contado.

—Hay muchas cosas de las que tú y yo no hablamos hace tiempo. Tenía que venir, eso es todo.

—¿Y también tenías que hablarle a Tuna de Berta?

Wilhelm se limpió los labios con la servilleta, la dobló y la dejó sobre la mesa.

—¿Así que es eso lo que te molesta...?

—No tenías ningún derecho.

—No, no tenía derecho. Eso es cierto. Más bien era una obligación —el tono de voz de Wilhelm intimidó a su hijo—. Esa chica y tu amigo Salih son las únicas personas que se han preocupado por tu madre desde hace tiempo. Ella sí tenía derecho a saber. Creo que lo tenía. ¿No te parece?

—Tal vez —dijo René cambiando de actitud y tratando de demostrar que no le importaba—. Pero ya somos mayores para que cada uno solucione sus problemas.

Wilhelm levantó las cejas y dejó caer el tenedor sobre el plato. Estaba sofocado.

—Quiero que sepas algo, aunque ya sea demasiado tarde. Tu madre estaba en la ruina, ¿me oyes? —dijo levantando el tono de voz—. En la ruina física y en la ruina económica. Si no la has visto en los últimos años, no puedes entender de lo que te hablo. Necesitaba que alguien se hiciera cargo de ella. Yo no lo hice como debía, ésa es la verdad. Y tú tampoco. Ahora no vale de nada lamentarse. Las cosas pasaron como pasaron y ya está. En el fondo me alegro de que estuvieras lejos para no verlo. Pero ahora no pidas explicaciones. Tú eres un cobarde igual que yo. Los dos somos unos cobardes. Unos putos cobardes.

Wilhelm Nachtwey se levantó rabioso y tiró la silla. La gente se volvió a mirar. Compuso la figura, levantó la silla con calma y salió del restaurante del hotel sin apartar la vista del suelo. René lo siguió con la mirada hasta la puerta. Dio un puñetazo en la mesa y trató de comer, pero el estómago se le había cerrado.

Estambul seguía siendo la misma ciudad; era René quien había cambiado. Estaba convencido de que era así. Le pareció que hacía siglos que todo seguía igual. Recorrió los callejones de su infancia, los rincones en los que había crecido. Durmió mal, soñó con su madre y con aquella maldita cuerda que vio colgada de una viga del techo. Por la mañana repitió el rito de los sábados de antaño: fue paseando hasta el mercado de los libros y entró en la tienda de Yuksel Mert. Tuna no estaba allí. Una vez dentro se atrevió a preguntarle al librero por su hija.

—Soy un compañero de la universidad —le mintió, esperando que no se acordara de él.

Aquella mañana trató de evitar a Wilhelm. Tenía una nota de su padre disculpándose porque no podía comer con él. El vuelo de regreso a Múnich era el domingo por la tarde. Se encerró en su habitación. Estaba cansado de dar vueltas por la ciudad sin tomar una decisión. Trató de dormir, pero no podía. Sonó el teléfono. Desde la recepción le comunicaron que alguien preguntaba por él. Bajó precipitadamente por las escaleras, sin esperar el ascensor. Tuna lo esperaba frente a la gran cristalera que daba a la calle. Estaba espléndida, con el pelo recogido y una sonrisa que no recordaba a la mujer del día anterior.

—Mi padre me contó que habías estado en la librería —le dijo sin perder la sonrisa.

René se aturulló como si lo hubieran sorprendido haciendo una travesura.

—¿Yo?

—¿No estuviste esta mañana preguntando por mí?

—Sí, estuve. La verdad es que estuve.

—Por la descripción no podías ser más que tú.

—Era yo, claro —insistió con torpeza—. Pero no quería comprometerte. Le dije que era un compañero tuyo de la universidad.

—Mi padre nunca olvida una cara. Pero sabe fingir muy bien.

—Lo siento, no quería causarte ningún problema.

—No me lo causas. Supuse que ibas a despedirte. De todas formas, pensaba llamarte. ¿Cuándo te vas?

—Mañana por la tarde.

La sonrisa de Tuna se ensombreció por un instante.

—Y supongo que será una partida definitiva.

—Supongo —dijo con un tono de voz casi imperceptible—. Pero podemos charlar un rato, o dar un paseo... ¿Quieres que almorcemos juntos?

—De acuerdo —respondió Tuna sin pensarlo, y enseguida el gesto de incredulidad de René la hizo reír—. ¿Pensabas que iba a decirte que no?

—En realidad, sí. Antes no era tan fácil quedar contigo.

—Eso era antes. Las cosas han cambiado.

—¿Qué es lo que ha cambiado?

—No sabría explicártelo —dijo Tuna tirando de él—. Conozco un sitio que te va a gustar.

Era un lugar lleno de turistas, pero en el primer piso apenas había gente. Por los grandes ventanales se veía el ajetreo de la calle. Ella lo puso al tanto de sus estudios. René no se atrevía a preguntar, pero sentía curiosidad por conocer más cosas. Comieron poco. La mayor parte del tiempo la pasaron hablando. Al salir a la calle, una brisa cálida trajo el olor del mar.

—¿Sabes? —dijo René—. No he podido olvidarme aún de este olor.

—¿Olvidarte? ¿Y para qué quieres olvidarte? Echa fuera sólo lo que te haga daño. Lo demás no puede molestarte. ¿No te parece?

René la agarró de la mano y tiró hacia él. La retuvo por el brazo. Ella no intentó soltarse.

—He pensado mucho en ti —le dijo René con gran esfuerzo—. ¿Y tú?

—También. ¿Acaso lo dudas?

—Me pregunto qué fue lo que hice mal.

Tuna no había dejado de sonreír, aunque él estaba muy serio. René le acariciaba la frente y dejaba correr sus dedos hasta la boca. Ella no se movió.

—Nada. No creo que hicieras nada mal. Lo peor de todo es que no hiciste nada.

La besó. Ella se apartó sin brusquedad.

—La gente nos mira —dijo Tuna.

—¿Y eso te preocupa?

—En este momento es lo único que me preocupa.

Él acercó sus labios a la cara de la chica y le susurró algo que ella apenas pudo entender. Se apartó. Caminaron rozándose las manos pero sin agarrarse. No hablaban, sólo se miraban. Ninguno de los dos marcaba el camino y sin embargo llegaron hasta la puerta del hotel sin proponérselo.

—¿Quieres subir? —preguntó René.

Ahora ella no sonreía. Estaba apurada. René no sabía si aquel gesto era de rabia o de timidez. Respiraba deprisa, como si estuviera fatigada. Se mordió los labios y cerró los ojos unos segundos. Fue a decir algo y se arrepintió. Tragaba saliva con dificultad. Miró a un lado y a otro como si temiera que todo el mundo estuviera pendiente de ella.

—¿Quieres subir? —le volvió a preguntar, ahora al oído.

Sentada sobre la cama, con los brazos cruzados para cubrir su desnudez, Tuna era incapaz de decir nada. Respondía con monosílabos, y cada respuesta le suponía un enorme esfuerzo. Le había quitado la ropa muy despacio, con dulzura, besando cada nuevo fragmento de piel que descubría bajo la tela. A pesar del calor, ella tenía la piel erizada. Cerraba los ojos y procuraba calmar su agitación respirando despacio. Se dejó llevar. Se abrazó a aquel cuerpo que le resultaba extraño y se guió por sensaciones que le eran conocidas: los labios de René, el tacto de sus dedos, su olor, el sonido de su voz. Él miraba su cuerpo desnudo y se recreaba con caricias que nunca terminaban.

—No estés nerviosa —le dijo René.

—No estoy nerviosa —respondió ella con voz entrecortada—. Estoy asustada.

—Pues no estés asustada.

—¿Y cómo se hace eso?

—Imagina que estamos en Büyükada, debajo de los pinos; que es finales de verano y el cielo está encapotado, negro; que entre los nubarrones asoman a veces tibios rayos de sol. ¿Puedes imaginarlo?

—Sí.

Tuna sintió que toda aquella tormenta de septiembre, contenida durante años, descargaba ahora sobre ella, que colapsaba sus sentidos, que se escurría por todo su cuerpo hasta empaparla. Levantó las rodillas y presionó con todas sus fuerzas el cuerpo de René hasta sentir dolor.

Cuando Tuna deshizo el abrazo, él contempló su cuerpo desnudo, exhibido ahora sin pudor, mientras acariciaba con el reverso de la mano sus caderas. Respiraba profundamente, inclinada para ver la expresión de René. La besó en el estómago y se puso de rodillas sobre el colchón.

—¿Qué pasará ahora? —preguntó René.

—¿A qué te refieres?

—A ti, a mí, a Salih.

—A Berta.

—Sí, también a ella.

René le ofreció una sonrisa triste, forzada. Le acarició los pezones y percibió un ligero temblor. Tuna cerró los ojos, pero enseguida los abrió. Le apartó la mano y se incorporó. Apoyó la espalda en el cabezal de la cama.

—Creo que no la quieres, y sin embargo sé que no la vas a dejar —dijo Tuna—. Lo único cierto para mí es que mañana te vas, y me temo que para siempre. Dentro de unos meses, quizás antes, parecerá que esto no ha sucedido.

—No, no es verdad.

Tuna se levantó y comenzó a vestirse muy despacio. Evitaba mirar a René a la cara.

—¿Te vas ya?

—Sí, no puedo quedarme más. Sigo estando atada a mi familia.

—Quédate.

—Eso debería decirlo yo, ¿no te parece?

Se vistió delante del espejo, sin prisas, como si el tiempo no existiera. Finalmente se sentó en el borde de la cama y le puso la mano en la mejilla a René. Lo besó con un roce.

—Seguramente no vamos a vernos nunca más —dijo Tuna—. Pero no quiero que pienses que es por mi culpa —le tapó la boca para que no la interrumpiera—. No digas nada. Déjame hablar. Te vas mañana. Tú ya sabes lo que siento. Creo que te lo acabo de demostrar. Tengo derecho a saber, pero no voy a preguntar. No sé lo que pasa por tu cabeza. Casi preferiría no saberlo, pero voy a hacer algo de lo que no me gustaría arrepentirme —hizo una pausa, respiró profundamente y continuó hablando—. Si tú me lo pides, romperé mi compromiso con Salih. Sólo necesito que me lo pidas. No, ahora no. Piénsalo. No quiero que lo hagas en un arrebato. Dímelo una sola vez y lo dejaré. Si lo haces, estaré contigo hasta que te canses de mí, hasta que me eches de tu vida. Te esperaré aquí o te seguiré a donde me digas. Me tendrás para siempre. Sólo debes pedírmelo. Estaré en mi casa hasta el momento en que tu avión despegue. Después no me busques jamás en ninguna parte, porque estaré escondida en el último rincón del mundo llorando hasta que no me queden lágrimas ni fuerzas.

Se levantó, salió despacio y cerró la puerta con cuidado. René se cubrió con la sábana, cogió la almohada y se empapó del olor de Tuna. Quería llorar pero no podía. Apretó la cara contra la almohada hasta que le faltó la respiración. Aguantó y siguió apretando. Cuando volvió a respirar estaba congestionado.

Aquélla fue la noche más larga de su vida. Recorrió las calles de su antiguo barrio. Bajó hasta el puente Gálata y caminó por el embarcadero de Eminönü. Vagó entre las basuras que se amontonaban en las calles adoquinadas alrededor del Gran Bazar. El amanecer lo sorprendió en los jardines frente a la Mezquita Azul. Se marchó de allí cuando comenzaron a llegar los primeros turistas. Le escocían los ojos. Levantó la cabeza y trató de elevarse con la mente por encima de las siluetas de los árboles y de los tejados. La brisa del mar inundó sus pulmones. La sirena de un barco mercante rompió el silencio.

Cuando el avión despegó del Aeropuerto Internacional Atatürk, René estaba agotado. A través de la ventanilla vio cómo la pista se hacía pequeña y quedaba atrás. Las siluetas de los edificios se fueron confundiendo con el azul del mar. Padre e hijo permanecían en silencio, perdido cada uno en sus propios pensamientos. Pensó en Tuna; no había dejado de pensar en ella desde la tarde anterior. Cerró los ojos y se mordió los labios. Y, entonces, por primera vez en su vida sintió que las lágrimas humedecían sus mejillas y empezaban a escurrirle hasta la comisura de los labios. Percibió el sabor salado. Le temblaba la barbilla. Apoyó la cabeza en la ventanilla del avión y pronunció en voz baja el nombre de Tuna. Lo repitió. Tuna. Otra vez. Tuna. Otra vez.

12.

Se casaron a comienzos de 1975. Emin Kemal se acercaba a los cuarenta años y Derya iba a cumplir veintiséis. Estaba embarazada de tres meses. La ceremonia sólo fue un trámite. No lo celebraron, ni lo hicieron público más que a los amigos muy cercanos. El escritor parecía recuperado. Sin embargo, cuando se enteró de que iba a ser padre había sufrido una crisis nerviosa. Después de la boda experimentó una mejoría: recobró el color, salía a la calle con frecuencia, dormía algunas noches y escribía con regularidad. El ánimo de Derya se fortaleció con la nueva situación de Emin. Cuidaba del escritor, se encargaba de que nada lo perturbase, lo acompañaba a todas partes, pasaba a veces largas tardes de charla con Helkias y su marido en casa de Ismet.

Emin Kemal era un escritor conocido fuera de su país. El número de traducciones de su obra crecía, y Derya se hacía cargo de todo. Ella era la que revisaba los contratos de edición, la que cobraba los derechos, la que hacía de intermediaria con la prensa. El escritor era reacio a las entrevistas; detestaba posar para una fotografía. Ni su esposa ni Ismet conseguían convencerlo de que aquello formaba parte del mundo en que ahora se desenvolvía.

—Tú vales más de lo que quieres hacerte creer a ti mismo —le decía Derya cuando lo veía desanimado, o cuando la mirada de su esposo se perdía en el espacio en mitad de una conversación.

Derya comenzó a pedir consejo a Ismet sobre la manera de llevar los asuntos de su marido. La relación que tenía con el judío se hacía cada vez más estrecha. Fue a Ismet a quien acudió cuando su marido mostró de nuevo síntomas de desequilibrio, pocas semanas antes del parto. Le contó que Emin había desaparecido.

—En mitad de la noche comenzó a palparme la barriga y me preguntó qué íbamos a hacer cuando naciera el niño —le contó desolada—. Luego empezó a ponerse cada vez más nervioso. Daba voces y me hablaba como si yo lo hubiera amenazado. Nada de lo que decía tenía sentido.

—¿Ocurrió algo ayer que pudiera alterarlo?

—Nada. Se comportó con normalidad durante todo el día. Le hablé del parto, del hospital. Le dije que cuando naciera el niño algunas cosas tendrían que cambiar.

—Fue eso —aseguró Ismet—. Hasta ahora Emin no se ha dado cuenta de que tu embarazo es real. Para él las cosas no suceden hasta que no las escribe, y seguramente está escribiendo sobre eso —Ismet le acercó la mano a la barriga. Ella se la retuvo y la apretó—. Ahora no deberías preocuparte más que de esto. Voy a buscarlo y a tratar de que se tranquilice.

—Eres muy bueno conmigo —dijo Derya—. Quiero que sepas que te estoy muy agradecida.

Los nervios de Derya adelantaron la fecha del parto. Pocos días antes, Ismet había tenido que hacerse cargo de su amigo e ingresarlo en un hospital hasta que su esposa diera a luz. Nació a finales de mayo y fue una niña. Derya estuvo cuatro días en el hospital. Ismet se ocupó de todo. Orpa no se apartó de la madre ni de la recién nacida hasta que se aseguró de que estaban bien. Ismet se lo había pedido.

—¿Cómo la vais a llamar? —preguntó Orpa cuando tuvo a la niña por primera vez en brazos.

Derya la miró como si no entendiera la pregunta. Estaba agotada por el esfuerzo del parto. Rompió a llorar.

—No lo sé, no lo he pensado —dijo angustiada—. Que lo decida Emin. Yo no puedo pensar en eso. Que lo decida él.

Derya estuvo casi un mes llorando. Ismet y Orpa se hicieron cargo de ella. Basak, mientras tanto, visitaba a Emin todos los días y pasaba horas con él. No se atrevió a decirle nada de su hija hasta que Emin se lo preguntó.

—¿Ha nacido ya? —dijo como si volviera de un lugar muy lejano.

—Sí, anoche.

—¿Y está sano?

—Es una niña. La madre y la hija están bien —dijo Basak y lo pensó antes de preguntarle—: ¿Cómo te gustaría que se llamara?

—Aurelia —respondió Emin Kemal al cabo de un rato—. Me gustaría que se llamara Aurelia.

—¿Te gusta ese nombre? No es turco.

—Lo sé. Es uno de los mejores libros de Nerval. Me gusta ese nombre: Aurelia.

Basak no quiso contradecirlo. Se lo comunicó a Ismet y éste se lo dijo a Derya. La inscribieron en el registro con el nombre de Aurelia. Era una niña sana que dormía mal. Cuando Derya se quedó a solas con su hija en casa por primera vez, se sintió desolada. Lloró durante horas sin encontrar consuelo a su angustia. El llanto de la niña le destrozaba los nervios. Se pasaba las noches en vela, tratando de que Aurelia durmiera un rato para echarse en la cama y cerrar los ojos. Se volvió irascible. Emin Kemal había sufrido un empeoramiento. Los médicos le aconsejaron a Ismet internarlo en un centro donde recibiera tratamiento prolongado. Derya consintió cuando se lo propuso. Dio su autorización y lo llevaron a un centro en el bosque de Belgrado.

—Ahora soy yo la que va a enloquecer —le dijo al judío dos semanas después de volver a casa con su hija—. No puedo dormir, ni descansar. La niña está siempre alterada. No come. Llora a cada momento.

El médico aseguraba que Aurelia tenía buena salud, aunque era una niña inquieta. Ismet lo sabía y trataba de animar a la madre.

—Si tú estás irritada, ella estará irritada —le dijo buscando una solución.

—¿Y cómo no voy a estar irritada? Esto es una locura. Voy a terminar en un manicomio, como Emin.

—No digas eso. Buscaré a alguien que te ayude.

Fue Orpa quien logró que la situación se normalizara. Se trasladó a la casa de Emin durante unos días y consiguió que la niña empezara a dormir poco a poco. La esposa de Basak tenía más de cuarenta años y había renunciado a la maternidad. Las tres hijas de su marido eran como sus propias hijas. Encontrarse ahora con una niña recién nacida entre los brazos le despertó unos sentimientos que ya creía olvidados. Se estremecía al pensar que aquella criatura era de Emin. Sin duda, ésa era la razón para estar con ella y aguantar con paciencia los arrebatos de la madre. En cuanto Derya se recuperó del parto, empezó a dejar a la niña en casa con Orpa. Fue a visitar a Emin al manicomio y lo encontró en un estado lamentable. Las descargas eléctricas lo debilitaban y, a veces, olvidaba dónde se encontraba o quién era. Derya le pidió a Ismet que la acompañara, porque aquel lugar le parecía aterrador. La confianza entre los dos fue creciendo. Ambos se hicieron cargo del trabajo de Emin. Consiguieron que nadie conociera la situación en que se encontraba el escritor. Ismet corregía la obra de Helkias y preparaba la edición del siguiente libro. Contestaba a las cartas por Emin, concedía alguna entrevista por teléfono e incluso firmaba documentos y contratos en su nombre.

Cuando Orpa le explicó a Derya que debía volver a su casa, junto a su marido y sus otras hijas, la mujer del escritor sintió que la empujaban a un precipicio.

—No puedes hacerme eso —le dijo Derya—. Sabes que Aurelia sólo se tranquiliza si está contigo.

—Yo tengo que atender a Basak y a sus hijas —se excusó Orpa con gran dolor.

—¿Y qué voy a hacer yo ahora? Tengo que estar con Emin. Él también me necesita.

Entre Ismet y Derya trataron de encontrar una solución. Ismet habló con Basak y le contó lo que sucedía.

—Derya no está preparada para criar a una niña —le explicó—. La situación en que se encuentra Emin ha terminado por desbordarla. Dice que tiene los nervios deshechos, que necesita calma para pensar en todo lo que le está pasando.

—Sí, tiene motivos para estar nerviosa. Pero ¿qué puedo hacer yo? Tu hermana no puede hacerse cargo de la niña. En casa tiene mucho trabajo.

—Lo sé, lo sé. No pretendo que abandone sus obligaciones con la familia. Ella piensa que tal vez podríais haceros cargo de Aurelia en vuestra casa —le dijo Ismet y observó la reacción de su cuñado—. Es de manera provisional, hasta que Emin salga y los dos puedan vivir como una familia normal con su hija.

Basak habló con Orpa. La mujer se sintió desconcertada con aquella propuesta, pero al mismo tiempo deseaba sacar a la niña del infierno en el que estaba empezando a vivir. Aceptó sin pedir más explicaciones, convencida de que aquélla era la única solución beneficiosa para la niña. Aurelia fue a vivir con la familia de Basak antes de cumplir seis meses. Para Derya fue una liberación. Al principio iba a verla con cierta frecuencia, pero poco a poco le dedicó más tiempo a Emin y a sus intereses literarios. Las visitas de Derya resultaban terapéuticas para el escritor. En unos meses empezó a mostrar síntomas de mejoría, aunque los médicos no aconsejaban que volviera a casa aún.

Mientas tanto, Ismet sucumbió a la atracción de Derya. Hacía tiempo que soñaba con ella. Cada vez que la mujer se abrazaba a él llorando, le temblaban las manos al rodear su espalda. Eran instantes en que su turbación le impedía entender lo que estaba sucediendo. Luego recrea-

ba esos momentos en la oscuridad de su dormitorio. Dejó de luchar contra aquel deseo feroz que lo atormentaba
desde hacía tiempo. La primera vez que acarició la piel de
la mujer, le pareció que le faltaba el aire. Era torpe y no
tenía experiencia. Fue ella quien le mostró el camino y dirigió sus manos y sus sentidos. Después, aquel contacto
con su cuerpo desnudo se convirtió en una necesidad. Le
gustaba abrazarla sobre la cama, sin ropa, y oír cómo ella
le agradecía que lo hiciera.

—No me dejarás sola, ¿verdad?

—No, no te dejaré.

—¿Estarás conmigo pase lo que pase?

—Pase lo que pase.

Fueron dejando de hablar de Emin. Los dos lo
visitaban por separado. Ismet sentía que así limpiaba un
poco su mala conciencia. Con cada visita se convencía
de que su amigo no saldría de allí en mucho tiempo. Sabía que si Emin volvía a casa, su relación con Derya se
acabaría. Se sentía un sustituto de su amigo y, a pesar de
todo, no quería renunciar a ese papel. Hizo lo posible
para que su hermana y Basak no sospecharan lo que estaba sucediendo. A veces sufría arrebatos de arrepentimiento y procuraba apartarse de Derya por un tiempo.
Se encerraba entonces con Helkias en casa, o interrumpía las visitas por las noches. Pero eran impulsos que du-
raban poco. Ella lo sabía y procuraba dejar que aclarase sus
ideas él solo. Estaba segura de que Ismet no renunciaría a
ella fácilmente.

Derya siguió acudiendo a la casa de Basak para ver
a su hija. Se había dado cuenta de que con su presencia
Orpa se volvía arisca. Ya no era la mujer dulce de otros
tiempos. Era hostil con Derya. Sabía que se había encari-
ñado con Aurelia como si fuera su propia hija. Dejó que
los sentimientos crecieran, e incluso los fomentó. La crianza de la niña se convertía a veces en motivo de discusión
entre Basak y su esposa. Orpa empezó a vivir sólo para la

niña, y él le advertía que aquello la iba a hacer sufrir en el futuro.

—¿Sufrir? ¿Y no se sufre más viendo a una criatura indefensa en manos de una mujer que no siente cariño por ella?

—Tú no eres quién para juzgar a nadie. El cariño no se mide.

—El cariño se mide, igual que se mide el dolor.

Aurelia aprendió a caminar en aquella casa, aprendió a hablar en aquella familia. Incluso repetía las palabras en sefardí que escuchaba de Orpa. Para Aurelia, ella era su única madre. Orpa ignoraba lo que estaba sucediendo entre Derya y su hermano Ismet. Cada vez veía con más recelo las visitas de la madre. Le molestaba incluso que Basak la tratara con cortesía.

A comienzos de 1977, Emin volvió a casa. Había perdido peso y no era ni la sombra del hombre que todos conocían. Orpa fue la más impresionada por el cambio del escritor. Emin hablaba de forma pausada, como si la lengua no le cupiese en la boca. Apenas tenía reflejos para responder a los estímulos, pero parecía recordar detalles del pasado como si hubieran sucedido en ese instante. Ismet y Derya hicieron lo posible para que se sintiera bien en casa. No se apartaban de su lado. Basak empezaba a darse cuenta de que la relación entre su cuñado y la esposa de Emin no era sólo amistosa. Veía cosas que no era capaz de explicar. Cuando se lo contó a su esposa, Orpa reprimió su rabia y no dijo nada. La devoción que siempre había sentido por Ismet le impedía hablar abiertamente de sus sospechas. Se ofreció con gusto a llevarle la niña a Emin cuando la madre se lo pidió. El escritor la sentó en sus piernas y le preguntó cómo se llamaba. Ella no supo responder.

—Se llama Aurelia —le dijo Orpa—. Como tú querías.

Emin le sonrió a la niña, le hizo algo parecido a una caricia y la dejó en el suelo. Dos días después volvió a entrar en el manicomio con un brote psicótico. Sólo Orpa entendió que era para siempre.

Derya se guiaba por los consejos de Ismet. Había perdido la esperanza de que Emin se recuperase. Le dejó al judío la responsabilidad de contestar la correspondencia del escritor y a las invitaciones que recibía. Todo había comenzado como una manera de ganar tiempo hasta que la salud mental del escritor mejorase, pero terminó por convertirse en una costumbre.

—Esto se descubrirá algún día y será un escándalo —le dijo Ismet después de que su amigo fuera internado por última vez.

—No podemos hacer otra cosa.

—Sí: podemos contar la enfermedad de Emin. Y nadie se escandalizaría.

—Echaríamos a perder su carrera.

—Su carrera ya está terminada —insistió Ismet—. Emin no va a recuperarse. Su declive es definitivo.

—No voy a consentirlo —dijo Derya fuera de sí—. No voy a permitir que todo se venga abajo. La vida está llena de mentiras, y una más no va a cambiar nada.

La influencia que la mujer ejercía sobre Ismet le impedía actuar por su cuenta. Se dejaba llevar por las decisiones de ella. La fascinación por la mujer lo cegaba. Se había convertido en una persona imprescindible en su vida.

Siguieron firmando contratos, rechazando invitaciones al extranjero, representando el papel de Emin. En los círculos literarios se creó cierto misterio en torno a la personalidad del poeta. Entre los lectores corrió una leyenda que nadie se encargó de desmentir.

El despego de Derya por su hija era cada vez mayor. Sin embargo, se recreaba en sus visitas a la casa de Basak porque comprendía que era una forma de que Orpa recordara siempre quién era la verdadera madre de Aurelia.

En diciembre de 1977, un acontecimiento fortuito provocó una catástrofe cuyas consecuencias en aquel momento nadie imaginaba. Un incendio en la casa de Ismet Asa arrasó el edificio, y un hombre murió carbonizado. Ocurrió a primera hora de la noche, cuando los vecinos se disponían a ir a la cama. El humo los alertó, y salieron a la calle cubiertos con mantas, sin tiempo para vestirse. La mayor parte de las casas estaban deshabitadas. Apenas vivía allí media docena de personas que hacían frente a las grietas y a la amenaza de ruina. El fuego se produjo en la casa de Ismet, pero las vigas y los suelos de madera ayudaron a que se propagara por el resto de la finca en poco tiempo. El vecindario se lanzó a la calle bajo el frío y la humedad de la noche. Cuando llegaron los bomberos, el edificio se estaba derrumbando.

Derya e Ismet estaban en la cama, en casa de Emin, cuando escucharon el timbre y unos golpes arrebatados en la puerta. Se apretaron el uno contra el otro como si hubieran entendido a la vez que aquello era un mal presagio.

—No abras —le pidió Ismet—. No puede ser nada bueno.

Los golpes seguían quebrantando el silencio de la casa.

—Si no abro, tirarán la puerta abajo —dijo Derya.

—Entonces iré yo.

—No: no quiero que nadie sepa que estás aquí.

Se vistió precipitadamente y corrió hasta la puerta componiéndose el cabello con las manos. Cuando vio a Basak tan alterado, dio un paso atrás. El hombre hablaba atropelladamente y no se le entendía. Él mismo se dio cuenta y trató de calmarse.

—Ha ocurrido una desgracia. El edificio de Ismet se ha venido abajo.

—No es posible.

—Un incendio. Vengo de allí. Han encontrado un cuerpo, pero no sé si es el de Ismet. Necesito que te quedes junto a mi esposa mientras yo trato de averiguarlo. Ella todavía no sabe nada y temo que se entere antes de que yo regrese.

Derya estaba horrorizada. Cogió las manos de Basak y tiró de ellas con fuerza.

—Cálmate —le gritó—. Ismet está bien. No le ha sucedido nada.

Basak la miró perplejo.

—¿Cómo lo sabes?

—Lo sé. Ismet está bien.

—¿Lo has visto?

Ismet apareció a medio vestir. Había escuchado las palabras de su cuñado. Basak miró sus ropas, los pies descalzos; luego lo miró a los ojos y le transmitió su confusión.

—Tengo que ir —le dijo Ismet a Derya—. Puede ser Helkias.

—Espera, no puedes salir así. Deja que sea Basak quien lo averigüe.

Ismet dejó caer todo el peso de su cuerpo contra la pared. Estaba pálido. Se cubrió el rostro con las dos manos y comenzó a sollozar.

—Iré yo —dijo Basak—. Pero quiero que vayáis a mi casa y os quedéis con Orpa hasta que yo sepa algo.

El derrumbe del edificio dejó una terrible mella entre las fachadas de una calle estrecha a la que apenas llegaba la luz del sol. El caos se adueñó del vecindario. El cordón de la policía le impidió a Basak acercarse lo suficiente. Los datos eran contradictorios. Consiguió que un policía le contara que habían encontrado el cuerpo calcinado de un hombre entre los escombros, pero nadie más se lo confirmó. Basak tuvo que acudir a sus amigos para enterarse de lo que realmente había sucedido. Lo que apareció entre los escombros y las vigas humeantes fue el cadáver de Helkias Helimelek. Nadie en el vecindario conocía la existencia de aquel hombre. Por eso todos declararon que era un judío de unos cincuenta años que se llamaba Ismet Asa. Tenía una hermana que vivió con él hasta que se casó. No recordaban haberla visto después por allí. Los vecinos del edificio apenas tenían trato con Ismet. Contaron que era un hombre algo raro, pero educado, y que apenas se relacionaba con ellos. Era dueño de una imprenta.

Cuando Basak contó en su casa todo lo que había averiguado, sembró la desolación. Orpa se dispuso a acudir a la policía con su hermano, pero Derya se lo impidió. Había estado dándole vueltas en la cabeza a aquella catástrofe durante horas.

—No vas a ir a ninguna parte —le dijo Derya mientras los demás la miraban desconcertados aún por los acontecimientos—. Nadie va a resucitar a Helkias, ni tampoco nos vamos a librar del dolor de su muerte corriendo a contar a todo el mundo la confusión que se ha producido. ¿Piensas que a él le habría gustado que su nombre saliera a la luz ahora?

Derya cogió a Aurelia y la abrazó en un gesto teatral. Orpa sintió, al verla, que la sangre se le agitaba. Hacía tiempo que no soportaba ver juntas a la madre y a la hija. Hizo un esfuerzo por contener la ira. Escuchó lo que Derya proponía y no fue capaz de interrumpirla. Sus ojos no se apartaban de la niña.

—No vamos a ir a ninguna parte. Dejaremos que todos crean que ha sido Ismet quien ha muerto. Eso no hace daño a nadie, y sin embargo puede ser beneficioso para Emin.

—¿Para Emin? —preguntó Basak sin entender lo que pretendía—. ¿En qué puede beneficiar esto a Emin?

Derya continuó, sin perder el aplomo. Parecía que todo lo tuviera planeado desde hacía tiempo, pero era producto de la improvisación.

El cadáver que apareció en las ruinas del edificio incendiado fue el de Ismet Asa, judío, nacido en 1930, soltero. Vivía solo desde que su hermana se casó. Nadie reclamó el cuerpo para enterrarlo. Se investigaron las causas del incendio y se llegó a la conclusión de que se había originado en la casa del fallecido, probablemente por la combustión de sus ropas en un brasero al quedarse dormido.

Ismet colaboró en aquella farsa, aunque le supuso romper la relación con su hermana. Durante meses se encerró en casa con Derya y no abrió ni siquiera las ventanas para que nadie lo viera. Los argumentos que ella dio para actuar así le parecieron convincentes. En realidad, Ismet estaba impresionado y dolido por la muerte del anciano. Ni siquiera lo consolaba la idea, repetida con insistencia por Derya, de que Helkias tenía ya cerca de noventa años y su vida no se iba a prolongar mucho más. Cuando le explicó con detalle sus planes, el judío se asustó.

—Ismet Asa está muerto —dijo Derya—. Tienes que convencerte de eso. Ahora te llamas Emin Kemal. ¿Me has entendido? Emin Kemal.

No era capaz de oponerse a sus planes. En su pensamiento sólo había miedo y confusión. Las horas se sucedían como una larga pesadilla. Un día Derya llegó a casa y le dijo:

—Nos vamos de Estambul. Nos marchamos para siempre de este país.

—Pero eso es imposible. Estoy muerto. No existo —y al pronunciar aquellas palabras pensó que era verdad.

Después la escuchó sin interrumpirla. Le pareció que huir de allí era la mejor solución. En un mes, Derya consiguió un pasaporte y una tarjeta de identidad nacional a nombre de Emin Kemal, pero con la fotografía de Ismet. No le resultó difícil. Sólo tuvo que acudir a las viejas amistades de otros tiempos. El internamiento de Emin en el manicomio contribuyó a que los trámites se agilizaran. Cuando se los puso a Ismet entre las manos, él la miró aterrado.

—Pero estos documentos son falsos —dijo el judío fuera de sí.

—Tranquilízate, porque han salido del mismo sitio que los auténticos. Nadie puede decir que este pasaporte es falso, me lo han asegurado. Sólo alguien que conozca a Emin Kemal se daría cuenta del engaño.

—Te has vuelto loca.

—No, no me he vuelto loca. Sólo quiero salir de aquí y que tú tengas la oportunidad que te mereces.

—¿Y Emin? ¿Qué pasa con Emin?

—¿Crees que alguna vez saldrá de allí?

—Probablemente no, pero no podemos abandonarlo así.

Derya se armó de valor y pronunció las frases que había ensayado.

—Emin morirá pronto —dijo tratando de que sus palabras resultaran convincentes—. Está muy enfermo. Los médicos dicen que el tratamiento es agresivo y que no durará mucho. Está desarrollando enfermedades que no tenía antes.

—¿Va a morir?

—Sí, y no podemos remediarlo.

—Esperaremos hasta que ocurra. Entonces, nos marcharemos para siempre.

—No podemos esperar. Tienes invitaciones para viajar a Francia y Alemania. Ahora tú eres Emin Kemal. No lo olvides.

Derya relató una cadena de mentiras ante Orpa y Basak sobre las enfermedades de su marido. Ninguno de los dos podía entender la falta de escrúpulos de aquella mujer. Pero Orpa, cuando se quedó a solas con su esposo, quiso poner un poco de orden en todo aquel despropósito. Estaba muy dolida con su hermano. Según ella, Ismet había enloquecido por culpa de Derya.

—Deja que se vaya —le dijo a su marido—. Si se queda, terminará por destruirnos. Además…, la niña…

—¿Qué pasa con la niña?

—Con el tiempo sólo le provocará sufrimiento a nuestra Aurelia.

—Es su hija. No lo olvides nunca.

—No lo olvidaré mientras viva, pero ella no tiene que pagar por los actos de su madre.

Basak agachó la cabeza y la encogió entre los hombros. Estaba desolado. Pensaba que todos a su alrededor habían enloquecido.

13.

Durante dos días estuve buscando excusas para retrasar mi marcha. Daba vueltas por la habitación del hotel sin separarme del teléfono móvil. Cuando estaba en la calle, lo llevaba en la mano por si sonaba y no lo oía. Me costaba trabajo entonces entender lo que me estaba sucediendo. Ni siquiera en la adolescencia recordaba haber sentido cosas parecidas. Escribía la mayor parte del tiempo. Le mandé un largo correo a Ángela Lamarca contándole la verdad sobre mi viaje a Estambul; era justo que lo supiera. Visité a Basak para despedirme y le dije que aún tenía algunas cosas pendientes antes de marchar. Aurelia me llamó en dos ocasiones, pero no quise contestar. Finalmente recibí la llamada de Salih.

—¿Cuándo te vas?

—Debería haberme ido ya —respondí con desánimo—. Tengo que decidirme enseguida.

—Quería hablarte de esta mujer: Derya —me dijo como si la tuviera delante de él—. No he parado de pensar en esa historia tan truculenta que me contaste. Me pediste que te informara...

—¿Ha muerto?

—No, amigo, no ha muerto. No te llamo por eso, aunque el problema es serio. Las heridas se curarán, pero tiene alguna psicopatía que habría que estudiar.

—¿Quieres decir que está loca?

—Yo no diría tanto, aunque necesita cuidados. Tú conoces a su hija.

—Ya te dije que sólo la he visto en una ocasión.

—Sería aconsejable informar a algún familiar de que la van a internar en una clínica.

Salih me dio unas explicaciones técnicas a las que no presté mucha atención. Durante todo el tiempo estuve conteniéndome para no hablar de lo que realmente me angustiaba. Antes de despedirme, me atreví por fin a decir:

—No me ha llamado.

—¿Quién? —me dolió que Salih no supiera de lo que le hablaba.

—Tuna —le dije bajando la voz como un niño avergonzado.

—Sí, lo sé. Anoche estuve hablando con ella y estaba muy confusa. No sabe si quiere verte o no. En realidad sí lo sabe, pero no quiere reconocerlo.

—¿Crees que debería llamarla yo?

—No la llames —respondió contrariado—. También yo tengo interés en que salga de su gruta, pero debe hacerlo convencida. Me duele ver cómo consume su vida. La aprecio de verdad; supongo que como tú. ¿No es así?

—Sí.

—Necesita un poco de tiempo para aclarar sus ideas.

—Pero yo no tengo ese tiempo.

Me aferré a lo único que me podía salvar de aquella incertidumbre: la escritura. El borrador de la historia que estaba escribiendo fluía con una normalidad que me resultaba extraña. No recordaba haber escrito tanto y tan seguido en ninguna etapa de mi vida. Aquella noche volví a la antigua Luna Roja. Me producía tristeza mirar las mesas, que parecían salvadas de un naufragio. Las paredes guardaban secretos que ahora yo conocía. Allí Emin Kemal había escrito una parte de su obra, que quedaría inédita para siempre. No podía quitarme de la cabeza la imagen del escritor sentado en una silla de ruedas. Escribí sobre una de las mesas y allí mismo decidí titular mi novela con el antiguo nombre de aquel café, como hizo él.

El teléfono sonó mientras desayunaba. Sentí una sacudida en el corazón. Antes de contestar, sabía que era ella. Sólo dijo:

—Hola, René. Soy Tuna.

Me aferré al teléfono como si temiera que ella pudiera escaparse. Su voz sonaba apagada, temblorosa. También yo le respondí con palabras entrecortadas. Era difícil que no se diera cuenta de mi nerviosismo.

—Tendría que haberte llamado antes —me dijo con dulzura—. Pero me ha costado mucho trabajo decidirme. Y no sé si he hecho bien.

—Has tomado la decisión adecuada —le respondí para quitar tensión. Ella rió y enseguida recordé su cara a los veinte años, sus ojos, los labios dibujando una sonrisa. Sabía que si ahora hablaba lo haría con torpeza. Por eso la dejé seguir.

Nos costó trabajo decidir un lugar para vernos. Los cafés de hacía treinta años ya no existían. Nos citamos a primera hora de la tarde en el mercado de los libros. Llegó con retraso. Nos dimos dos besos conteniendo el nerviosismo. Ella tenía cincuenta años y hacía casi treinta que no nos veíamos, pero la habría reconocido en cualquier parte en que la hubiera visto. Al contemplarla, estaba contemplándome a mí mismo. Por su pensamiento pasaban, sin duda, ideas parecidas a las que pasaban por el mío. Seguía siendo una mujer muy bella. Tenía una mirada cansada. Sus manos estaban más delgadas y huesudas. Temblaban cuando me apretó el brazo. Ninguno de los dos sabíamos qué decir ahora. Nos miramos mucho tiempo en silencio.

—¿Nos sentamos? —me preguntó señalando el gran árbol central que presidía el patio del mercado. Hacía frío, pero no puse ninguna objeción—. Hace mucho tiempo que no vengo por aquí: desde que mi padre murió. He pasado muy buenos momentos en este lugar... Pero dejemos la nostalgia. Seguro que tienes muchas cosas que contar.

—Sí, pero no sabría por dónde empezar.

—Empieza contando que te casaste, que tuviste muchos hijos, que te divorciaste, que te volviste a casar, que has sido feliz a ratos, que te has acordado de vez en cuando de aquella chica que se quedó en Estambul. Dime que la vida te ha tratado bien, que llegaste a ser escritor, que lo que aprendiste aquí te sirvió para algo. Cuéntame lo que quieras contarme.

Le cogí la mano y no la retiró. Su voz era la misma, sus gestos también, pero yo no podía saber qué quedaba de Tuna en la mujer que tenía delante de mí. Le pedí que primero me hablara de ella. Escuché sin interrumpirla. De vez en cuando yo lanzaba miradas furtivas a sus manos, a los hombros, al cabello. Cuando se quedaba callada, la animaba a seguir hablando. En realidad, la mayoría de las cosas que me contaba ya se las había oído a Salih, pero yo quería saber más. Su vida había girado en torno a su hermano. Utku aparecía en cada una de sus frases. Me di cuenta de que el temblor ya no era por la emoción sino por el frío, y en cuanto hizo una pausa la invité a cambiar de sitio. La llevé a la antigua Luna Roja. Tuna había oído hablar de aquel lugar a su padre. Ahora fue ella la que me escuchó. Me sentí extraño haciendo un resumen de mi vida. Quiso saber por qué había vuelto a Estambul después de tres décadas. Le conté de forma caótica todo lo que me había ocurrido en los dos últimos meses. Me miraba con incredulidad. Le hablé de mi relación con Emin Kemal, de su muerte, de los diarios. Le conté que su padre aparecía mencionado en los papeles del escritor. Ella me escuchaba con los ojos muy abiertos, pero sin perder la sonrisa. Hacía gestos de sorpresa y se llevaba la mano a la boca como una adolescente. Intentaba no interrumpir mi historia, aunque a veces le resultaba difícil. Cuando terminé, estaba agotado. Ella me miraba con incredulidad. Ahora fue Tuna quien me cogió la mano. Parecía un gesto de compasión, como si quisiera darme ánimos después de todo lo que había pasado.

—¿Y escribirás esa novela?

—Lo estoy haciendo ya. Es tan fácil que a veces me asusto.

—¿Fácil?

Al verla así, sentada frente a mí en La Luna Roja, me pareció que aquello no estaba sucediendo más que en mi imaginación. Nos habíamos convertido en dos personajes del libro que estaba escribiendo.

—Espero que termine con un final feliz —dijo entonces Tuna, como si me adivinara el pensamiento.

—Eso no depende de mí —le respondí muy apurado.

—¿De quién depende entonces?

—De ti.

—¿De mí? ¿Cómo es posible?

—Depende de ti, Tuna. Si tú quieres, puede tener un final feliz.

—¿Quieres que escriba yo el final? —dijo forzando una sonrisa.

—Sí, quiero que lo escribas.

Miró a su alrededor como si se diera cuenta por primera vez del lugar en el que estábamos. Hizo un comentario que no entendí sobre la decoración. Me desconcertó.

—¿Cuándo te vas? —me preguntó.

—En un par de días. Pero puedo quedarme más tiempo. Todo depende de ti.

—¿Qué pretendes, René? ¿Qué quieres de mí?

La dureza de sus palabras me dejó fuera de lugar. Su gesto era serio. Me asusté; pensé que iba a levantarse y que se iría sin más.

—Nunca imaginé que diría esto en voz alta —le confesé—, pero he lamentado toda mi vida haberme marchado de aquí sin ti.

—Te agradecería que no me contaras esas cosas ahora. No es justo que vengas veintiocho años después, me digas que te equivocaste y te quedes tan tranquilo —estaba enfadada. Tenía razón, pero yo no quería que las cosas quedaran así—. No juegues conmigo, René. Si en algo aprecias lo que hubo entre nosotros, no lo hagas.

Traté de disculparme con torpeza. Le hablé como un adolescente aturdido. Su serenidad me provocaba aún mayor confusión.

—¿Sabes lo que más me sorprende de todo? —dijo interrumpiéndome, como si no me hubiera escuchado—. Que sigues siendo el mismo niño que a los diecisiete años. Eso me parece enternecedor; de verdad que me conmueve. Pero ya hace mucho tiempo que no soy la misma.

Intenté cogerle la mano, y ella la retiró. Empezaba a sentirme avergonzado, aunque mis palabras eran sinceras.

—Lo siento, Tuna —le dije arrepentido—. Me temo que he aprendido pocas cosas en estos años. Soy un estúpido por venir ahora con estos cantos de sirena. No te lo mereces, lo sé. Por primera vez en mi vida me dejo llevar por el corazón, y quizás sea tarde.

Buscó mi mano y la retuvo un instante. Me resultaba imposible adivinar qué se ocultaba detrás de aquella mirada.

—Me alegro de haberte vuelto a encontrar —dijo suavizando el tono de voz, casi con ternura—. Me habría gustado que no pasara tanto tiempo, pero una no decide cómo han de ocurrir las cosas en su vida. Sé que si no te hubiera llamado, quizás estaría arrepintiéndome durante años.

Se puso en pie y en ese momento comprendí que la estaba perdiendo para siempre.

—¿Te vas?

—Sí, tengo que irme —me respondió como si ya se hubiera marchado de allí hacía tiempo—. He dejado a Utku con mi cuñada y le prometí que volvería pronto.

Vio mi cara de desolación y me pellizcó la barbilla con un gesto cariñoso. Sonreía.

—No quiero que esto quede así. Nunca me perdonaría mi torpeza —le dije.

—En todo caso, soy yo quien tendría que perdonar. Y te aseguro que no será éste el recuerdo que guarde de ti.

La estaba perdiendo. Se iba para siempre. Me levanté. Era incapaz de pensar algo para retenerla. Al salir a la calle, le dije que la acompañaría a casa. No quiso. Nos acercamos caminando hasta una parada de taxis.

—No puedo creer que después de esto no vaya a volver a verte —le dije.

—¿Por qué? Siempre que vengas a Estambul podrás verme.

Me dio un beso de despedida. La retuve por el brazo y a la desesperada le dije:

—Espera, Tuna. No quiero perderte así. Nos merecemos otra cosa. Ven conmigo al hotel. Sólo te pido que vengas y que después escuches lo que quiero decirte.

Sonó como una llamada de socorro, como un grito de desesperación. Antes de terminar la frase, ya pensaba que lo había ensuciado todo, que se había estropeado definitivamente. Pero ella se quedó en silencio. Sabía que si en ese momento se volvía hacia el taxi no la vería nunca más. Ella no decía nada, y yo no me sentía con fuerzas para repetir mis palabras. Le acaricié la mejilla y le aparté el cabello de la frente. Me retuvo la mano. Me pareció que dudaba. Traté de no espantarla con la mirada. Mi corazón latía descontrolado. Tuna me puso la mano en el pecho y dijo:

—Si no te tranquilizas, te puede dar un ataque. Y no quiero que sea por mi culpa.

En ese momento sentí que la cara me ardía, que tenía la mandíbula encajada y que era incapaz de controlar el temblor de mis manos.

—No puedo tranquilizarme. Creo que me voy a caer redondo —repliqué tratando de que no sonara cómico.

Ella tiró de mí y me cedió el paso para entrar en el taxi. No dijo nada. Sacó el teléfono y buscó un número en la agenda. La oí hablar con su cuñada sobre Utku. Se disculpó por la tardanza y le dijo que volvería un poco más tarde. Su voz sonaba convincente. Cuando cerró el teléfono le acaricié la mejilla. Ella estaba perdida en sus pensamientos. Me sonrió, pero seguía sin decirme nada.

Aquel primer beso en la habitación del hotel me supo al primer beso de la adolescencia. Luché para no abrir los ojos, pero lo que más deseaba en ese momento era seguir viéndola. Ella se dejó besar, se dejó abrazar. Me pareció que no había pasado el tiempo. Me olvidé de mi edad, de mi deterioro físico, de mi decrepitud. Cerré los ojos cuando vi mi cuerpo desnudo en el espejo. No, ése no era yo; al menos no quería serlo. Me dejé llevar por las caricias de Tuna. Al abrazar su cuerpo desnudo lo apreté, temeroso de que pudiera ser un sueño y se desvaneciese como el humo al abrir los ojos. Ella pareció leer mi pensamiento.

—No voy a escaparme —me dijo.

—Por si acaso.

Traté de no pronunciar frases artificiales. Su cuerpo y el mío se estremecieron al unirse. En un instante olvidé treinta años de mi vida, más de la mitad. Era como si nunca me hubiera marchado de Estambul, como si todas las mujeres con las que había estado en esos años fueran en realidad Tuna. Cuando me sintió dentro de ella, una lágrima le corrió por la mejilla. Me abrazó con fuerza y cerró los ojos.

Me desplomé sobre el colchón, y ella me echó una pierna por encima. Mi corazón seguía acelerado.

—¿No irás a morirte ahora? —preguntó burlándose de la congestión de mi cara.

—Espero que no.

Le acaricié la nuca y cuando traté de besarla se incorporó.

—Tengo que irme —me dijo—. Prometí que volvería a casa.

La agarré por el brazo, asustado. Ella no hizo ningún intento de soltarse, pero me miró sorprendida.

—Espera. Ahora no puedes irte. No he venido aquí sólo para acostarme contigo.

Se rió.

—Me alegra saberlo. Pero no hace falta que te disculpes.

—No me estoy disculpando. Estoy pidiéndote unos minutos más de tu tiempo. Sólo unos minutos —me incorporé en la cama y tiré de ella hasta que volvió al hueco que había dejado su cuerpo—. He lamentado durante demasiado tiempo mi error.

—¿Error?

—Sí, tú ya sabes a lo que me refiero —intenté pensar lo que iba a decirle; no quería estropearlo ahora por mi torpeza—. Hace treinta años me dijiste que eras capaz de renunciar a lo que tenías si yo te lo pedía.

—Sí, eso fue hace treinta años.

—Yo no fui capaz de darme cuenta de lo que aquello significaba. Pero ahora soy yo quien te pide que vengas conmigo. Me gustaría que me dieras la oportunidad de enmendar mi error. Ya no tengo veinte años.

Los dos permanecimos en silencio. Fui a decir algo, pero ella me tapó la boca. Se levantó despacio, rechazó mi mano que pretendía retenerla y comenzó a ordenar su ropa. La historia volvía a repetirse. No podía quedarme en la cama, mirándola como un imbécil, sin hacer nada.

—Escúchame, Tuna, lo que te propongo es que vengas conmigo a España, que nos casemos, que retomemos esta historia donde la dejamos hace tanto tiempo.

Por un momento vi que su rostro se entristecía y que arrugaba la frente. Apretó los puños, pero enseguida respiró profundamente y su gesto se relajó. Me tomó la mano y me besó.

—Me habría gustado oír esto entonces. Ahora tus palabras suenan como si las dijera otro.

—Pero soy el mismo.

—No, no lo eres. Yo tampoco lo soy. Es demasiado tarde. Ya no puedo marcharme de aquí. Estoy atada a esta ciudad.

—Si es porque no sientes nada por mí, lo entenderé. Pero si te refieres a otro tipo de ataduras, lucharé para que vengas conmigo.

Me besó de nuevo en los labios. Abrió los ojos, me miró con tristeza y me dijo:

—Pensé que nunca diría esto en voz alta en lo que me quedaba de vida, pero voy a decirlo: mis sentimientos hacia ti no han cambiado, pero yo no soy la misma mujer ingenua. Hace mucho que el centro de mi vida se desplazó. No soy dueña de mis decisiones.

—Sé a lo que te refieres. Salih me ha contado que tu hermano es ahora tu única razón de vivir. Eso puedo entenderlo. Pero hay solución para eso.

Ahora parecía enojada. Durante unos minutos escuchó mi proposición. Lo mejor para Utku era que estuviese en una residencia. Le dije que me quedaría en el país hasta que encontráramos algo que a ella le pareciera adecuado para su hermano. No tenía prisa, contaba con todo el tiempo del mundo. Después de casarnos, nos marcharíamos a España. Conforme lo decía, tenía la sensación de estar escribiendo el borrador de una novela. Ella me escuchaba con paciencia y cuando terminé me miró como si me viera desde muy lejos. Luego cerró los ojos y los mantuvo cerrados un rato largo. Intentó hablar, y le puse la mano en los labios para impedírselo.

—No, no quiero que digas nada —le pedí—. Sé que si me respondes ahora me vas a contestar que no. Piénsalo antes de responder. Esperaré todo el tiempo que necesites.

Tuna se soltó de mí y se fue vistiendo despacio. Evitaba mirarme, y yo no podía apartar mis ojos de ella. Me vestí también y bajamos a la calle. A pesar de mi insistencia, no me permitió que la acompañara a su casa. Estaba perdida en sus pensamientos. Dimos un paseo corto hasta la estación de Sirkeci y allí la despedí con un abrazo.

—Esperaré —fue lo último que le dije, y al soltar su mano vi lágrimas en sus ojos. Hizo un gesto afirmativo con la cabeza y entró en el taxi.

No me sentía con ánimos para encerrarme en el hotel. Llamé a Salih, y me invitó a ir a su casa. Su mujer me recibió como a alguien de la familia. Sin duda, sabía muchas cosas de mí. Después de cenar se disculpó y nos dejó solos. Le conté a Salih mi encuentro con Tuna. Necesitaba saber su opinión. Intentó animarme. Me dijo que la llamaría por la mañana para tantearla, pero le pedí que no lo hiciera.

—No me cabe duda de que ella sigue enamorada de ti —me aseguró—. Yo la he visto hundirse y salir a flote en varias ocasiones, y a pesar de todo el daño que le hiciste nunca le escuché un reproche contra ti.

Las palabras de Salih me rasgaron las entrañas. Se dio cuenta y trató de cambiar de tema.

—¿Qué harás mañana?

—Tengo una visita pendiente —le respondí—. Quiero ver por última vez a Emin Kemal. Intentaré conseguir una fotografía suya. De lo contrario, me temo que nadie va a creerme.

—Ten cuidado, podrías meterte en un lío serio.

Llamé a Basak Djaen para preguntarle si me pondrían algún impedimento en el manicomio. Me dijo que me olvidara de la foto, pero me explicó lo que debía hacer para visitar al escritor. Tomé un taxi y me dirigí al bosque de Belgrado. Hacía un día de invierno frío, pero soleado. Apenas quedaban restos de la última nevada. Ahora tuve oportunidad de recrearme en la contemplación del paisaje. Era bello y al mismo tiempo sobrecogedor. Los pinos y los robles pasaban como una secuencia a cámara lenta tras la ventanilla del coche. La nieve derretida había convertido en un barrizal los senderos y la cuneta.

A pesar del sol y de la claridad del día, el muro que rodeaba el manicomio y la puerta de acceso me produjeron el mismo estremecimiento que la primera vez. Un guardia nos abrió la puerta y le dio indicaciones al taxista sobre el lugar en que debía estacionar. El aspecto del jardín no era tan siniestro sin la nieve, pero la escalinata de acceso y la fachada sobria del edificio volvían a provocarme escalofríos. Las escaleras estaban ahora limpias de nieve, y desde el lugar en que me dejó el taxi podía ver los árboles abriéndose en un pasillo que moría al pie de los primeros escalones. Saqué la cámara del bolsillo de mi chaquetón y fotografié la entrada del manicomio. Entonces pensé que yo había visto antes aquel lugar que ahora no se parecía en nada a la imagen de mi primera visita. Lo había visto, estaba seguro.

El funcionario me pidió la documentación y tomó nota escrupulosamente de los datos. Era el mismo hombre que nos recibió días atrás. La ceremonia se repitió. Un guardia me acompañó hasta la gran sala en que estaba Emin Kemal. De vez en cuando se oían los gritos de los internos. Imaginé cómo debía de ser la vida de los funcionarios que pasaban tantas horas escuchando aquellos aullidos casi animales.

Emin Kemal no levantó la cabeza cuando me senté a su lado. Le cogí la mano y entonces me miró.

—Me llamo René —le dije—. Soy amigo de Basak. ¿Se acuerda de mí?

Me miraba sin hacer ningún gesto.

—Me acuerdo —dijo como si la lengua le estorbara para hablar.

Di un respingo y retrocedí en un movimiento instintivo. El escritor me estaba observando. Movía los ojos alrededor de mi cara. Me dio miedo hablarle. Buscó mi mano, la apretó y luego pronunció mi nombre. Volvió a decirlo y cerró los ojos. Había un funcionario vestido con uniforme gris que ordenaba las sillas y recogía las colillas de los ceniceros. Los otros internos estaban sentados frente a las ventanas y miraban el enorme claustro. Uno de ellos se movía con un balanceo insistente acompañado del movimiento desacompasado de la cabeza. Aproveché que el funcionario salió de la sala y saqué la cámara de fotos. Sabía que si me sorprendía iba a tener problemas. Hice tres fotografías de Emin antes de guardar la cámara sin apagarla. Estaba temblando. El escritor me miraba fijamente, sin entender lo que sucedía. Me quedé un rato más. Al salir, la cámara me quemaba en el bolsillo. Quería irme de allí cuanto antes. Me contuve para no correr hasta el taxi. Me volví por última vez para mirar el arco que formaban los álamos y la terrorífica escalinata al fondo. De nuevo tuve la impresión de haber visto antes aquella imagen. Sin embargo, no lo había sentido el primer día. Monté en el taxi y le dije al chófer que tenía prisa. Agazapado en el asiento de atrás, mientras nos alejábamos por la carretera y los muros quedaban ocultos por los árboles, saqué la cámara y revisé las fotos que había hecho. Y justo en ese momento, al ver en la pantalla los álamos y el edificio al fondo, comprendí por qué aquella imagen me resultaba conocida. Oculté el rostro entre mis manos y maldije mi estupidez. ¿Cómo no me había dado cuenta antes?

Subí a mi habitación a la carrera y descargué la fotografía en el ordenador. Viéndola ampliada, no me cabía duda de lo que acababa de suceder. La pasé a blanco y negro y lo entendí mejor: era la misma imagen, tomada desde el mismo sitio, que yo vi meses atrás en el apartamento de Leandro Davó en Alicante. No podía apartar la mirada de la pantalla del ordenador. Necesitaba pensar despacio en todo aquello. Cogí el teléfono, pero antes de pulsar el número de Leandro me contuve. En la pantalla había una llamada perdida. Era de Tuna. Comprobé, nervioso, cuándo la había recibido. Hacía más de una hora, mientras estaba con Emin Kemal. La llamé, pero el teléfono estaba apagado. Salí a la calle, con el móvil en la mano. Caminé hasta el muelle sin saber qué hacer. Esperé quince minutos para llamarla de nuevo. El teléfono seguía apagado. Marqué su número otra vez a los diez minutos. Miraba los barcos que subían por el Cuerno de Oro, pero no terminaba de verlos. Me senté en la barandilla del embarcadero sin soltar el teléfono. De nuevo llamé a los cinco minutos. Otra vez la misma respuesta. Sonó el móvil y estuve a punto de caer de espaldas al agua. Era Salih. Sólo quería saber cómo estaba yo. Le conté que tenía una llamada de Tuna.

—Tranquilízate, volverá a llamarte —me aseguró.
—Pero ¿cuándo?

A medianoche, el teléfono de Tuna seguía desconectado. No podía esperar al día siguiente. Llamé a Salih y le pedí la dirección de Tuna.

—¿Vas a ir a su casa a estas horas?
—Es lo único que se me ocurre.
—No hagas esa estupidez —me dijo—. Has estado tantos años sin saber nada de ella y ¿no vas a poder esperar hasta que se haga de día? Piensa que no vive sola. Si te presentas allí, la comprometes ante su cuñado y la esposa.

Salih tenía razón; una vez más tenía razón. Pasé la noche dando vueltas en la cama. Me dormí cuando estaba amaneciendo, pero la sirena de un barco me despertó enseguida. No conseguí dar con Salih hasta media mañana. Se ofreció a acompañarme, pero rehusé. Finalmente me explicó cómo podía llegar a casa de Tuna.

Era una vivienda muy modesta que por fuera parecía en ruinas. Llamé sin tener la certeza de que aquél fuera el lugar. Me abrió una mujer que me miró de arriba abajo y me preguntó qué quería. Sus ojos eran poco expresivos, pero me pareció que desconfiaba de mí. Cuando le dije mi nombre y pregunté por Tuna hizo un gesto de tristeza y abrió la puerta del todo. Me pidió que pasara.

—Mi cuñada no está —me dijo—. Pero ha dejado algo para usted.

La casa era muy humilde. Se veían humedades en las paredes, y los muebles eran viejos. No había dos sillas iguales. La mujer me pidió que me sentara y salió de la habitación. Mientras estaba solo, traté de hacerme una idea de cómo había sido la vida de Tuna en aquel lugar durante los últimos años. Hacía frío y entraba muy poca luz por las ventanas. De la cocina llegaba el olor a verdura hervida. La mujer volvió con un sobre en la mano.

—Ella se marchó —me dijo sin darme el sobre—, pero dejó esto para usted.

No me atreví a levantar la mano para que me lo diera.

—¿Se fue? ¿Adónde se fue?

—Lejos. Va a pasar una temporada con unos familiares.

—¿Y su hermano?

—Se marchó con ella.

Mis preguntas se estrellaban contra la parquedad de sus explicaciones. Finalmente se quedó callada y me ofreció el sobre. Lo cogí y me marché. Caminé durante unos metros antes de abrirlo en la calle. Era la letra de Tuna. No había cambiado.

Querido René:

Acabo de marcar tu número para darte una explicación, pero no he tenido coraje para escuchar tu voz. Prefiero que tengas estas palabras por escrito y que las leas cuantas veces quieras. Así entenderás realmente lo que siento.

No puedes aparecer en mi vida treinta años después y pedirme que lo deje todo y te siga. No es justo. Hubiera preferido no saber que estabas aquí. He dedicado toda mi vida a mi familia y, especialmente, a mi hermano. Ahora ya no voy a cambiar. Esto no tiene nada que ver con mis sentimientos, créeme. Te conocí a los diecisiete años y desde entonces no ha pasado un solo día en el que mi primer y mi último pensamiento no hayan sido para ti. Sin embargo, creo que hasta ayer nunca estuve segura de tus sentimientos.

Lamento que todo esto llegue demasiado tarde, pero al menos viviré los años que me queden sabiendo que a tu manera también me quisiste. Es un consuelo estúpido, pero es el único que tengo. Y a él me aferraré para no morir de pena.

No voy a seguirte, René. Si tu vida está lejos de aquí, es justo que te marches. Pero la mía está en esta ciudad. Éste es mi sitio y aquí seguiré mientras Utku me necesite. Reconozco que no tengo valor para enfrentarme a ti y contártelo mirándote a los ojos. Sé que no sería capaz de hacerlo y quizás me dejara enredar en el amor. En el amor que siento por ti, en el cariño, si quieres llamarlo así. En la desesperación, no lo sé.

Estaré una temporada fuera de Estambul. Así será más fácil para los dos. Creo que no volveré a verte nunca, y eso es al mismo tiempo una tortura y una liberación. Pero quiero que sepas que si decides quedarte, o regresas algún día, mi corazón estará abierto para ti. De nuevo eres tú quien decide, yo no sirvo para eso. Eres un hombre afortunado, aunque quizás no hayas sabido darte cuenta. Yo me habría conformado con que alguien me quisiera la mitad de lo que yo te he querido a ti.

Con todo mi cariño,

Tuna

Leí la carta dos veces seguidas y la guardé en el sobre. Busqué el teléfono de Tuna en mi agenda y pulsé la llamada. Sabía que no lo cogería, pero no podía dejar de intentarlo. El teléfono seguía apagado. Me sentí como al final de un largo y duro trayecto: cansado, derrotado, sin fuerzas. Mi maleta estaba lista para partir, pero yo aún no estaba preparado.

Llamé a Salih desde el aeropuerto y me despedí. No tenía ánimo para contarle cara a cara lo que había sucedido. Sabía que antes o después se enteraría por Tuna. Cuando oí la última llamada de mi vuelo, sentí que era también la última llamada para mí. Tenía algo pendiente que no podía retrasar. Cuando el aparato empezó a coger altura, pensé que aquél podría ser el final de un verso, pero no el final del poema.

Epílogo

Cuando René llegó a Alicante, la ciudad se despertaba de la resaca del nuevo año y de las fiestas navideñas.
Agazapado en el asiento trasero del taxi, dejó vagar su mente sobre el azul limpio del mar que lo acompañaba en su
trayecto desde el aeropuerto. Subió las persianas del apartamento y abrió las ventanas. Apenas había tráfico en la
avenida Alfonso X. Por un momento creyó ver en la cú-
pula del Mercado Central el perfil de una mezquita. Los
sonidos y las imágenes de Estambul seguían en su cabeza.
Durmió hasta media tarde. Después se sentó delante del
ordenador y comenzó a escribir de forma obsesiva, sin
levantarse de la silla ni hacer descansos, hasta que los hombros y las muñecas se le agarrotaron. Ya estaba amaneciendo.

Tardó dos días en deshacer la maleta del todo. Al
tercero colocó cada cosa en su sitio y conectó el teléfono.
Tenía varias llamadas de Ángela Lamarca. No se sentía
con fuerza para responder. Llamó a Leandro Davó, pero
su teléfono estaba apagado. No sabía muy bien lo que iba
a decirle. Estaba demasiado confuso para atar todos los cabos que quedaban sueltos en aquella historia. Volvió a marcar el teléfono de Leandro dos días después, pero seguía
desconectado. Pasaba la mayor parte del tiempo escribiendo. Bajaba dos veces al día a la plaza del Mercado para
comer. Se sentaba al fondo del comedor de un bar pequeño y ruidoso donde todo el mundo se conocía. Procuraba
no ser huraño, pero le costaba trabajo mostrarse amable
con los camareros. Le molestaban el bullicio, los gritos, la
luz al salir a la calle.

El timbre de la puerta rompió su aislamiento seis días después de su llegada. Vio a Ángela Lamarca a través de la mirilla y abrió apresuradamente.

—Supongo que te lanzarás a mis brazos, me llenarás de babas con tus besos y me dirás que no me has llamado porque tuviste un accidente y has perdido la memoria —dijo Ángela muy seria.

René sonrió por primera vez en muchos días. La abrazó, la besó mientras ella fingía que le molestaba tanto sentimentalismo. Luego la invitó a pasar. Ángela traía una bolsa de plástico en cada mano. Se las entregó a René y se entretuvo en contemplar su aspecto desaliñado: llevaba barba de una semana, el pelo hecho una maraña, ropa vieja, y tenía la mirada de un hombre derrotado.

—¿Recibiste mi correo desde Estambul? —preguntó René.

—Por supuesto. Y he leído ese borrador dos veces. Supongo que habrás seguido escribiendo.

—No he hecho otra cosa desde que llegué.

—¿Se lo mandaste también a la hija de Kemal?

—Sí, lo tiene.

—Bueno, René, eres un hombre afortunado —dijo Ángela Lamarca sentándose en el sofá y colocando los pies sobre una mesita.

—¿Lo piensas de verdad?

—Por supuesto. Te ocurren cosas que no le pasan a la mayoría de los mortales. No sé si te das cuenta de eso.

—Todavía tengo mucho que contarte —dijo René colocando las bolsas de plástico sobre la mesita.

—Tengo todo el tiempo del mundo —Ángela Lamarca empezó a desplegar sobre la mesita ginebra, tónica, cerveza, tabaco, limón, una bolsa de cubitos, pistachos y varias bolsas de pipas como el mago que saca cosas de una chistera—. Espero que tengamos suficiente, porque esto parece que va para largo. ¿O me equivoco?

—No te equivocas.

Cuando René terminó de contar todo, había varios platos llenos de desperdicios sobre la mesa, el hielo se había derretido y el apartamento estaba oscurecido por una cortina de humo que se extendía por todos los rincones. Ángela Lamarca seguía recostada en el sofá, con las manos en la nuca y los ojos entornados, concentrada para no perder el hilo de aquella historia. René abrió la puerta de la terraza para ventilar la sala. Se sentía bien después de haberle contado todo a Ángela. Ella permanecía en silencio, como si los personajes siguieran dando vueltas en su cabeza. Miró a René y respiró profundamente.

—Me temo que Leandro Davó está detrás de todo esto —le confesó René.

—Creo que sí —dijo Ángela volviendo de su ensimismamiento—. Él ha estado haciendo tu trabajo en las últimas semanas y estaba al tanto de tus movimientos. Además, conoce muy bien tu pasado. ¿Qué te voy a contar yo? Pero eso es muy fácil de averiguar. ¿Quieres que hable con él? A mí no podría mentirme. Sabe que no debería.

—Prefiero hacerlo yo.

El miércoles después de la festividad de Reyes, la rotonda de la Universidad de Alicante estaba colapsada como casi todas las mañanas. René no tenía prisa. Dio una vuelta al campus con el coche de Ángela y estacionó con alguna dificultad. Las ideas acudían muy deprisa a su mente y enseguida se esfumaban. Había pensado una y otra vez lo que le diría a Leandro Davó. Decidió que iba a dejar que se explicara en vez de hacerle preguntas. Recordaba bien el camino hasta su despacho. Lo había llamado varias veces sin éxito en los últimos días. Esperó en vano a que le devolviera la llamada. Lo vio de espaldas, hablando con una chica que fotocopiaba algo para él. Le molestó el ambiente de normalidad de aquel lugar. En su interior nada era normal. Se dio la vuelta antes de que Leandro lo viera y salió por el pasillo a toda prisa. Montó en el coche y arrancó. Volvió a recorrer el mismo camino, ahora de vuelta, y llegó por la Gran Vía hasta La Colmena.

Le abrió la puerta Aurelia. No se sorprendió al verlo. Por el contrario, René pensó que lo estaba esperando.

—Has hablado con Leandro, ¿no es así? —preguntó la mujer.

—No, no ha hecho falta. De repente tuve una intuición y pensé que te encontraría aquí.

—Leandro está preocupado.

—¿Preocupado Leandro?

—Tus llamadas insistentes le preocupan.

—¿De qué tiene miedo?

—De que le reproches haberte ocultado la verdad.

René dejó escapar una carcajada histriónica.

—¿No me vas a invitar a entrar?

Aurelia se apartó y le hizo un gesto para que pasara. René conocía el camino. Entró en el salón y se fue directo a la fotografía que llevaba dando vueltas en su cabeza tantos días.

—La primera vez que estuve en el manicomio no me di cuenta de nada —dijo René—. Todo estaba cubierto de nieve y los gritos de los enfermos eran espantosos. Lo comprendí después, cuando fui a despedirme de tu padre. Quería llevarme una prueba de que aquello había sucedido de verdad. Aunque a veces dudo que haya pasado. ¿Has leído lo que te mandé?

—Sí, lo he leído.

—Te he enviado el resto esta mañana muy temprano.

—Estaba leyéndolo cuando llamaste a la puerta. Sabía que eras tú.

—Me confundiste, tengo que reconocerlo. Al principio creí que eras una estafadora. Llegué incluso a pensar que Derya estaba detrás de todo esto. Tengo que reconocer que aquel jueguecito de la librería fue muy bueno.

Aunque no fuera original, claro. Pero ¿por qué tanto misterio? ¿No habría sido más fácil contármelo todo desde el principio?

—Si lo hubiera hecho, ¿me habrías creído?

—No lo sé. Era demasiado disparatado. Pero todavía hay cosas que me gustaría saber.

—Pregunta.

—¿Lo mataste tú?

—No, no lo maté —respondió Aurelia con frialdad—. La autopsia demostró que fue un paro cardíaco. Lo sabes igual que yo.

—Todo el mundo muere de un paro cardíaco. Eso no es una explicación.

—Ya te he dicho que no lo maté.

—Pero estabas allí cuando murió.

Aurelia mostró por primera vez cierta debilidad. Dudaba por dónde empezar. Sabía que el juego estaba terminando.

—Sí, yo estaba allí. Ismet murió delante de mí. Aunque yo hubiera querido, no habría podido hacer nada por ayudarlo. Fue fulminante. Y en cierta manera también tú tienes algo de culpa, si es un culpable lo que estás buscando.

—¿Yo? ¿Qué tengo yo que ver con su muerte?

—Tú la precipitaste —dijo clavando sus ojos en él—. No me mires de esa manera. Aquella tarde fui a la universidad sólo para conocerte. Hacía mucho tiempo que Leandro me venía hablando de ti. Conocía muchas cosas... Sabía que tuviste una historia con ella y que eso te costó el divorcio.

—Mi divorcio no tuvo nada que ver con Derya.

—No te esfuerces. No te estoy pidiendo explicaciones. Sabía de la pasión que pusiste en tu trabajo como traductor, de tu relación con Ismet, ¿o prefieres que lo llame Emin? Pero aquella tarde me decepcionaste. Eso es exactamente lo que sentí: decepción. Me pareciste un tipo arrogante, muy seguro de sí mismo, vanidoso, que trataba con desprecio a los lectores de Emin Kemal. Claro, tú fuiste su amigo; o eso creías. Lo habías leído antes que ellos; conocías las claves de su obra, sus entrañas, los secretos que no llegan a un lector de a pie. Qué prepotente me pareciste. Sentabas cátedra con cada frasecita de aquéllas. Patético —Aurelia hizo una pausa y le dio la posibilidad de replicar, pero René siguió callado, sin disimular su vergüenza—. En el fondo tú no eras más que otra víctima de este engaño. Probablemente el único que no sabía dónde estaba metido. Quizás por eso te concedí el beneficio de la duda.

—¿Me concediste?

—Sí, te lo concedí. Después de aquella tertulia, fui a visitar una vez más a Ismet. Hacía meses que frecuentaba su casa. Me había ganado su confianza en ese tiempo. Leandro me ayudó. Esa noche fui allí movida por la rabia. Estaba furiosa con él, contigo, con todos. La primera vez que visité a Ismet iba dispuesta a hacerlo sufrir, pero enseguida vi que era un pobre hombre atormentado por el pasado. Hacerlo sufrir no me pareció una buena forma de vengarme. En los últimos tiempos era una persona acabada, decrépita, un despojo humano. Llegué a conocerlo muy bien, te lo aseguro. También él me habló de ti. Te apreciaba y te odiaba a partes iguales.

—¿Odiarme?

—En realidad no sé si era exactamente odio o decepción. Me contó tu aventura con Derya.

—Estás mintiendo. Él no sabía nada.

—Me lo contó con lágrimas en los ojos. Me enseñó algunas cartas tuyas, fotografías. Me dio a leer tu libro: ese libro que le dedicaste a ella y que abandonó entre las cosas de Ismet. Tampoco tú dejaste mucha huella en el corazón de esa mujer, por lo que vi. En eso nos parecemos los dos —hizo una pausa, pero René seguía callado—. Me gustaron esos relatos. Me gustaron mucho. Son realmente buenos. De ellos saqué la idea de conducirte hasta la librería. Tú me la sugeriste en ese cuento.

—Cuéntame qué sucedió aquella noche.

—Sí, te lo contaré. Llegué a su casa furiosa, y él lo notó enseguida. Le dije que te había conocido en la universidad y que me parecías un tipo arrogante, un mediocre con pretensiones. Discutimos. Yo iba preparada para hacerle daño. Tuvimos una conversación muy larga en la que le fui contando detalles de su vida que no imaginaba que yo supiera. Le hablé de Helkias, de Basak, del incendio de su casa. Le hablé de Derya. Conseguí confundirlo, pero el muy cretino terminó creyendo que Derya estaba detrás de todo aquello. Pensaba que ella me enviaba para hacerlo sufrir. Su estupidez me enfureció más. Entonces se lo dije: le confesé que yo era Aurelia, la hija de Emin. Ahí empezó a sentirse mal, aunque no terminaba de creerme. Le hablé de mi padre, de los años que llevaba encerrado en el manicomio. Volvió a alterarse. Dudaba de mis palabras. Seguía considerándome una impostora. Entonces le enseñé las fotografías de Emin. Las había llevado muchas veces a su casa para mostrárselas, pero siempre me arrepentía en el último momento. Esa noche lo hice. En ese momento se vio enfrente de sí mismo. Aquel hombre de la fotografía, con la mirada perdida y los ojos hundidos, era Emin Kemal. Me miró y se echó la mano al pecho. Le faltaba el aire. Yo sabía que lo había llevado hasta el límite y que estaba al borde del abismo. No sé si podría haberlo ayudado. Lo único cierto es que me quedé en pie frente a él, observando cómo se moría y cómo sus ojos me contemplaban con odio. Todavía sueño con aquella mirada. Se desplomó y enseguida supe que había muerto y que nadie podría acusarme de nada. Si me largaba de allí, quizás no se descubriera su muerte en mucho tiempo. Nadie lo visitaba, excepto yo, y Leandro era el único que conocía este detalle. Entonces recordé los diarios. Aunque Ismet nunca me dejó leerlos, yo los había visto y sabía dónde los escondía. Forcé la cerradura del cajón y me llevé las dos libretas; así de fácil. Luego me acordé de ti. Todavía estaba furiosa contigo. Fue un acto irreflexivo. Busqué tu libro en la estantería y lo coloqué sobre el cuerpo de Ismet. En realidad, al principio sólo me pareció una pequeña venganza contra ti. Encontrarían el libro, leerían la dedicatoria, harían preguntas y enseguida, atando cabos, llegarían hasta ti. Acababas de llegar a la ciudad y eso podía implicarte en aquella muerte. Sólo quería bajarte un poco los humos. Aunque no pudieran acusarte de asesinato, al menos estarías jodido durante un tiempo.

—¿Por qué me avisaste entonces para que fuera a su casa?

—Remordimientos, dudas... No lo sé. En realidad yo no tenía nada contra ti, excepto la antipatía que me habías despertado esa tarde. Pensé en los relatos que habías publicado. Alguien que escribía semejantes historias no podía ser tan cretino como yo suponía. Ni yo misma era capaz de entender lo que me pasó. Te llamé. Pensé que si eras el primero en descubrir el cuerpo cogerías el libro y saldrías corriendo para que nadie te implicara en su muerte. Pero llamaste a la policía y tú mismo te metiste en la ratonera.

—No tuve otro remedio —confesó René apesadumbrado—. Me crucé con una vecina y tuve miedo de que me reconociera.

—Aquella noche leí los diarios —siguió Aurelia—. Fue terrible enfrentarme a la realidad de aquella manera, aunque ya la conocía. Supongo que a ti te habrá pasado algo parecido. Pero la historia estaba incompleta. Ignoraba dónde podría estar lo que faltaba. Esa misma noche llamé a mi padre. A Basak, quiero decir. Le conté lo que había sucedido. Se enfadó mucho. Hacía tiempo que no nos veíamos, aunque hablábamos con frecuencia. Le dije que me había propuesto sacar a la luz la historia, pero necesitaba encontrar el resto.

—¿Por qué? Tú conocías muy bien el final.

—Yo formo parte de la historia. Si lo hubiera contado, nadie me habría creído. Entonces decidí que tú tenías que escribirla para que se conociera. A ti te creerían. Conocías a los protagonistas, y yo podía proporcionarte el argumento. Sólo pretendía interesarte, despertar tu curiosidad y que te implicaras. Cuando estabas en Múnich supe que Örzhan había localizado a Derya y que ella conservaba algunas cosas de Emin. Le costó trabajo conseguir el tercer diario. No tuvo más remedio que robárselo, ésa es la verdad.

—¿Y no te parecía más fácil ofrecerme los diarios en mano, contarme lo que había sucedido y preguntarme si me interesaba contar esa historia en un libro?

—¿Habrías aceptado?

—No lo sé. Quizás.

—No podía arriesgarme. Necesitaba tener la seguridad de que la escribirías. Ya te he dicho que a pesar de la imagen que me diste aquella tarde en la universidad, me parecías un buen escritor.

—¿Y por qué no se lo propusiste a Leandro? Él es periodista y también escribe. Tiene oficio y no es malo.

—Lo pensé, pero necesitaba a alguien con otro tipo de oficio. Además... Leandro estaba implicado de otra manera. Lo estaba haciendo sufrir demasiado.

—Todavía hay cosas que no puedo entender. Me refiero a lo que tiene que ver con tu vida.

—¿Qué quieres saber?

La mujer fue desgranando una parte de su pasado. Aurelia se enteró al cumplir diez años de que Orpa y Basak no eran sus verdaderos padres. No supuso un trauma, ni fue una revelación dramática. Le contaron que su madre había muerto y que su padre estaba enfermo. Aurelia conoció a Emin Kemal cinco años después, cuando acompañó a Basak en una de sus visitas al manicomio. El escritor intercambió algunas frases inconexas con su hija;

parecía que se daba cuenta de quién era aquella adolescente. Aurelia volvió en otras ocasiones, acompañada siempre por Basak. El ánimo de Emin mejoraba cuando la chica lo visitaba.

La salud de Orpa no era buena. Padecía dolores en las articulaciones provocados por una enfermedad reumática que había heredado de su madre. De las cuatro hijas, Aurelia era la que más pendiente estaba de ella. Las mayores comenzaron a volar pronto. Sin embargo, la pequeña no quiso casarse joven por no dejar sola a su madre. Basak afirmaba que Aurelia era demasiado exigente con los hombres, pero ella sabía que no era cierto. Ayudaba a Basak en el negocio y veía cómo la mayoría de las mujeres de su edad se iban casando. A los veintitrés años seguía soltera. A esa edad irrumpió Derya en su vida. Apareció un buen día, a mediados de 1998, y sin dar explicaciones le dijo a la muchacha que ella era su madre.

—Eso es muy propio de ella —dijo René al hilo de la historia.

—Sí, ahora lo sé; pero en aquel momento mi vida se derrumbó en unos pocos minutos. Mi padre y mi madre, bueno, Basak y Orpa, se convirtieron en unos extraños por culpa de aquella revelación.

—¿Y qué quería después de tantos años?

—Realmente no lo sé: hundirles la vida a mis padres, hundírmela a mí.

Apareció sola después de veinte años y no dio explicaciones de qué había sucedido en ese tiempo. Para Orpa fue un golpe que iba a minar su salud ya debilitada y que terminaría llevándosela a la tumba. Aurelia hablaba de aquella etapa de su vida como de sus «años negros». Derya fue recuperando poco a poco a su hija. Aurelia quería saber, necesitaba saber, y su madre fue dosificando la información que ella le demandaba. Era reacia a contar cosas del pasado. Le dijo a su hija que en los últimos años había vivido en Frankfurt, pero nada le contó de su estancia en España. Aurelia se dejó atrapar en las redes de Derya. Empezó a sentir animadversión hacia sus padres adoptivos. La relación entre Orpa y su hija pequeña se deterioró. Aurelia empezó a verla como una mujer débil, posesiva, egoísta. Basak intentó proteger a su esposa aislándola de Aurelia. Antes de un año Orpa murió. Su último pensamiento fue para su pequeña. En la familia todos sabían que la irrupción de Derya había acelerado aquella enfermedad. Los últimos días de Orpa fueron terribles: el dolor le impedía dormir, se había consumido y casi no podía hablar. Basak, en un arrebato, se tragó el orgullo y mandó llamar a Aurelia. Cuando llegó, Orpa había muerto.

—Es el golpe más duro que he sufrido en mi vida —le confesó Aurelia a René—. Hace ocho años de su muerte y todavía sueño con ella cada noche. Nunca podré quitarme esa sensación de culpa.

—Sé bien lo que es eso.

—Después de enterrar a Orpa, mi padre me contó el resto de la historia —continuó Aurelia—. Ése fue el segundo golpe.

Hasta entonces, Basak no le había revelado a su hija toda la verdad. Él pensaba que Ismet estaba tan implicado en aquel asunto como Derya, y no quería hacer sufrir a su esposa, aunque para ella Ismet ya había muerto en su corazón hacía mucho tiempo. Después del entierro de Orpa, Basak se lo contó. Sabía que su hija estaba sufriendo al oírlo, pero no le escamoteó ningún detalle. Aurelia desapareció durante unos meses.

—Me fui a Ankara —explicó—. Necesitaba poner tierra por medio. Sobreviví como pude, trabajando en todo lo que me salía. Estuve fuera de Estambul casi un año. Allí conocí a Claude, un fotógrafo francés que viajaba por el mundo atrapando imágenes. Podría haber sido el hombre de mi vida, pero yo estaba demasiado atormentada. Claude me ayudó a ver el mundo de otra forma. Estaba visitando manicomios del país y haciendo fotografías de los enfermos. Tenía muchos problemas para los permisos. Le dije que podía ayudarle. Vino conmigo a Estambul y lo llevé a conocer a Emin. Se quedó impresionado, y te aseguro que Claude no era un hombre que se impresionara fácilmente. No resultó difícil, aunque tuvimos algunos inconvenientes —René miró hacia la fotografía de la pared—. Sí, esa foto la hizo él. Tengo algunas más. Es un bonito recuerdo que me dejó Claude.

—¿Qué pasó después?

—¿Después? A mi vuelta a Estambul procuré no cruzarme con Derya. Pero ella era muy obstinada. Empezó a tener problemas económicos y se tuvo que acostumbrar a una forma de vida que no había conocido hasta entonces. Dilapidó el dinero que había ganado con la obra de Emin. Reconozco que tuve algún momento de debilidad, es cierto. Pero cada vez que veía a Basak roto por el dolor me acordaba del daño que aquella mujer le había hecho a mi familia.

Aurelia sólo pudo aguantar un año más en Estambul. Cuando Claude volvió a visitarla un tiempo después, le dijo que quería irse con él, y el fotógrafo aceptó.

—Claude era un hombre extraordinario, aunque no tenía los pies sobre la tierra. Eso me gustaba. Siento no haberme enamorado de él, a pesar de todo. Lo seguí por el norte de África y por gran parte de Europa. Pasábamos largas temporadas en París. Fue una liberación. Claude me ofreció otra visión del mundo. Pero vinimos a España, y ahí fue como volver a empezar de nuevo.

—¿Por qué?

—Llegamos a Madrid hace dos años. Claude tenía que hacer un trabajo en El Escorial. Había unos cursos de verano y le habían encargado unas fotos para una revista francesa. Un día, mientras paseaba por los pasillos esperando a Claude, vi el anuncio de una mesa redonda sobre el poeta turco Emin Kemal. El corazón se me disparó. Aquello no podía estar pasándome. Asistí al día siguiente. Mi español entonces era muy rudimentario: lo aprendí en casa, con mi madre, y los ponentes hablaban como ametralladoras. Escuché con mucha atención, tratando de no perder detalle. Uno de los que participaban en el coloquio era Leandro —René hizo un gesto de sorpresa y corrigió su postura en el asiento, como si fuera a escuchar una revelación—. Sí, me llamó la atención todo lo que dijo. Bueno, lo que pude entender. Además de estar muy al tanto de su obra, conocía también al escritor. Al terminar, no fui capaz de irme sin más.

Aurelia abordó a Leandro al pie mismo de la tarima. Estaba nerviosa y encontraba dificultades para expresarse en su español arcaico. Pero fue capaz de hacerse entender cuando le dijo: «Yo soy hija de Emin Kemal».

—La historia es larga y me vas a permitir que no entre en detalles —René asintió—. Pero para que te hagas una idea te contaré que Claude se marchó sin mí y no he vuelto a saber nada de él desde entonces. Leandro y yo teníamos más cosas en común de lo que parecía a primera vista.

—¿Me estás hablando de un flechazo?

—Si quieres llamarlo así... —dijo Aurelia con una sonrisa tímida—. Vine con él a Alicante. Desde entonces no nos hemos separado. Leandro me ayudó a entender algunas cosas. Tampoco ha tenido una vida fácil. Tú lo sabes. Me puso en contacto con Ismet. Estuve visitándolo todos los días durante mucho tiempo. Mis sentimientos hacia él eran contradictorios. Sentía desprecio más que otra cosa, pero era un hombre tan desvalido... Me quedé. Me quedé por Leandro y porque nada me esperaba ya en ninguna parte. Había perdido todos los trenes. Leandro me habló entonces de ti. Me contó tu historia con Derya y la relación que tuviste con Ismet —hizo una pausa y se quedó mirando la fotografía del jardín del manicomio—. Cuando supe que volvías a Alicante, sentí curiosidad. Me dijo Leandro que iba a llamarte. Quería presentarnos. Yo había leído tus relatos. Me parecían buenos, pero sentía algo contra ti que no sabría explicarte. Por eso quise conocerte en aquel club de lectura de la universidad. Era una forma de verte detrás de una cortina.

—Pero no pudiste contener tu indignación y dejaste caer aquellos comentarios que me desconcertaron.

—Así fue. Me pareciste tan engreído, tan... Disculpa mi franqueza.

—Al contrario, te lo agradezco.

—Por si te sirve de algo, conforme te fui conociendo por teléfono y por tus correos, mi idea sobre ti cambió. Me gustó la forma en que empezaste a escribir esta historia. La terminarás, ¿verdad?

—Sí, voy a terminarla.

Los dos guardaron silencio y se perdieron en sus propios pensamientos.

Al salir de La Colmena, René tuvo la sensación de que volvía a ver la luz del sol después de mucho tiempo encerrado en la profundidad de una caverna. Miró el azul intenso del cielo y trató de ordenar sus pensamientos. Respiró profundamente y caminó bajo la gran mole del edificio. Se sentía bien. Por primera vez estaba seguro de lo que iba a hacer.

Ángela Lamarca no entendió los motivos por los que no quería que lo acompañase al aeropuerto. Se cansó de insistir. René terminó de meter el equipaje en el maletero del taxi y sacó un portafolios de su mochila.

—Quédate con el manuscrito.

—¿Por si te pasa algo? —dijo Ángela con ironía.

—No, porque quiero que lo guardes —la besó y la abrazó—. Te mandaré la versión definitiva en cuanto la tenga.

Ángela Lamarca lo rodeó con los brazos y lo retuvo unos segundos.

—Cuídate mucho, y llama.

—Te llamaré, no lo dudes.

El taxi se incorporó al tráfico de la avenida, y Ángela fue quedando en la distancia como un puntito que levantaba la mano y saludaba. La ciudad vivía ajena a la emoción de René. Miraba por la ventanilla como si fuera una despedida definitiva. Su pensamiento se fue deslizando por las traviesas del tren, paralelas a la línea del horizonte que se fundía con el mar. Las grúas de la ampliación del aeropuerto parecían minaretes reunidos en mitad de la nada.

La última llamada, antes de apagar el móvil en el avión, fue para Salih Alova. Sintió una sacudida al pensar que en unas horas estaría en Estambul. Apoyó la cabeza en la ventanilla y dejó que las imágenes de la ciudad se colaran en su pensamiento. Enseguida vio el rostro de Tuna. Recordó su sonrisa, la voz, el brillo de sus ojos. Después, su figura se fue borrando. Se impacientó porque el avión no se movía. Cuando finalmente enfiló la pista de despegue, René ya había comenzado a elevarse en el aire hacía tiempo. Veía la costa muy lejos, olía los puestos de los vendedores de caballa en el embarcadero de Eminönü, reconocía las voces de los comerciantes, la llamada del muecín, las sirenas de los transbordadores. Cerró los ojos y todo se borró. Y entonces pronunció el nombre de Tuna como si estuviera escribiendo el último verso al final de un poema.

MIRA SI YO TE QUERRÉ
Luis Leante

Ni el tiempo ni el desierto pueden frenar el amor.

El hallazgo inesperado de una vieja fotografía hará que
Montse Cambra, una doctora de cuarenta y cuatro años, abandone
su Barcelona natal para buscar a su primer amor.
Comienza así un viaje que la llevará hasta el Sáhara.
El afán de supervivencia y la pasión de vivir de un pueblo
olvidado en el desierto la ayudarán a descubrir su verdadero destino.

Mira si yo te querré es una historia de amor que se alarga
en el tiempo, el retrato de dos épocas y de dos culturas unidas
por un secreto, la aventura de una mujer que descubre lo más
importante en la soledad del desierto.

Alfaguara es un sello editorial del Grupo Santillana

www.alfaguara.com

Argentina
Av. Leandro N. Alem, 720
C 1001 AAP Buenos Aires
Tel. (54 114) 119 50 00
Fax (54 114) 912 74 40

Bolivia
Avda. Arce, 2333
La Paz
Tel. (591 2) 44 11 22
Fax (591 2) 44 22 08

Chile
Dr. Aníbal Ariztía, 1444
Providencia
Santiago de Chile
Tel. (56 2) 384 30 00
Fax (56 2) 384 30 60

Colombia
Calle 80, 10-23
Bogotá
Tel. (57 1) 635 12 00
Fax (57 1) 236 93 82

Costa Rica
La Uruca
Del Edificio de Aviación Civil 200 m al Oeste
San José de Costa Rica
Tel. (506) 22 20 42 42 y 25 20 05 05
Fax (506) 22 20 13 20

Ecuador
Avda. Eloy Alfaro, 33-3470 y Avda. 6 de
Diciembre
Quito
Tel. (593 2) 244 66 56 y 244 21 54
Fax (593 2) 244 87 91

El Salvador
Siemens, 51
Zona Industrial Santa Elena
Antiguo Cuscatlan - La Libertad
Tel. (503) 2 505 89 y 2 289 89 20
Fax (503) 2 278 60 66

España
Torrelaguna, 60
28043 Madrid
Tel. (34 91) 744 90 60
Fax (34 91) 744 92 24

Estados Unidos
2105 N.W. 86th Avenue
Doral, F.L. 33122
Tel. (1 305) 591 95 22 y 591 22 32
Fax (1 305) 591 91 45

Guatemala
7ª Avda. 11-11
Zona 9
Guatemala C.A.
Tel. (502) 24 29 43 00
Fax (502) 24 29 43 43

Honduras
Colonia Tepeyac Contigua a Banco Cuscatlan
Boulevard Juan Pablo, frente al Templo
Adventista 7º Día, Casa 1626
Tegucigalpa
Tel. (504) 239 98 84

México
Avda. Universidad, 767
Colonia del Valle
03100 México D.F.
Tel. (52 5) 554 20 75 30
Fax (52 5) 556 01 10 67

Panamá
Vía Transísmica, Urb. Industrial Orillac,
Calle segunda, local #9.
Ciudad de Panamá.
Tel. (507) 261 29 95

Paraguay
Avda. Venezuela, 276,
entre Mariscal López y España
Asunción
Tel./fax (595 21) 213 294 y 214 983

Perú
Avda. Primavera 2160
Surco
Lima 33
Tel. (51 1) 313 4000
Fax (51 1) 313 4001

Puerto Rico
Avda. Roosevelt, 1506
Guaynabo 00968
Puerto Rico
Tel. (1 787) 781 98 00
Fax (1 787) 782 61 49

República Dominicana
Juan Sánchez Ramírez, 9
Gazcue
Santo Domingo R.D.
Tel. (1809) 682 13 82 y 221 08 70
Fax (1809) 689 10 22

Uruguay
Constitución, 1889
11800 Montevideo
Tel. (598 2) 402 73 42 y 402 72 71
Fax (598 2) 401 51 86

Venezuela
Avda. Rómulo Gallegos
Edificio Zulia, 1º - Sector Monte Cristo
Boleita Norte
Caracas
Tel. (58 212) 235 30 33
Fax (58 212) 239 10 51

Esta obra se termino de imprimir
en el mes de marzo de 2009.
en los talleres de Precoz, S.A. de C.V.,
Periférico Sur 5421, Col. Isidro Fabela,
C.P. 14030, México, D.F.